KB164379

Kugane Maruyama | illustration by so-bin

마루야마 쿠가네 지음 김완 옮김

OVERLORD [10] The ruler of Conspiracy

모략의 통치자

10

오버로드

# Contents 목차

방에 들어선 알베도는 가슴 가득 공기를 들이마셨다.

유감스럽게도 코를 간질이는 향기는 없다. 그럴 수밖에. 사랑하는 주인은 신진대사는 물론 호흡조차 하지 않으므로 냄새가 남지 않는다.

하지만—— 마음으로는 냄새를 느낀다.

주인이 있던 방의 공기를 들이마시면 마음이 편안해지는 것이다.

사랑에 빠진 소녀란 그런 법이다.

"쿠——후후."

자신도 모르게 웃음이 흘러나와 알베도는 입을 가렸다.

누가 있는 것도 아니므로 치아를 드러내도 문제는 없겠지만, 그것은 조신한 여자가 할 행동이 못 된다.

알베도는 침대에 살포시 앉고, 몸을 눕혔다.

몇 번이나 코를 울려도 역시 냄새는 없다. 그래도 사랑하는 이의 침대에 눕는 것은 깊은 기쁨을 안겨주었다.

이는 사랑에 빠진 소녀의 정당한 행동이다. 가령 여기에 사랑하는 남자의 침대에서 자신과 같은 행위를 하고도 아무 감흥을 느끼지 못하는 여자가 있다고 치자. 이때 누군가가 그녀와 자신을 똑같이 '사랑에 빠진 소녀'라는 단어로 뭉뚱 그리려 한다면, 진짜 사랑을 모르는 불쾌한 자로 보고 처단하고 말 것이다.

"하아──."

알베도는 하복부로 뻗으려던 손을 멈추었다. 지금은 그런 짓을 할 때가 아니다.

아무래도 버릇 되겠어.

그런 생각을 하며 알베도는 몸을 일으켰다.

아무튼 오늘의 업무를 마쳐야만 한다.

마도국을 건국하고 에 란텔을 지배하게 되면서 알베도의 업무는 급격히 늘어났다. 원래 에 란텔을 지배하던 왕국의 관료들이 도망쳐 왕국 내로 돌아가는 바람에 내정을 맡을 자가 부족했던 것이다.

따라서 주인이 만들어낸 언데드들이 이 역할을 짊어지게 됐는데, 지금은 교육을 할 단계라 여기에 시간을 빼앗기는 바람에 업무가 더욱 늘어났다. 그 외에도 해야 할 일이 여럿 있었다.

그리 머지않은 미래에 다시 시간이 비겠지만 한동안은 계속 바쁠 것이다.

물론 바쁘다 해서 고통을 느끼지는 않는다. 아니, 이 나자릭에 속한 자들 중 주인을 위해 일하면서 괴로움을 느끼는 자는 하나도 없다고 알베도는 확신했다. 오히려 격무일수록 기뻐하지 않겠는가.

"하지만 이젠 슬슬 교육의 결과를 확인해야 할 텐데……."

며칠에서 몇 주. 한 달은 무리라 해도 내정을 그들에게 맡기며 양상을 살피고 싶었다.

요즘은 한 번쯤 왕국에 나가 회담을 가져야겠다는 생각도 있다. 솔직히 지혜가 넘쳐나는 자신의 주인만 있다면 자신이 없어도 아무 문제가 없을 것이다. 그 점은 잘 안다. 하지만 이는 절대자에게 어울리지 않는 업무를── 잡무를 시키는 결과밖에 되지 않는다.

왕에게는 왕의 업무가 있는 법이다.

"그건 그렇다 쳐도…… 아인즈 님은 마도국을 어떻게 이끌고자 하시는 걸까?"

국가의 특색을 말하는 것이다.

이것만 결정되면 여기에 맞는 법률 같은 것을 제정할 수 있고, 국가의 방침도 잡힌다.

이를테면 인간을 모조리 노예로 삼아 나자릭을 위해 봉사

시키는 국가라고 한다면, 인간을 완전히 노예로 삼는 법률을 만들어야 할 것이다. 이때 인접한 인간 국가와는 어떤 관계를 맺을지, 타국의 인간은 어떻게 간주할지 하나하나 결정해야만 한다.

그러나 주인은 아직까지 이에 대해 명확한 답을 제시하지 않았다.

말하자면 현재의 마도국은 큰 기둥이 될 부분이 빠진 상태이며, 왕국이라는 옛날 집의 구조를 그대로 사용할 뿐이다.

아니면 그것이야말로 사랑하는 주인께서 원하는 나라일까? 아니면 무언가를 기다리시는 것일까?

후자라고 한다면 주인의 의도를 간파하지 못하는 자신이 부끄러울 따름이다.

현명한 주인을 두어 곤란한 점은 바로 이럴 때다.

주인은 한 수에 수많은 의미를 담는 지모의 존재. 그렇기에 주인이 취한 행동에 생각이 따라가질 못해 자꾸만 황송함이 앞섰다.

나자릭 내에서 자신에게 필적하거나 그 이상일지도 모르는 데미우르고스조차 '그분이 품으신 지모의 발밑에조차 미치지 못하여 부끄러울 따름'이라고 푸념할 정도다. 그렇다고는 하지만──.

"어떤 나라를 만드시더라도 나는 아인즈 님의 판단에 따를 뿐이야."

단 한 가지를 제외하면 알베도는 사랑하는 낭군을 따르고 자 했다.

"근데 정말 어떻게 하시려는 걸까?"

중얼거리는 목소리에 대답하는 이는 물론 없었다.

1장 아인즈 울 고운 마도국

Chapter 1 | Ainz Ooal Gown Nation of Leading Darkness

1

　마도왕, 다시 말해 나자릭 지하대분묘 및 아인즈 울 고운 마도국의 절대지배자. 지고의 41인을 이끌던 통솔자이자, 최후까지 나자릭에 남아 부하의 흠모를 받는 인물은 지금 부드러운 침대에 배를 깔고 엎드려 책을 읽는 중이었다.

　나자릭 지하대분묘에서 가져와 이곳──에 란텔의 옛 통치자 파나솔레이 도시장의 집을 부분적으로 개조한 아인즈의 방──에 비치한 침대에서는 나자릭의 자기 방과 같은 좋은 냄새는 떠돌지 않았다.

　필시 이 침대에는 향수 같은 것을 뿌리지 않았으리라. 침대에 몸을 파묻은 아인즈는 그렇게 생각했다.

언데드인 아인즈에게는 수면이 필요가 없다. 물론 인간의 잔재가 정신적 피로를 호소해 마음이나 뇌의 열기를 식히기 위해서 침대에 드러누울 때는 있지만, 그것도 단시간이다. 지금처럼 오랜 시간에 걸쳐 인간처럼 눕는 데 의미는 없다.

그러나 무슨 일이든 예외는 존재한다.

예를 들면—— 그렇다. 책을 읽을 때다. 특히 남의 눈을 의식하면서 책을 읽을 때는.

'슬슬 아침 해가…… 오!'

창에 걸린 커튼 틈으로 스며드는 미미한 햇살로 대충 시각을 가늠한 아인즈는 엎드려서 읽던 책을 베개 밑에 아무렇게나 꽂았다.

그리고 고개를 움직이지 않은 채 방 한구석으로 시선을 보냈다.

그곳에는 한 메이드가 있다.

나자릭의 일반 메이드 중 한 사람이자, 오늘——정확하게는 어제——아인즈의 당번이었다. 등을 쭉 펴서 매우 깔끔한 자세로 의자에 앉아 있는데, 그 자세는 어젯밤부터 변하질 않았다. 아인즈가 아는 한 자세를 흐트러뜨렸던 메이드는 한 명도 없었다.

그 시선이 아인즈에게 가만히 쏠려 있었다. 이따금 눈을 깜빡이는 것을 제외하면 줄곧.

참으로 무어라 표현할 수 없는 압박감이다.

물론 본인은 압박감을 주려는 의도가 없을 것이다 무슨 일이 생겼을 때 즉각 행동하고자 이러는 것이겠지만, 평범한 사람인 스즈키 사토루로서는 제발 이러지 말라고 호소하고픈 심정이었다.

누구나 그렇듯, 빤히 시선을 받으면 민망하기 마련이다. 특히 이성(異性)이 응시한다면, 아무것도 하지 않았어도 뭔가 저지른 게 아닐까 하는 생각이 든다.

무엇보다도 큰 문제는, 아인즈가 슬쩍 움직이면 이에 연동하듯이 덩달아서 소리를 내지 않도록 몸을 움직인다는 것이다.

까놓고 말하자.

고통이다.

물론 아인즈는 절대지배자다. 하지 말라고 하면 하지 않을 것이다. 하지만 은근히 그런 뜻을 내비쳤을 때 메이드가 지었던 표정을 떠올리면 도저히 명령을 내릴 수 없었다.

평소에는 전이해서 즉시 '모험자 모몬'의 활동을 개시했던 만큼, 이렇게까지 메이드를 자신의 주위에 두고 일을 시킨 것은 처음이었다. 그만큼 그녀들은 놀랄 만한 충성심으로 업무에 임했다. 이를 아는 만큼 아인즈도 강경하게 자신의 의지를 내세울 마음은 들지 않았다.

조금 지나면 싫증내겠거니.

그렇게 생각한 지 이미 한 달이 지났다.

어쩌면 영원히 이러는 것은 아닐까 하는 미미한 불안을 품으며, 메이드의 업무편성표가 한 바퀴 도는 데에는 41일이 걸리니 그 후에 생각하면 된다고 문제 해결을 보류한 상태였다.

'이런 게 지배자의 고통일까……? 나자릭의 유지 및 운영, 조직의 장래 계획, 그리고 부하의 기대에 대한 호응 등등……. 남의 위에 서는 사람들은 참 대단해. 월급 많이 받는 게 당연하구나.'

중역이란 것들은 일도 제대로 하지 않는 주제에 돈만 많이 받는다는 생각이 얼마나 어리석었는지를 절실히 곱씹으며, 아인즈는 천천히 일어났다.

그 순간 마치 실로 연결했나 싶을 만큼 싱크로된 움직임으로, 메이드 또한 의자에서 소리 하나 내지 않고 일어났다. 하룻밤 내내 불침번을 섰는데도 그 움직임은 실로 기민하다.

"──이만 일어나겠다."

"예. 그러면 소녀는 이만 어전에서 실례하겠사옵니다. 인수인계 후 오늘의 메이드와 교대하겠나이다."

"음."

아인즈는 잘 부탁한다는 말 따위는 생략한 채 그저 묵직하게 대꾸하고, 대수롭지 않다는 듯 손을 내저어 행동을 개시하라는 지시를 내렸다.

너무 거만한 태도다. 아인즈 자신은 그렇게 생각한다.

그런데도 반응은 매우 좋았다.

햄스케에게 설문조사를 부탁한 결과, 메이드들의 반응 제 1위는 '아인즈 님에게 지배당하는 느낌이 들어서 최고'였다나. 취향이 M인 걸까 싶어 곤혹스러웠지만, 냉정하게 생각해 보면 지배자에게는 지배자에 어울리는 폼이나 자세란 것이 있다. 부하들도 이를 바라는 것이리라.

회사로 따지면 사장에게는 사장다운 태도를 요구하는 것이나 마찬가지다.

그렇게 생각하면 마도왕에 어울리는 자세 같기도 하다. 실제로 한가할 때마다 훔쳐보는 제국의 지배자 지르크니프 룬 파로드 엘−닉스의 태도가 딱 그런 느낌이었다.

하지만 사회인 스즈키 사토루의 관점에서는 '고생하셨습니다.' 가 없는 것도 좀 그렇다.

"……그러면 너도 푹 쉬도록 하라."

"아! ──두터우신 온정을 삼가 기꺼이 받들겠나이다, 아인즈 님."

메이드가 머리를 깊이 조아리며 감사의 뜻을 보인다.

"하오나 아인즈 님께서 빌려 주신 이것 덕택에 쉬지 않더라도 아인즈 님을 위해 일할 수 있사옵니다."

'아니, 그런 소리가 아니고.'

아인즈는 속으로 중얼거렸다. 실제로 '유지의 반지Ring

of Sustenance'를 장비하면 하루 밤낮은 잠을 자지 않아도 문제가 없을 것이다. 하지만 밤새 아무것도 하지 않고 의자에 앉아 아인즈를 바라보는 일은 지옥 같지 않을까? 아인즈를 섬기는 것이 기쁨이라지만 이건 뭔가 아니다.

'하다못해 야간 당번…… 침대 당번 정도는 없어도 되는 거 아닐까?'

『메이드가 주인에게 헌신하는 것은 당연지사.』

어느 메이드는 그런 말까지 했다.

'주인에게 헌신한다. 만약에 나도 저들과 대등하게 살겠다고 하면 어떻게 될까?'

이 세계로 전이한 직후와는 달리, 이제는 부하들이 자신에게 절대적인 충성을 바치고 있다는 것을 확신한다. 반란 같은 것이 일어날 가능성은 외적 요인을 제외하면── 아인즈가 부하들이 실망할 일을 저지르는 경우밖에 없을 것이다. 그렇다면 관계를 조금 바꾸어 NPC들과 대등하게 살아가는 것도 괜찮은 선택지가 아닐까?

그러면 지금처럼 지배자로서 없는 뇌를 쥐어짜내는 생활에서도 해방될 것이다. 게다가──.

'──옛날의, 그래, 옛날 길드 같은, 그런 생활이 가능하지 않을까?'

NPC들과 대화를 나누다 보면 이따금 그들에게서 옛 동료들의 모습이 겹쳐 보이곤 한다. 그렇기에 주인과 부하가 아닌, 옛날과도 같은——.

——아니지.

아인즈는 마음속으로 고개를 가로저었다.

무엇이 실망의 씨앗이 될지 알 수 없는 이상, 현재의 체제에서 큰 변화를 일으키면 위험하다. 게다가 그들이 주종관계를 원한다면 이를 유지하는 것 또한 주인의 의무. 마지막까지 남은 자가 짊어질, NPC라는 이름의 자식에 대한 책무다.

"이만 실례하겠사옵니다."

메이드가 아인즈를 향해 인사하고 방을 나갔다.

그 순간 아인즈는 용수철처럼 벌떡 일어나 행동을 개시했다. 우선 침대 밑에 두었던 책을 꺼내 다른 책과 바꾸었다. 새로 꺼낸 책은 매우 어려운 제목이 달린, 보기만 해도 읽을 마음이 사라지는 그런 것이었다. 밤새 읽던 책은 자신의 공간—— 인벤토리에 감추었다.

쉽게는 도둑맞지 않을 장소에 넣고는 한숨을 훅 쉬었다.

이것도 주인의 의무 중 하나다.

밤새도록 골치 아픈 어려운 책 따위는 읽고 싶지 않았다. 가능하다면 자기계발서나 재미있는 책을 보고 싶다. 하지만 그런 책을 읽는 모습은 지배자로서 폼이 나지 않는다. 그렇기 때문에 이런 옹졸한 짓을 하는 것이다.

덧붙이자면 메이드가 침대를 정돈할 때 베개 밑에서 책을 발견하고 다른 장소로 옮긴다는 것까지 고려한 작전이었다.

침대에서 할 일을 마친 아인즈는 침대 캐노피에서 드리운 얇은 비단 같은 천을 걷고 바닥에 내려왔다.

마침 그 타이밍에 문을 두드리는 소리가 들렸다. 그리고 다음 당번 메이드가 방에 들어왔다.

아인즈가 침대에서 몸을 일으키는 모습을 보더니 얼굴에 기쁨을 머금으며 다가온다. 오늘의 아인즈 당번── 줄여서 아인즈번이 그녀인 모양이다.

"잘 잤느냐, 피스."

메이드의 표정이 눈부실 정도로 빛을 뿜어냈다.

"안녕히 주무셨사옵니까, 아인즈 님! 오늘도 잘 부탁드립니다!"

만약 피스에게 꼬리가 있었다면 온 힘을 다해 흔들었을 것이다. 문득 페스토냐도 꼬리를 흔들었지, 하는 생각이 들었다.

메이드복은 조금 전에 나간 포스의 것과 같다. 일반 메이드인 그녀들의 메이드복은 전투 메이드와는 달리 모두 똑같다. 하지만 외견이──입은 여성이──다르면 역시 참신한 무언가가 느껴졌다.

시끄러울 정도로 역설하던 옛 동료의 말이 떠올랐다.

『심플한 메이드복도 좋지만 온갖 장식이 가미된 메이드복도 최고지.』

그리고 그 말에는 이런 첨언이 따른다.

『다시 말해 메이드복은 뭐가 됐든 최고란 소리야. 메이드복이야말로 인류 사상 최고의 발명이지. 비바 메이드복.』

아인즈는 비바라는 말의 뜻을 몰랐지만 아마 모종의 감탄사일 것이다. 아니면 그가 만들었거나. 이런 데에서도 옛 동료와의 추억이 있다.

쓴웃음──얼굴은 당연히 움직이지 않지만──을 지은 아인즈는 메이드를 가만히 바라보았다.

"아, 아인즈 님, 무슨 일이시온지요?"

메이드복의 에이프런 부분을 쥐고 수줍어하는 피스의 물음 때문에 아인즈는 자신의 무례함을 깨달았다.

"미안하다. 조금…… 그래, 넋을 잃고 쳐다봤다고 해야 하나. 그랬을 뿐이다."

"────!"

"그러면 가 볼까."

"──흐에? 아, 네. 분부 받들겠나이다!"

조금 달아오르기는 했지만 기운찬 목소리로 대답한 메이드를 뒤에 대동하고, 아인즈는 몇 개의 방을 지나쳤다.

나자릭 지하대분묘 제9계층과는 비교하는 것도 불가능한 압도적인 차이가 있다. 그렇기에 아인즈가 이곳에 살기로 결심했을 때는 수호자 전원이 반대했다.

이르기를, 지고의 존재께서 계실 곳으로는 품위가 없다.

이르기를, 방어력이 떨어지며 첩자 대책도 허술하다.

이르기를 이르기를 이르기를——.

하지만 아인즈는 이러한 의견을 모두 일축하고 이곳을 자신의 거처로 정했다. 왕의 의무——지르크니프 역시 제도에 지은 성에 살고 있으므로——라고 생각했기 때문이다.

무엇보다 아인즈, 아니, 스즈키 사토루가 보자면 도시장의 저택도 충분히 훌륭했다. 자신의 옛날 집과는 비교조차 되지 않는다.

애초에 제9계층의 개인실은 지나치게 화려하고, 지나치게 크다. 게임 시절에는 신경도 쓰지 않았지만 직접 생활해 보니 몸 둘 곳이 없다. 방 한구석에서 몸을 조그맣게 웅크리고 싶어지는 것이다.

아인즈가 피스, 그리고 침실과 인접한 방 천장에서 내려온 팔지도 암살충의 무리를 거느리고 도착한 곳은 드레스룸이었다.

이미 대기 중이던 일반 메이드 여러 명이 공손히 인사했다. 피스는 재빨리 그들 옆으로 섰다.

"아인즈 님, 오늘의 의상은 어떻게 하시겠나이까?!"

씩씩하게 묻는 피스.

'……오오, 피스의 눈이 반짝반짝 빛나는걸. 애초에 지금까지는 이런 상황에서 모두가 눈을 빛냈던 것 같은데? 여자들이 옷을 좋아한다는 말은 들었지만…… 그래서일까? 아니면 코디네이트를 좋아하나?'

조금 진저리를 치면서도 겉으로는 드러내지 않았다. 반대로 스스로는 오만하다고 생각하는——연습했으므로 자신이 있다——목소리를 냈다.

"흐음."

솔직히 말해서, 아인즈는 옷을 교환할 필요가 없다시피하다.

마법의 로브는 입은 채로 밤새 침대에서 구른다 해도 주름이 지지 않는다. 게다가 몸에서 노폐물이 나오는 것도 아니다. 공기에 떠돌아다니는 먼지 따위가 묻는 정도고, 그런 것은 털면 떨어진다. 가는 길마다 메이드들이 철저하게 청소를 해놓으며, 음식을 먹지도 않으니 얼룩이 질 일도 없다.

단벌신사여도 아무 문제가 없는 것이다.

하지만 부하들은 아무도 이를 용납하지 않는다. 뭐, 그것도 당연하리라. 절대자가 매일 똑같은 옷을 입어선 체면이 말이 아니다.

하지만 아인즈는 코디네이트에 자신이 없었다.

전투준비의 일환으로 상대의 능력이나 특수기술 등을 고려하고, 전술을 읽고, 대항수단 구축을 위해 적절한 장비를 선택할 수는 있지만——.

아니, 스즈키 사토루로서 함양한 경험을 통해 이 넥타이와 이 정장은 어울린다, 어울리지 않는다 하는 정도는 나름대로 알아볼 수 있다. 그러나 보라색 원단에 은색 문양이 들어간 로브와 굵은 다이아몬드 4개를 장식한 은제 목걸이를 조합하면 어떻겠냐는 질문을 받아봤자 무어라 대답할 도리가 없다. 그것도 해골의 몸에.

하지만 너무나도 안 어울리는 차림을 한다면 지배자로서 품격을 의심받을 가능성까지 있다. 이는 충성을 다하는 부하들에 대한 배신에 가깝다. 그렇기에 복장에 대해서도 아인즈는 온 힘을 다할 필요가 있다.

다만 이 경우, 치명적인 문제가 한 가지.

어울리지 않는 차림을 택한들 부하 중 과연 누가 아인즈에게 의견을 제시할 수 있겠는가. 대기업 회장의 가발이 조금 비뚤어졌어도 뭐라 할 수 없는 것과 같은 이치다.

이상의 온갖 요인에 비추어 취해야 할 행동은 단 하나.

"——피스, 네게 맡기마. 내게 어울리는 차림을 갖춰라."

"분부 받들겠나이다! 맡겨만 주세요, 아인즈 님! 제 전심전력을 다해 골라드리겠습니다!"

그렇게 힘줄 것까진 없는데—— 늘 생각은 그렇게 하지만 메이드에게 말한 적은 한 번도 없다.

"저는! 아인즈 님께서 붉은색이 매우 잘 어울린다고 생각합니다! 그러니 오늘의 코디네이트는 붉은색을 메인으로 한 복장이 어떨까 생각하옵니다! 어떠신지요!"

"……나는 조금 전 네게 맡기겠다고 하였다. 그렇다면 물을 필요도 없으렷다."

"예! 분부 받들겠나이다!"

자신에게 자신감이 없을 때는 남에게── 이처럼 메이드에게 맡기면 그만이다.

하지만 그녀가 가져온 새빨간 로브에 아인즈는 곤혹스러움을 느꼈다. 눈이 아플 정도로 밝은 빨강 로브에는 단추처럼 여러 개의 커다란 보석이 달렸다. 한 색깔로 통일하면 좋을 텐데 다종다양한 보석의 광채는 합계 여섯 색. 게다가 주위에 금사로 기묘한 문자 자수를 가미했다.

'──이거 제대로 된 옷 맞아? 상식의 범주에 들어가는 옷일까?'

온통 네온사인으로 치장한 간판을 몸에 건 샌드위치맨 같다. 자기 손으로는 결코 선택하지 않을 옷이다. 아니, 애초부터 과거의 자신은 왜 이런 로브를 샀던 것인가 궁금해질 지경이었다. 길드 멤버 중 누군가가 억지로 떠넘긴 기억도 없으므로 소거법에 따라 자신밖에 없을 텐데.

'덤이었나? 뭔가 샀을 때 덤으로 강제 입수한 건가? ……하지만 뭐, 어쩔 수 없지.'

이런 것을 가지고 있는 이유를 떠올려도 눈앞에 있는 진홍 로브가 소멸하는 것도 아니다. 거절하기는 쉽지만 그래서는 조금 전 피스에게 맡기겠다고 한 말이 거짓이 되고 만다. 무엇보다 이것이 멋없다고 생각한 사람은 아인즈뿐, 다른 대다수의 사람들은 멋지다고 여길 가능성도 있다. 아니,

충분히 그럴 법하다.

그리고 냉정한 소리일 수도 있지만, 이 로브를 선택한 사람은 피스이므로 남에게 무슨 소리를 듣는다면 그녀 탓으로 돌리지 못할 것도 없다.

'못난 상사구나.'

아인즈는 죄의식을 느끼고, 이것이 타락한다는 것일까 하는 생각에 이르렀다. 책임을 전가하는 것이 상사—— 남의 위에 선 사람으로서 칭찬 받을 만한 행위가 아님은 아인즈도 잘 안다. 그래도 지켜야만 하는 무언가가 있다.

자신의 처지를 지키기 위해 부하를 희생한다. 그럴 수밖에 없다는 것이 이런 상황 아닐까.

"——미안하다."

"아, 죄, 죄송합니다!"

"아니…… 혼잣말이었다. 마음에 둘 것 없다. 그런데……."

아인즈는 일단, 만약을 위해 물어보았다.

"한 가지 묻고 싶다만, 이 로브는 나에게 조금 요란하지 않겠느냐?"

"그렇지 않사옵니다! 분명 아인즈 님이라면 어떤 옷도 어울리시겠지만! 게다가 검은색을 기조로 한 암갈색 계통도 멋지다고는 생각합니다만, 그런 것만을 입으시면 아인즈 님의 다른 장점이 드러나지 않으리라 봅니다! 아인즈 님의 격렬한 힘이라는 이미지를 널리 알릴 수 있는——."

탁류와도 같이 쏟아지는 말을 가로막았다.

"──아니, 어울린다면 문제는 없다. 자, 옷을 입혀다오."

"분부 받들겠나이다!"

피스가 다른 메이드들에게 눈짓을 했다.

아인즈가 그대로 있자, 메이드들이 말없이 아인즈의 옷을 벗겼다.

여성이 옷을 갈아입혀준다니, 해골 몸이라고는 하지만 슬금슬금 타들어오는 듯한 수치심을 느꼈다.

그러나 절대지배자에게는 지극히 당연한 행위라고 한다.

아니, 실제로 지르크니프가 그랬다. 게다가 아인즈가 읽었던 책에도 그런 말이 있었다.

아인즈는 메이드들에게 몸을 맡긴 채 말없이 전신거울을 보았다.

이윽고 거울 속에는 진홍색 로브를 빼 입은 아인즈가 서 있었다. 역시 요란하다. 요란함 이외의 그 무엇도 아니었다.

'……아냐. 이 세계의 미적 감각은 나하곤 상당히 다르니까. 이 차림이 지배자에 잘 어울릴 가능성도 있……을 거야.'

아인즈는 그 사례로 햄스케를 떠올리고 자신의 불안을 억눌렀다.

"그러면 가자."

피스를 대동하고 걸어나간 아인즈는 진심으로 생각했다. 마음을 달랠 시간이 있으면 좋겠다고.

*

요란한 진홍 로브를 펄럭이며 향한 곳은 집무실이었다. 아인즈가 문 앞에 서자 피스가 재빨리 앞으로 나와 공손히 문을 열었다.

문 정도는 스스로 열 수 있다는 생각이 안 드는 것도 아니다. 하지만 메이드들은 누구나 자랑스럽게 '크흑! 나 지금 일하고 있어!' 하는 분위기로 자신의 업무를 만끽하는 기미를 보였으므로, 아인즈는 이 자동적 수동문 시스템을 묵묵히 받아들일 수밖에 없었다.

아인즈는 피스, 팔지도 암살충들을 데리고 집무실로 들어갔다.

방 한복판에서는 나자릭 내에 마련된 아인즈의 방과 마찬가지로 중후함 넘치는 책상이 존재감을 과시했다. 이것도 침대와 같이 나자릭에서 가져온 예비 책상이다. 그리고 안쪽에는 아인즈 울 고운의 깃발—— 마도국 국기가 걸려 있었다.

아인즈는 방을 가로질러 퇴창으로 다가갔다.

벽에서 돌출된 퇴창의 윗부분에는 그렇게 크지 않은 유리 상자가 있었다. 숲의 일부를 재현한 인테리어가 가미된 것이었다. 생물이 없는 것처럼 보이던 그 상자에 아인즈가 손가락을 넣어 잎사귀 하나를 젖혔다.

그곳에는 햇살을 피해 그늘에서 살아가는 생물이 있었다.

번들거리는 살색 몸은 분비되는 끈적끈적한 액체로 코팅됐으며, 끄트머리는 인간의 입술을 연상케 한다.

아인즈는 구순충을 가만히 관찰했다.

"——색깔이 좋구나. 기운찬 것 같아 다행이다."

『색깔이 중요하옵니다.』

그 말을 들었을 때를 떠올렸다. 그녀가 여러 마리의 구순충을 보여주며 어느 것이 가장 건강한 색깔인지를 가르쳐주던 때를. 그때와 비교해도 분명 건강한 것 같았다.

아인즈는 근처에 놓아두었던 접시에서 신선한 양배추를 손으로 집었다.

"자~ 끈적아. 밥 먹을 시간이다~."

양배추를 구순충에게 가까이 가져가자 덥석 달려들었다. 손을 떼자 우물우물 씹는다.

눈 깜짝할 사이에 다 먹어치운 구순충에게 아인즈는 양배추를 두 장 내밀었다. 엔토마가 너무 많이 주어서는 안 된다고 했으니 이것으로 끝이다.

배불리 먹고 만족했는지 구순충이 유리상자 안의 나무그늘로——쉴 수 있는 환경으로——어기적어기적 돌아갔다.

"처음에는 징그러웠는데, 이렇게 돌보다 보니 귀엽게 느껴지는군."

누구에게랄 것도 없이 중얼거린 아인즈는 명랑하게 웃은 다음 얇은 뚜껑을 닫았다. 녀석이 진심으로 도망치겠다는 마음을 먹는다면 막지 못할 정도의 뚜껑을 사용한다. 그것은 잘 기르고 있다는 자신감의 발로였다. 그야 금화를 소비해 소환한 용병 몬스터니 자기 마음대로 도망칠지 어떨지는 의문이지만.

옆에 놓아두었던 천으로 손을 가볍게 닦아, 아침 일과를 마친 아인즈는 의자에 깊이 몸을 묻고 앉아 등을 기댔다.

'……일이라. 근무시간이 정해진 건 아니지만 이 시간이 되면 마음이 무겁다니까. 옛날 습관이 아직도 사라지질 않았다는 뜻일까?'

책상 위에는 서류 한 장은 고사하고 먼지조차 없다. 스즈키 사토루의 책상과는 천지차이다.

여러 날에 걸쳐 처리해야 할 일이 없기 때문이다. 아인즈의 업무는 큰 결정을 내리는 것이지, 소소한 잡무 처리가 아니다. 결정하면 나머지는 부하들이 실행한다.

'……그게 괴롭다니까. 책임이 막중할수록 일이 괴로운 법이라는 사실을 처음으로 알았어……. 육체적인 피로보다도 정신적인 피로…… 압박감이 더 괴롭다는 걸. 아차, 슬슬 근무시간인가?'

시계를 볼 것도 없었다.

그 타이밍에 방문을 두드리는 소리가 들렸다. 문 근처에 섰던 피스가 내방자를 확인했다.

"아인즈 님. 알베도 님과 엘더 리치 여러분이십니다."

피스의 목소리에 경의가 담긴 이유는 이 엘더 리치들이 아인즈의 손을 거쳐 태어난 자들이기 때문이다.

"그렇군. 입실을 허가한다."

피스가 내방자를 위해 문 앞에서 물러나자 알베도를 선두로 엘더 리치 여섯이 각자 손에 서류를 들고 방으로 들어왔다.

"아인즈 님, 안녕히 주무셨사옵니까."

알베도의 인사에 이어 엘더 리치들이 아인즈에게 깊이 머리를 숙였다.

"그래. 잘 잤느냐, 알베도. 오늘도 날씨가 좋더구나."

"예. 오늘은 하루 종일 맑다는 보고를 받았나이다. ──물론 이 세계의 절대지배자이신 아인즈 님께서 원하신다면 어떤 날씨로도 바꿀 수 있사오나, 어찌 하시겠사옵니까?"

무탈한 화제로 대화의 물꼬를 트려고 했을 뿐인데 그런 제안으로 이어지다니.

"그럴 필요는 없다. 날씨의 변화는 싫지 않으니. 맑은 날도 좋고, 벼락이 떨어질 만한 폭우 또한 그윽하고, 펄펄 내리는 눈도 운치가 있지. 하루의 즐거움은 제멋대로 변화하는 날씨에서 비롯된다 해도 과언이 아니니라."

이 세계의 날씨 변화는 제법 마음에 들었다. 환경이 좋은 이 세계에서는 '비는 원래 은총을 가져다주는 것' 이라는 블루 플래닛의 설명이 그야말로 딱 맞는다는 생각이 들었다.

자연은 자연 그대로인 것이 좋다.

"예, 알겠사옵니다. ……날씨를 자유로이 조종하시고자 하는 마음이 원래부터 없으시다는 사실을 알면서도, 혹시나 몰라 제안을 드려보았습니다. 아인즈 님은 자신의 욕구를 솔직하게 저희에게 하명하지 않는 분이시온지라."

"……그랬느냐? 그렇지는 않다고 본다만……."

생각해 보면 특별히 원하는 것 따위 없었다. 스즈키 사토루 시절에도 위그드라실에 관한 것 말고는 별로 바라질 않았다. 이 몸이 되고 난 후로는 더더욱 그렇다. 이것이 언데드가 된 부작용인지 어떤지는 알 수 없으나, 원래 그럴 가능성이 크다. 만약 있다고 한다면 레어한 것을 컬렉션하고 싶다는 욕구. 그리고——.

아인즈는 약간 쓸쓸하게 웃더니 슬쩍 고개를 가로저었다.

"아니, 그랬는지도 모르겠구나. 다만 정말로 원하는 것이 없었을 뿐이다. 무언가가 있다면 하명하마."

"그때는 수호자 총괄책임자인 소녀가 즉시 요망에 보답드릴 만한 인선을 마치겠나이다."

살짝 숙였다가 든 알베도의 얼굴을 살짝 붉게 물들어 있었다.

"헌데 오늘의 의상은 참으로 훌륭하시옵니다. 마치 찬란

하게 빛나는 것 같사옵니다. 아인즈 님께서 입으시니 빛이
나는 것이겠지요."

알베도의 칭찬이 끊이질 않는다.

빛나는 것은 단추 대신 달린 보석이 아닐까. 머리는 딱히
빛을 반사하진 않으니까. 그런 생각을 하면서도 아인즈는
고개를 끄덕였다.

"그런가. 사의를 표하마, 알베도."

"황송한 말씀이옵니다. 소녀는 사실을 있는 그대로 아뢰
었을 뿐. 아인즈 님은 실제로――."

아인즈는 흥분하기 시작한 알베도에게 손바닥을 내밀었
다. 분명 길어지리라는 예감 때문에.

"――그 정도로 해 두자꾸나. 헌데 그것이 어제 너희가
처리한 서류더냐?"

"……네."

귀엽게 볼을 살짝 부풀린 알베도의 지시에 따라 엘더 리
치들이 책상에 서류를 얹었다.

모아놓은 서류 하나하나가 두껍다. 안건은 적지만 한 안
건에 딸린 정보가 많은 패턴이다. 다방면에 걸친 자료가 필
요한 일일수록 복잡한 문제일 경우가 많다. 회사에서도 그
랬듯.

아인즈는 속으로 각오했다. 아침은 늘 각오의 시간이다.

스즈키 사토루는 일개 회사원이다. 게다가 회사 운영에

관여하는 사람도 아니었다. 그런 인간에게 한 나라의 정치가 가능하겠느냐고 묻는다면 당당하게 NO라고 대답할 수 있다. 아니, 회사 운영에 관여하는 사람이라 해도 국가 운영은 곤란하기 그지없을 것이다.

더욱 위험하게도, 아인즈는 절대지배자다. 그 말이 틀린 말이라 해도, 부하들이 만전의 태세로 달려들어 모두 실행해버린다.

이보다 더한 공포가 있을까? 아인즈의 한마디에, 자칫하면 집단자살과도 같은 경우가 벌어질 수 있는 것이다.

그렇다면 어떡해야 좋을까?

답은 간단하다. 이 옷과 마찬가지다. 즉, 할 수 있는 사람에게 맡기면 그만이다.

부하를 적재적소에 배치하는 것이야말로 상사에게 요구되는 능력이다.

하지만 모든 것을 떠넘겨도 문제다. 알베도라면 맡길 수 있지만, 허수아비 왕이라고는 해도 남의 위에 선 이상은 상급자의 책무가 존재한다.

모른다는 말로 도망칠 수 없는 업무도 있다.

따라서 올라온 서류는 확실하게 살피고, 국새를 찍었다.

몇 건 정도 리드미컬하게 도장을 찍던 아인즈는 문득 손을 멈추고, 어떤 서류 하나를 오늘의 목표라고 마음속으로 정하면서 이해하고자 내용을 훑어나갔다. 하지만——.

'……역시 뭐가 뭔지 모르겠어. 이거 물자에 대해 적어놓은 거지? 중요한가? 엘더 리치들은 이해했……겠지? 저놈들은 내가 만들었잖아? 그런데도 이 차이는 뭐람……. 하지만 영 읽기가 힘들어. 무슨 법령 같은데.'

'별지 참조'라는 말이 몇 번이나 나와 페이지를 이리저리 넘겨야 했고, 급기야 『이상의 결론을 통해 부정한다』는 말이 나왔다. 게다가 한 문장 속에 부정어가 몇 번씩 나오는 바람에 독해가 어려웠다.

"──알베도."

"예, 아인즈 님! 무언가 마음에 걸리는 점이라도 있으신지요?"

"아니다. 이것과는 다른 건이다만, 잠시 생각이 나서 말이다. 법률 쪽은 어찌 됐느냐?"

마도국이라고는 해도 독자적인 법률은 존재하지 않아 왕국의 법률을 그대로 쓰고 있다.

"예. 일단 초안은 생각해 두었사오나 강제로 시행하자면 여러모로 불만이 쌓일 우려가 있어 망설이는 중이옵니다."

인간을 아무렇게도 생각하지 않는 알베도답지 않은 발언이었으나, 아인즈는 가슴을 쓸어내렸다.

"데미우르고스와 상담했사오나…… 왕국의 법률로는 절대지배자로서 아인즈 님께서 누리셔야 할 권세가 약해지기 때문에, 국법 제1조로 올려 그것만은 강제시행을 하는 편이 좋으리라 현재 생각하고 있사옵니다."

"나는 다른 데에는 다소 자신이 있다만……."

새빨간 거짓말이다. 대부분의 일에 자신이 없다.

"유감스럽게도 법률에 대해서는 별로 밝지 못하구나. 너희가 좋다고 생각하는 대로 하거라. 신뢰하겠다."

"네! 분부 받들겠나이다!"

알베도가 기쁜 표정을 지었다. 쳐다보니 날개도 천천히 움직인다. 그녀는—— 데미우르고스도 그렇지만, 아직까지도 아인즈가 자신들의 생각하는 것보다 한 발짝 앞서는 천재라고 생각한다. 영문을 알 수가 없다. 그렇기에 아인즈가 모르겠다는 소리를 하면 지혜를 얻어 태어난 자신들의 존재의의가 발휘되어 기뻐하는 것 같았다.

"하오나 법률에는 밝지 못하시다니, 그런 농담을 하실 필요는……."

"아니, 실제로 그렇다. 아무래도 법률이라는 것이 나에게는 영 어려워서 말이다."

"아하…… 법에 속박되지 않는 절대자의 시점에서 보자면 그렇다는 것이로군요. 말씀하신 바를 잘 이해했나이다."

무언가 착각한 것 같지만 아인즈는 여기에 아무 말도 하지 않았다. 뭐라 말해야 좋을지 알 수 없기 때문이다. 대신 의미심장한 웃음을 흘렸다. 이미지일 뿐이지만, 어쩌면 부모에게 자랑스레 무언가를 가르쳐 주고 싶어하는 아이란 이런 느낌이 아닐까 하는 생각이 들었다.

"무언가 이상한 점이라도 있었사옵니까?"

알베도가 지은 의아한 표정이 아인즈를 한층 기쁘게 했다. 하지만 일방적으로 웃는 것도 실례다.

"미안하다. 기뻐하는 네가 귀엽달까—— 뭐라고 하면 좋을지. 설명이 어렵구나."

말로 한 순간 천장의 팔지도 암살충들이 슬렁 움직였다. 하지만 그 이상의 움직임은 없었다.

"어머나! 부끄럽사옵니다."

알베도가 두 손으로 얼굴을 가렸다. 뺨이 홍조를 띤 것이 보였다. 아인즈는 자신이 얼마나 멋쩍은 말을 했는지를 이해하고 어흠 헛기침을 하며 시선을 떨구었다. 아무래도 NPC를 상대로는 친구의 아이들을 흐뭇하게 바라보는 마음이 들어 닭살 돋는 대사를 자꾸 내뱉게 된다.

자신을 나무라며, 마지막으로 남은 서류에 도장을 한 차례 찍었다. 이로써 업무는 일단락됐다.

입가를 닦는 알베도에게 그 서류를 건네주자, 그녀가 엘더 리치들에게 나누어준다.

"그러면 일과로 넘어가볼까. 오늘의 제안은 이것이다."

아인즈는 미리 준비한 종이를 서랍에서 꺼냈다. 이것은 나자릭 내의 모든 이들에게서 모아온 제안서다. 마도국의 더 큰 발전을 위한 제안과 의견을 모으고 있다. 이를 아인즈가 훑어보고 깔끔하게 옮겨 적은 다음, 아침 이 시간에 알베도에게 들려 주곤 했다.

"아인즈 님께서 일부러 정서하시다니, 이런 일로 노고를 끼쳐서는 소중한 시간을 낭비하게 되옵니다."

"아니다. 그중에는 내 앞으로 보내는 제안도 있을지 모르는 노릇 아니냐. 게다가 나는 수면을 취할 수 없는 몸이다. 무언가 하지 않는다면 시간이 남아돈다."

거짓말이다. 아니, 분명 무언가 하지 않으면 심심하다는 것은 사실이다. 하지만 독서니 목욕이니, 연기 훈련, 모의 전투 등 시간을 보낼 방법은 얼마든지 있다. 그럼에도 이러한 일을 하는 이유는——.

이 가운데에는 사실 아인즈가 생각한 아이디어도 있기 때문이다.

다만 아인즈가 직접 제안할 경우, 못난 아이디어라도 부하들이 억지로 실행에 옮겨 비참한 결과로 끝날 위험성이 있다. 그렇기에 제안자의 정체를 숨긴 채 알베도가 공평한 눈으로 판단해 주었으면 했던 것이다. 게다가 정체를 감추면 아인즈의 실제 능력 또한 드러나지 않으므로 일석이조라 할 수 있다.

아인즈는 첫 제안을 읽었다.

"흠…… 어디보자. 『어린이들을 교육할 기관을 만드는 편이 좋을까 합니다. 우수한 인재를 발견해 육성하는 일은 장래 나자릭의 힘을 높여 줄 것입니다. 또한 기술의 발전으로 이어져 나자릭 강화에 직결될 것입니다.」"

아인즈는 알베도를 정면으로 바라보며 물었다.

"이점을 잘 정리한 매우 좋은 제안서다. 계획을 제시한 자의 뛰어난 재능이 느껴지는구나. 견본으로 삼아 모든 이들에게 배포해도 좋을 정도다."

사회인으로서 한바탕 칭찬한 다음 진지한 표정──얼굴은 움직이지 않지만──으로 돌아갔다.

"하지만 이 제안이 누구의 것이라 생각하느냐?"

"유리 알파가 아닐까 하옵니다."

망설임이 없는 대답이었다. 그리고 그것은 아인즈도 동감이었다.

"그렇겠지. 유리겠지. 그렇다면 알베도, 이 제안을 어찌 생각하느냐?"

"참으로 어리석고 저열하기 그지없사옵니다. 돼지는 돼지로 살아가다가 주인에게 도움을 주고 죽으면 그만인 바, 그 이외의 삶 따위는 살아갈 필요도, 알 의미도, 선택할 권리도 없나이다."

"냉담한 말이다만 나도 찬성이다. 최소한도의 교양만 갖추면 사회의 톱니바퀴가 될 수는 있지. 그렇게 살아가고 그렇게 죽으면 그만이다. 기술을 퍼뜨린다는 것은 우리를 위협하는 힘을── 으음?"

"왜 그러시옵니까, 아인즈 님?"

"전에도 이와 비슷한 이야기를 나눈 기억이 있구나. 누구였더라. 나베랄과, 그래, 루푸스레기나였던가. 포션 이야기를 할 때였지. ……이런 뻔하디 뻔한 이야기를 알베도에게 할 필요도 없었거늘. 부끄러운 짓을 했다. 잊어다오."

"아, 아니옵니다! 아인즈 님과 생각을 맞출 필요가 있지 않겠나이까! 자, 부디! 계속 말씀해 주시옵소서."

"그, 그러냐……? 부끄럽다만, 뭐, 나 혼자만의 생각이라고 미리 말해 두마. 만약 틀린 것 같다면 정정해다오."

잘 아는 상대에게 똑똑한 척 설명하는 것만큼 부끄러운 일도 없다. 바보로 보면 어쩔까 하는 불안을 품으며, 기술에 관한 자신의 생각을 늘어놓았다.

지식이나 교양, 그리고 정보는 사람이——이 세계에서는 인간이 아니라도 그렇지만——가장 처음 가질 수 있는 무기다. 그리고 지식의 보급은 국력을 증대시키는 계기가 되는 반면, 이제까지 없었던 불만 또한 부풀린다.

그렇기에 지배자는 무기를 주어야 할지 아닐지를 잘 생각해야 한다. 그 무기가 지배자를 겨눌 가능성도 충분히 있기 때문이다.

아인즈는 위그드라실이라는 게임에서 정보의 소중함을 잘 배웠다. 그렇기에 두루 감시할 수 있는 카르네 마을로 리이지 발레아레와 운필레아 발레아레를 보냈고, 그곳에서 포션을 만들게 했던 것이다. 개발된 지식을 모두 독점하면서 외부로 흘리지 않고자.

아인즈의 입장에서는 피지배자는 피지배자인 채—— 무지한 자는 무지한 채 살아갔으면 했다. 다만 국력을 증대시키려면 새로운 기술의 개발을 소홀히 할 수 없다. 결국 문제는 지식이라는 무기를 들이댈 방향에 누가 있느냐 하는 점이다.

"결론을 내리자면, 신기술은 나자릭 지하대분묘에 절대 충성을 다하는 자들 사이에서 공유되고 쓰이면 그만이다. 일반 대중에게는, 쓰이더라도 문제가 없는 옛날 기술이 반영된 물건을 지급하면 될 것이다. —— '지혜의 열매는 독점해야 비로소 가치가 있다' 고 했지."

여기까지 말한 아인즈는 알베도의 얼굴을 훔쳐보았다. 의문이나 불신의 빛은 없었다.

"그리고 여기서부터가 내 본론인데—— 알베도. 이건 조금 전 이야기와 상반되는 것 같다만, 나는 이 제안을 채택해야 한다고 생각한다."

알베도가 한순간 눈을 크게 떴다.

"그것은 어떠한 목적에서 비롯된 의도이신지요?"

"감상이지. 그리고 유리가 한 말에도 일리가 있다고 생각했기 때문이다."

"불이익 쪽이 크다고 여겨지오나……. 아니면 어딘가 변경에서 만들 생각이신지요? 외부에 정보가 누출되지 않도록 하면서 세뇌교육을 진행하면 분명 이익이 더 커지리라 보옵니다."

"그런 짓은 하지 않는다. 유리의 제안에서는 조금 벗어난다만, 이 도시에 고아원을 만들어도 좋겠다는 생각을 하고 있다."

아인즈는 모몬으로서 생활하면서 신전이 고아원을 운영하는 것을 알았다. 그렇다면 아인즈 울 고운의 이름으로 고아원을 만들어도 좋겠다고 생각한 것이다.

"요컨대 나자릭의 기술이 외부로 유출될 가능성의 문제 아니겠느냐. 단순히 고아원을 운영하고, 어디까지나 주변에 알려진 지식 정도만을 가르치면 된다. 그곳에서도 재능을 보이는 자가 있다면 그때에만 장래를 생각해 주면 그만 아니겠느냐."

"……그렇군요. 확실히 그렇게 하면 문제가 없을 것이옵니다."

"그리고 고아원의 직원으로 미망인들을 채용할까 한다."

"아인즈 님께서 힘의 일말을 보여주신 그 전쟁에서 남편을 잃고 빈곤에 허덕이는 여성들에게 일자리를 주어 구제하신다는 뜻이로군요. 미망인과 고아의 구제도 아인즈 님의 평가를 높이는 데에는 매우 좋은 수단이라 사료되옵니다. ……과연 아인즈 님."

"음. 미망인들이 모몬에게 궁핍함을 호소한 다음에 시행하면 모몬의 평가가 높아질 뿐 내 평가는 그리 올라가지 않겠지. 누군가가 모몬에게 도움을 청하기 전에 조속히 행동할 필요가 있다. 그러기 위해서라도 우선은…… 페스토냐와 니글레도의 근신을 풀도록 명령한다."

알베도의 눈 속에 있던 광채가 살짝 변화한 것을 아인즈는 예민하게 탐지했다.

"주제넘은 말씀이오나── 아인즈 님의 판단에 거역한 자들에게 벌을 내리지 않고 죄를 사하신다면 나자릭의 규율을 흐트러뜨리는 결과를 낳지 않을까 우려되옵니다."

"근신이라는 벌을 내리지 않았느냐."

"매우 가볍다 보옵니다. 아인즈 님의 말씀이야말로 저희의 모든 것. 이에 거역한 것은 중죄이옵니다. 어리석은 사견이오나 참수해 마땅하다고 생각하옵니다."

"그건──."

쓸데없는 소리라고 말하려다가, 그녀들이 아인즈를 비롯해 지고의 41인이라 불리는 자들을 얼마나 숭배하는지를 생각했다. 이를 부정해선 그녀들이 가엾다.

다만, 그렇기에 용서해야만 한다. NPC의 성격은 아인즈의 동료들이 만들었다. 그렇다면 페스토냐와 니글레도의 행동 또한 동료들의 의견이라 할 수 있다.

아인즈가 강하게 명령하면 알베도는 반드시 따를 것이다.

다만 그것은 최후의 수단. 우선은 말로 설득하고 싶었다.

"──결국 그 명령은 외부로 정보가 유출될까 우려해 내렸던 것이었다. 왕도 사건을 나자릭에 배후에서 조종했다는 사실이 불특정 다수에게 알려지지 않도록. 그렇기에 어린아이라 해도 처분할 필요가 있었다. 그러나 그 두 사람이 구한 것은 기억조차 못하는 갓난아기였다. 그렇다면 처분할 필요도 없지. 그자들은 내 의도를 정확하게 이해했다고도 할 수 있을 것이다."

"그것은 자신에게 유리할 대로 말씀을 왜곡한 것이옵니다. 용서받을 수 없는 행위이옵니다."

"알베도──."

수호자 총괄책임자로서 일하는 알베도의 마음도 이해는 한다. 그렇기에 어떻게 하면 잘 설득할 수 있을지, 아인즈는 난감해졌을 때의 쓴웃음을──물론 얼굴은 움직이지 않지만──지었다.

"아인즈 님, 그 표정은 반칙이옵니다……."

얼굴을 살짝 붉힌 알베도의 목소리에 아인즈는 자신의 얼굴을 만져보았다.

"음? 그러하냐?"

"예, 그러하옵니다……."

꺼져 들어갈 듯한 목소리를 낸 알베도는 아래를 보더니 하아 한숨을 쉬었다. 고개를 들었을 때는 여느 때의 그녀였다.

"분부 받들겠나이다. 무엇보다도 아인즈 님의 말씀은 소녀의 모든 것. 기꺼이 따르겠나이다."

"감정이 아니라 이성으로 따라주었으면 한다만."

"그렇다면 문제는 없사옵니다. 아마 그 두 사람의 근신을 해제한다 하여도 나자릭 내에서 불평을 제기할 자는, 방금 소녀 이외에는 없으리라 사료되옵니다."

"그래⋯⋯? 그렇다면 됐다. 그 둘에게도 고아원 운영에 협력토록 지시하라."

"분부 받들겠나이다. 그 뜻을 페스토냐와 니글레도에게 전달하겠나이다."

"잘 부탁한다. 그렇다면 다음으로 넘어갈까."

아인즈는 꼴깍 목을 울렸다. 다음은 자신이 생각한 제안이었다.

"⋯⋯흐음. 별로 좋은 제안이라고는 할 수 없다만⋯⋯ 뭐, 하는 수 없지."

흠끔. 알베도의 표정을 살피며 아인즈는 말을 이었다.

"유니폼을 만들어 나자릭의 단결력을 보다 강화하면 어떻겠냐는 의견이로구나."

그 순간 알베도가 버들잎처럼 고운 눈썹을 곤두세웠다.

"⋯⋯도를 넘어선 하등한 발상이옵니다. 대체 누구의 의견이옵니까?"

아인즈는 '죄송합니다!' 하고 사과하고 싶어지는 마음을 꾹 참고, 정말 난감할 노릇이라는 태도를 보였다.

"아니, 그게—— 모르겠구나. 원본은 이미 파기해버려서."

"난감하군요. 그렇게 어리석기 그지없는 제안으로 아인즈 님의 귀중한 시간을 낭비케 하다니. 탐문조사를 벌여 모종의 형벌을 내려야 하옵니다."

"——그! 그럴 필요는 없다! 알겠느냐, 알베도! 결코 그러한 짓을 해서는 아니 된다."

마음속으로는 허둥지둥대면서도, 아인즈는 당당하게 가슴을 폈다.

"나는 나자릭의 모든 자들에게 다양한 의견을 듣고 싶었으므로, 어떠한 제안이라도 결코 나무라는 일이 없으리라 말했다. 만약 네가 질책한다면 나의 말은 거짓이 되고 만다. 그래서는 앞으로도 모든 말이 거짓처럼 여겨지겠지. 게다가 위축되어서는 의견을 제시하기도 어려워진다. ……이 방을 나간다면 지금의 제안은 네 머리에서 지우거라."

"예! 아인즈 님의 분부대로 하겠나이다!"

"조, 좋아. 그럼 그렇게 하고."

아인즈는 땀이 흐르지 않는 이 몸에 감사했다. 그렇지 않았다면 땀을 뻘뻘 흘렸을 것이다. 다만 그런 멋진 육체와 정신이라 해도 마음에 박힌 '하등한 발상'이라는 말의 아픔이 완전히 치유되지는 않았다.

"……아인즈 님. 제안이 있사온데, 앞으로는 최소한 소녀가 의견을 선별하면 어떻겠나이까? 그러한 어리석은 제안이 다시는 나오지 않도록."

"으……. 아, 아니다. 그럴 필요는 없다. 알베도가 먼저 선별한다면 그 후에는 내가 승인만 할 뿐이지 않겠느냐. 그렇게 되면 이 자리에서 둘이 의논할 의미가 사라지겠지."

"아! 그, 그렇군요, 아인즈 님. 소녀와 아인즈 님의 공동 작업이니까요!"

알베도의 날개가 크게 움직이고, 이와 연동된 것처럼 천장에 달라붙었던 팔지도 암살충들이 일제히 꿈틀거렸다.

"조, 좋아! 알베도도 수긍해 준 것 같으니 다음으로 넘어가자꾸나."

개인적으로는 뭐가 문제였는지 모르겠지만, 물어볼 분위기는 아니었고, 이야기를 다시 꺼낼 자신도 없었다.

"그렇다면 다음은――."

아인즈가 읽으려 했을 때, 문을 몇 차례 두드리는 소리가 들렸다.

두 사람의 시선이 피스에게 향하고, 그녀는 가볍게 고개를 숙이더니 조금 전과 마찬가지로 내방자를 확인했다.

문틈으로 씩씩한 어린아이의 목소리, 다음으로는 자신 없이 꺼져 들어가는 목소리가 들렸다.

'……저 아이들이 이 시간에 온 건 이번이 처음 아닌가? 무언가 성가신 일이라도 일어났나? 그렇다면 알베도가 있

을 때 와 주어서 다행이로군.'

누가 왔는지는 알았으므로 입실 허가는 금방 내려도 좋을 것이다. 하지만 피스가 내방자의 이름을 보고하기 전에 허가를 내린다면 기뻐하며 일하는 그녀의 일을 빼앗는 꼴이 된다. 절차를 무시한 월권행위는 이에 종사하는 사람들의 의욕을 깎는다. 남의 위에 선 자에게는 그러한 배려가 필요하다.

'아마 지르크니프, 너도 그렇겠지? 메이드에게 이것저것 시켰으니.'

왕의 견본으로 관찰하는 인물상에 대고 마음속으로 말을 건다. 언젠가 같은 왕으로서 느끼는 고생을 서로 토로하고 싶은 심정이었다.

"아인즈 님. 아우라 님과 마레 님이옵니다."

그녀의 역할이 끝나자 아인즈는 두 사람의 입실 허가를 내렸다.

문을 열고 조그만 다크엘프 아이들이 들어왔다. 얼굴은 만면의 미소를 머금어서 무언가 위험한 사태가 일어난 것은 아님을 알 수 있었다. 아인즈는 안도했다.

"안녕히 주무셨어요, 아인즈 님!"

"아, 아, 안녕히 주무셨어요, 아인즈 님."

"그래, 너희도 잘 잤느냐. 오늘도 건강한 것 같아 보기가 좋구나."

들어온 두 사람은 알베도와도 인사를 나눈 후, 우선 아우라가 책상 뒤로 돌아 들어와 아인즈의 옆에 섰다. 매우 가까운 거리까지 다가온 아우라가 두 팔을 번쩍 들었다.

"응!"

곤혹스러워하는 아인즈에게 말이 아닌 목소리를 내며, 다시 팔을 들었다. 그러고는 반짝반짝 기대에 찬 눈빛을 띠며 가볍게 폴짝폴짝 뛴다.

그제야 겨우 무엇을 해 달라는 것인지 알아차린 아인즈는, 의자를 조금 뺀 다음 아우라의 겨드랑이에 손을 넣어 안아 들었다.

"이, 이게 무슨, 아인즈 님?!"

알베도가 갈라진 비명 같은 목소리를 질렀지만 아랑곳하지 않고, 안아 든 아우라를 180도 돌려 등을 이쪽으로 향하게 해 자신의 오른쪽 대퇴골에 앉혔다. 대퇴부와는 달리 부드럽지 않은 뼈이므로, 옆으로 앉혀 아우라 자신의 부드러운 엉덩이가 딱딱함을 흡수하게 할 수밖에 없었다.

"에헤헤."

수줍은 듯 기분 좋은 듯한 웃음소리를 낸 아우라에게 아인즈도 미소를 지었다. 그리고 시선을 돌려, 우물쭈물하는 마레에게도 손짓을 했다.

쭈뼛거리며 다가온 마레를 똑같이 들어 왼쪽 대퇴골에 앉힌다.

"저, 저기, 아, 아인즈 님, 소, 소녀도."

다음에는 쿠션이라도 준비해 놓을까 생각하던 아인즈에게 알베도가 쭈뼛쭈뼛 호소했지만, 아무리 그래도 성인 여성을 허벅지—— 대퇴골에 앉히는 것은 창피하다.

"아니, 그건…… 안 되지."

"하, 하오나, 두 사람은……."

"……알베도, 이 둘은 아이가 아니냐. 너는 어른이고."

한순간 알베도의 뒤에서 마음의 충격이 현현한 듯한 벼락을 본 기분이 들었다. 조금 미안한 짓을 했나 싶었지만, 그래도 창피한 것은 창피하다. 무엇보다 성희롱이 아닌가.

"그래, 둘이 웬일이냐. 무슨 일이라도 있었느냐?"

토브 대삼림 내부에 만든 요새——자재 적재소 혹은 가짜 나자릭——는 일단 완성됐다. 다음으로 아우라에게는 그 요새의 방비를 강화하는 것과 은폐공작을 맡겼다. 원래 같으면 적이 있을 경우 그곳으로 도망쳐 진짜 나자릭 지하대분묘의 존재를 감추는 계획을 세웠으나, 나자릭 지하대분묘의 위치는 지르크니프에게 알려졌으므로 피난소 및 물자 적재소의 역할을 우선시했던 것이다.

마레에게는 에 란텔 근교에 지하분묘를 만드는 임무를 맡겼다. 당장 이를 사용할 계획은 없지만 남아도는 힘을 낭비하는 것도 아깝다는 생각에서였다. 사람이라면 인건비가 발생해도 골렘이나 언데드라면 문제가 없고, 단순한 석재 정도라면 마레의 마법으로 만들 수 있다.

참고로 다른 수호자들 중 샤르티아에게는 〈전이문Gate〉을 사용한 이동 관련 업무 겸 나자릭 경비, 코퀴토스에게는 리저드맨 마을을 포함한 호수 일대의 관리를 맡겼다. 데미우르고스는 성왕국으로 출장을 갔다.

따라서 현재 에 란텔에 있는 수호자는 이 자리에 모두 모인 셈이다.

그러면 그런 일을 맡은 두 사람이 이곳에 무엇을 하러 왔을까. 아인즈의 그런 의문에 아우라가 스스럼없이 대답했다.

"아인즈 님이 보고 싶어서 왔어요!"

천진난만한 그 말에 아인즈는 활짝 웃었다.

"그랬구나. 나도 너희를 보니 기쁘다."

아인즈는 아우라의 머리를 쓰다듬었다. 그 손에 아우라가 기분 좋다는 듯 머리를 비벼댄다. 뭐랄까, 귀여운 강아지를 상대하는 기분이다.

"저, 저기, 아인즈 님은, 어, 무엇을 하고 계셨나요? 부, 불편하시지는 않나요?"

"당연히――."

"그런 일은 없다. 너희를 만나는데 뭐가 불편하겠느냐."

마레에게 부드럽게 말한 아인즈는 알베도에게 고개를 돌렸다.

"미안하다, 알베도. 뭔가 말하려 했던 것 같은데 도중에 끊고 말았구나. 아, 맞아. 물론 너와 만나는 것도 그렇다."

"아, 네……."

얼굴을 새빨갛게 물들였던 알베도가 표정을 날카롭게 다
잡았다. 그리고 말했다.

"아인즈 님!"

왜 그러느냐고 물으려던 아인즈는 눈을 동그랗게 떴다.

"응애."

아인즈는 자신의 귀를 의심했다. 그녀가 무슨 말을 하는
걸까.

잘못 들은 것이 아니라는 증거로, 알베도는 부끄러워하면
서도 다시 말했다.

"응애."

'……틀림없이 갓난아기 흉내겠지. 아니, 그 이외에 다른
게 있다면 그게 더 무서워. 그럼 왜 그런 짓을? 일을 너무 시
켜서 마음이 피폐해졌나? 헉! 니글레도에 관한 무언가일 수
도 있겠구나. 조금 전에 근신을 풀라는 말을 했기 때문에.'

언데드의 몸이면서도 혼란에 빠져 있으려니, 마레가 움찔
움찔 움직였다.

"저기, 저는, 그만, 괜찮으니까요, 저기, 알베도 님을……."

그 말에 하늘의 계시가 내려왔다. 다시 말해 이 두 사람은
어린아이니까 어른인 너는 참으라는 말에, 자신도 어리다는
연기를 한 것이다.

'하지만 왜 갓난아기? 게다가 아무리 그래도 알베도를 허 벅지에 앉히는 건……'

그러나 저렇게 부끄러워하면서도 어필을 감행하지 않았 는가. 남의 위에 선 자로서, 그리고 남자로서 이를 무시할 수는 없다. 게다가 알베도도 아우라, 마레와 마찬가지로 자 식 같은 존재다. 편애해서는 안 된다.

"미안하다, 마레."

각오를 다진 아인즈는 마레를 내리고는 알베도에게 손짓 했다.

"오너라, 알베도."

"네!"

조금 전 부끄러워하던 표정은 사라지고 마치 산책 가기 전의 강아지처럼 기대에 찬 얼굴을 한 알베도가 순식간에 아인즈의 옆으로 다가왔다.

알베도가 두 팔을 번쩍 들었다.

자리에 앉은 아인즈가 알베도의 겨드랑이에 손을 넣어 들 어올리는 것은 조금이 아니라 상당히 어렵다.

"……저기, 미안하구나. 그대로 앉아주겠느냐."

"네! 분부 받들겠나이다!"

마레와 교대해 아인즈의 왼쪽 허벅지에 뒤로 돌아앉은 알 베도가 몸을 기댔다.

처음에 아인즈가 느낀 것은 부드러움이었다. 어린아이들

과는 다른, 성숙한 육체의 부드러움이 있었다. 다음으로는 스며드는 것 같은 온기에 아인즈는 무언가가 근질거리는 기분을 느꼈다.

'그건 그렇다 쳐도 진짜 부드럽다!'

100레벨 전사직일 텐데도 근육이 어디 있는지 알 수 없는, 나쁘게 말하자면 연체동물 같은 부드러움이었다.

"쿠후후후."

알베도의 나직한 웃음소리가 들렸다. 그녀의 긴 머리카락에서 감도는 향이 아인즈의 코를 간질였다.

"──음?"

그 순간, 있을 리 없는 아인즈의 뇌를 스파크 같은 것이 휩쓸었다.

'이 냄새, 어디선가 맡아본 적이 있는데? 알베도의 옷? 아니, 향수인가?'

알베도에게서 감도는, 어딘가 마음이 차분해지는 향을 아인즈는 틀림없이 맡아본 적이 있었다. 하지만 기억의 서랍에서 꺼낼 수가 없었다.

"흐음…… 알베도, 무언가 향수라도 뿌렸느냐?"

"예, 그렇사옵니다. 혹시 불쾌하셨는지요?"

"그렇지 않다. 좋은 냄새구나."

알베도가 갑자기 아인즈 쪽을 돌아보았다. 그 눈이 너무나 크게 뜨여서 아인즈는 조금 공포를 느꼈다.

"그렇사옵니까, 아인즈 님! 괜찮으시다면 더 맡아보시면 어떻겠사옵니까? 한 시간이든, 하루 종일이든!"

"아니, 아무리 그래도 한 시간은……."

하지만 조금 관심이 동하는 것도 사실이었다. 게다가 좀 더 맡아보면 이 냄새의 기억에 도달할 수 있을 것 같았다.

"으음…… 그러면 조금만 더 맡아도 되겠느냐?"

아인즈는 살짝 코뼈를 가까이 대고 알베도의 냄새를 빨아들였다. 조금 전보다도 가까워서, 어딘가 편안해지는 향이 조금 뚜렷해졌다. 역시 어디선가 맡아본 적이 있지만 어째서인지 그 장소를 떠올릴 수 없었다. 아인즈가 필사적으로 기억의 실을 더듬어가고 있으려니 냉랭한 목소리가 들렸다.

"……아인즈 님."

한순간 누구의 목소리인지 알 수 없었지만, 그것은 아우라였다. 조심조심 시선을 돌리자 아우라가 흘겨보고 있었다. 입술을 살짝 비죽거리며 볼을 부풀린다.

"좀 변태 같아요."

"미, 미안하다."

정말 그렇다. 아인즈는 아이들 앞에서 그런 짓을 한 자신의 어리석음을 저주했다. 정서교육에 좋지 못하다. 이래서는 옛 동료가 남동생을 꾸짖을 때 같은 목소리로 자신을 부를 것 같다.

"그, 그러면 아우라, 알베도. 둘 다 내 다리에서 내려가거

라. 그리고 알베도, 방금 하던 이야기를 마저 하자꾸나."

하지만 움직이지 않는다.

둘 다 움직이려 들지 않는다. 누가 먼저 내려갈지 눈치만 살피는 것 같았다.

"못 말리겠군……."

아인즈는 아우라를 들어서 바닥에 세웠다. 알베도에게서는 "쿠후후후." 하고 나직한 웃음소리가 들렸다.

"……아우라는 먼저 앉아 있었으니까. 알베도도 그만 내 허벅지에서 내려가거라."

"하, 하오나 아우라는 3분 41초 동안 앉았사옵니다. 반면 소녀는 57초밖에 앉지 못했나이다. 저도 앞으로 3분은 더 앉혀 주셔야 한다고, 어리석은 견해로나마 생각해 보았나이다."

"아인즈 님을 만나는 시간은 알베도가 더 길잖아."

"그건 어쩔 수 없지. 일인걸."

"에이, 난 또~. 일이었구나~. 난 아인즈 님을 보고 싶어서 온 거였지만~."

"큭!"

아인즈의 허벅지 위에서 알베도의 엉덩이가 휙 움직이더니 둘이 서로를 노려본다.

알베도가 자신의 허벅지에 앉고 싶어하는 것도 이해는 한다. 하지만 왜 아우라까지 이를 바란단 말인가. 알베도처럼 아인즈를 사랑하는 것도 아닐 텐데. 무엇보다 그만한 사랑을 받을 만한 짓을 했던 기억은 없고, 아우라 같은 아이들에게 사랑이라는 감정은 너무 이르다. 그렇다면—— 여기까지 생각한 아인즈는 해답에 도달했다.

'그렇구나. 독점욕이구나.'

그 외에는 부성에 대한 욕구도 있을 수 있다. 아우라, 그리고 마레는 어리게 만들어졌다. 부모가 있어야 할 나이로. 그렇기에 결핍된 부분을 아인즈에게 바라는 것이 아닐까.

두 사람에게 친구를 만들어 준다는 의미에서 다크엘프 나라가 있으면 가보고 싶다고는 생각했지만, 부성에 대한 갈망은 스즈키 사토루에게는 없었던 감정이기에 뒤늦게 깨달았다.

'아이들의 정서교육에 대한 책이 도서관에 있을까?'

단순한 데이터였을 때는 아무 문제가 없었지만, 앞일을 생각해 보면 아우라와 마레를 정신적으로 건전하게 성장시키기 위한 무언가가 반드시 필요하다.

'역시 다크엘프 친구를 만들어 줘야겠어! 우선순위를 높이자. 그러고 보니——.'

"아우라. 한 가지 묻고 싶다만, 너와 마레에게 맡겨놓은 그 세 엘프는 어떻게 됐느냐?"

"나자릭에 쳐들어오고서 아인즈 님의 자비심 덕택에 용서받은 그것들요?"

아인즈는 고개를 끄덕였다. 워커들을 끌어들였을 때 동행으로 따라온 노예 엘프들을 아우라와 마레에게 맡겼던 것이다. 원래 같으면 초대도 받지 않고 나자릭에 침입한 자들을 살려서 돌려보낼 마음은 없었지만, 그들의 경우 자신의 의지로 온 것이 아니었으며, 보물도 스스로 취하고자 손을 댄 것은 아니었다. 그렇다면 자비를 베풀어도 되지 않겠느냐고 생각했던 것이다.

게다가 엘프라면 아우라나 마레의 성장에 좋은 영향을 주지 않을까 하는 마음도 있었다.

"네. 일단 저희 계층에 놔뒀어요."

"놔둬?"

"네. 왠지는 모르겠는데, 우리를 자꾸 돌봐주려고 쫄랑거려서 좀 귀찮았거든요."

"마, 맞아요. 오, 옷 같은 것도, 직접 입을 수 있는데, 자꾸 도와주려고 하고…….."

"넌 좀 더 야무지게 굴어. 안 그러니까 옷을 갈아입혀주려고 하는 거야. 난 그런 일은 없었어."

'그렇구나. 그렇게 돌봐주려 했단 말이지. 메이드들이 나에게 하듯. 이해한다, 마레. 네 고생을. 그렇다고는 하지만 그 셋을 살려준 것이 헛된 일은 아니었군. 하지만 노예 출신이라면 정서교육에 나쁘려나? 으음.'

"뭐, 그래도 목숨을 살려 주었으니 화가 난다고 죽이거나 해선 안 된다. 너희가 거추장스럽다고 생각할 때는 내가 거둬 다른 곳에 보내겠다."

"알았어요! 그때는 부탁드릴게요."

고개를 끄덕이는 마레를 본 다음, 아인즈는 알베도에게 냉랭한 시선을 보냈다.

"자, 알베도. 그만 내려가거라. 이미 3분은 넘었을 텐데."

한순간 아쉽다는 표정을 짓기는 했지만 알베도는 아무 말 없이 고분고분 아인즈의 허벅지에서 내려갔다.

"그런데 아인즈 님은 알베도랑 뭘 하셨어요?"

"음? 아아. 나자릭에 속한 자들에게서 모은, 이 나라를 좋게 만들기 위한 아이디어를 검토했다. 그래, 너희도 무언가 아이디어가 있다면 말해 보지 않겠느냐? 뭐든 좋다."

아우라의 얼굴이 화악 빛났다.

"그렇다면 아인즈 님! 저한테 좋은 생각이 있어요."

"호오. 뭐냐, 아우라? 말해 보거라."

"네! 남자애들은 여자애 차림을, 여자애들은 남자애 차림을 시켜야 한다고 생각해요."

'……부글부글찻주전자아아아!'

아인즈는 옛 친구의 이름을 마음속으로 외쳤다. 한순간 핑크색 슬라임이 '미안해~.' 하고 외견과는 어울리지 않는 귀여운 목소리로 사죄하는 환영까지 보았다.

"그렇구나. 부글부글찻주전자 님의 생각이란 말이지. 하기야 나쁜 의견은 아닌걸. 게다가 지고의 존재께서 결정하신 사항을 이 나라에서도 시행하는 건 올바른 행위지."

올바르냐?!

아인즈는 알베도에게 태클을 걸고 싶었지만 차마 그럴 수는 없었다.

일단 그건 안 된다고 해야 한다. 하지만 여기에는 문제가 있다.

아우라와 마레 두 사람은 부글부글찻주전자의 의향에 따라 이런 차림을 한 것이다. 아인즈가 아우라의 제안을 부정하려면 그들은 괜찮고 다른 사람들이 안 되는 이유를 만들어야만 한다.

그런 아이디어 따위 얼른 떠오를 리가 없다.

"아인즈 님. 아우라의 제안을 실행으로 옮기고자 행동하는 편이 좋지 않겠나이까?"

왜 그렇게 채택을 재촉하는데.

이제는 시간이 없다. 만일 이것을 허락한다면 마도국은 도착적인 취미를 가진 나라라고 안팎에 선전하는 꼴이 된다. 그것만은 무조건 피해야 한다. 기뻐하는 사람은 부글부글찻주전자뿐이다. 아니, 부글부글찻주전자가 이 세계에 있다 해도 절대로 찾아오지 않을 나라가 될 것 같다.

'자기들이 만든 NPC들이 자아를 가지고 살아있다는 말을 들으면 보고 싶어하기는커녕 피할 사람이 몇 명 있을 것 같은데, 부글부글찻주전자님은 그쪽이겠지. 야마이코님이나 팥고물떡님은 올 것 같고. 같은 여성이면서 어떻게 이렇게까지 다를까…….'

그녀들의 모습을 그립게 생각하면서, 아인즈는 천천히 일어나 창문을 통해 밖을 바라보았다. 이 동작에 의미가 있는 것은 아니다. 단순히 시간을 끌려는 것이다. 일단은 말머리 부분을 생각해놓고, 휙 몸을 돌리며 세 사람을 시야 안에 담았다.

"그 아이디어는 무조건 기각할 것이다."

"어, 어째서요?"

'당연히 그렇게 물어보겠지……. 차라리 크리스마스에 같이 지낼 상대가 없는 남자한테 가면을 제공하겠다는 법률이 그나마 나을걸…….'

후우우. 한숨을 쉬었다. 물론 의미는 없다. 이것 또한 단순히 시간을 벌기 위한 수작이다.

"여러 가지 이유가 있다만, 알베도. 하나하나 설명하는 편이 좋겠느냐?"

"네, 네에. 부, 부탁드려요."

알베도에게 말할 생각이었는데 가로챈 것은 마레였다. 평소에는 고분고분한 아이가 왜 이렇게 자신을 괴롭힐까 싶어 아인즈는 서글퍼졌다. 알베도라면 분명 '그러실 필요는 없사옵니다. 소녀가 직접 설명하겠나이다.' 라고 했을 텐데.

이제는 아인즈가 설명할 수밖에 없다.

"……그렇구나. 그렇다면 설명해 주마. 제일 먼저 무엇부터 이야기하면 좋을지."

흐음. 아인즈는 턱에 손을 가져다댔다. 말할 것도 없지만 이것도 시간을 벌기 위한 수작이다. 뇌에서 비지땀이 배어나올 정도로 필사적으로 생각한 아인즈에게 영감이 찾아왔다.

"──우선, 그래. 너희가 그 차림을 하고 있기에 이 나라 사람들도 그렇게 해야 한다고 생각한 것이겠지? 그것이 부글부글찻주전자님의 의향이라고. 그러나 그렇지 않다. ──그래. 너희는 특별한 것이다."

"특별하다고요?!"

"그렇다마다. 너희는 부글부글찻주전자님에게 특별한 존재이기에 그 차림이 허락된 것이다. ……너희는 그 '특별함'을 듣도 보도 못한 수많은 자들에게 허용하겠다는 게냐?"

"설마요!"

큰 목소리를 낸 것은 놀랍게도 마레였다.

"절대 싫어요! 부글부글찻주전자 님의 특별함은 저랑 누나 말고는 아무한테도 주지 않을 거예요!"

"그, 그렇지. 그런 거다. 알겠느냐, 아우라?"

"네! 부글부글찻주전자 님의 마음을 생각하지 못한 제가 바보였어요!"

좋았어! 아인즈는 승리의 포즈를 짓고 싶어지는 마음을 꾹 삼켰다.

"그리고, 그렇지……."

아우라와 마레는 이미 수긍했다. 어물쩍 이야기를 마쳐버린다 해도 문제는 없으리라. 다만 걱정거리가 하나 있었다.

아인즈는 "몇 가지는 파기해야겠네."라고 중얼거렸던 알베도의 눈치를 살폈다.

비범한 그녀라면 아인즈 이상의 무언가를 생각했을 가능성이 있다. 여기서 끝내버렸다간 알베도가 이상하게 생각하지 않을까 불안해졌다.

시선이 교차하고, 알베도가 고개를 기울이며 웃음을 지었다. 그 반응이 무슨 의미인지를 이해하지 못해 아인즈는 시선을 돌렸다. 우연히 그 시선을 받은 것은 엘더 리치 중 하나였는데, 시선은 자연스레 그 손에 들린 서류로 옮겨갔다.

"──아아. 역시 아인즈 님도 그 안건에 대해 생각하셨나이까? 가장 집중해서 보셨던 만큼……. 이 두 사람에게라면 이야기해도 좋으리라 사료되옵니다."

갑작스러운 알베도의 말에 아인즈는 시선을 다시 그녀에게 되돌렸다.

"──으음. 역시 알베도도 그렇게 보았느냐."

"예. 아인즈 님께서도 그 건에 대해 말씀하시리라 여겼사옵니다. 두 사람에게 들려 주셔야 할지를 생각하셨지요?"

"역시 알베도구나. 말하지 않아도 내 마음을 이해하다니."

"과찬이시옵니다."

웃음을 지으며 알베도가 고개를 숙이는 한편, 아우라는 불만스레 볼을 부풀렸다.

"하오나 그 이상으로 가장 중요시해야 할, 부글부글찻주전자님의 말씀은 소녀도 생각하지 못했나이다. 역시 우리의 조물주, 지고의 존재. 여러 관점에서 내리시는 판단은 역시 소녀가 따를 수 없사옵니다."

"아니다. 그런 말은 말거라, 알베도. 너라면 반드시 언젠가 나를 넘어선 재능을 보여주리라 생각한다."

이미 그녀는 자신을 아득히 넘어섰다. 스스로도 이게 무슨 소리냐 싶어 부끄러워졌지만, 알베도는 결의로 가득한 표정을 짓고 고개를 끄덕였다.

"예! 반드시!"

"──어, 아까 하신 말씀 말고도 뭔가 이유가 있었나요?"

"그렇다, 아우라. 알베도, 두 사람에게 들려 주거라. 아이들도 이해할 수 있도록, 알기 쉽게. 중요하다. 알기 쉽게."

그렇게 말한 아인즈는 자신은 아무 말도 않겠노라고 다시 창문을 통해 밖을 바라보았다. 그러나 온 신경은 청각에 쏠려 알베도의 목소리를 한 마디도 놓치지 않으려 했다.

"원래는 나중에 아인즈 님께 제안드리려 했던 건데, 사실은 좀 문제가 생겼거든."

"뭐어? 어떤 놈이 문제를 일으킨 거야? 우리가 파팍 죽여 버리고 올까?"

"아니, 그런 일이 아니고. 사실은 장래에 물자가 부족해 진다는 사실이 판명됐거든. 그래서 지금 갑작스럽게 복장을 전부 교체하라는 명령을 내리면, 입던 옷을 교환한다든가 여러 가지 수단을 강구하는 귀찮은 일이 생길 거야."

엑, 그랬어?

라고는 물어볼 수도 없는 아인즈는 조금 전의 서류에 적혔던 내용을 필사적으로 떠올렸다.

분명 물자에 대해 적혀 있기는 했지만 양이 상당히 많았던 것 같다. 그러나 알베도가 그렇다면 정말 그럴 것이다.

'근데 그거 상당히 위험한 거 아냐? 하지만 그렇게 따지면 제국이나 왕국에서 구입하면 되지 않나? 도시 내에 그 정도 자산은 있을 텐데?'

아인즈의 당연한 의문은 알베도가 대답해 주었다.

"이 도시는 물류 적재소의 성격이 강하고, 교역도시이기도 했어. 하지만 현재 아인즈 님이 지배하시게 된 후로는 세 나라에서 찾아오는 상인이 거의 없거든. 그렇기 때문에 물자가 서서히 줄어드는 판국이야."

"없으면 있는 데서 가져오면 되잖아. 제국이나 왕국에서 빼앗아 오면 안 돼?"

"누나, 그, 그건 안 돼. 어, 저기, 그러니까, 아인즈 님이 세 나라에 대한 무력행사는 엄금한다고 그러셨잖아."

그렇다. 장래는 알 수 없지만 이 도시를 완전히 지배할 때까지 무력 사용은 엄금했다. 물론 상대가 먼저 쳐들어올 때는 이야기가 다르다.

"그럼 어떻게 할 건데."

"어, 어, 그, 그래도 걱정할 일은 없지 않을까? 저기, 어, 아인즈 님이 해결해 주실 거야."

거기서 화살을 나한테 돌리냐!

마레에게 딴죽을 걸고 싶었지만 꾹 참았다. 마레에 이어 "그렇구나!" 하고 외치는 아우라. 두 아이의 신뢰를 배신하다니, 누가 감히 그럴 수 있겠는가.

하지만 지극히 평범한 회사원이 올바른 경제정책을 낼 수는 없는 노릇이다. 그렇기에 아인즈는 전가의 보도 두 가지 중 하나를 사용했다.

천천히 돌아서며 자신만만하게 말했다.

"——알베도. 이미 손은 써 놨으렸다?"

다시 말해 우수한 인재—— 알베도에게 떠넘기는 것이다.

"예. 근시일 내로 데미우르고스가 뿌려둔 씨앗을 수확하러 다녀오겠나이다."

"그런 거다. 너희는 아무 걱정할 필요 없다."

엄청난 사람을 보는 듯한, 반짝거리는 존경의 눈빛에 아인즈는 조금 죄책감이 들었다. 동시에 그런 것들이 모두 거짓임을 알았을 때 두 사람이 지을 실망의 눈빛에 대한 공포도.

'하지만 데미우르고스라. 대체 무슨 씨앗을 뿌렸는지는 모르겠지만, 역시 대단한걸.'

수확이라는 말에 대해 묻고 싶었지만 그럴 수도 없었다. 아인즈 울 고운은 모든 것을 숙지하고 있어야 하니까.

'경제학 같은 것도 공부하는 편이 좋다는 걸 알아도 어려운 책을 읽으면 눈으로만 따라갈 뿐이고…… 케인즈 경제학 같은 건 좀 더 쉽게 설명해 달라고. 나이 때문에 뇌가 딱딱해졌나…….'

위그드라실의 게임 시스템은 금방 익혔다. 자랑은 아니지만 자신이 습득한 700개 이상의 마법을 모두 암기해 동료들의 경악을 자아냈다. 게다가 습득하지 않은 마법이라 해도 알고만 있으면 그것은 상대의 힘을 해석할 무기가 된다. 그렇기에 될 수 있는 한 마법은 모두 외우고자 노력했다. 그 결과도 있고 해서, 마법 관련 지식으로는 길드 내에서 다섯 손가락 안에 들었을 것이다.

그런 아인즈긴 했지만, 학술서는 젬병이었다.

'어라? 어쩌면 머리에 뇌가 없어서 더 이상은 암기할 수 없는 건가?'

이 세계에 온 이후로 다양한 것들을 배운 이상 절대로 그렇지는 않으리라 생각하지만, 매우 무서운 망상을 하고 몸을 떨었다.

"그래서 아인즈 님께 허가를 받고자 하옵니다만……."

"——뭐? 허가라니?"

알베도의 제안이라면 굳이 허가할 필요는 없으리라 생각했다. 총명한 그녀는 자기보다도 올바른 선택을 할 테니까. 다만 그래서는 조직이 원활히 굴러가지 않는다. 윗사람의 역할은 아랫사람의 책임을 짊어지는 것. 그러기 위해서는 역시 윗사람이 허가한다는 명분이 필요하다.

"그 인간들을 움직이기 위해 왕도에 누군가를 보내고자 하옵니다만, 제가 가도 괜찮겠나이까?"

"뭐야?!"

아인즈는 놀란 나머지 평소보다도 큰 소리를 내고 말았다.

데미우르고스도 없는 상황에 알베도까지 내보내는 것은 불안했다. 게다가 이 도시의 통치 또한 아직 완벽하지 않다.

그리고 무엇보다 알베도 자신이 그런 말을 꺼낸 것 자체가 처음 있는 일이다 보니 놀라고 말았다.

"……너를 보내는 건…… 곤란한데."

"어머나."

알베도가 기뻐하며 웃었다.

"괜찮사옵니다, 아인즈 님. 금방 마치고 아인즈 님의 곁으로 돌아올 테니까요."

"그래……? 단기간이라면 문제는 없겠지. 나자릭과 이 도시의 관리는 누구에게 인계할 예정이냐?"

아우라와 마레가 의아한 표정을 지었으므로 두 사람이 아닌 것은 분명했다. 설마 나는 아니겠지. 그런 마음으로 아인즈는 물었다.

"판도라즈 액터에게 맡길 예정이옵니다."

아우라와 마레에게서 "판도라즈 액터라면 괜찮겠네." 하는 목소리가 들렸다.

"……그놈 말이냐."

"그는 아인즈 님께서 만드신 만큼 매우 우수한 인재이옵니다. 자식은 부모를 닮는 법이란 말은 그야말로── 실례하였사옵니다. 피조물에 불과한 저희를, 지고의 존재께서 낳으신 자식이라도 되는 것처럼 말하다니. 이 무례를 용서하여 주시옵소서."

갑작스러운 알베도의 사죄에 아인즈는 눈을 깜빡거렸다가── 붉은 광점의 광도를 낮추었다.

"사과할 필요는 없다. 그놈은, 뭐, 내 자식…… 미안하다. 싫어하는 것은 아니다만, 그 뭐냐, 불초자식…… 아니, 그놈이 잘못한 건 아니다만…… 에잇, 뭐냐. 그래. 자식이나 마찬가지지. 음."

어쩐지 서로 입을 다물어버리고, 이대로는 끝이 안 나겠다는 생각에 아인즈가 먼저 물었다.

"그래서 판도라즈 액터가 관리를 맡는다면, 놈에게 시킨 모몬은 어찌 되겠느냐? 내가 맡아야 하나?"

"아니옵니다. 아인즈 님께 그런 수고를 끼치다니요. 모몬은 의뢰를 받아 인근에 순찰을 나간 것으로 처리할 생각이옵니다."

흐음.

아인즈는 고개를 끄덕였다. 오랜만에 모몬이 되어 긴장을 풀고 싶었지만, 생각해 보면 편안하게 모험자 노릇을 할 때와는 상황이 크게 달라졌다. 귀찮은 일이나 신경을 써야 하는 일들이 많을 것이다. 그렇다면 모몬은 순찰을 보내는 것이 제일 좋을 수도 있다.

"저, 저기요, 하지만, 모, 모몬 님이 밖에 나가버리면, 이 도시 사람들한테는 문제가 없을까요?"

"문제없어. 아인즈 님의 한 수는 치명적일 정도로 효과적이었다는 뜻이지. 우리가 결코 인간들을 함부로 대하지 않은──원래부터 그런 짓을 할 마음은 전혀 없었지만──덕분에 모몬이라는 캐릭터를 굳게 신뢰하고 있거든. 그러니 모몬이 밖에 나가기 전에 도시의 유력자들에게 우리를 따르라고 이야기해 두면 문제는 없어. 그건 그렇고, 꼭두각시에게 조종당하고 지배당한다는 사실도 모르다니…… 전이 직후에도 여기까지 파악하시고 준비해 두신 점, 과연 아인즈 님이라고밖에 할 수 없나이다."

"으음~ 모몬 님의 말을 믿으니까 아인즈 님의 말을 신용한다니, 어쩐지 복잡하네."

"그렇지? 하지만 이 도시를 평화적으로 완전히 지배하기 위한 한 수로는 어쩔 수 없었어. 서서히 모몬을 치워나가면서 아인즈 님에 대한 충성심을 심으면 돼. 몇 년은 걸릴지도 모르지만 어쩔 수 없는 일이야."

"좋아. 그러면 알베도, 판도라즈 액터에게 맡기고 준비와 그 외의 인수인계가 끝나는 대로 수확을 다녀오너라. 무언가 필요한 것이 있느냐?"

"황송하옵니다. 그러면 왕도에서 인간의 왕과 만나 몇 가지 교섭을 진행하고 싶사온데, 그 초안을 준비하였으니 읽어 주실 수 있겠나이까?"

"그래. 나중에 가져오너라."

어차피 알베도의 초안에 도장만 찍으면 끝나는 간단한 일이다.

"나머지는, 부끄러운 말씀이오나, 옷을 몇 벌 받아갈까 하옵니다. 저쪽에서는 의상을 갈아입을 필요가 있으리라 생각하는 바."

"그래? 그렇다면 내가 가진 옷에서 몇 벌을 주마. 나중에 오거라. 헌데 데미우르고스는—— 아니, 됐다. 아무것도 아니다. 그러면 계속할까? ……기왕 왔으니 두 사람의 의견도 들어보자꾸나."

## 2

일을 마치고 세 사람과 엘더 리치들이 방을 나간 후, 남은 것은 아인즈와 피스. 그리고 천장에 달라붙은 팔지도 암살충들뿐이었다.

사실 아인즈의 하루 업무는 이것으로 끝났고 나머지는 자유시간이다. 지금 할 수 있는 일도 있지만, 미리 앞당겨서 해 봤자 결국 나중에 심심해질 뿐이다. 이 시간을 무엇에 쓸지 생각한 아인즈는 문득 아이디어가 떠올라 자리에서 일어났다.

"이제부터 판도라즈 액터를 만나러 가겠다."

그렇게 선언하고 걸어나가니 피스가 아무 말 없이 뒤를 따라온다. 당연히 팔지도 암살충들도.

저택을 나오자 계절감이 든다고 해야 할지, 아직은 시원한 바깥바람이 불고 있었다. 지내기 편하다고 할 만한 바람이었지만 냉기에 대해 완벽한 내성이 있는 아인즈는 흘끔 피스의 상태를 확인하고는, 다시 걸어나갔다.

이 저택 내에는 아인즈가 이제까지 있던 본채, 각 내정 담당관이 기거하는 건물, 별채까지 크게 세 채의 건물이 있다. 판도라즈 액터—— 아니, 모몬이 기거하는 곳은 이 별채 쪽이었다.

원래 같으면 모몬을 불러내는 것이 주인으로서 합당한 태도겠지만, 이것도 기분전환이다.

"──음? 이건 어떻게 된 일이지?"

별채 근처까지 온 아인즈는 혼자 중얼거렸다. 그의 시선이 향한 곳에는 별채에 인접한 마구간이 있었다. 마구간이라고는 해도 지금 그곳에 있는 것은 햄스케 단 한 마리뿐이다. 그래야 한다.

어떤 의문을 품은 아인즈가 마구간으로 다가가자, 피유우 피유우 하고 곤히 곯아떨어져 내는 숨소리가 들렸다. 수면은 산 자의 특권. 그렇다면 햄스케는 이곳에 있다. 태양이 나름대로 높이 떴는데 아직까지 자는 모양이다.

햄스케는 고양이과 동물처럼 어둠을 꿰뚫어 보는 눈이 있지만, 본인의 이야기를 듣자면 행동하는 데에는 밤이든 낮이든 상관이 없는 모양이었다. 먹이를 먹으면 배가 고파질 때까지 자는 생활을 보낸다는 것이었다.

솔직히 말해 이야기를 들은 아인즈의 첫 감상은 '대체 어디에 현왕다운 부분이 있을까'였다. 좀 더 지적인 행동을 기대한 자신이 바보 같을 정도였다.

"여기까지 접근했는데도 우리의 기척을 알아차리지 못하다니, 야성을 잃은 것 아닌가? 나 원…… 칠칠맞기는. 아니, 어제 밤늦게까지 일했을 가능성도 고려해야겠지."

"그런 일은 없었사옵니다. 햄스케 님은 어제도 하루 종일

이곳에 계셨나이다."

"······그러냐."

구제할 길 없는 피스의 말을 들으면서도 햄스케를 옹호할 말한 말을 찾아봤지만, 전혀 떠오르지 않았다.

'뭐, 애완동물 취급이니 뭔가를 기대하는 것도 잘못이겠지. 칠칠맞아도 상관없······지만, 내가 이래저래 일하는 데 노는 놈이 있다는 상황은 불쾌한걸. 애먼 분풀이지만.'

마구간을 엿보니 거대한 햄스터가 널브러져 자고 있다. 콧물 방울까지 맺히면 완벽하겠다 싶은, 그림으로 그려놓은 듯한 게으름의 극치였다.

그렇게, 햄스터에게는 도저히 있을 수 없을 법한 당당하고도 아저씨스러운 잠버릇 이상으로 아인즈의 시선을 끌어들이는 것이 있었다.

햄스케의 꼬리에 감긴 죽음의 기사가 있었던 것이다. 그것이 마구간에서 아인즈가 느꼈던 영문 모를 언데드 반응의 정체였으리라.

자신이 만들어낸 언데드와는 감각적으로 이어지기 때문에 대충은 위치를 알 수 있다. 하지만 에 란텔에는 너무 많은 수를 배치하는 바람에 혼란을 겪어버리는 일이 있었다. 솔직히 말하자면 지금 자신이 만들어낸 어떤 언데드가 어디 있는지 소소하게 파악하기는 어려웠다. 그래도 마구간에 배치한 기억은 없었으므로 언데드 반응에 의문을 느낀 것이다.

"일어나라, 햄스케."

"으음, 이올시다."

눈을 재주도 좋게—— 아니, 인간처럼 슥슥 비빈 햄스케의 거대한 얼굴이 움직이더니 아인즈를 보았다.

"오오! 누군가 했더니 주공 아니외까!"

"지금은 아무도 없으니 상관없다만, 평소에는 아인즈 님이라고 불러라. 너는 모몬이 타는 짐승이지 내 소유가 아니니까."

"물론이외다, 주공!"

"그래? 안다면야 다행이지만……."

정말로 아는 게 맞냐고 캐묻고 싶어지는 반응이었다.

게다가 마수로 대표되는 짐승은 정신조작계 마법에 약하다. 그렇기에 정신조작 무효 아이템도 빌려줬는데, 마법 이외의 수단에 걸려 입을 잘못 놀리지는 않을까 하는 불안감이 들었다.

"뭐, 너는 이제까지 실수를 저지른 적이 없었지. 그렇기에 믿겠다. 그런데 본론이다만, 그 죽음의 기사는 대체 뭐냐?"

"오오! 그는 함께 훈련을 한 친구이외다."

그제야 기억이 났다. 저건 햄스케에게 전사 직업을 취득시킨 것과 동시에 무투기 습득이 가능한지 확인하고자 한 실험, 말하자면 전사로서 레벨업이 가능한지 보려고 한 실험 때 만든 죽음의 기사인 것 같았다.

입수 경험치가 늘어나는 대신에 능력치가 격감하는 아티
팩트까지 장비시켜 실험을 했는데, 죽음의 기사는 결국 레
벨이 오르지 않았다. 예상한 결과였으므로 아인즈가 딱히
화를 내거나 하지는 않았으나, 햄스케가 이러쿵저러쿵 말을
꺼내 아티팩트는 회수하고 죽음의 기사는 그에게 맡겼던 것
이다.

'그놈이었구나……. 근데 갑옷의 가시가 둥글둥글해졌
잖아……. 쿠션 대신 안고 자라고 빌려준 건 아니고, 혹시
나 전사로서 무언가를 깨우칠지도 모른다고 기대했던 건
데……. 뭐, 됐어. 죽음의 기사는 많으니까. 한 마리 정도
줬다고 문제 될 건 없지.'

죽음의 기사는 너무 많아져서, 이제는 일과가 된 언데드
창조로는 제작하지도 않을 정도였다.

"그렇군. 그 점은 이해했다. 헌데 아무리 그래도 원래는
야생 마수였던 주제에 누군가가 이 거리까지 다가오도록 알
아차리지 못했다는 점은 문제로군. 우리는 아우라가 아니
다. 조금 긴장감을 가지는 편이 어떻겠느냐?"

햄스케는 풀이 죽었다. 수염이 축 늘어졌다.

"면목 없소이다. 본좌도 원래는 그 숲에서 가장 강한 생
물이었소이다. 습격을 받는 일이 없다 보니 그다지 경계하
지 않았던 것이외다."

"너한테도 어린…… 시절이 있었……던 것 아닌가? 아

니, 그 전에 동쪽 거인이니 서쪽 마의 뱀은 어떻고?"

"누구이외까, 그분들은? 동쪽? 서쪽? 무슨 말씀이신지?"

아인즈는 머리 위에 물음표를 띄웠다.

"……너와 그 숲을 나눠서 지배했던 자들이다."

"호오~ 그 숲에 그런 자들이 있었다니 몰랐소이다! 역시 주공! 많은 것을 알고 계시는구료! 본좌는 영역 밖의 일은 잘 몰랐소이다."

"너, 네 입으로 자기가 숲의 현왕이라고 그랬잖아……."

"옛날에 본좌의 영역에 들어왔던 인간 전사가 본좌를 그렇게 불렀소이다. 그러고 보니 제법 멋있는 이름이다 싶어 그 전사만 살려서 돌려보냈지 않았겠소이까. 그리운 추억이구료~."

대충 내막이 보인 기분이었다. 그 전사는 살아서 돌아간 후 분명 햄스케에 대해 요란하게 과장해 전했을 것이다. 동료를 잃고도 혼자 도망친 자신을 정당화하려는 의미에서도.

이해 못할 것은 없다. 실제로 햄스케는 강했다. 아인즈가 만났던 자들 중에서도 햄스케를 꺾을 인간 전사는 클레만티느와 가제프 정도뿐일 것이다.

문득 가제프가 떠올랐다.

"으음? 왜 그러시오, 주공?"

"아니…… 아무것도 아니다. 다만, 그래. ……너는 숲의 현왕 실격. 숲의 햄스터다."

"햄스터란 것은 분명, 주공께서 전에 말씀하셨던 동물 아니외까! 역시 본좌는 햄스터였소이까?"

"그래. 너는 자이언트 햄스터다."

"오오! 본좌는 자이언트 햄스터였던 것이외까! 그러면 동족은 어디 있는지 아시외까!"

"그건 몰라."

딱 잘라 말하자 햄스케는 다시 풀이 죽었다. 너무 괴롭혔나 싶어 위로했다.

"나는 나자릭을 위해 일하는 자들에게는 상응하는 포상을 약속한다. 네가 앞으로도 나자릭을 위해 일하겠다면 반드시 동족을 찾아주마."

"오오!"

햄스케의 수염이 파르르 튀었다.

"본좌는 전부터 주공께 충성을 다했소이다만, 한층 깊은 충성을 약속드리외다!"

"음음. 그런데 햄스케. 모몬―― 아니, 판도라즈 액터는 별채에 있나?"

"주공의 대역 말씀이외까? 있는지 어떤지 조금 자신이 없소이다. 그분은 이 도시 사람들이 마련해 준 마차를 타기 때문에 반드시 본좌와 함께 다니는 것은 아니외다."

"아아, 그러고 보니 정보 공유를 위해 마차가 쓰인다고 들은 기억이 있군."

아인즈는 크큭, 사악한 웃음을 흘렸다.

그런 부분도 모두 계산한 대로다. 그들의 입장에서는 정보 공유를 꾀해 아인즈가 모몬에게 비밀로 하는 일들을 전하고 모반을 노리는지도 모르겠지만, 실제로는 판도라즈 액터에 의해 알지도 못한 채 맹독에 빠져들고 있었다.

아인즈는 매우 신뢰할 수 있는 왕이며, 백성들을 생각하는 자비로운 존재라고 생각하며.

"그렇군. 알았다. 헌데…… 너도 갑옷을 입을 수 있게 됐지. 할 일이 없다면 그걸 입고 훈련을 하는 게 어떻겠나?"

테스트 타입 갑옷이 완성된 것으로 알고 있다.

"알겠소이다, 주공! 그러면 리저드맨들과 만나고 싶소이다."

"좋지. 그 바람을 전해 주마. 나중에 코퀴토스에게 말해 누군가를 이곳으로 부르도록 하지."

"감사 감격이외다, 주공! 자, 죽음의 기사! 함께 땀을 흘려보겠소이다!"

두 마리의 뜨거운 우정을 무시하고 아인즈는 걸어나갔다. 뒤에서 "거 시끄럽소이다!" 하는 소리도 들렸지만 죽음의 기사가 무슨 말을 한다고. 대체 뭘 하나 싶었지만, 이내 잊기로 했다.

'그러고 보니 전에 햄스케에게…… 무언가 잊어버린 것 같은데. 생각이 나질 않는 걸 보면 대수롭지 않은 일이겠지.'

재채기가 나오려다 만 것 같은 석연찮은 느낌을 품으면서도 별채 입구로 들어섰다. 도어노커를 두드리는 짓은 하지 않는다. 뒤에 있던 피스가 즉시 앞으로 나왔다.

"열어라."

"분부 받들겠나이다, 아인즈 님."

문을 연 피스는 빠릿빠릿한 표정이었지만 입가가 살짝 헤죽거렸다. 아인즈에게 도움이 됐다는 만족감에서 오는 황홀한 웃음이리라.

'역시 지르크니프를 관찰한 게 정답이었어. 나는 지금 분명히 지배자야. 그 친구에게는 미안하지만 앞으로도 관찰을 계속해야겠어. 내가 왕으로서의 행동거지를 익히기 위해서라도.'

아인즈는 피스에게 감사 따위 하지 않고 열린 문을 바라보았다.

"——팔지도 암살충."

"예! 명을 받듭니다!"

뒤를 따라왔던 팔지도 암살충 몇몇이 재빨리 옆으로 늘어섰다.

"——가라."

"존명!"

턱짓을 하자 도열했던 팔지도 암살충들이 평소보다도 기합이 들어간 목소리로 대답하며 건물 안으로 침입했다. 이

건물에는 판도라즈 액터 말고 없다. 이따금 나베랄도 있지만 그녀는 대개 나자릭 지하대분묘에서 아인즈가 명령한 일들을 실행한다.

일반 메이드 한 사람쯤이야 이곳에 남겨도 되겠지만, 모몬을 만나러 온 사람이 감시를 붙여둔 거라고 오해하면 귀찮기 때문에 현재의 형태가 된 것이다. 다만 판도라즈 액터를 이곳에 혼자 둔 점에 대해서는, 샤르티아를 세뇌한 상대가 잠입할 가능성을 생각한다면 모종의 수를 쓰는 편이 좋으리라는 생각이 들었다.

'……여기까지 잠입할 수 있는 자가 존재한다면 말이지만. 뭐, 경계를 태만히 하는 것은 어리석은 자들의 짓이니. ……으음, 그건 그렇다 쳐도 이 문 앞에서 언제까지 기다리면 되는 거야? 아니면 그냥 들어가야 하나? 상식적으로 생각하면 여기서 기다리는 게 정답일 거야. 팔지도 암살충도 여기로 돌아올 테니까. 하지만 입구에서 기다리는 건 왕다운 일일까?'

한동안 망설인 아인즈는 에라 모르겠다 싶어서 그냥 별채 안으로 들어갔다.

몇십 번이나 자신의 방을 왔다 갔다 하며 훈련했던, 지배자에게 어울리는——그렇다고 생각하는——당당한 태도로 나아간다.

하지만 스무 걸음도 채 옮기기 전에 팔지도 암살충 하나가 돌아와 아인즈 앞에 무릎을 꿇었다.

"아인즈 님, 판도라즈 액터 님께 전달하였습니다. 곧 오실 것입니다."

"그래? 그렇다면 나는 응접실에서 기다리기로 하마."

전에도 이 별채에 온 적이 있으므로 어지간한 방의 위치는 안다. 피스에게 문을 열도록 시키고, 아인즈는 망설임 없이 응접실의 상석에 앉았다. 옛날에는 회사원 매너가 몸에서 빠져나가질 않아 위화감을 느꼈지만, 지배자 훈련을 거듭한 아인즈에게는 난이도가 낮은 기술이 됐다.

그대로 기다리자 문을 노크하는 소리가 들려, 아인즈는 피스에게 고개를 끄덕였다. 허가를 받은 피스가 문을 열고, 판도라즈 액터가 입실했다. 마법을 발동해 아인즈의 모습으로 변신한 모몬이 아니라, 평소의 군복 차림이었다.

"지고의 존재이시며 저의 창조주이신 아인즈 님께——."

"인사는 됐다. 앉아라."

"예!"

따악! 군화 굽을 부딪치며 대답하고는 성큼성큼 걷는다.

군인다운 절도 있는 동작이겠지만 아인즈가 보기에는 쓸데없는 리액션처럼 여겨졌다. 호들갑스러운 움직임이라는 표현이 옳을 것이다.

판도라즈 액터는 그대로 걸어나가 아인즈의 곁에 앉았다.

'보통은 맞은편에 앉는 거 아냐?'

사람에게는 퍼스널 스페이스라는 심리적 경계가 있는데, 그 안으로 태연히 쳐들어오는 판도라즈 액터에게 아인즈는 눈을 깜빡거렸다.

　'……뭐, 됐어. 하지만 너무 가깝잖아…….'

　자리에 앉은 판도라즈 액터를 빤히 관찰했다. 보물전에서 만났을 때만큼 충격을 받지는 않았다. 시간이 어느 정도 지나기도 했고, 그동안 몇 가지 명령을 내려두어 충격이 완화된 것이리라.

　"왜 그러시——."

　"아, 아니, 마음에 두지 말거라. 아무튼 네게 몇 가지 듣고 싶은 이야기가 있어서 말이다. 우선 모몬으로서 현재 상황을 말해라. 알베도에게 보고했던 것은 알지만…… 무언가 문제가 있느냐?"

　"특별한 것은 없사옵——."

　"그렇구나. 그거 다행이다. 그러면 이번에는 판도라즈 액터 개인에게 묻겠다만, 무언가 문제가 있느냐?"

　분위기가 변했다.

　"사실은 말입니다, 아인즈 님!"

　불쑥 몸을 내민 판도라즈 액터에게 밀린 것처럼 아인즈는 뒤로 몸을 젖혔다.

　"저, 더는 못 참겠어요."

　누구야 너.

아인즈가 그렇게 태클을 걸 틈도 없이 판도라즈 액터가 말을 이어나갔다.

"요즘 오랫동안 매직 아이템을 접하지 못했습니다. 지고의 존재들께서 만드신 온갖 매직 아이템을 닦고 관리하지 못했습니다. 데이터 크리스탈 분류도 도중에 중단됐습니다. 부디, 아인즈 님! 제게 매직 아이템을 접할 시간을!"

"……내가, 널 그렇게 만들었던가?"

"그렇습니다! 이 마음은 아인즈 님께 받은 것!"

"…………으음."

아인즈는 필사적으로 판도라즈 액터의 설정을 떠올려보았다. 분명 매직 아이템 관리를 좋아한다느니, 거기에 따른 비슷한 설정을 덧붙인 기억은 있다. 그것은 판도라즈 액터가 혼자 보물전에 있어도 이상하지 않은 설정―― 좋아하는 것에 에워싸인, 말하자면 천국 같은 일을 맡았으리라는 아인즈의 뇌내설정 때문이었다. 하지만 이 정도면 페티시즘의 영역인 것 같다.

"너는 매일 나자릭으로 돌아가고 있지 않느냐."

나자릭에서 생산된 언데드의 절반은 아인즈가 만들지만, 나머지 절반은 판도라즈 액터가 만든다. 아인즈 산(產)에 비해 액터 산은 다소 약해도 오차의 범위라 할 수 있고, 제5계층에서 꽁꽁 얼어 있는 시체는 아직도 많다. 둘이서 생산해도 감당이 안 될 정도다.

"하오나 보물전에 돌아가도록 허가를 받지는 못했습니다!"

평소의 과장된 제스처가 없는 것은 대체 무슨 심경의 변화일까.

"알았다. 그렇다면 샤르티아에게 지시해 네게 반지를 전달하도록 하겠다. 그리고 너에게 부탁받았던 동료의 무구 말이다만, 허락하마. 망가뜨리거나 하지 말도록."

"예——."

"그 몸짓은 관둬라. 평범하게 말하라고 전에도 말——하진 않았군. 흐음, 여봐라, 판도라즈 액터."

"예!"

"나와 너는 창조주와 피조물 관계다. 네가 나의 창조를 그대로 따르고자 노력하는 것은 매우 기쁘다. 그러나 이런 생각도 드는 것이다. 자식은 아버지를 능가해야 하는 법이 아닐까 하고."

"오오…… 아인즈 님. 저를 자식이라고……!"

"그래, 그래. 너는, 음, 나의 자식, 같은, 뭐 그런, 무언가지, 분명. 아니, 틀림없이. 그러니 독일어라든가, 경례라든가, 과한 리액션은 내 앞에서 보일 필요가 없다. 나의 손에 창조됐지만 내가 만들어내지 않은 부분을 보여주었으면 하는 것이다. 네 성장의 증거로서."

코를 훌쩍이는 소리에 시선을 돌려보니 피스가 눈가를 손수건으로 훔치고 있었다.

왜? 눈물샘 너무 약한 거 아냐?

아인즈가 곤혹스러워하는 가운데 판도라즈 액터가 깊이 고개를 숙였다.

"분부 받들겠나이다—— 아버님!"

"⋯⋯⋯⋯어."

"소자, 아버님의 요망에 반드시 응하겠습니다!"

실수했다. 성급했다. 있을 수 없는 일이지만 아인즈는 두통에 시달렸다.

"판도라즈 액터. 여기서 있었던 일을 다른 자들에게 말해서는 안 된다. 알고 있겠지? 너만 특별하다는 사실이 알려지면 알력을 낳게 마련이다. 그리고—— 그렇기에 너의 우선순위를 낮게 설정하겠다. 수호자와 너, 어느 한쪽밖에 구할 수 없는 상황에서는 너를 저버리겠다."

"물론이옵니다! 저를 저버려 주십시오!"

가슴을 펴고 말하면 죄책감이 든다.

"미안하다. 그리고⋯⋯ 피스, 여기서 있었던 일은 절대로 발설해서는 안 된다. 명심하라."

피스가 고개를 숙인 것을 보고 아인즈도 끄덕였다.

"그러면 나는 그만 가보겠다."

"그건, 잠시만 기다려 주십시오. 기왕 오셨으니 아버님께 여쭙고 싶은 것이 있습니다. 아버님은 마도국을 어떻게 통치하실 생각이신지요?"

"뭐야?"

"많은 자들이 의문을 가진 듯합니다. 아버님은 이 나라를 어떻게 이끌어갈지에 대해. 영토 확장 정책을 시작할지, 그렇다면 자신들은 전쟁에 차출되는 것인지 등등."

아인즈는 움직임을 멈추었다.

아인즈 울 고운이 나아가야 할 방향은 어디인가.

어차피 일반인이었던 아인즈는 세계정복이라는 터무니없는 목표를 타의에 휩쓸려 내걸었으며, 그 후에도 생각을 포기해버렸다. 알베도나 데미우르고스처럼 머리 좋은 부하들에게 맡기면 된다고.

하지만 이 나라를 장차 어떻게 통치해 나갈지를 정해 두는 것은 피해서 지나갈 수 없는 문제였다.

"어떻게 하시겠습니까, 아버님."

"……나도 말해 주고 싶다만, 그것은 아직 내 머릿속의 초안일 뿐이다. 추후 나자릭의 수호자 전원과 상담하여 들려 주겠다."

"예!"

아인즈는 말없이 일어났다.

"그럼 잘 있어라, 판도라즈 액터."

아인즈는 판도라즈 액터의 대답을 등으로 들으면서 방을 나갔다.

현관에서 밖으로 나오기 전, 잊어버리지 않도록 미리 샤

르티아에게 〈전언Message〉을 날려 판도라즈 액터의 부탁을
전해 두었다. 업무란 것은 나중에 하고자 미뤄면 대개 까먹
기 마련이다.

현관에 도착하자 피스가 앞으로 나가기도 전에 아인즈는
스스로 문을 열었다.

그리고 하늘을 올려다보았다.

푸른 하늘이다.

"날겠다."

아인즈는 짧게 말했다. 뒤에서 여러 사람이 당황하는 기
척이 있었지만 무시했다.

〈비행Fly〉 마법으로 아인즈는 허공에 떠올랐다. 그리고
별채 지붕에 내려섰다.

에 란텔은 3중 성벽의 보호를 받는 성새도시이므로 이곳
에서는 성벽 때문에 시야가 크게 차단된다.

"보이지 않는군. 그렇다면 갈 수밖에."

시내를 걸으면 무언가가 떠오를지도 모른다. 여기 있어서
는 절대로 떠오르지 않을 것들이.

벽을 기어 올라온 팔지도 암살충들의 모습이 나타났다.

"아인즈 님, 잠시만 기다려 주십시오! 혼자 가시다니, 위
험합니다!"

팔지도 암살충들의 말을 비웃을 수는 없다.

시야가 탁 트인 곳에 혼자 서다니, 저격해 달라는 말이나

마찬가지다.

"그렇구나. 실제로 상대가 페로론치노님이라면 좋은 표적이 됐겠지."

길드 '아인즈 울 고운' 내에서도 원거리 전투에 가장 특화한 궁수였던 페로론치노라면 아인즈를 일방적으로 공격할 수 있을 것이다. 그는 최장 2킬로미터 밖에서도 쉽게 표적을 맞히는 자다. 몸을 숨긴 상태에서의 저격——활이지만——은 주특기다. 그렇다고는 하지만 아인즈 또한 설령 페로론치노가 상대라 해도 일방적으로 두들겨 맞아 죽을 마음은 없었다.

여러 가지 수단을 구사해 방어를 펼치거나 도망치거나, 혹은 공격으로 전환할 자신도 있다. 그것이 가능하도록 그와 반복해 PvP를 연습했던 것이다. 호락호락 죽거나 하는 일은 절대로 없다. 하지만 이 세계에만 있는 기술을 경계한다면 팔지도 암살충들의 말이 옳다.

아인즈는 아직 죽을 수 없다. 적어도 플레이어의 소생실험을 마칠 때까지는 하나뿐인 목숨이라 생각하고 방패를 마련해야 할 것이다.

가장 확실하게 안배한다면 수호자 최강의 방어력을 가진 알베도를 대동해야 한다. 그러나 호위병인 그녀를 호위할 사람이 나올 테니, 결국 임금님 행차처럼 되고 만다. 적의 습격을 유발할 목적이 아니라면 그러고 싶지 않았다.

그렇다면 최적인 것은 소모품처럼 쓸 수 있는 고레벨 서번트인데——.

'나한텐 고위 몬스터 서번트가 없단 말이지. 용병 몬스터를 갖추려고 해도 알베도의 직할 부하를 소환하는 데에 상당히 많이 써버렸으니까, 내 지갑에는 편하게 부를 여유는 없어.'

멋있는 모습을 보여주고자 분발했던 것이 조금 후회됐다. 하지만 상사는 이따금 허세를 부려야만 하는 법이라고 스스로를 위로했다.

'잠깐잠깐, 하나씩 생각해 보자.'

용병 몬스터. 돈이 없어서 무리.

스킬 '언데드 부관'. 경험치를 소비하니 기각.

스태프 오브 아인즈 울 고운으로 소환. 길드 무기를 들고 다니다니, 언급할 가치도 없다.

스킬 '언데드 창조'. 상위 언데드 창조라고 해 봤자 70레벨까지여서, 수호자들이 수행원의 자격으로 신신당부했던 최소 레벨에는 미치지 못한다.

'아니지. 나에게는 히든카드가 있어.'

암흑의식 숙련에 따른 언데드 창조 스킬 강화다.

하루에 사용할 수 있는 상위 언데드 창조는 네 번까지인데, 이를 두 번으로 나눠 사용해 최대 90레벨 초반대의 언데드를 만들 수 있는 것이다.

아인즈는 턱에 손을 대고 어떤 언데드를 만들지 생각해 보았다. 도적계에 속한 '영원한 죽음Eternal Death'으로 할까, 아니면 탐지에 특화된 백안Eyeball 계열로 할까······.

영원한 죽음은 매우 우수한 언데드지만 죽음과 부패의 오라라는 패시브 스킬을 항상 전개한다. 아인즈의 〈절망의 오라 V(즉사)〉와 〈절망의 오라 I(공포)〉을 섞어놓은 듯한 우수한 기술로, 즉사와 능력치 페널티를 준다. 게다가 후자의 능력치 페널티가 특수해서, 정신계 스킬이 아니기 때문에 정신계 무효로는 막지 못하는 사악한 기술이다.

프렌들리 파이어가 가능한 상황에서 사용하면 아비규환의 지옥도가 펼쳐질 것이 분명하다. 명령하면 억제할 수 있을지도 모르지만, 그런 언데드를 시내에 데리고 돌아다니는 것은 광기의 소행이다.

그 외에도 몇 가지 끔찍한 몬스터가 머리에 떠올랐다가는 사라졌다.

'······뭐랄까······ 전부 다 폼이 안 나는걸. 능력은 좋은데.'

왕이 자신의 도시를 거닐 때 데리고 다닐 호위병으로는 매우 부적절하다는 생각밖에 들지 않았다.

아인즈가 고민하고 있으려니, 밑에서 필사적으로 벽을 기어오르려 하는 피스가 눈에 들어왔다. 아인즈는 아무 말 없이 뛰어내렸다. 〈비행〉으로 중간에 속도를 낮추고 사뿐히 착지한다.

창틀에 손을 대고 얼굴을 새빨갛게 물들이던 피스가 당황하며 아인즈의 뒤에 섰다.

"피스."

"예!"

"나는 이제부터 시내로 나가겠다."

"알겠사옵니다! 그렇다면 마차를……."

"아니, 그럴 필요는 없다. 나는 시내를 보고 싶다. 내가 지배할 도시를. 그러니 걸어서 가고자 한다."

"예?! 귀하신 발을 더럽히게 될 것이옵니다! 즉시 길을 닦도록 하명하여 주시옵소서! 그리고 수행원을 준비하겠나이다!"

에 란텔은 포석으로 포장된 곳이 적다. 그렇기 때문에 비라도 내리면 금방 진흙탕이 된다.

"필요 없다. 원래 나는 이 도시에서 생활하던 몸이다."

사실은 숙소에 들어가면 언데드 작성을 위해 곧장 나자릭으로 귀환했지만.

"그리고 수행원은 나의 마법으로 만들 생각이다. 일부러 나자릭에서 준비할 필요도 없을 것이다."

"……그것이 지고의 존재이신 아인즈 님의 판단이라 이르신다면……."

'뭐, 문제는 뭘 소환할지 정하지 못했다는 거지만. 악마나 언데드는 나쁜 소문이 퍼질 게 분명해. 그렇다면 가장 예쁘고

평판이 좋을 만한 걸 소환하면 되겠지. 뭐가 좋을까…….'

여기까지 생각한 아인즈는 해답에 도달했다.

"이제부터 천사들을 소환하겠다. 가자."

"예."

아인즈는 카르마 수치가 지나치게 마이너스로 기울었는데, 그렇다고 해서 플러스로 크게 기운 천사를 소환하는 데 문제가 있는 것은 아니다. 일부 직업에는 자신의 카르마 수치와 차이가 심하게 하는 몬스터를 소환하지 못한다는 페널티가 있지만, 아인즈에겐 그러한 것이 없다. 덧붙이자면 그런 페널티가 있는 직업은 반대로 자신의 카르마 수치에 근접하면 할수록 소환한 존재를 강화할 수 있다. 불이익이 있으면 이익도 동시에 존재하는 것이 위그드라실이라는 게임이었다.

아인즈가 향한 곳은 정원이었다. 말을 조정하고 사냥개를 훈련하는 등 다양한 용도로 쓰이는 만큼 잘 손질한 잔디밭이 펼쳐진 정원은 놀랄 정도로 넓었다.

"그러면 해 볼까. 조금 시간이 걸릴 테니 같이 잡담이라도 나누자꾸나."

"저와, 말씀이시옵니까?!"

"그래. 어디 보자, 나자릭 제9계층에 관해서 무언가──그렇지. 청소에 관한 이야기라도 들어볼까? 우리 방의 청소 이야기를 들려 주겠느냐?"

아인즈는 피스의 대답을 기다리지 않고 장비 일부를 변경한 다음 마법을 발동시켰다.

사용할 것은 초위마법 〈천군강림Pantheon〉. 이것은 제10위계 마법 〈최종전쟁Armageddon : 선Good〉이나 초위마법 〈반지의 발퀴레Nibelung I〉와 비슷한 마법으로, 같은 초위마법 〈마군병발Pandemonium〉과는 정반대다.

피스의 말을 들으며 초위마법이 발동될 때까지 가만히 기다린다. 신속히 발동할 필요가 있다면 캐시 아이템을 쓰겠지만 이럴 때 쓰기는 아깝다.

메이드와 나누는 잡담도 제법 괜찮구나.

아인즈는 그런 생각을 했다.

"——그렇구나. 매우 재미있는 이야기였다. 그리고 지금 생각났다만 서둘러 내 방으로 돌아가 끈적이를 데려오거라. 그것이 없으면 안 된다."

"분부 받들겠나이다!"

종종걸음으로 달려가는 피스의 흐트러진 메이드복 자락을 바라보며, 아인즈는 멀거니 정원에 서 있었다.

피스의 이야기 중 알베도의 방이 현재 메이드들의 출입이 금지됐다는 이야기는 금시초문이었다. 알베도는 방 청소를 신부수업의 일환 삼아 직접 하겠다면서, 아인즈에게 받은 방이니 다른 사람들은 실내에 못 들어오게 한다는 것이다.

아인즈는 못 말리겠다며 혼잣말을 했다.

"알베도, 마음은 이해 못할 것도 없다만 너도 바쁜 몸인 이상 잡무는 메이드들에게 맡겨야지. 이런 말은 뭣해도, 지배자로서는 내가 이긴 모양이구나."

이윽고 끈적이를 공손히 받쳐들고 숨을 헐떡이며 달려오는 피스를 보고, 아인즈는 자신의 기술에 만족스럽게 미소를 지었다.

"수고했다."

아인즈는 짧게 피스를 치하하고 구순충을 들어 뼈로 된 목, 이라기보다는 경추에 붙였다.

"음, 으음, 음."

어떤 원리인지, 아인즈의 목소리가 바뀌었다. 몬스터의 특성이겠지만 이해하기 힘들었다. 원래 그런 거라고 수긍할 수밖에 없다.

아인즈가 의문을 내팽개쳤을 때 초위마법이 발동돼, 주위에 여섯 마리의 천사가 빛의 기둥과 함께 출현했다.

사자 머리 천사로, 펼쳐놓은 한 쌍의 날개와 몸을 감싼 한 쌍의 날개, 합계 네 장의 날개를 가졌다. 찬란하게 빛나는 갑옷을 착용했으며 손에는 안구의 문양이 새겨진 방패, 칼날에 불꽃이 맺힌 창을 들었다.

80레벨대 천사, 문지기 지품천사Cherubim Gate Keeper였다.

신화 지식은 없으므로 어떤 이유로 문지기라는 이름이 붙었는지는 모르지만, 어떤 능력이 있는 몬스터인지는 잘 안다. 문지기 지품천사는 우수한 탱킹 능력을 가졌다. 게다가 탐지능력도 나름 뛰어나 호위병으로 쓰기에는 충분히 합격선에 들었다.

"나를 지켜라. 적대자는 죽이지 말고 될 수 있는 한 상처 없이 무력화하라."

"명에 따르겠나이다, 소환주시여."

이것은 자비심에서 온 명령이 아니다. 적대자를 죽이는데 망설임 따위 없지만 누군가가 배후에서 조종했을 경우를 고려했기 때문이다. 또한 죽일 때는 모몬이 직접 죽여야 하기 때문에 포박명령을 내리는 것이다.

"그러면 간다."

아인즈는 천사들을 주위에 전개시켜 방위 준비를 갖춘후, 걸어나갔다.

소환마법이 그렇듯, 초위마법이라 해도 소환수는 일정 시간이 지나면 사라진다. 그렇기 때문에 시간 낭비는 최대한 피해야 한다.

"천사들이여, 피스도 동행하겠다. 나와 마찬가지로 피스도 지켜라."

"명에 따르겠나이다, 소환주시여."

"아, 아인즈 님! 저를 지고의 존재이신 아인즈 님의 옥체와 마찬가지로 대응케 하시다뇨!"

"······피스. 너는 메이드지만 나의 동료가 창조한 자다. 내게 그 가치는 매우 높다. 알겠느냐? 귀찮으니 똑같은 소리를 몇 번이나 하게 만들지 마라. 기억해라. 그리고 동료 전원에게 내 말을 전해라."

"화, 황송하옵니다!"

덧붙이자면 동행하고 있을 팔지도 암살충들에게는 아무 말도 하지 않았다. 그들은 위그드라실 금화만 있으면 소환이 가능한 존재다. 금전적인 아까움 때문에 지키는 것 이상의 가치는 없었다.

"그러면 가자."

아인즈는 천사 여섯과 피스, 팔지도 암살충 몇 마리——나머지는 저택의 경호임무를 맡겼다——를 데리고 문으로 향했다.

그곳에는 아인즈가 만들어낸 죽음의 기사를 스무 마리 이상 지휘하는 지휘관, 지하성당왕Crypt Lord이 있었다.

원래는 호화로웠을 것이 너덜너덜해진 보라색 로브를 걸치고, 어울리지 않을 정도로 번쩍거리는 왕관을 쓴, 나자릭에서 불러온 70레벨대 언데드였다.

지휘관 계통의 특수기술 덕에 지배한 언데드를 강화시킬 수 있겠지만, 부하인 죽음의 기사는 아인즈가 지배한 상태이므로 강화효과가 발휘되지는 않는다. 그렇다고는 해도 지휘 능력이 높으므로 그 점을 평가해 배치한 것이다.

"나는 이제부터 외출하겠다. 알베도에게 그렇게 전하라."

고개를 깊이 숙인 지하성당왕의 옆을 지나 아인즈는 시내로 나갔다.

이렇다 할 목적지는 없었다.

밖으로 나간 이유는 산책을 위해서가 아니라 판도라즈 액터에게 들었던 물음에 대한 답을 원했기 때문이었다. 옆에서 시끄럽게 굴면 정리될 것도 정리되지 못한다.

아인즈는 자신이 지배할 미래의 아인즈 울 고운 마도국을 떠올리며 나아갔다.


3


아인즈 일행은 대로를 따라 일직선으로 나아갔다.

별로 활기가 있다고는 할 수 없다. 모몬 때의 기억과 눈앞의 광경을 비교하면 일목요연하다. 걸어다니는 사람들의 표정은 어두우며, 어딘가 발걸음이 빨랐다.

대신 길 한복판으로 당당히 죽음의 기사들이 걸어다닌다. 아마 도시의 경비대 대신 순찰을 맡은 순찰조일 것이다. 싸움 같은 폭력행위를 벌이는 사람을 체포하고, 도움을 요청하는 사람이 있으면 보호하라는 간단한 명령을 내려놓았다.

아인즈는 시선을 성벽으로 돌렸다.

대량으로 만들어둔 죽음의 기사 일부가 성벽 위에서 경계를 맡고 있다. 그 외에도 조금 전처럼 문을 지키는 개체나 순찰하는 개체도 있지만, 그중에서도 가장 유별난 용도가 개척촌을 만들도록 슬럼 주민들을 파견하면서 동행시킨 죽음의 기사들일 것이다.

슬럼 주민이 될 확률이 높은 것은 지방 마을의 차남이나 삼남, 즉 농지를 물려받지 못하는 예비 자식들이다. 그러한 사람들은 도시에서라면 생활이 가능하리라는 꿈을 품고 오는데, 꿈은 이루어지지 못한 채 빈민 생활을 보내게 마련이다. 그렇기에 아인즈는 그런 사람들에게 농지를 주기로 약속하고 파견했다.

그들이 간 곳은 법국의 음모로 불타버린 마을 터에 재건한 새로운 마을들이었다. 외적 요인 때문에 멸망했다면 이를 허물고 주민을 모아 마을로서 부활시키기는 쉽다.

한번 습격을 당했던 역사가 있으므로 죽음의 기사나 영혼 포식수를 경비병으로 동행시켰다. 또한 이들 언데드에게는 그들의 밭일도 돕도록 명령해놓았다.

물론 이들은 농사에는 서툴겠지만, 단순한 육체노동에서는 인간과는 비교도 되지 않을 성능을 가졌다. 연료 없이 24시간 가동이 가능한 중장비다. 개간이나 중노동에는 제격이므로 앞으로의 수확고에 크게 공헌해 줄 것이다.

아인즈가 원하는 것은 1년 안에 마을을 재건해 최소한도의 자급자족이 가능한 환경을 만드는 것이었다. 이듬해에는 평범한 마을처럼 결실을 얻기 위해서다.

모두 세금으로 거둬들인 농작물을 익스체인지 박스에 집어넣어, 위그드라실 화폐로 바꾸려는 목적이다. 이 계획은 자세히 말하기도 전부터 알베도와 데미우르고스에게 절찬을 받았으니 잘 될 것이다.

그런고로 마을 개척에 몇 년씩 걸리는 실책을 범하지 않도록 언데드들을 빌려준 것이다.

덧붙이자면 언데드들은 대여품이며, 앞으로의 세금에는 대여비용을 더 얹기로 계약을 맺어놓았다. 굳이 대여가 아니어도 상관은 없었지만 장래에 여러 사람이 언데드를 쓸 때를 고려한 플랜이었다.

그런 계획을 위해 슬럼 주민들을 대량으로—— 가족이 있는 자들을 우선시해 파견했는데, 그렇다고 그것이 통행인이 적은 이유로 이어지지는 않을 것이다.

길을 가는 사람들이 적은 이유는 아인즈가 돌아다니기 때문이리라. 아인즈의 모습을 보면 눈을 크게 뜨고 도망치듯 원래 왔던 길을 뛰어 돌아가는 사람, 옆길로 꺾어 들어가는 사람이 너무 많았다.

마치 인적 없는 황야를 걷는 것 같다.

두려움을 산다는 것이 나쁜 일만은 아니다. 얕잡아 보이는 것에 비하면 수십 배는 낫다.

'하지만 이렇게 활기가 없는 도시가 내 나라란 말인가.'

나자릭 지하대분묘, 그리고 그곳에 속한 NPC들이 행복하다면 다른 사람들은 어떻게 되어도 상관이 없다. 하지만 만약 옛 동료가 있다면 무어라고 할까.

아인즈가 언데드의 성향에 끌려가듯, 몬스터의 성향에 끌려가 인간을 먹이라고 생각할까? 아니면 인간의 감정을 강하게 품을 수 있을까?

'대체 나는 이 나라를 어떻게 하고 싶은 걸까……'

판도라즈 액터가 말했듯 아인즈는 국가의 방침, 도시지배의 목적을 결정할 필요가 있었다.

이를테면 밀 같은 식량을 생산해 이를 보물전에 있는 익스체인지 박스에 집어넣고 나자릭 지하대분묘를 강화하는 데 쓸 통화를 얻기 위한 나라.

이를테면 인간을 생산하고 죽여 경험치를 '강욕과 무욕'에 축적하는 나라.

이를테면 생산을 모조리 언데드에게 맡기고 산 자는 노동을 전혀 하지 않아도 되는 나라.

이를테면——.

자애로 가득한 나라에서 원념이 넘쳐나는 나라까지, 길드의 이름을 딴 이 나라를 어떻게 만들어야 할까. 이것은 부하들에게 맡길 수가 없는, 나자릭의 지배자이자 아인즈 울 고운 마도국의 왕이 짊어져야 할 책무였다.

"──피스. 이 도시를 어떻게 생각하느냐? 이 나라는 어떻지?"

"송구스럽사옵니다. 어떻게 생각하느냐는 말씀에 무엇을 아뢰면 좋을는지요?"

너무 추상적이었구나.

아인즈는 말을 바꾸었다.

"이 나라는 너에게 있어 지내기 편한 나라냐? 거짓 없이, 기탄없이 들려다오."

"예. 아인즈 님께서 지배하시니 매우 지내기 편한 나라라 생각하옵니다."

아인즈는 하늘을 우러러보았다. NPC에게 질문한 이상 예상했어야 하는 대답이었다.

"하오나──."

"오, 뭐냐? 뭐든 말해 보거라."

"예. 이 나라의 지배자이신 아인즈 님께서 옥체를 보이셨거늘 아무도 길에 나와 경배하지 않다니, 이 무슨 짓이란 말입니까. 건물 안에서 엿볼 뿐……. 매우 불쾌하옵니다!"

피스의 콧김이 거칠었다. 실제로 대로에 인접한 가게에서 숨을 죽인 채 아인즈 일행을 엿보는 자들이 많았다. 개중에는 천사들을 보고 땅바닥에 주저앉은 자들마저 있었다.

"……피스. 너는 인간을 시시한 생물이라 생각하지?"

"예, 지당하신 말씀이옵니다. 지고의 존재께 창조되지 않은 가없은 생물이옵니다."

나자릭에 존재하는 대부분의 사람들에게 통하는 기본적인 사고방식이다. 그것은 1레벨 메이드여도 변함이 없다.

"——피스. 나에게는 너희가 가장 소중하다."

"성은이 망극하옵니다!"

"그러나 내가 지배할 자들에게도 다소의 자비는 내려 주어야 하지 않겠느냐. 이 마도왕의 백성이니."

"지당하신 말씀이옵니다."

"그렇다면 이상향을 만들어 주자꾸나. 달콤한 꿀에 잠긴 듯, 다정한 꿈의 세계를. 영원히 피지배자로 있고 싶어질 만한 그런 세계를."

"멋진 생각이시옵니다."

"세계를 정복한다면, 대상은 인간만이어선 안 되겠지. 뭇 종족이 두루 내 앞에 무릎을 꿇어야 한다."

"지당하신 말씀이옵니다."

이상향 계획.

나자릭 제6계층에서 시행했던 계획은, 플레이어와 조우할 때 나자릭은 이러한 종족들을 다정하게 받아들이고 있답니다, 하고 좋은 길드임을 어필하려는 노림수에서 시작한 것이다.

그것은 올바른 결과를 낳은 실험이었다고, 아인즈는 그렇게 생각했다.

"세계로 퍼뜨리자. 이 마도왕 밑에서야말로 영원한 번영이 있다는 사실을."

"그야말로 진리이옵니다."

그렇게 한다면 만약 동료—— 길드 멤버들을 발견했을 때, 이 도시를 자랑스럽게 보여줄 수 있을 것이다.

아인즈가 생각하는 나라의 형태. 그것은 역시 지배한 여러 종족이 공존할 수 있는 나라일 것이다. 옛날 나자릭 지하 대분묘에서 길드 '아인즈 울 고운'이 보여주었던 모습을 이 세계에서 재현하는 것이다.

어딘가에 있을지도 모르는 동료들이 이형종이어도 수많은 사람들과 웃으며 지낼 수 있는 그런 나라.

아인즈는 눈의 광채를 더욱 빛냈다.

아인즈 울 고운 마도국은 여러 종족이 공존하며 지낼 수 있는 국가로 삼아야 한다. 그리고 그것은 이 마도국이 아니고선 불가능하다.

설령 한 천재적인 왕이 국가를 세운다 해도 그 자식이 우수하리란 보장은 없다. 그리고 그다음 손자, 증손자 또한 우수하리라는 보장도 없다. 2대 사장이 회사를 기울이고 3대 사장이 망하게 하는 법이라고 어디선가 들은 적이 있다.

그러나 불로불사의 천재들이 지배한다면 그럴 이유가 없다. 소수의 천재가 행하는 독재정치야말로 이상적인 형태다. 데미우르고스나 알베도 같은 자들이 존재하는 마도국이야말로, 아니, 마도국만이 영원한 낙원을 만들어낼 수 있는 것이다. 우르베르트가 말했던, 철인(鐵人)이 독재하면 대단하다든가 하는 거시기다.

아인즈는 더욱 파고들어 생각해 보았다.

데미우르고스나 알베도를 필두로 수호자들은 세계정복을 향해 매진 중이며, 아인즈도 이를 완전히 부정할 수는 없었다. 그편이 동료들에게도 이름이 쉽게 전해지리라 생각했기 때문이다.

그러나 힘으로 지배하는 것과는 다른 수단으로 이름을 퍼뜨리는 것 또한 나쁘지 않을지 모른다. 이 아인즈 울 고운 마도국이 그야말로 이상향이라는 사실을 선전하고, 그 달콤한 꿀로 수많은 이들을 지배해 나간다는 수단도.

당근과 채찍인 것이다.

데미우르고스나 알베도의 행위가 채찍이라면, 아인즈는 당근을 주면 된다.

'좋은 생각이야…….'

아인즈는 결의했다. 이것이야말로 나자릭 밖의 존재를 깔보는 NPC들과는 다른, 인간의 잔재를 가진 아인즈가 프로듀스하는 세계정복. 압도적인 매력에 의한 정치다.

그런 계획을 달성하기 위해 무엇을 해야 할까.

아인즈는 다시금 걸음을 옮기면서 필사적으로 머리를 굴

렸다.

데미우르고스나 알베도와는 다른 수단—— 힘에 의존하지 않는 수단이다.

국가 규모의 움직임은 것은 상상할 수 없다. 그렇기에 아인즈는 자신이 작은 회사의 사원이 됐다고 생각해 보았다.

건물 한 층을 사용하는 조그만 회사다. 사원은 아인즈 한 사람뿐.

상품은 '마도국의 훌륭한 통치' 다. 그리고 이 상품으로 영업을 뛰는 것이다.

우선 그 상품을 누가 살지 생각해야만 한다. 이 상품이 필요한 사람에게 가져가는 것이다. 다만 누가 이를 원할지 정보가 부족하다. 그것은 어째서일까? 간단하다. 선전이 부족하기 때문이다.

그렇다고는 하지만 여러 도시로 나가 입구에서 전단을 뿌리면 되는 것은 아니다. 이는 시간 낭비. 사원은 아인즈뿐. 무언가 다른 수단이 필요할 것이다.

이 근방에는 원래 세계와 같은 매스미디어가 존재하지 않는다. 행상인 같은 몇몇 직업이 직업별 네트워크를 구축하기는 했지만, 여기에 선전 광고를 타진하는 것이 올바른 생각일까?

어느새 정신을 차리고 보니, 아인즈는 모험자 조합 앞에서 있었다.

모몬이었을 무렵 곧잘 드나들었으므로 익숙한 길을 지나온 모양이었다. 이것 또한 워커홀릭의 증상 중 하나일까.

아인즈는 쓴웃음을 지으며 문을 열었다.

안쪽에 있는 카운터로 시선이 향했다. 그곳에서는 여성 안내원 한 사람이 보였다. 왼쪽에는 커다란 문, 오른쪽에는 게시판이 있어 의뢰를 적어놓은 양피지를 붙여놓았다. 그 앞에는 모험자의 모습이—— 없다.

조합은 썰렁했다. 모몬 때와 비교할 수도 없는 상태였다.

눈을 크게 뜨고 이쪽을 응시하는 안내원을 무시하고, 아인즈는 보드에 붙은 양피지 앞에 섰다.

문자는 아직 읽지 못하지만 몇 가지 단어 정도는 암기했다. 그중 하나가 날짜였다.

대충 훑어보았지만 한 달 정도가 지난 낡은 업무밖에 없었다. 다시 말해 긴급성이 떨어지는, 반복적으로 이루어지는 일이 거의 대부분이었다.

"……안내원. 일이 매우 적은 것 같은데, 새로운 의뢰는 없나?"

"히익……! 네, 네. 거기 있는 것뿐입니다, 마도왕 폐하."

의뢰가 적어 모험자의 모습이 적어진 걸까?

그렇다면 원인은 아인즈다.

아인즈는 자신의 현재 병력인 죽음의 기사를 중점 편성해 가도 순찰을 보내 마도국 내의 치안을 유지한다. 그 결과 몬스터의 위협이 제거됐을 것이다.

앞으로도 순찰을 계속할 것을 고려하면 모험자들이 완전히 사라질 가능성도 있다.

그들이 남을 수 있도록 의뢰를 만들 필요가——.

아니, 모험자들이 남을 이유는 없다.

모험자가 할 수 있는 일은 죽음의 기사도 할 수 있다. 일부 작업, 이를테면 약초 채집 같은 것은 어렵겠지만 그거라면 죽음의 기사를 약사들에게 경비로 대여해 주면 될 일이다.

아인즈는 모험자의 유용한 사용법을 떠올릴 수 없었다. 무엇보다 모험자를 고용하면 돈이 든다. 세수가 줄어든 에 란텔에 그런 여유가 있겠는가.

모험자가 사라진다고 해도 딱히 상관은 없다.

아인즈는 그렇게 판단하고 발을 바깥으로 돌리려 했다.

'꿈이 없는 일이었지.'

나베랄과 함께 처음 이 도시의 모험자 조합을 방문했을 때를 떠올렸다.

미지를 탐구하고, 세계를 모험하는 자들. 모험자란 위그드라실이라는 게임의 올바른 플레이 방법을 체현한 듯한 그런 직업이라고 생각했을 때를.

'몬스터와 싸우기 위한 용병에 불과하다면, 그게 필요 없을 때는 무직자가 된다니. 뭐든 그런 법이지. 위그드라실 같은 모험자 따위 꿈이나 마찬가지……. 꿈? 미지를 탐구하

고, 세계를 여행해? 그건 혹시…….'

아인즈의 뇌리에 번뜩이는 것이 있었다.

만약 모험자라는 존재가 지금처럼 몬스터나 퇴치하는 용병에서, 위그드라실과 마찬가지로 미지를 탐구하는 직업으로 바뀐다면, 낯선 땅에서 마도국을 선전시킬 수도 있지 않을까?

아인즈는 인간의 세계만이 아닌 수많은 종족에게 마도국을 알리기를 원한다. 인간 사회에만 선전할 거라면 상인의 커넥션을 사용하면 충분할 수도 있다. 그러나 그렇지 않다면 모험자는 최적의 대상이 아닐까.

아인즈는 흠흠 고개를 끄덕였다.

안내원이 의아한 표정을 지었지만 지금은 무시하자. 그렇다기보다는 그녀를 상대했다가는 기껏 떠오른 영감이 어딘가로 사라지고 말 것이다.

조그만 회사의 사장 아인즈는 이 계획의 다음 단계를 생각해 보았다.

'하지만 현재 마도국의 모험자는 감소 추세지. 이대로 가면 점점 줄어들어 조만간 거의 다 사라질 거야. 이 상황을 어떻게 막으면 좋을까?'

숫자를 늘리는 방법은 간단하다. 지금과는 반대로 하면 된다. 다시 말해 마도국에서 돈을 내 몬스터 퇴치를 시키면 그만이다. 하지만 그것은 모험자에게 미지를 탐구시키고 싶다는 아인즈의 목적과는 다르다. 선전 의뢰를 발령하는 것도 한 가지 아이디어일지 모르지만, 아인즈에게는 돈이 없다.

나자릭 지하대분묘에는 돈이 산더미처럼 있다. 하지만 개인 자산은 모두 말라버렸다. NPC들은 나자릭에 있는 모든 돈은 아인즈의 것이라고 말하겠지만 이 프로젝트는 아인즈가 독단으로 추진하는 것이므로 그런 돈은 별로 쓰고 싶지 않았다.

아인즈가 생각에 잠겨 있으려니 출입문이 열리는 소리가 들렸다. 고개를 돌려보니 눈에 익은 모험자가 이쪽을 바라본 채 입구에서 뻣뻣하게 있었다.

'어라, 저 녀석은 분명…… 이름이 뭐였더라? ……요크 모크? 아니야. 하지만 비슷해.'

손끝이 닿기는 하지만 확실하게 붙잡을 수는 없는, 그런 답답함을 느끼며 아인즈는 온 힘을 다해 기억을 쥐어짜냈다.

"모크나크……!"

정답을 붙잡은 순간 자신도 모르게 그 이름을 말해버렸다. 갑자기 이름을 불린 모험자는 경악해 완전히 얼어붙었다.

'아차!'

당황해도 이미 늦었다. 조합 직원도 무슨 일이 일어났나 싶어 이쪽을 주시하는 것이 피부로 느껴졌다.

에 란텔의 새로운 지배자, 마도왕 아인즈 울 고운이 미스릴 클래스 모험자 따위의 이름을 알 리가 없다. 만약 알고 있다면 어떤 경우일까. 아인즈는 생각을 고속회전시켰지만, 해답에 도달하기 전에 모크나크가 입을 열었다.

"모, 모몬 공께 들으셨습니까? 제 이름을……."

"음, 그렇다. 바로 그거다."

아인즈는 즉시 그 의견을 채택했다. 모크나크의 표정에 상반된 두 가지 감정이 스쳤다. 기대와 두려움이다.

조금 전의 동요에서 회복된 아인즈는 주의 깊게 분석했다.

분명 이 사내는 미스릴 클래스 모험자 팀 '무지개'의 리더다. 처음 만났던 것은 뱀파이어 소동 때였다. 그 후로 '모몬'과 몇 번 이야기를 나눈 적은 있지만, 최근 한동안 보지 못했으므로 잠깐 잊어버렸다.

그는 다른 모험자나 병사들과 마찬가지로 모몬이라는 영웅을 동경하는 듯했다. 그런 모몬이 마도왕 밑에 들어갔다는 사실을 어떻게 생각할까.

모몬이 마도왕에게 왜 자기 이야기를 했을까? 단순히 잡담으로 들려 주었을까? 아니면 자신을 팔아넘겼을까? 그런 생각이 가슴속에서 소용돌이치지 않겠는가.

아인즈는 이 위기를 기회로 바꿀 방법을 찾아보았다.

"이 근방의 유능한 모험자에 대해 물었을 때, 모몬이 대답해 주었지. 그렇다면 '무지개'의 모크나크가 있다고."

아래로 향하던 모크나크의 얼굴이 확 올라왔다.

"그! 그것이 사실입니까?!"

"내 말을 의심하느냐?"

"아니오! 그렇지는……!"

영업 차원에서 고객을 찾아가 가장 처음 하는 일은 '칭찬'이다. 칭찬을 받고 불쾌해하는 사람은 거의 없다. 상대의 기분을 띄운 준 다음 장사 이야기를 꺼내는 것은 영업 토크의 기본이자 극의다.

동요하는 마음의 틈새에 쐐기를 박았다는 반응을 얻은 아인즈는 기회를 놓칠세라 질문을 건넸다.

"그런 네가 에 란텔에 있는 이유는 무엇이냐?"

모험자에 대해 알려면 모험자에게 묻는 것이 제일이다.

그 말에 모크나크는 망설이는 기색을 보이다가, 마음을 굳게 먹은 듯 입을 열었다.

"언데드입니다, 폐하. 카체 평야가 가깝기 때문이죠. 돈벌이 상대로는 부족함이 없습니다."

어째서인지는 모르겠지만, 그는 땀을 뻘뻘 흘리면서도 '속 시원하게 말해 줬다.'는 반골의 웃음을 띠고 있었다.

카체 평야는 조만간 지배하고자 했다. 특히 육지를 달리는 배의 소문에는 큰 관심을 두던 참이다.

"그렇군."

"엥?"

"응?"

"어, 아닙니다……."

흐리멍덩한 놈이로군. 아인즈는 한숨이 나오려는 것을 참으며 다시 질문했다.

"그게 다인가?"

"……그리고, 어디 보자. 모몬 공이 오시기 전까지 상위 모험자라곤 저희 미스릴 클래스밖에 없었으니, 보수가 괜찮은 일들이 내려오게 돼서 말입니다."

역시 보수 문제로군. 국가예산의 일부를 모험자의 보수로 돌리는 것이 최선의 방법일지도 모른다.

"그리고 또, 저는 이 도시 출신이라 아는 사람이 많기도 하고, 그 외에는 다양한 매직 아이템이 흘러 들어오기도 합니다."

"호오, 매직 아이템이라."

"예. 아이템 하나로 목숨을 건지는 일도 있으니, 모험자라면 좋은 물건이 많은 곳을 본거지로 삼는 것이 당연합니다."

실제로 위그드라실에서도 단 하나의 아이템 덕택에 전멸을 면했다는 이야기가 있었고, 듣고 보니 제도의 시장에는 모험자로 보이는 사람들이 많았다. 다시 말해 제도 이상의 규모로 매직 아이템을 판매한다면 분명히 모험자들을 끌어들일 수 있을 것이다.

적당한 데이터 크리스탈로 아이템을 만들어 경매 형식을 취한다면 매우 인기를 끌 것 같다. 하지만 나자릭의 자산을 축내는 꼴이 될 테고, 이를 토대로 연구된 기술이 나자릭을 위협하지 말라는 법도 없다.

'떡밥으로 풀어놓아도 문제는 없을까? 아니, 가능하다면 나자릭의 자산은 쓰고 싶지 않은걸. 이 세계의 기술로 여러 가지 아이템을 개발해야 할까? 그중에서도 타국에 넘어갔을 때 문제가 없을 만한 것들…… 어렵겠는걸. 이 아이디어는 잠깐 보류하자.'

"저어……."

모크나크가 조심스레 목소리를 내 아인즈는 생각의 바다 밑바닥에서 떠올랐다.

"마도왕 폐하, 소인에게 왜 그런 것을 물으시는지요? 솔직히 말씀드려서……."

입술을 꾹 깨문 모크나크는 피를 토하듯 말했다.

"폐하께서 지휘하시는 언데드 한 마리조차, 저희가 떼로 덤벼들어도 당해내지 못합니다. 그런 언데드가 이 도시 주변을 지키니, 이 마도국에서 모험자의 존재의의는 거의 사라졌습니다."

무어라 말하면 좋을까. 무어라 말하면 그가── 그리고 이쪽을 계속 주시하는 안내원이나, 어느새 늘어난 직원들에게 좋은 인상을 안겨주는 대답이 될까.

큰 실수를 저지르느니 차라리 '너에게 말할 필요는 없다'고 말을 흐리는 편이 안전할지도 모른다. 하지만 그래서는 그들을 의심암귀에 빠뜨릴 가능성이 있다. 좀 더 무언가──.

'아니, 나를 믿자. 나는 이제까지 몇 번이나 이러한 위기를 넘어왔던 사람이다. 이번에도, 아마 어떻게든 되겠지!'

아인즈는 기백을 뿜어냈다.

'그렇다고는 해도, 거기까지 아는 너는 왜 이 도시에 있는 거야? 고향이라서? 애인이라도 있어?'

그 대답에 따라 마도왕이 앞으로 이야기할 내용의 방향성이 바뀐다.

"어째서인지 대답하기 전에, 나의 첫 질문에 대답하거라. 너는 어째서 이 도시에 있느냐."

"그, 그건……."

모크나크는 말문이 막혔다. 그리고 망설이듯, 그러나 결연한 표정으로 입을 열었다.

"모몬 공입니다. 모몬 공이 자신을 방패 삼아서 이 도시에 남아 주셨는데, 이 도시에서 태어난 제가 줄행랑을 치다니, 그런 못난 짓을 어떻게 하겠습니까."

그 순간 아인즈는 웃음을 지었다. 모몬으로서 그에 대한 것은 조금 안다고 생각했지만, 이 사내는 생각보다 쉽게 심장을 바쳤던 것이다.

"그렇구나. 그렇다면 나도 네 질문에 대답하지."

아인즈는 한껏 뜸을 들이며 무겁게 대답했다.

"모몬이다. 장차 모몬처럼 될 수 있는 자들, 다시 말해 모험자가 무엇을 원하고 무엇을 추구하는가를 알고 싶었다."

모크나크가 눈을 크게 떴다. 주위의 직원들이 숨을 삼키는 소리가 곳곳에서 들렸다.

"모몬은 강하며, 그 이상으로 고결한 자다."

스스로 말하려니 온몸이 오그라들 것 같았지만 그런 설정이니 어쩔 수 없다.

"그리고 나는 모몬의 내면에 있는 광채를, 너희 모험자들의 내면에서도 보고 있다."

평소 연기 특훈을 한 보람이 있었는지, 힘주어 말하자 모크나크는 등줄기에 벼락을 맞은 것처럼 보였다.

"하, 하오나 모몬 공은 선택받은 자만이 도달할 수 있는 경지의, 그런 지고한 존재입니다. 저희가 그분처럼 될 수 있을 리가……."

"그렇다면 모몬의 눈도 옹이구멍이었다는 뜻이겠군."

"네에?! 모, 모몬 공도 그런 말씀을 하셨습니까?!"

"딱 잘라 그렇게 말한 것은 아니다만."

우스울 것도 없지만, 자신은 진심으로 우스워하는 것이라고 암시를 걸며 왕에게 어울리는 웃음을── 훈련한 결과를 아인즈는 모두에게 선보였다.

"설령 네가 도달하지 못한다 하더라도, 너의 자식은 어떻겠느냐? 손자는? 네 뒤를 따르는 자들 중 모몬 같은 자가 나타날지도 모르는 일 아니냐. 나는 불멸의 존재이자 마도국의 왕이다. 다음 모몬이 진심으로 나에게 충성을 맹세하도록 행동하는 것은 당연한 일이다. 그것이 위정자로서 내가 찾아낸, 마도국 모험자의 존재의의다. 뭐, 한 가지 더 있기는 하다만 그건 아직 내 마음속에서 형태를 이루지 못했으니 지금은 언급하지 않겠다."

주위는 찬물을 끼얹은 것처럼 정적에 잠겼다.

'어라? 틀렸나? 이 인간은 모몬에게 심취한 자가 아니었나?'

아인즈가 불안에 사로잡혀 있으려니, 모크나크가 고개를 푹 숙였다.

"마도왕 폐하, 이렇게 존안을 뵙고, 직접 생각을 듣게 된 기회에 감사드립니다."

고개를 든 모크나크의 얼굴에서는 처음과 같은 불안이나 두려움, 의심 같은 것이 누그러진 것이 보였다. 그뿐 아니라 활달한 웃음까지 짓고 있었다.

"……무서운 분이십니다. 강대한 마력 이상으로 사람을 매료시키는 카리스마를 가지셨군요."

"나도 장래에 포섭할 우수한 모험자를 만나 기뻤다."

모크나크가 조금 기뻐하며 표정을 풀었다.

"하오나 마도왕 폐하. 모험자 조합은 이제까지 정치와 무관한 위치를 유지했습니다. 저도 마찬가지죠. 그런데도 포섭하시겠다는 겁니까?"

"음. 내가 이곳에 온 목적이 그것이었다. 형태가 정해지지 않은 아이디어 쪽 때문이지. ……안내원. 조합장에게 마도왕이 만나러 왔다고 고하라."

"아, 예!"

가만히 이야기를 듣던 안내원이 황급히 달려나갔다.

"그러면 소인은 이만 실례하겠습니다."

나타났을 때와는 달리 경의에 가득 찬 인사를 한 후 모크나크는 조합을 나갔다.

'자, 그러면…… 이제 어떻게 할까.'

아인즈가 아직 형태를 잡지 못한 아이디어── 마도국의 훌륭함을 퍼뜨리는 용도로 모험자를 이용할 계획에서, 중요한 것은 세 가지다.

첫째는 모험자 조합의 강대화. 고작 열 명 정도가 속한 조직을 손에 넣어도 의미는 없다.

둘째는 그들의 육성. 약자는 멀리까지 여행을 보낼 수가 없으며, 이 경우 마도국의 지배가 얼마나 훌륭한가 하는 정보를 퍼뜨리는 데 시간이 너무 걸리므로 이점이 적다.

셋째는 이상의 관점에서 보았을 때, 모험자들이 호의적으로 협력해 주어야만 한다. 모몬이어도 가능하겠지만 아인잭이 자주적으로 협조해 준다면 앞날이 편해질 것이다.

'아인잭과 교섭해, 우선은 이 세 번째 문제를 해결해야겠지. 하지만…… 아무런 정보도 없는 상태에서 프레젠테이션을 하기는 힘든걸. 아아, 위장이 쑤신다.'

숫제 조합장이 없으면 좋겠다는 생각도 들었지만, 유감스럽게도 돌아온 안내원의 첫 말은 "이쪽으로 오십시오."였다.

아인즈는 천장을 쳐다보고, 안내원을 따라 걸어나갔다.


4


모몬일 때는 몇 번이나 지나다녔던 복도를 걸어 조합장의 방으로── 는 들어가지 않고 그 옆의 방으로 안내를 받았다. 응접실로 쓰이는 방이다.

그를 맞이한 것은 정한한 장년 사내── 조합장 플루톤 아인잭이었다.

모몬 때는 면식이 있었던── 어른의 가게에도 강제로 끌고 갔던 인물이다. 다만 아인즈 울 고운 마도왕이 된 후로는 초면임을 잊지 않고, 언동에 주의를 기울여야 할 것이다.

"마도왕 폐하. 이런 누추한 곳에 왕림하여 주시니, 이 나라에 살아가는 일개 국민으로서 더할 나위 없는 기쁨이옵니다. 지저분하지만 부디 앉아 주시옵소서."

아인잭의 권유에 따라 아인즈는 자리에 앉았다. 피스는 아인즈의 뒤에 섰다. 방에 들어온 천사는 셋. 나머지는 방 밖에 대기했다.

"원래는 제가 직접 찾아뵈었어야 하는 입장이온데, 왕림하여 주신 데 감사드리옵니다."

무릎을 꿇은 아인잭이 깊이 고개를 숙였다. 그 태도에 아인즈는 쓴웃음을 지었다.

모몬 때와는 목소리의 톤이 전혀 다르다. 친숙한 목소리에 정중한 어조이기는 하지만, 그게 끝이다. 영업용 멘트에 불과하다는 것을 알기에 쓴웃음이 떠오르는 것이다. 물론 아인즈의 표정은 전혀 움직이지 않지만.

아인즈는 입구와는 다른 문으로 시선을 보냈다. 옆방인 조합장실로 통하는 문이다. 모몬이라면 저쪽에서 이야기를 들었겠지만 오늘은 응접실이다. 이 점에서도 두 사람 사이의 울타리가 엿보였다.

"왜 그러시옵니까, 마도왕 폐하?"

아인잭이 고개를 들어 이쪽의 눈치를 살핀다. 옆방에 너무 주의를 기울이는 바람에 아인잭을 방치하고 말았다. 아인즈는 자신의 어리석음에 슬쩍 코웃음을 쳤다. 자신을 비웃는다고 생각했는지 아인잭의 표정이 굳었다.

실례되는 태도를 취한 데 자기혐오를 느꼈지만 마도왕이 사죄를 할 수는 없다. 아인즈는 이야기를 진행해 어물쩍 넘어가고자 했다.

하지만 모험자 조합장에게는 어떤 태도를 보이는 것이 옳을까. 하나하나 손으로 더듬어나가듯 왕 노릇을 하는 아인즈에게는 그런 지식이 없었다. 이런 느낌일까 막연하게 감을 잡으며 도전했다.

"이미 이야기는 들었으리라 생각한다만, 아인잭. 네게 제안이 있다."

"──송구스럽사옵니다, 폐하. 아무것도 들은 바가 없는지라, 괜찮으시다면 처음부터 들려 주실 수 있으신지요?"

모몬 시절의 교류를 통해 아인잭은 상당한 수완가이며 태연하게 거짓말을 할 수 있는 사내임을 잘 알았다. 사실은 매우 높은 확률로 이미 이야기를 파악했을 것이다. 천사를 보고도 전혀 놀란 기색을 보이지 않는 것 또한 그 때문이리라.

그렇다면 빙빙 돌려 말할 것도 없다. 아인즈는 단도직입적으로 말했다.

"이 모험자 조합을 마도국에 편입시키겠다."

"…………그러시군요. 감히 누가 막을 수 있겠습니까."

"호오. 모험자 조합은 국가에 영합하지 않는다고 들었다만, 상관없나?"

"뜻대로 하시옵소서, 폐하. 이 나라는 폐하께서 세우신 법 아래 존재합니다. 폐하께서 모험자 조합을 거둔다고 하신다면 거부할 수는 없사옵니다."

아인즈는 코웃음을 쳤다. 반응은 상대에게 전해진 것 같았다. 미미하지만 눈 속에 모종의 감정이 일렁인다.

"분명 그 말이 옳다. 그러나 너는 이럴 생각이겠지? 모험자들에게는 왕국이나 제국으로 가도록 권하고, 내게는 쭉정이만 남은 조합을 넘기려고 했을 것이다."

빤히 바라보자, 이제는 다 틀렸다는 듯 아인잭이 어깨를 으쓱했다.

"역시 마도왕 폐하시군요. 군림하고 통치하시는 것만이 아니라 저희의 생각까지도 파악하시니. ……마법으로 제 마음을 읽으셨습니까?"

"마법 따위 쓸 필요도 없지. 경험에서 온 것이다."

"오래 사셨기에 가능한 일이셨군요. 이거야 원, 정말 무서운 분입니다. 그래서 저를 어쩌시려는 겁니까?"

"어떻게도 하지 않는다."

"……감사는 드리지 않겠습니다만?"

"감사 따위는 필요 없다. 그보다도 이야기를 듣고 싶다. 모험자 조합이 국가에 영합하지 않는 이유는, 모험자란 사람들을 지키기 위해 존재하며, 그렇기에 인간의 전쟁에 모험자의 힘이 이용되지 않도록 하기 위해서라 들었다. 참이냐?"

"바로 그렇습니다, 폐하. 실제로 폐하께서 이 도시를 점거하셨을 때조차 우리는 싸우려 하지 않았습니다."

"모몬이라는 자는 내 앞을 가로막았다만……?"

"윽……."

아인잭이 신음했다. 뭐, 스스로 자기 목을 조여도 좋을 것은 없지. 아인즈가 먼저 이야기를 진행시켰다.

"뭐, 그 점은 불문에 부치겠다. 그와는 어느 한 부분에서는 서로 납득하고 협력하는 관계이니. 그래, 이 도시를 평화롭게 지배해 나간다는 부분 말이다."

아인잭이 무언가 말하고 싶은 기색을 보였지만, 아인즈는 아랑곳하지 않고 이야기를 진행했다.

이제부터가 본론이다.

아인잭이 마도국에 호의적으로 협력하게 설득해야 한다.

아인즈는 모몬일 때 얻었던 온갖 불평불만 같은 것을 떠올리며 말했다.

"……각설하고, 너와 이야기를 나누며 한 가지 의문이 들었다. 너는 조금 전 '모험자란 사람들을 지키기 위해 존재한다'는 말을 긍정했으렷다. 그 속에 포함된 '사람들'이란 어떤 범위에서 말한 것이냐?"

"무슨 말씀이신지?"

의미를 이해하지 못하겠다는 표정으로 아인잭이 물었다.

"다시 말해 '사람들'이란 인간종이라는 의미냐, 아니면 인간만을 이른 것이냐? 엘프는? 하프엘프는? 인간과 함께 살아가는 그 외의 종족들은 그 범위에 포함되나?"

"그야 뭐, 포함되지요."

"그거 이상한 이야기로구나. 제국에서 엘프는 노예가 아니더냐? 그러고도 지킨다고 할 수 있을까? 제국의 법을 어긴 죄인도 아니거늘?"

아인잭의 시선이 아래로 향했다가 다시 아인즈에게 돌아왔다.

"……저는 왕국 모험자 조합의 조합장 중 한 사람이며, 제국의 조합이 어떻게 생각하는지, 그것까지는 모르겠습니다."

"말을 흐리고 도망치나……?"

아인잭의 눈이 크게 뜨였다. 그 안에는 분노의 불꽃이 비쳤다.

"폐하, 비꼬지 마시고——."

"비꼬았다고? 진실이 아닌가? ——다시 묻겠다. 말을 흐리고 도망친 것이 아니더냐?"

아인잭이 눈을 내리깔았다.

"…………말씀하신 대로입니다."

"엘프도, 하프엘프도 지키겠다고 하면서 전혀 지키지 않았지. 그 이유는 무엇이냐?"

"제국 모험자 조합의 내정까지는 모르겠사오나……."

그렇게 전제를 깔며 아인잭이 이야기를 시작했다.

"모험자 조합이라고는 해도, 역시 국가의 속박에서는 완전히 벗어날 수 없습니다. 자유를 표방하고 해방을 부르짖는 모험자라고는 하지만, 나라의 법 아래 있지요. 저희는 무력집단입니다. 그렇기에 힘을 국가에 휘두르는 것은 지나치게 위험합니다. 제국의 모험자 조합은 그렇게 생각할 것입니다."

"그렇겠지. 나라의 법 아래 존재한다면 포섭되어도 문제는 없을 것이다. 왜 그것을 싫어하나?"

"제국이나 왕국도 저희의 힘은 함부로 대하지 못합니다. 강한 몬스터와 정면으로 싸울 수 있는 것은 역시 모험자뿐이니까요. 따라서 무리한 요구를 하지는 못합니다. 그러나 폐하께는 이 논리가 통하지 않습니다. 조직으로서 포섭하실 경우 저희가 무력이 되어 백성에게 무력을 돌려야 한다는 상황도 생각할 수 있는 것입니다."

"너희가 국가에 포섭되는 것을 피할 이유는 '모험자의 힘이 사람들에게 향하는 것을 두려워해서'란 말이렷다?"

"그렇습니다. 탄압이나 전쟁 따위에 쓰여 수많은 사상자를 내는 일에는 협조하고 싶지 않다는 뜻입니다."

아인즈는 언질을 잡았다고 생각하며 웃음을 지었다. 그야 이미 알고 있는 사실이지만, 그 말은 입 밖에 내지 않았다.

"앉거라. 그렇다면 앞으로 너희에게 내가 무엇을 시키고 싶은지를 설명하겠다."

아인즈는 다시 한 번 맞은편 자리에 앉으라고 아인잭에게 명령했다. 그가 쭈뼛쭈뼛 앉은 다음 설명을 시작했다.

"나는 모험자들에게 다른 일을 시키고 싶다. 내가 모험자에게 원하는 것은, 미지를 발견해 세계를 좁혀주었으면 하는 것이다."

처음으로 아인잭이 정면에서 이쪽을 바라본 것 같았다.

"예를 들자면 남방 땅에는 법국과 성왕국 사이에 황야가 있다만, 자세한 지형이나 어떤 몬스터가 서식하는지를 아느냐?"

"아닙니다. 그곳에는 온갖 아인의 부족이 있어서, 왕국 모험자 조합에 속한 자들 중 그곳에 갔다가 무사히 돌아온 사람이 없기에 거의 정보를 얻지 못했습니다."

"그렇다면 이 나라의 남서쪽, 법국과의 경계를 이루는 산맥이 있지? 그곳은 어떠냐?"

"별로 자세한 정보는 없습니다."

"참으로 한심한 지식이라는 생각이 들지 않느냐? 아니, 모험자들의 평소 업무를 생각해 본다면 어쩔 수 없겠지? 사람들을 지키는 조직이다. 사람이 없는 곳의 지식 따위는 불필요하다는 뜻이다. 그곳에 사람들을 구할 효능을 가진 약초 같은 것이 자생할지도 모르는데 말이다."

그렇게 비꼬자 아인잭은 입을 일직선으로 꾹 다물었다.

"나의 산하에 들어온다면 모험자 조합에게 그런 공백을 메우는 일을 맡기고자 한다."

"……폐하의 부하들께 맡기면 되는 일이 아닙니까?"

"시시한 소리를 다 하는군. 아인잭 너는 원래 모험자였다고 들었는데, 똑같은 소리를 다시 들려줄 수 있겠느냐? '모험자'라는 말의 의미를 염두에 두고서. 너희는 몬스터와 싸우기만 하는 존재더냐? 나는 모험자란 미지를 기지(旣知)로 만드는 자라 생각했다. 모험자에 대해 조사해 보기 전까지는 말이다."

아인잭이 입술을 깨물었다. 입술이 찢어져 피가 흐를 정
도로 강하게.

"──우리는 사람들을 지켜야만 합니다."

"그럴 필요는 없다. 마도국에서는 지배자인 내가 백성을
지킨다. 그것은 의뢰의 양이 줄어든 것을 보더라도 진실임
을 이해할 수 있겠지?"

아인잭은 신음과 같은 목소리로 긍정했다.

"그렇다면 앞으로 너희는 어떻게 하겠느냐? 사람들을 지
키기 위해 마도국에서 왕국이나 제국으로 이동하겠느냐?
마치 단순한 몬스터 전문 용병 같구나."

아인즈는 거기서 말을 끊었다. 이제부터는 권유다. 한 마
디, 한 마디에 머리를 풀 가동시켜야만 한다.

"조금 전 네가 말했던 '나의 부하에게 맡기면 된다.'는
말도 옳다. 다만 내 부하들은 적을 죽이는 데에는 탁월해도,
미지의 세계에서 만난 자들과 우호적으로 매사를 추진할 수
있느냐 하는 점에 관해서는 의문이 남는 자들이 많아서 말
이다. 참으로 부끄러운 이야기지. 그렇기에 이 역할을, 가
능하다면 모험자들이 맡아주었으면 하는 것이다."

잠자코 이쪽의 눈치를 살피는 아인잭의 반응이 매우 마음
에 걸렸지만 프레젠테이션은 아직 끝나지 않았다.

"뭐, 그런 위험을 수반하는 일을 시키는 이상 전면적으로

지원할 생각이다. 그러기 위해서는 모험자 조합을 포섭할 필요가 있지 않겠느냐?"

"……의뢰를 하시면 되지 않겠습니까."

"그렇군. 너희는 어지간히 자신들의 실력에 자신이 있는 모양이지? 그 용기는 마음에 들었다."

"무, 무슨 말씀이신지요, 폐하?"

"미지를 발견하고, 그것이 다른 문화권과의 불행한 조우가 될 경우 마도국은 모험자들을 내쳐도 된다는 뜻이렷다? 그리고 여기서 발생할 문제는 너희 모험자 조합끼리 해결해 주는 것이렷다? 너희가 독자적인 조직으로서 존재한다면 당연한 일이겠지? 마도국에는 그 어떤 손실도 가져오지 않도록 문제를 해결하겠다고 약속하거라."

아인잭이 입을 다물었다.

"국가에 속하지 않는, 독자적인 조직으로서 존재한다는 것은 그런 뜻이 아니겠느냐? 상대가 국가로서 움직였을 때에도 너희끼리 해결해야 한다는 뜻이다. ……내가 무언가 이상한 소리를 했느냐?"

"당치 않습니다. 폐하."

아인잭은 동의의 뜻으로 깊이 고개를 끄덕였다.

"한 마디, 한 마디가 옳으십니다."

"그런 것이다. 다만, 그래서는 귀중한 모험자, 특별한 기술직의 수가 줄어들겠지. 인간이 성장하는 데에는 시간이 걸리는 이상, 우수한 인재가 소모되는 것은 큰 손실이다. 그렇기에 나는 모험자 조합을 포섭하려는 것이다. 그리고 명령을 내리는 대신 전면적인 지원을 약속하겠다는 말이다."

"매우 매력적인 제안이십니다. ……한 가지 의문에 대답해 주셨으면 합니다만, 미지를 안다는 것은 마도국의 침공에 일조시키고자 하려는 의도이십니까?"

"그건 어려운 질문이구나. 물론 절대로 그렇지 않다고 단언할 수는 없다. 미지의 장소에 있는 상대가 침공계획을 짜고 있다면, 그 정보를 토대로 선수를 쳐 공격하는 일 또한 있을 것이다. 황야에 사는 아인종, 오우거나 오크를 상대로, 경우에 따라서는 시위행동을 전제로 침공을 할지도 모른다. 네 바로 이웃에서 흉포한 괴물이 발톱을 갈고 있다면 선수를 쳐 대처하고 싶지 않겠느냐?"

"그렇군요. 지당하신 말씀입니다. 다만——."

"……흐음."

"왜 그러시는지요, 폐하?"

"아니, 말을 끊어서 미안하다. 무언가 말을 더 하려 했지? 계속하거라."

"……분부 받들겠습니다. 다만 제가 우려하는 것은, 평화롭게 살아가는 자들을 무력으로 병합하는 것은 과연 어떨지…… 그런 생각을 했을 뿐입니다."

"네가 상상하는 것은 어느 종족이냐? 엘프라든가?"

"뭐, 그럴 수도 있겠지요."

"⋯⋯그것은 국가계획에 관한 일이므로 한데 뭉뚱그려 대답할 수는 없다. 침략과 지배가 마도국에 이익이 된다면 그렇게 할 테고, 불이익이 된다면 그런 짓은 않는다. 이는 국가로서 지극히 당연한 일이 아니더냐? 다만 단순한 침략에는 아무런 문제가 없을 만한 군세를 이미 보유했다는 점만은 언급해 두마. 모험자에게 기대하는 것은 적국의 정보 수집도, 침공 루트의 사전조사도 아니다. 조금 전에도 말했듯 미지를 알고 다양한 것들을 발견해 주었으면 할 뿐이다. 그 점은 약속하마. 그건 그렇고⋯⋯."

아인즈는 잠시 말을 끊었다가 아인잭에게 물었다.

"너희는 겉모습이 예쁜 종족만은 다르게 생각하는 것 같더구나. 오우거나 오크를 침공한다고 말했을 때는 왜 그 말이 나오지 않았느냐? '평화롭게 살아가는 자들을 무력으로 병합하는 것은 과연 어떨지.' 라고 말이다."

"그, 그야 아인이니⋯⋯."

"하하하하. 그렇군, 그래. 그런 생각이란 말이지. 알았다, 알았어. 그래, 대답은?"

아인잭은 무언가 하고 싶은 말이 있는 표정을 지었지만 이내 고개를 가로저었다. 마음을 바꿔 먹은 것이리라.

"이 안건에 대한 대답은 당장 말씀드려야 합니까, 폐하?"

"그래 주었으면 한다만, 여러모로 사전 준비나 의논도 필요하겠지. 다소 시간을 들여야만 할 것이다. 다만 그 전에 네 생각을 들려다오, 아인잭."

아인즈는 불쑥 몸을 내밀고 지근거리에서 아인잭의 눈을 응시했다.

"나는 매우 언짢다. 너희가 단순한 퇴치꾼인 것이. 개탄스럽다. 그런 너희가 모험자라는 이름을 내세우는 것이. 아인잭, 너는 어떠냐? 마도국의—— 나의 밑에서 모험을 할 마음은 없느냐? 나는 너희에게 바라는 것이다——."

아인즈는 여기서 잠시 말을 끊고, 시선과 목소리에 힘을 담았다.

"——너희가 '모험자'가 되기를."

실내에 긴박감이 가득 찼다. 필살의 일격을 맞고 쓰러진 적을 관찰하듯, 아인즈는 숨을 멈추고——원래 쉬지 않지만——아인잭의 반응을 기다렸다.

"……매우 매력적인 제안이라고는 생각합니다."

아인즈는 눈 속에 깃든 광채를 어둡게 지었다. 눈치를 보니 아마 '하지만 안 되는 이유가 있습니다.'라는 말이 이어질 것이다.

"——따라서 그것을 받아들일 수 있을지, 여러 사람의 의견을 들어보고자 합니다. 분명, 정말로 그런 목적에 따라 모험자들을 써주신다면 그건 꿈만 같은 이야기일지도 모릅니다. 게다가 국가의 산하에 들어간다는 이야기도 수긍이 갑니다. 모험자였던 한 개인으로서 말씀드릴 수 있다면……
힘을 보태드리고 싶습니다."

'——어라? 이거 잘 먹히는 거 아냐?'

"그래……?"

아인즈는 소파 등받이에 몸을 기댔다.

프레젠테이션이 성공한 데 따른 기쁨이 스멀스멀 솟아났
다. 고객의 앞을 떠나 카페에서 회사로 전화를 하며 환호성
을 터뜨리고 싶어지는 바로 그 느낌이다. 모험자를 했던 경
험이 이런 데에서 도움이 될 줄은 생각도 못했다. 아니, 그
경험이 있었기에 이런 발상에 도달했던 것이리라.

그때, 또 한 가지 해 두어야 하는 일이 떠올랐다. 마도국
의 장래를 생각한 이야기를.

"아, 맞아. 그리고 한 가지가 더 있었지."

아인즈는 뼈 손가락을 하나 세웠다.

"조금 전 너는 사람들을 지킨다는 말을 했을 때, 인간종
이라는 내 말에는 긍정적으로 말했겠다? 모험자의 존재이
념은 사람들을 지키는 것이라고."

"예…… 그랬지요, 폐하."

"그리고 침공 이야기를 했을 때는 아인이니 상관없다는
말도 했겠다?"

아인잭은 그게 어쨌느냐는 듯 고개를 끄덕였다.

"마도국은 모든 종족을 국민으로 받아들일 것이다. 그것

은 인간종만이 아니라 아인종도 이형종도 마찬가지다. 그러
니 만약 모험자의 존재이념이 '사람들'을 지키는 것이라고
한다면, 아인도 이형도 마찬가지로 지켜주어야 한다."

아인잭이 눈을 휘둥그렇게 떴다.

"무슨 말씀이십니까!"

"……왜 그러지? 나는 네가 흥분하는 이유를 모르겠구
나. 나의 나라에서는 인간도 아인도 이형도 상관이 없다. 나
를 왕으로서 받든다면 모두 같은 국민이다."

"그, 그건 마, 말도 안 됩니다, 폐하!"

"그럴까? 왕국의 북방에 평의국이라는 나라가 있다던데,
그곳에서는 여러 종족이 공존한다지 않더냐?"

"그 나라는 분명 그렇다고 들었사오나…… 아니! 저희
를 먹이로밖에 생각하지 않는 종족과 공존하라는 말씀입니
까?!"

"아하, 그건 그렇겠군. 마도국에서는 자국민이 자국민을
먹는 것을 허가하지 않겠다. 이를 법률로 제정하마. 그러면
되겠지? 자국민 이외라면 말리지는 않겠다는 뜻이다만, 국
민의 식생활에까지 간섭하는…… 아니지, 같은 종족 사람
이 해체된 채 팔리는 모습을 보는 것도 정신위생상 좋지 못
하겠군. ……그 점은 조금 검토의 여지가 있겠구나."

루푸스레기나의 이야기에 따르면, 카르네 마을은 고블린
이나 오우거와 공존한다고 하니 이 도시에서도 불가능하지

는 않을 것이다. 사람의 수가 많은 데서 오는 번잡함은 이해하지만.

"대, 대체, 무슨 생각을 하시는 겁니까?"

"이상한 질문을 다 하는구나. 그보다도 왜 같은 생물끼리 힘을 합치려 하지 않는 게냐? 언데드인 나는 이해할 수 없는 일이다. 나에게는 인간도 고블린도 우열이 없다. 나의 지배 아래에서는 모두 평등하다. 물론 너희 위에는 절대자인 나와 그 직속 부하들이 있겠지만."

아인잭의 표정이 이리저리 바뀌고, 이윽고 냉정한 얼굴로 돌아왔다.

"고블린 같은 것들도 슬하에── 국민으로 삼으실 겁니까?"

"너는 조금 전 내 이야기를 듣지 않았느냐? 오우거나 오크들도 산하에 거두겠다고 했을 텐데?"

"아, 아니, 들었습니다만, 노예로서 그러시려는 것이 아닌가 하고."

"엘프를 노예로 삼는 종족다운 발언이로구나. 거듭 말하겠지만, 내 밑에 들어온다면 국민은 평등하다."

숨을 헐떡이는 듯한 아인잭의 눈치를 살피며 아인즈는 생각했다. 내 진의를 헤아리지 못한 걸까?

극단적으로 말하자면 국민 전체가 나자릭 지하대분묘에 속한 자들의 노예라는 뜻이기도 하지만, 그런 말은 하지 않았다. 말할 필요가 없다. 깨닫지 못했다면 그건 그거대로 상관이 없다.

"이미 다수의 고블린이 나의 비호를 받고 있다. 조만간 고블린 한 무리가 에 란텔에 올 것이다. 그놈들과 이야기를 나눠보거라. 분명 네가 상상하는 고블린의 모습이 무너질 테니. 그리고 리저드맨은 고기를 잘 먹지 않는다더구나. 놈들이 먹는 것은 생선이지. 드라이어드나 트렌트는 깨끗한 물과 햇빛을 선호한다. 인간을 공격하는 것은 자신을 방어할 때뿐이다."

"이미 그렇게 많은 자들을 거두셨습니까?"

"물론이다. 이미 수많은 아인과 이형의 존재를 나의 백성으로 받아들였다. 아차, 이야기가 이탈했군. 그러면 아인잭 너는 모험자 조합을 마도국의 기관 중 하나로 편입하는 건에 대해서는 찬성하는 자세라 생각해도 되겠지?"

"──폐하께서 거짓을 말씀하신 것이 아니라면, 상관없습니다."

"걱정도 많구나. 거짓말은 하지 않았다. 모험자들에게는 미지를 탐구하는 일을 시킬 것이다."

가능하다면 여러 종족의 혼성 팀을 꾸렸으면 싶었다.

"모험자들에게 설명하는 역할은 네게 맡기겠다. 마도국에서 모험자는 국가 소속 구성원이 될 것이라는 사실에 부정적인 사람은 떠나도 상관이 없다."

"그래도 괜찮으시겠습니까?"

"억지로 일을 시켜봤자 서로 불행해질 뿐이니까. 다만 조직이나 운영방식을 갑자기 대폭 바꾸면 성가신 일이 많아지리라 생각하니, 어느 정도는 지금 방식을 그대로 유지하는 것이 좋겠지. 당장 시급한 변화는 조합장 위에 마도국 심사기관을 두는 것 정도가 아닐까?"

아울러 모험자들이 마도국의 조합에 들어가고 싶다고 생각할 만한 부가가치를 붙여주는 것이 중요하다.

"마도국의 지원 형태는, 우선 훈련소를 설립해야겠군. 비경에 나가 미지의 몬스터에게 목숨을 잃는다면 큰 손실이지. 그렇기에 지금보다도 훨씬 체계적인── 몬스터와의 실전 형식을 도입한 훈련소를 세울 것이다. 팀 전투에 익숙해진다는 의미에서도, 던전을 하나 만들어 그곳을 공략시키는 것도 나쁘지 않겠구나."

나자릭에서 자동으로 리젠하는 언데드를 보내 짓게 하면 될 것이다. 완성되면 몬스터 역할도 맡기고.

"정말 훌륭하신 생각입니다. 하오나 엄청난 대공사가 되지 않겠습니까?"

급료가 필요 없는 언데드를 부리니 싸게 먹힐 것이다. 그러나 곧이곧대로 설명해 줄 필요는 없다. 빚은 안겨줄 수 있을 때 안겨줘야 한다.

"그야 파격적인 초기투자가 필요하겠지. 하지만 필요경

비의 범주일 뿐이다. 마도국에서 모험자는 중요한 인적자산이다."

"감사합니다, 폐하."

"감사까지야. 그래, 어떠냐? 이 정도라면 모험자들이 매력을 느끼겠느냐?"

"말씀대로…… 하위 모험자들에게는 매우 큰 매력이 될 것입니다. ……그곳에서 단련된 자들이 왕국이나 제국의 모험자 조합으로 넘어가버릴 거라는 생각은 하지 않으십니까?"

"허가하지 않겠다. 국가기관이 아니더냐. 그것은 반역행위다."

"그렇군요……. 그 점은 확실하게 설명해야겠습니다."

"헌데 중위, 상위 모험자들이 느낄 만한 매력이란 어떤 것이 있겠느냐?"

"역시 보수가 아니겠습니까?"

"하긴, 꿈만 가지고는 먹고 살 수 없으니."

"그것도 있습니다만 더 강한 무기나 방어구, 도구 같은 것들을 모으지 않고서는 강한 몬스터에게는 이길 수 없으니까요. 그러한 물건은 매우 비쌉니다."

"……흐음. 역시 그 점이군."

대량생산하면 값이 떨어질지도 모르지만, 강한 모험자는 수가 적다. 그렇기 때문에 주문생산이 되고 단가가 올라가는 것이다. 게다가 그러한 물건의 제작자가 적다는 점도 요인 중 하나다. 이러한 문제 또한 해결해야 한다.

"그리고 여러 모험자들에게── 왕국이나 제국의 모험자들에게도 알리고 싶다. 무언가 좋은 생각이 있느냐?"

"폐하께서 만드시고자 하는 모험자 조합은 왕국이나 제국의 것과는 비슷하면서도 다른 것입니다. 정보를 퍼뜨릴 경우 각국의 모험자 조합은 인재를 빼앗기지 않고자 무언가 수를 강구하겠지요. 모험자는 비장의 카드와도 같은 측면이 있습니다. 그런 이들이 타국에 흘러나갔을 때 기뻐할 사람은 없을 것입니다."

"정론이로다. 그렇다면 어떻게 해야 좋겠는가?"

"당장 대답을 드리기는 어려우니, 다소 시간을 주셨으면 합니다."

"그렇겠군. 나도 향후의 행동방침에 대해 생각할 필요가 있다."

사실 상당히 굵직한 계획을 혼자 너무 많이 진행한 기분이 들었다. 조금 냉정해진 상태에서 이것저것 생각해 보고 의논할 필요가 있을 것 같았다.

아인즈는 자리에서 일어났다.

"그러면 이만──."

실례하겠다고 말하려다 아인즈는 입을 다물었다. 왕의 발언이 아니었다.

"이만 끝내지. 잘 있거라."

아인잭이 일어나 고개를 숙였다.

"평안하시옵소서, 마도왕 폐하."

돌아보지도 않고, 아인즈는 피스가 열어준 문을 통해 밖으로 나갔다.

자신도 모르게 한숨이 흘러나오려 했지만, 아직 상대의 회사 안이다. 그런 짓을 하기에는 너무 이르다.

지품천사들을 이끌고, 아인즈는 모험자 조합을 나섰다. 그리고 한참을 걸어간 후에야 겨우 작은 숨을 토해냈다.

'아~ 피곤하다.'

아인즈 울 고운은 피로를 모르지만, 스즈키 사토루는 과열된 뇌를 식혀야 한다고 호소했다.

'모험자 조합을 산하에 둔다는 아이디어를 알베도에게 말하기 전에 조금 휴식시간을 두어야겠어. 알베도가 기각시키지 못할 만한 메리트를 생각해야만 하고……. 할 일이 많구나.'

아인즈는 묵묵히 걸어나갔다. 걷는 도중 좋은 아이디어가 떠오르길 빌며, 〈전이Teleportation〉 마법은 쓰지 않았다.

*

옆방—— 아인잭의 집무실로 이어지는 문이 열리고, 새 손님이 들어왔다.

지나치게 깡말라 신경질적으로 보이는 선이 가는 그 사내는 아인잭의 오랜 친구, 에 란텔 마술사 조합장 테오 라케실이었다.

　"플루톤, 놀랍지 않나? 설마 밀담을 나누는 도중에 마도왕이 찾아올 줄이야. 무언가 눈치를 챘던가?"

　"그건 모르겠네."

　아인잭은 오늘에도 평소와 마찬가지로 이른 아침부터 라케실과 의논을 하고 있었다.

　두 사람이 만나는 시간은 이 도시가 마도왕에게 지배당한 후로는 반드시 아침이 됐다. 이것은 태양을 싫어하는 언데드가 많다는 지식 때문이다. 시내를 순찰하는 언데드 병사들을 보자면 그런 조심성도 별로 도움이 되지 않는다는 사실을 알겠지만.

　의논거리는 대부분 정보 공유를 위한 것이었다. 향후 모험자 조합과 마술사 조합의 활동을 어떻게 꾸려나갈 것인지까지는 이야기하지 못했다. 사실 마도국 건국 단계에서 이주할 수 있는 자들은 왕국이나 제국으로 이주했던 것이다. 마술사 조합에서는 보유했던 매직 아이템까지도 거의 대부분 방출해, 이 도시에 남은 것은 겨우 몇 명뿐이다. 말하자면 이 도시의 마술사 조합은 해산한 것이나 다름없었다.

　다만 정보 분석 면에서는 중요한 안건이 많았다.

　모험자는 국가의 속박을 비교적 적게 받지만, 마도국에서도 그것이 통할까? 자국 백성이 도주한다면 추적대를 보낼까? 그 경우 무사히 국경을 넘는다 해도 국가 수준의 신병 양도 요구가 있지는 않을까? 마술사에 관해서는 어떨까?

자신을 내세워서까지 시민들을 지키는 모몬에게 무슨 이야기를 하면 좋을까? 또한 모험자 조합은 모몬에게 어떤 대응방식을 취해야 할까?

신전 세력은 침묵을 지키는 중이며, 마도왕 또한 선을 그은 것 같지만, 과연 앞으로도 그대로일까? 항전이 시작되거나 하지는 않을까?

하나같이, 두 사람이 필사적으로 지혜를 쥐어짜봤자 해답이 나오지 않는 어려운 문제들뿐이었다. 그러나 아무런 대비도 없이 사건이 발발하면 큰일이다. 특히 신전 세력이 큰 문제였다.

신전 측이 불구대천의 원수인 언데드를 왕으로 섬길 수 있을까? 현재는 침묵을 지킨다는 것이 더더욱 무서웠다.

게다가 주변 국가의 신전 세력도 있다. 자칫하면 각국의 신전 세력이 독자적으로 성전을 선언하고, 이에 내부에서 호응하는 형태로 마도국 신전 세력이 나설 수도 있다.

이 자리에 신전 세력을 대표할 만한 인물이 없는 것도, 현재로서는 그들의 입장이 불투명하기 때문이다. 잘못 끌어들였다가는 자신들마저 말려들지 않을까 우려가 되는 것이다.

다만 두 사람 모두 신전 세력이 마도왕에게 승리하리라고는 생각하지 않았다. 그리고 이로 인해 학살이 자행되지는 않을까 불안했다. 게다가 모몬이 마도왕의 검이 되어 그들을 베어 죽이는 일이 벌어진다면 어떻게 해야 한단 말인가. 또한 그 후로 이 나라 백성들의 상처는 어떻게 치유한단 말인가.

그런 이야기 때문에 골치가 아파졌을 때, 마도왕이 찾아온 것이다.

"하지만 마도왕 폐하는 자네가 있던 것을 눈치채셨네."

마도왕이 옆방으로 통하는 문을 보고 코웃음을 쳤던 것이 그 증거다.

"어쩌면 우리가 평소에 나누던 밀담이 어디선가 흘러나갔을 가능성이 있네."

"뭐라고? 그렇다면?"

"그렇겠지. 자네에게도 똑같이 들려 주실 생각이었을 거야."

이 방에서 나는 소리는 조금만 재주를 부리면 옆방에서도 들을 수 있다. 그렇기 때문에 옆방에 숨어 있던 라케실은 틀림없이 두 사람의 대화를 들었을 것이다.

"기분 탓 아닌가?"

"아니, 절대로 그렇지 않아. 적어도 누군가가 있다는 사실은 감지하신 눈치였네. 어쩌면 신전 세력이라고 생각하셨을지도 모르지."

그때는 너무 갑작스러워 경악과 혼란이 컸지만, 지금 다시 생각해 보면 한심하다는 생각밖에 들지 않았다. 몰래 동료를 숨겨놓은 자신의 좁은 도량을 비웃지 않았던가. 역시 그때 라케실까지 불러 셋이서 마음을 열고 이야기를 나누었어야 했다.

물론 마도왕도 속내를 모두 털어놓은 것은 아니리라. 하지만 왕에 어울리는 당당한 태도로, 단순한 평민을 직접 찾아와 말을 걸었다. 그에 대해 자신은 어떻게 나왔는가.

미간에 주름을 지은 아인잭을 보며 라케실이 냉정하게 말했다.

"그래서 자네는 어떻게 할 생각인가? 아니, 물을 필요도 없지. 조금 전까지 마도왕이라고 불렀던 자를 이제는 존칭을 쓰니."

"우리의 이야기가 도청되고 있기 때문이라는 생각은 안 하나?"

"그렇다면 자네가 충고해 줬겠지."

"마법으로 매료당했다는 생각은?"

"가능성이 없다고는 못하겠지만, 그건 아닐 걸세. 매료 마법은 제한시간이 있어. 아무리 마도왕이라 해도 무한히 유지할 수는 없을 걸세."

"그게 가능하니 마도왕 폐하일지도 모르지."

"그만두게. 너무 그럴듯해서 난처해. 신의 영역인 제8위계 마법을 구사할 만한 존재라고."

둘이 웃음을 짓고, 아인잭은 이내 다시 진지한 표정을 지었다.

"나는 마도왕 폐하께 협조하는 것도 좋을 것 같네."

"침략에 일조한단 말인가?"

"……강한 나라가 약한 나라를 지배하는 건 당연한 광경 아닌가?"

"불행해지리란 것을 알면서도 그걸 묵인하겠다고?"

"꼭 그러리라는 법은 없네. 무엇보다 마도왕 폐하께서 이 나라를 지배한 후로 누군가 불행해진 사람이 있나?"

라케실은 입을 다물었다. 사실 놀라운 일이지만, 불행해졌다고 단언할 수 있는 사람은 없다.

"일거리가 없어진 모험자들이 있잖나."

"그야 그렇기는 하네만, 그 말은 좀……. 자네도 너무 비꼬지 말게."

"그렇군. 좀 심술이 과했네. 기왕 왔으니 신전 세력을 어떻게 할지 물어봤어도 좋았지 않았겠나?"

"관두게. 괜히 찔러봤다가 '그러고 보니 거추장스러웠지. 없애버릴까?' 하셨다간 어떻게 하라고. 나는 학살극의 막을 올렸다는 무거운 짐을 짊어지면서 살아가고 싶진 않아."

"그런 행동을 벌일 상대 같나?"

"아니, 그 반대지. 그분은 매우 이지적이야. 솔직히 놀랄 정도였네. 그저 마법을 써 언데드 모습으로 변신한 게 아닐까 싶을 정도로. 그래── 모몬 공과 비슷한 분위기더군."

"그건 아무리 그래도 모몬 공에게 실례지."

불쾌함에 얼굴을 찡그리는 친구의 말에 아인잭은 쓴웃음을 지었다.

"하긴, 그렇군. 인간 영웅과 언데드 마왕을 똑같이 취급하다니 실례지. 하지만 두 사람 모두 사람이 설 수 있는 영역에서 벗어난 힘을 가졌다는 의미에서는 같지 않겠나? 말하자면…… 그래. 초월한 존재이기에 풍길 수 있는, 독특한 분위기를 느낀 걸세."

"아하. 그거라면 좀 이해할 것 같네."

두 사람은 절절히 영웅 모몬의 모습을 떠올렸다.

"각설하고."

아인잭은 한숨을 돌린 후 라케실을 정면으로 바라보았다.

"──라케실. 만일 마도왕 폐하께 협조할 생각이 없다면 앞으로는 오지 말아주겠나?"

이유를 말할 것도 없었다. 앞으로 아인잭의 방에는 마도국의 국가운영에 관한 자료가 놓일지도 모른다. 그러한 방에 외부인이 드나들어선 위험하기 때문이다.

친구에게 그런 발언을 할 만큼 마도왕의 말은 아인잭의 마음에 강한 충격을 주었던 것이다.

그가 들려준 새로운 모험자상은 눈부셨다. 실제로 지금까지도 미지의 땅을 답파하기 위해 모험자가 된 사람이 있었다. 그러나 대부분이 죽거나 현실 앞에 무릎을 꿇었다. 그런 위험한 여행을 할 수 있는 사람은 극소수 중에서도 극소수이기 때문이다. 그러나 마도왕이라는, 절대적인 힘을 가진 매직 캐스터가 지원해 준다면 새로운 가능성이 열린다.

진정한 모험자가 탄생하는 것이다.

라케실이 문득 중얼거렸다.

"이보게, 아인잭. 에 란텔의 마술사 조합이 거의 해산된 건 자네도 알지?"

"그야 물론이지."

"그렇다면 옛 동료로서 전면적으로 지원함세. 그리고 이 일이 끝나면 우리도 미지를 찾아 여행을 떠나지 않겠나?"

"──하하."

아인잭이 웃었다.

"이 친구야, 우리 나이를 생각해야지. 후후── 해 볼까?"

"안 하고 배기겠나. 그러기 위해서라도 마도왕 폐하의 모험자 조합에 연령제한은 없도록 말을 좀 잘 해 주게."

실내에 두 사람의 밝은 웃음소리가 울려 퍼졌다.

2장 리 에스티제 왕국

Chapter 2 | Re-Estize Kingdom

1

클라임은 안주머니에서 진동하는 매직 아이템을 꺼냈다.

손안에 들어오는 크기, 세 개의 바늘──시침과 분침, 그리고 초침──과 이를 에워싼 열두 개의 숫자가 새겨진 회중시계였다.

대형 시계 중에는 기계식도 있지만, 개인이 휴대할 만한 사이즈라면 왕국에서는 매직 아이템 말고는 존재하지 않는다. 시계는 생활에 밀접한 관계가 있기도 해서 매직 아이템 치고는 비교적 저렴하게 구입할 수 있다. 물론 그렇다고 서민이 쉽게 손을 댈 만한 가격은 아니다.

클라임이 가진 시계는 빌린 물건이다. 보통의 매직 아이템 시계와는 달리 특별한 마법의 힘이 있다.

시계의 명칭은 '십이마력Twelve Magical Power'이라고 하며, 하루에 한 번, 미리 정해놓은 시각이 되면 그 시각에 따른 마법의 힘을 발휘한다.

다만 이 마법의 은총을 입으려면 최소 하루 동안은 시계를 소지해야 한다. 그러므로 이제 막 빌린 클라임에게는 마법의 힘이 발동되지 않는다.

"응? 벌써 시간이 됐어? 빠르네."

곁에서 멍하니 푸른 하늘을 바라보던 여성이 말을 걸었다.

"그렇군요."

클라임은 그 여성—— 아다만타이트 클래스 모험자 팀 '청장미'의 구성원인 티나에게 대답했다.

"흐응~. 이렇게 느긋하게 있으면 시간이 얼마나 흐르는지도 잘 모르는 법이구나."

이것저것 딴죽을 걸 구석이 많은 발언이다.

우선, 티나는 딱히 느긋하게 있었던 것이 아니었다. 이 장소를—— 클라임의 뒤에 있는 건물의 정면 출입구를 경계하는 중이었다. 게다가 '벌써 시간이'라느니 '빠르네'라고는 했지만 그녀는 매우 정확한 체내시계를 가졌을 것이다.

모험자 중에는 체내시계가 이상할 정도로 정확한 사람이 있다. 특히 도적 같은 직업에 그런 경향이 강한데, 이것은 훈련의 성과다. 잠입 조사 때문에 단독행동이 많아 시간 감각이 중요해지기 때문이다.

"응? 뭔가 할 말이라도 있어?"

"아니오, 없습니다."

대답을 들은 티나는 "그렇구나."라고 대꾸하고는 다시 하늘을 올려다보았다.

왜 거짓말을 하는지, 그녀가 감춘 무언가를 일부러 물어볼 수는 없다. 원래 같으면 티나 일행을 고용할 만한 돈은 전혀 없는데도, 우연히 목적지가 같았다는 그녀들의 핑계에 매달렸던 것이다. 기분을 상하게 하는 언동은 삼가야 한다.

"그러면 공주님께 말씀드리고 오겠습니다."

"다녀와~."

클라임은 발걸음을 돌려 지금까지 후방에 두고 경비하던 건물로 향했다.

건축 중에는 몇 번인가 봤지만 낙성된 건물 내부에 들어가는 것은 오늘이 처음이었다. 이 건물의 크기를── 여기에 깃든 주인의 마음을 느끼면 클라임은 마음속이 따뜻해지는 것 같았다.

문을 열자, 갓 지은 건물이라 그런지 독특한 나무 향기가 클라임의 코를 간질였다.

그대로 나아가 통로를 지나, 안쪽 방으로 통하는 문을 열었다.

그곳에 자신의 주인이 있었다.

눈부실 정도의 미모를 가진 공주, 라나였다.

그리고 그 주위에는 많은 아이들이 보였다.

소란을 떠는 아이들에게 부드럽게 미소를 건네고 그들의 이야기에 귀를 기울이는 모습은 그야말로 성녀를 연상케 했다. 마치 한 폭의 그림 같은 광경에 클라임은 말이 나오지 않았다. 이 신성하면서도 범접할 수 없는 광경을 자신이 파괴해버릴까 두려웠던 것이다. 그것은 창가에 선, 이 시설에서 일하기 위해 고용된 여성들도 마찬가지인지 누구 하나 꼼짝하지 못했다.

그러나 원래 실내에 있던 한 사람만은 그렇게 생각하지 않는 듯했다.

"이봐. 애송이가 왔잖아. 시간 됐다."

가면 안에서 들려온 싸늘한 목소리에 라나가 고개를 들고 클라임을 정면으로 보았다.

클라임은 사파이어를 연상케 하는 눈 속에 자신이 비친 것을 확신했다.

"……죄송합니다, 라나 님. 왕궁으로 돌아가실 시간입니다."

"그렇군요. ——그러면 저는 아쉽지만 이만 가봐야겠어요."

"에이~."

아이들이 아쉬워하는 목소리를 냈다. 완전히 아이들의 마음을 붙잡지 못했다면 그런 목소리는 절대로 나올 수 없을 것이다. 그런 반응에 당황해 여성들이 나섰다. 아이들을 달래고, 개중에 지나치게 말을 듣지 않는 아이들은 억지로 끌어안아 라나에게서 떼어냈다.

"여러분, 또 놀러 와도 될까요?"

라나의 질문에 아이들이 일제히 씩씩하게 대답했다.

"그러면 다음번에는 음식을 만들러 올게요. ──클라임, 가요. 이블아이 씨도."

"흥. 시키지 않아도 나는 네 경호원── 아니, 의뢰를 받진 않았으니 단순한 동행이었지. 마음에 두지 마. 난 뒤에서 따라갈 테니."

일행이 나란히 건물을 나오자, 근처에 세워두었던 마차가 마침 도착한 참이었다.

티나가 허락을 구하지도 않고 마차에 올라탔다. 예의를 모르는 것 같지만 안전을 확인하기 위해서다. 이어서 라나가, 그리고 클라임이, 마지막으로 이블아이가 승차하고 마차가 출발했다.

덜컹덜컹 흔들리는 마차 속에서 문득 이블아이가 말했다.

"……하지만 너도 힘들겠군. 저런 고아원까지 만들고."

"힘들어 보이나요?"

"물론. 별별 사람들에게 한 소리 듣지 않았을까? 지금 이런 시기에 그런 데 쓸 돈이 있느냐고."

라나는 턱에 손가락을 하나 대고 고개를 갸웃했다.

"그런 일은 없었는걸요? 오라버니는 제 부탁을 금방 들어 주셨어요. 게다가 이런 시기니 더더욱 아이들을 지켜야만 하지요."

이블아이가 계속 말해 보라는 듯 턱짓을 했다.

"네. 아시다시피 마도국의 왕 때문에 많은 분들이 목숨을 잃으셨어요. 그 때문에 부모 없는 아이들이 수없이 생겨났겠지요. 그러니 그런 아이들을 지키고자 고아원을 세운 거예요. 게다가 남편을 잃은 부인들을 고용할 곳도 필요할 테고요."

"마도왕이라…… 그 이야기는 나중에 하기로 하고. 애들에게 쓸 돈이 있다면 다른 데 써야 하지 않을까? ……나한 테는 약한 놈들이 죽는 건 어쩔 수 없는 일이라는 생각이 드는데?"

"그렇지 않아요."

라나는 딱 잘라 말했다. 이제까지 하던 말과는 달리 힘이 있었다.

"약한 사람을 강한 사람이 구하는 것이 옳은 모습이에요. 게다가……."

클라임은 라나의 시선이 흘끔 자신에게 향한 것을 느꼈다.

'혹시──.'

클라임의 머릿속에 어린 시절의 자신이 떠올랐다.

자신의 그런 모습을 알기에, 왕녀는 고아원을 만들고자 했던 것이 아닐까. 클라임 같은 사람을 이 이상 늘리지 않기 위해서라도.

가슴이 한순간 뜨거워졌다.

물론 라나의 진의를 확인한 것은 아니지만, 그래도 틀림 없을 것 같았다.

"뭐, 그런 사고방식도 있겠지. 게다가 내 생각을 남에게 까지 강요하는 건 잘못이고. 하지만 저렇게 커다란 걸 만들 필요가 있었을까?"

"네. 아이들이 많이 들어가야 하니까요. 왕가 직할령에서 모을 예정이기도 하니 저것도 작을 정도인걸요. 아이들은 저의 보물이에요. 아이들이 결코 잘못된 길로 빠져들지 않 도록 잘 보살펴야 해요."

"흐응~ 왕녀님은 머리가 좋네."

"무슨 말을 하려는 거지, 티나?"

"부모를 잃은 아이들이 어떻게 살아가는지 알아, 이블아 이?"

"그건……. 아하……. 귀중한 노동력을, 줄어든 병사들 을 메우는 데 쓸 여유는 없지. 그러니 다른 방법으로 치안 악화를 막는다? ……이해했다."

"『누군가가 보고 있으면 청렴결백하게 살아가는 사람이 라 한들, 아무도 보지 않으면 욕망에 패배하는 경우도 있다.

그리고 그 범죄가 잘 통했을 때는 점점 나쁜 길로 빠져든다. 작았던 범죄가 눈덩이처럼 커진다. 그렇기에 그러한 허점을 보이지 않도록 해야 하나, 어렵기에 이러한 방법으로 허점을 줄인다.」

"흥. 『──인간은 누구나 강하지는 않다』, 그거지."

"이블아이도 그 말 들은 적 있구나. 꽤 좋아하나 봐?"

"……그놈이 비슷한 소리를 하는 것을 세 번 정도 들었으니까."

뒷부분은 이블아이와 티나밖에 모르는 대화였으나, 앞부분은 클라임도 충분히 이해할 수 있었다. 부모를 잃은 아이는 대부분 살기 위해 범죄에 손을 댄다. 그렇게 되면 힘이 깎여나갔던 여덟손가락도 되살아날 것이고, 왕도의 치안도 한층 나빠질 것이다.

자신이 경애하는 주군은 장래를 대비해 미리 손을 써둔 것이리라.

하지만── 라나는 의아하다는 듯 이블아이에게 물었다.

"──그게 무슨 말씀인가요?"

"이봐. ……우리가 너무 깊이 생각했나? 아니면 이건 연기야?"

"음~ 보아하니 진심인가 봐."

"네가 그렇다면 그렇겠지. 괜히 감탄했군."

"어, 제 평가가 멋대로 올라갔다 내려가는 것 같은데요…….

하지만, 그러네요. 저도 꽤 생각이 많답니다. 이번에 시작한 고아원이 잘되어서 아이들에게 어느 정도 교육을 시키고 우수한 인재가 태어난다면, 다른 귀족들도 비슷한 일을 할 거라고요. 그러니까 어느 정도는 아이들이 많아야 해요. ……별로 칭찬받을 만한 이유는 아니지만요."

"아니, 그런 이유로 아이들을 모았다면 수긍도 가고 감탄할 수도 있지. 장래에 결과가 나온다면 칭송을 받아 마땅하고. 무료봉사 따위 수상쩍기만 할 뿐."

"이블아이는 옛날에 고생을 해서 마음이 삐딱해진 거야."

"이봐! 너도 나와 비슷한 타입일 텐데!"

"그렇지 않아. 난 퓨어. 찌든 건 너뿐."

쯧! 강하게 혀를 차는 소리가 가면 안에서 들렸다.

"아, 맞아요. 제가 고아원을 만든 건 브레인 씨가 아이디어를 주신 덕분이었어요."

"브레인 앙글라우스 말인가? 그 녀석은 지금 뭘 하나? 오늘은 보지 못했는데."

"브레인 씨는 지금 다른 곳에서 왕도를 뛰어다니고 계실 거예요."

"흐음? 왕녀 경호보다도 중요한 일이 있다고?"

"네. 돌아가신 전사장님의 바람을 이루기 위해 움직이고 계세요. 그리고 전사장님 건 말씀인데, 그때는 폐를 끼쳤습니다."

감정을 감추려는 것처럼, 티나는 슬쩍 눈을 가늘게 떴다.

"우리 악마 리더의 예쁜 얼굴에 상처를 낸 건 화가 나."

"죄송합니다. 아바마마를 대신해 사죄드려요."

"보스한테 직접 사과했던 건 아니까 용서할게."

"고맙습니다."

"……죽은 사람의 말은 이따금 산 사람의 말보다도 강한 힘이 있으니까."

이블아이의 시선이 살짝 마차의 조그만 창문을 통해 밖으로 향하는 것 같았다. 하지만 그것도 한순간이었다.

"이야기가 샜군. 브레인 앙글라우스는 뭘 하고 있다고?"

"브레인 씨는 전사장님께 전사장 자리를 이어받아달라는 말씀을 들었다지만, 스스로는 그럴 수 없다고 생각하시는 것 같았어요. 그래서 전사장 자리에 적합한 사람을 찾아 직접 훈련을 시키겠다고 하시던걸요."

"귀족의 연줄이 없는 인간이 찾는다면…… 아하, 가제프도, 앙글라우스도 같은 평민 출신. 그렇기에 그런 생각을 한 거군. 넌 거기서 영감을 얻어서――."

"――맞아요. 고아원을 만든 거예요. 다음에 브레인 씨를 불러 아이들을 만나게 하면 어떨까 해요. 어쩌면 그들 중에 재능을 가진 아이가 있을지도 모르고요."

"내가 보기엔 그 정도는 없던데~."

티나가 말했다.

"이블아이가 보기엔 어땠어?"

"마법 재능은 보기만 해서는 모르지. 몇 번씩 마법 훈련을 시키면 그놈이 마법을 쓸 수 있을지 어떤지는 어느 정도 알겠지만, 그것도 마력계 마법뿐. 만약 그 꼬맹이들이 정신계, 신앙계 같은 데에 재능이 있다 해도 나에게는 재능이 없는 것처럼 보일걸."

"으음~."

라나가 고민스러운 듯 신음했다. 그러더니 이내 꽃이 활짝 핀 것 같은 미소를 지었다.

"장래에는 고아원에 여러 방면의 인사를 초빙해서 아이들의 재능을 봐 달라고 해야겠어요."

라나의 시선이 두 사람에게 향했다. 시선에 담긴 의미를 전달한다는 의미에서는 말보다도 뛰어난 웅변이었다.

"……어수룩한 생각이다. 그 녀석이라면, 아."

"유감이야, 이블아이. 우리 악마 리더라면——."

"——그렇겠지. 하지만 나는 녀석의 말이라 해도 간단히 고개를 끄덕이지는 않겠어. 나름대로 보수를—— 최소한으로 잡더라도, 고용된 이상은 돈을 받는다. 아무리 그래도 매번 무보수로 일하면 다른 놈들에게도 미안하니. 모험자의 규칙에도 어긋나고. 게다가 기술을 전수하는 이상은 나름대로 대가를 받아야만 해."

"말씀하신 내용은 전부 지당하다고 동의할 수밖에 없지

만, 죄송합니다. 사실 전 돈이 없어요……."

라나가 어깨를 축 늘어뜨리고 말했다.

제3왕녀는 예비 중의 예비. 귀족가문과 결혼해 왕족의 피를 섞어 주는 수준의 기대치밖에 없는 라나를 지원하려는 귀족은 나타나지 않는다. 그렇기에 그녀는 이제까지 자유롭게 쓸 수 있는 돈을 가진 적이 거의 없었다. 조신한 라나이기에 이제까지도 문제는 되지 않았지만, 제1왕녀나 제2왕녀였다면 분명 견디지 못했을 것이다.

그렇기에 클라임은 자신의 갑옷에 그녀의 마음이 담겨 있다고 실감했다.

"왕녀님은 눈부신 옷을 입고 우아한 생활을 하는 거라고 들었는데 말야~."

"현실은 그렇게 호락호락하지 않아요. 그런 공주님이 없다고는 못하겠지만요. 저도 동경해요."

그렇게 말하며 눈을 반짝반짝 빛내는 라나의 모습에, 클라임은 무어라 말할 수 없는 감정에 휩싸였다.

이 세계에서 가장 아름답고 마음이 고결한 그녀야말로 그런 생활을 했으면 좋으련만.

그렇게 생각하는 반면, 그런 그녀이기에 자신을 구해 주었고, 지금의 자신이 있다는 생각도 들었다. 그때 라나가 획 고개를 돌렸다. 그녀의 옆얼굴을 살피던 클라임의 시선을 아름다운 광채를 뿜어내는 눈동자에 포착했다.

"──무슨 생각 했어요, 클라임?"

"아, 아니오, 아무것도 아닙니다, 라나 님."

"그래요? 뭔가 있으면 말해 줘야 해요. 곤란할 때는 서로 도와야지요."

"네, 넷! 고맙습니다!"

"이봐. 알콩달콩 노는데 미안하지만 역시 기술을 거저 가르쳐 주는 건 내키지 않아. 아무리 그 녀석이 시키더라도 그때는 나름 대가를 받겠어."

"부디, 제가 지불할 수 있는 액수에서 부탁드려요."

라나는 꾸벅 고개를 숙였다.

"음~ 하지만 왕녀님이 알고 싶은 건 재능이 있느냐 없느냐 아냐? 난 움직임 같은 걸 보겠지만? 이블아이는 뭘 할 거야?"

"……윽. 하아. 솔직히 말하지. 연습 몇 번 가지고는 그자의 재능 밑바닥까지는 들여다볼 수 없다. 마법의 재능은 외적인 면보다는 내적인 면이 더 크지. 게다가 나는 마법의 재능에서 보았을 때 천재이기는 하지만 그 이상은 아니야. 제국의 대 매직 캐스터처럼 능력을 사용하거나 할 수는 없어."

"탤런트로 간파한다는 건가──."

"탤런트 말이군요."

라나는 하아 한숨을 쉬었다.

"그것도 어렸을 때부터 알아볼 수 있으면 좋을 텐데 말이죠. 그러면 평민이라서 안 된다는, 앞뒤가 꽉꽉 막힌 귀족주의 사고방식이 조금은 사라질 텐데."

"그럼 탤런트를 간파하는 마법을 모든 아이에게 사용하는 그런 시스템을 만들면 되지 않나? 있는지 없는지 파악하는 것만이라면 제3위계 마법에 존재하지. 어떤 것까지 알아보려면 더 고위계의 마법이 필요하다지만── 뭐, 그건 꿈같은 이야기겠지."

"그런가요? 탤런트란 건 간파할 수 있나요?"

"왜 눈을 초롱거리는지는 모르겠다만 너무 큰 기대는 마. 정신계 제3위계 마법을 써야 겨우 눈앞의 대상이 능력을 가졌는지 아닌지 판단할 수 있는 정도라고 들은 기억이 있다는, 뭐 그런 이야기니. 있으면 있는 대로 그다음이 성가시지. 어떻게 하면 탤런트가 발휘될지를 알아내야만 하니. 게다가 알아낸 결과 별 쓸모도 없는 능력일 가능성이 더 높고."

"그렇군요……."

라나의 눈에서 광채가 사라져간다. 티나가 끼어들었다.

"그보다는 이것저것 시험해 보는 게 나을걸? 폭포수를 맞아 본다거나, 너무 위험하지 않은 약을 맞아서 트랜스 상태에 빠진다거나 해서 말야. 탤런트란 건 느닷없이, 뭔가가 맞아떨어지는 느낌이 들면서 깨닫게 된다고 하더라고."

"그랬나? ……흐음, 그랬던가?"

"어머? 이블아이 씨도 탤런트가 있으셨나요?"

이제까지 말이 많았던 이블아이가 갑자기 바위 같은 분위기를 띠기 시작했다. 질문 받고 싶지 않은 화제였던 모양이다. 하지만 자신의 주인은 천진난만하게 물었다.

"어떤 힘이신지 가르쳐 주실 수 있나요?"

의외로 예리하다는 생각이 들 때가 없는 것은 아니지만, 그녀는 대체로 이런 식이다. 분위기를 파악하지 못한다고 할까, 남에게 묻기 꺼림칙한 것도 태연하게 물어보곤 한다. 상대를 배려하지 않는 것은 아니지만 왕족으로서 살아온 탓이리라.

"왜 그렇게 파고들지?"

"제 주변에는 탤런트를 가진 분이 적거든요. 그러니까 이블아이 씨가 어떤 능력이 있는지 알고 싶은데~."

"그래? 그런 거라면 뭐, 대답해 주지."

이블아이가 불쑥 몸을 내밀고, 기대에 찬 눈빛을 한 라나도 마찬가지로 몸을 내밀었다.

이따금 탤런트는 비밀병기가 되기도 한다. 특히 모험자라면 더더욱 그럴 것이다. 라나가 남에게 마구 흘리고 다니리라고는 생각하지 않지만, 클라임이 보기에도 그리 쉽게 가르쳐 줄 문제는 아닌 것 같았다.

"남들에게 별로 들려 주고 싶지 않은 이야기니, 귀를 좀 대 봐."

"네."

라나가 자신의 귀를 이블아이에게 댔다.

그리고——.

"그렇게 중요한 내용을 나불나불 떠들어대겠나!!!"

고함이 마차 안에 쩌렁쩌렁 울려 퍼졌다. 곁에 앉았던 티나는 이미 예상했는지 귀를 막고 있었다.

"너무해요! 귀가 아프잖아요!"

라나는 클라임의 가슴에 뛰어들다시피 몸을 날렸다. 의성어를 넣는다면 '덥썩'이 아닐까. 눈가에 눈물을 머금은 라나가 가슴께에서 올려다보고 있다. 귀엽다. 좋은 냄새. 그런 생각을 하던 클라임은 자신의 시시한 생각을 깡그리 내팽개쳤다. 자신의 주군에게 그러한 생각을 품어서는 안 된다.

"이블아이 님. 마음은 이해하지만 용서해 주시면——."

"——뭐야? 애송이 네가 어리광을 받아주니 이 계집애가 이렇게 된 거 아니냐?"

"그, 그렇지는 않습니다. 제가 공주님의 어리광을 받아드리다니…….."

그러고 싶어도 자신이 어떻게 그럴 수 있겠는가.

"맞아요! 클라임은 좀 더 제 어리광을 받아줘야 해요. 이블아이 씨 의견에 찬성이에요."

"아, 아뇨, 공주님. 그건 뭔가 아닌 것 같습니다만…….."

"그렇지 않아요! 더 어리광을 받아줬으면 이럴 때 야단을 맞았어도 순순히 수긍했을 거예요. 그러니까 어리광을 받아

주세요. 일단 어렸을 때처럼 같이 낮잠을 자요. 자, 이블아이 씨! 몇 마디 더 해 주세요!"

"됐다. 내가 바보였다. ……아무튼 계집, 나는 탤런트를 남에게 말하지 않아. 알았나?"

"그렇게 위험한가요?"

"맞아. 비밀병기다. 사용하면…… 그래, 우리 리더의 검이 폭주할 때와 마찬가지로 도시 하나를 쉽게 파멸에 몰아넣을 만한 힘이 있지."

이블아이의 말에서는 무게가 느껴졌다. 다만 자신의 가슴께에서는 "으응~?" 하고 의아한 목소리가 들려왔다. 시선을 그쪽으로 내리고 싶지만, 그러면 필연적으로 라나가 코앞에 있음을 강하게 의식하므로 견뎌야만 한다. 라나를 밀어내려 해도 너무 부드러워 얼마나 힘을 주어야 좋을지 알 수 없다.

클라임의 심장이 경종을 두드리는 동안에도 이야기는 이어졌다.

"라퀴스가 가진 검 말인가요?"

"그래. 놈의 말에 따르면 폭주할 경우 매우 위험하다더군. 도시 하나를, 아니지, 국가였나? 아무튼 멸망시킬 정도라던걸. 그걸 늘 억제하느라 힘을 할애한다는 이야기였지."

"그랬군요……. 하나도 몰랐어요……."

마검에 대한 이야기는 클라임도 아직 주인에게 들려 주지 않았다.

"너무 마음에 두지 마~. 악마 리더는 왕녀님을 걱정시키지 않으려고 아무 말도 안 했을 뿐이야. 그냥 모르는 척해 줘."

"……그렇군요. 알겠어요. 그렇게 할게요."

"그러고 보니 아인드라 님은 어떻게 하고 계십니까? 요즘은 통 보이질 않습니다만."

"응? 아무도 이야기해 주지 않았나? 이봐, 공주. 네가 말해 주지 않았나?"

"……깜빡했어요. 저기 말이죠, 클라임. 라퀴스는 가가란 씨랑 티아 씨의 수행에 동참하고 있대요."

라나의 말을 이블아이가 받았다.

"그 둘은 왕국을 습격한 마왕, 얄다바오트와 싸우다 죽었다. 물론 부활은 했지만 이때 막대한 생명력을 잃어버렸지. 이를 회복하기 위해 위험 속에 일부러 뛰어들어, 사선을 넘나들면서 힘을 회복시키려 하는 거다."

"사실은 우리도 같이 가고 싶었는데."

"그렇게 하면 마음 어딘가에 방심이 생기니. 적은 숫자로 싸우는 것이야말로 단시간에 강해지는 최고의 수단이다."

"그것도 사실일지 의심스러워."

"으음, 효율적인 '레벨 업 의식'이라 들었다만……. 뭐, 그런 이야기라도 믿고 단련을 거듭하지 않고서는, 만약 다시 놈이 왕도를 습격했을 때는 시간을 끄는 것조차 힘들 테니."

"시간을 끌어? 아~ 이블아이가 밀어 주는 그 사람이 올 때까지?"

"그렇지! 그 내영웅님께서 오실 때까지!"

갑자기 이블아이의 분위기가 바뀌었다. 흥분한 것 같은 열의가 가면 안에서 생생히 전해졌다.

"모몬 씨―― 님이라고 하셨죠."

"그렇고말고! 대영웅 모몬 님이지! 거검을 양손에 한 자루씩 들고, 마치 나뭇가지처럼 휘두르시는 최강의 전사! 틀림없이 주변 국가 최고의 전사이실걸! 그분만 있다면 다시 얄다바오트가 쳐들어온다 한들 분명히 없애주실 거다! 지난번에는 아쉽게 놓쳤지. 하지만 그분은 이미 대처방법을 생각해 두셨을 터!"

"아, 네……."

열변에 눌린 클라임은 맞장구를 칠 수밖에 없었다.

"하지만 다음에 그 사람이 올 수 있을까? 마도왕 밑에 들어갔다며?"

두 주먹을 부르쥔 이블아이에게 티나가 웬일로 지친 표정을 지으며 말했다.

"아아! 모몬 님!!! 빌어먹을, 마도왕 놈! 그분을 지배하다니, 하늘이 용서해도 내가 용서치 않으리! 놈을 쓰러뜨리고 풀어드릴 수만 있다면! 무슨 생각이신지! 역시 한번은 에 란텔에 가서 모몬 님의 생각을 여쭤보는 편이 좋지 않을까?!"

"……애들이 힘을 되찾은 다음에 해."

"잠깐 다녀올 뿐이다. 장소는 기억하니 전이로 돌아올 수 있고. 갈 때는 〈비행〉을 쓰면 그리 시간도 걸리지 않아!"

"이블아이, 너 정말 모몬 얘기만 나오면 망가지는구나. ……그러면 안 된다고 악마 리더가 그랬잖아?"

"네가 비밀로 해 준다면!"

"난 사실은 입이 정~말 가볍거든. 물에 동동 떠."

"전직을 생각하면 그래서는 절대로 안 되는 것 아닌가?"

"안됐네요. 지금 나는 모험자 '청장미'의 티나랍니다. 별명은 '입이 정말 가벼운'."

그때 티나의 눈이 갑자기 진지함을 띠었다.

"……마침 좋은 기회니 지금 물어볼게. 이블아이, 네가 마도왕을 죽일 수 있어?"

이블아이의 몸이 우뚝 멈추었다. 조금 전까지의 흥분했던 기척은 전혀 없다. 모험자 최고위의 매직 캐스터가.

"전해 들은 이야기가 모두 사실이라면—— 이미 그것은 매직 캐스터 한 사람이 가진 힘을 넘어섰다. 그 뒤로 카체 평야에서 일어났던 일을 나도 조금 조사해 보고, 이것저것 연줄을 동원해—— 그 노파와 연락을 취하기도 하면서 정보를 분석했다만, 솔직히 지나치게 황당무계했다. 애송이가 환술에 현혹당한 것이라고 생각하고 싶어질 만큼."

"그건 결코 환술이 아니에요. 정말 많은 분이 돌아가셨는 걸요……."

라나의 얼굴이 비통하게 일그러졌다.

"그 전투에 참가하셨던 분은 26만 명이었어요. 그중 사 망자가 18만 명이나 돼요. 게다가 마음의 병을 앓는 바람에 정상적인 생활을 하실 수 없게 된 분들도 있다고 들었어요. 그 고아원에도 그런 부모님이 있는 아이가 있고요."

"……애송이 이야기를 들으면 그럴 수밖에 없다고 생각 되더군. 그만한 몬스터에게 쫓겨다녔다면……."

"……예. 그건 지옥이었습니다. 운이 좋았던 저는 브레인 씨나…… 전사장님, 강한 두 분과 함께 있었던 덕에 마음의 병을 얻거나 하지는 않았습니다만, 그래도 여전히 이따금 뒤돌아볼 정도입니다. 민병들의 공포는 한층 컸을 테니, 마 음을 다쳤다 해도 이상하지 않습니다."

"너는 정말로 자신의 행운에 감사해야겠군."

클라임은 한 번 고개를 끄덕였다.

"그러면 티나. 네 질문에 솔직히 대답하지. 내가 마도왕 에게 이기기란 불가능하다."

예상은 했던 대답이었다.

"역시."

"그래. 소환됐다는 그 괴물 정도라면, 어쩌면 어떻게든 될지도 모르겠다만, 역시 실물을 보지 않고선 단언하기 힘들지. 다만 그런 괴물을 여러 마리 소환해 조종한 마도왕은 솔직히, 이 세상에 있어도 될 존재가 아니다. 신대(神代) 시절 능력의 소유자지."

"마도왕 개인의 힘이 아니라, 무언가 아이템을 써서 소환했을 가능성은?"

"있을 수 있는 일이지만, 단정하는 것도 위험해. 그렇다고 확인할 수단도 없고."

"얄다바오트와 싸워주면 좋을 텐데."

"그것이 누구나가 바라는 전개겠지. 그 외에는 모몬 님이 마도왕을 없애준다면 가장 좋겠지만……."

"모몬 님과 마도왕, 어느 쪽이 강하다 보십니까?"

클라임은 자신이 질문을 해 놓고도, 개인적으로는 그만한 몬스터를 소환한 마도왕이 아득히 강하다는 생각이 들었다. 하지만 이블아이가 생각에 잠기는 기색을 보였을 때는 놀랐다.

"모르겠다. 개인적으로는 얄다바오트를 격퇴하신 모몬 님이라고 생각하고 싶다만, 마도왕의 힘도 상상을 초월하는 것이니. 양측 모두 우리하고는 힘의 차원이 너무 달라 상상조차 불가능하다."

"그런 인물이 마도왕의 부하가 됐다니 끝장이야. 아무도 싸움을 걸 수가 없어."

그 말이 옳다.

유일하게 마도왕과 대등하게 싸울 수 있을지도 모르는 인물이 마도왕의 부하라는 지극히 난감한 상황. 마도왕에게 싸움을 건다면 마도왕 두 명과 싸우는 꼴이 된다.

어쩐지 마차 내의 분위기가 무거워졌을 때, 마부석 쪽 칸막이를 두드리는 조그만 소리가 나고 쪽창이 열렸다.

"이제 곧 왕궁입니다."

마부의 목소리에 라나가 천천히 몸을 일으켰다. 그리고 앞에 앉은 두 모험자를 번갈아 바라보았다.

"오늘은 정말 여러모로 고마웠습니다. 라퀴스가 돌아오면 감사와 함께 한번 식사라도 같이 하고 싶다는 말을 전해 주세요."

\*

여동생이 돌아왔다는 보고를 듣고 제2왕자—— 자낙 바를레온 이가나 라일 바이셀프는 마중을 나가고자 방을 나섰다.

형—— 바르블로 안드레앙 이엘드 라일 바이셀프 제1왕자가 행방불명되고 시간이 어느 정도 흐른 만큼 생존은 절망적이라 보는 견해가 강해져, 그는 거의 차기 왕으로 내정됐다고도 할 수 있는 몸이었다. 그런 자낙이 여동생을 마중 나가는 것은 원래 이상한 일이다. 남매라 한들 명확한 신분의 차이가 있다.

그럼에도 그가 나온 이유는 조속히 의논하고 싶은 안건이 있었기 때문이다. 한쪽 팔과도 같은 인재를 잃은 그에게는, 별로 좋아하지는 않지만 여동생 말고는 의지할 상대가 없었다.

이윽고 자낙은 여동생의 모습을 포착했다.

여동생의 곁에는 순백색 갑옷을 입은 클라임도 보였다. 라나가 가는 곳에는 어지간해서는 그가 따라다니니 딱히 이상한 광경은 아니다.

라나가 주워온 빈민 꼬마, 클라임.

옛날에는 머릿속에 꽃밭밖에 없는 여자라 변덕 때문에 주워왔다고 생각했지만, 라나의 기괴함과 유례를 찾아보기 힘든 지혜를 눈치챈 후로는 무언가 이유가 있어서라고 생각하게 됐다.

그리고 그것이 대충 밝혀진 것은 얄다바오트의 왕도 습격이나 마도왕이 벌인 대학살의 결과 때문이었다.

이 왕도에서 클라임보다도 강한 병사는 매우 적다. 가제프가 선발한 전사단에조차 클라임 이상의 실력을 가진 자는 손으로 꼽을 정도밖에 없다.

게다가 라나는 클라임이 데려왔다는 브레인 앙글라우스라는 사내나, 아다만타이트 클래스 모험자 팀 '청장미'의 리더 라퀴스와도 개인적인 우호관계를 가지기에 이르렀다. 자신의 여동생이야말로 이 왕도 내에서 물리적으로 가장 강한 힘을 가진 존재임은 틀림없는 사실이다.

──무력전복을 노리는 것은 아닐까?

자낙이 그렇게 의심하는 것도 당연하다.

라나가 그리 쉽게 직접적인 수단에 나서지는 않는다 해도 경계는 필요하다. 그렇기에 자낙은 현재, 만약을 위해 비밀리에 오리하르콘 클래스 모험자나 미스릴 클래스 모험자와 개인적인 연줄을 가지는 데 부심 중이다.

자낙은 자신의 형에게 감사를 보냈다.

이런저런 일에 손을 댈 수 있게 된 것도 형이 행방불명되면서 자신이 거의 확실한 차기 왕이 됐기 때문이다. 형의 세비(歲費)가 자신에게 돌아오게 됐던 것도 그렇다.

그렇다고는 하지만 바르블로 제1왕자의 시체가 발견되지 않은 데에는 일말의 불안이 드는 것도 사실이다. 마도왕에게 사로잡혔다 해도 성가시고, 부상을 입은 채 어딘가 마을에 숨어 있다 해도 난감하다.

"정말로…… 마지막까지 민폐를 끼치는군."

수행원들에게 들리지 않도록 입속에서 중얼거렸다.

조금만 더 반석의 지위를 획득할 때까지 귀족들을 자극해서는 안 된다.

지금의 자낙에게는 뒷배가 불안했다. 함께 왕국을 발전시키기로 약속했던 레에븐 후작은 만류하는 자낙의 손을 뿌리치고 자신의 영토로 돌아가버렸다. 영민을 수없이 잃었으니 당연한 일이기는 하지만, 어쩐지 두 번 다시는 돌아오지 않을 분위기였다.

그가 자랑하던 평민 출신 군사, 비장의 카드라고도 할 수 있었던 오리하르콘 클래스 모험자 출신 부하들의 사망도 분명 큰 원인 중 하나였으리라.

자낙은 자신의 위장 언저리에 가벼운 아픔을 느꼈다 여동생과 의논을 한다면 이 아픔도 조금은 가라앉을까?

자낙은 지난 몇 주 동안 한 가지 문제를 품고 있었다.

그것은 마도왕에게 헌상품을 보낼지 말지, 보낸다고 했을 때는 건국기념으로 보내야 할지, 아니면 다른 이유를 붙여 보내야 할지, 그런 문제였다.

현재 상황에서는 보내지 않는다는 선택지가 타당할 것이다. 자국의 영토를 빼앗아 세운 나라에 선물을 보내다니, 주변 국가에서 종속의 증거라 받아들여도 어쩔 도리가 없다. 하지만 마도국과 우호를 다지는 건 매우 중요한 문제다.

마도국의 전력은 아직 알 수 없지만, 마도왕 한 사람만으로도 충분히 국가를 멸망시킬 수 있다는 것은 주지의 사실이다. 그의 눈이 더 이상 왕국으로 향하는 일은 반드시 피해야만 한다.

그렇기에 선물이라도 보내——자낙의 기분으로는 종속이라고 받아들여도 상관이 없었지만——조금이라도 시간을 벌고 싶었다.

하지만 이를 귀족들이 인정해 줄 리가 없다는 것이 성가신 문제였다.

분명 마도왕의 힘은 많은 이들이 알았다. 하지만 그런 강자에게 차기 왕이 종속의 태도를 보인다면 아무도 용납하지 않을 것이다.

귀족들은 큰 피해를 입었으며, 불만을 해소하기 위한 제물을 찾는 중이다. 심복이었던 가제프 스트로노프가 죽으면서 현재의 국왕 란포사 3세는 비탄과 동요 때문에 한번은 완전히 이성을 잃었다. 그 추태를 보았던 귀족들은 다소 속이 후련해졌다는 분위기를 띠기는 했지만, 대패를 맛본 국왕, 나아가 왕가에 대한 원한이 사라진 것은 아니었다.

'그 녀석이라면 그나마 좋은 생각이 있을 거야.'

가능하다면 자기 혼자 해답을 내고 싶었지만 이제는 시간이 너무 지났다. 슬슬 결론을 내야 했다.

자낙은 걸음을 멈추면서 구두 소리를 크게 울렸다.

그 소리에 반응해 라나가 자신 쪽으로 고개를 돌렸다. 그리고 방향을 바꿔 자낙 쪽으로 걸어왔다. 이제 그녀보다 지위가 높은 사람으로서 체면은 세웠다.

곧 여동생이 눈앞에 멈춰 섰으나 스스로는 아무 말도 꺼내지 않았다. 지금은 미묘한 시기다. 명확하게 어느 쪽이 위인지를 많은 이들에게 끊임없이 인지시켜야만 한다.

"지금 막 돌아왔습니다, 오라버니."

"어서 오너라, 동생아."

왕녀에게 어울리는 태도로 인사하는 여동생에게 느긋하게 대답한다. 시야 끄트머리에서 클라임 또한 고개를 숙였지만 단순한 일개 병사에게 답례 따위 하지 않는다.

"중간까지 함께 갈 테냐?"

"기꺼이 따르겠습니다, 오라버니."

자낙은 라나와 나란히 걸어나갔다. 턱짓을 해 수행원들에게 조금 떨어지도록 지시한다. 흘끔 보니 라나도 클라임에게 같은 신호를 보낸다.

"그래서 오라버니. 상당히 서두르시는 것 같은데 대체 무슨 일이신지요?"

웃음을 머금은 채 라나가 조그만 목소리로 물었다.

"마도국에서 사자라도 왔나요?"

자낙은 심장이 한층 크게 뛰는 것을 느꼈다. 자신의 행동을 너무 깊이 생각한 나머지 상대가 이런 말을 할 줄은 생각도 못했다.

라나는 슬슬 마도국이 행동에 나서도 이상하지 않으리라고 판단했으리라. 자낙은 그 사실을 마음속의 메모장에 적어놓고는 고개를 가로저었다.

"그렇지는 않다."

"그것 말고 굳이 저를 만나러 오실 만한 이유가 있었나요?"

"그래. 선물을 어떻게 할지 생각하느라 말이다."

"사자께서 오셨을 때, 지금의 오라버니께서 생각하시는 것을 두 배로 드리면 될 거예요. 왕림하신 데 대한 감사로 절반, 나머지 절반은—— 말할 깃도 없겠지요."

자낙은 아무 말도 없이 라나의 말을 곱씹었다.

매우 좋은 방법이다. 상대가 먼저 왔다는 데 대한 포상이라고 하면 귀족들은 아무 말도 못할 것이다. 설령 내심으로는 다른 의미까지 담겨있으리라 생각하더라도.

자신이 골머리를 썩이던 문제의 해결법을 즉시 이끌어낸 라나에게 자낙은 새삼 무서움을 느꼈다. 하지만 무력 면에서 라나의 부하들이 더 강한 이상 라나를 죽이는 수단을 동원해 봤자 되레 반격을 당할 뿐이리라. 그렇다면 회유 말고는 선택의 여지가 없다.

"……내가 왕이 된다면 네게는 어딘가 한적한 지방의 영토를 주마. 그곳으로 가거라."

"분부대로. 오라버니의 말씀에 따를게요."

"한 번 보내면 두 번 다시는 왕도로 부르지 않을 것이다. 무엇 하나 부족함이 없으리라고는 못하겠다만, 불편하지 않은 생활을 누릴 영토를 예정해 두었다. 그곳에서 죽을 때까지 살거라."

"네. 고맙습니다."

딱히 그 이상은 말하지 않아도 라나라면 이해했을 테지만 입 밖으로 꺼내 빚을 지워두기로 했다.

"네가 그곳에서 어딘가의 부모 없는 아이를 자식으로 삼는다 한들 상관하지 않겠다. 네 마음대로 해라."

"고맙습니다, 오라버니."

즉시 대답한 것은 이미 라나도 그러고자 생각했기 때문이리라.

그렇게까지 클라임이라는 평민을 사랑하는 여동생의 마음을 자낙은 이해할 수 없었다. 얼굴도 그렇게 잘 생겼다고는 할 수 없고, 무언가 특기가 있는 것도 아니다. 여동생에게는 도저히 어울리지 않는다는 생각밖에 들지 않았다.

'아아, 그리고 보니 그때 이 녀석의 성적 기호에 대해 들었지.'

잊어버렸던 여동생의 치부를 떠올리고, 자낙은 클라임을 조금 불쌍하게 생각했다.

"오라버니께서 왕위에 오르시는 날을 고대하고 있어요. 왕이 되셔도 제가 시골에서 살고 있다는 사실을 이따금이라도 떠올려 주시면 고맙겠어요."

"오오, 그렇게 하다마다, 동생아. 다만 이따금 의논을 받아주면 나도 고맙겠구나. ——음?"

자낙은 이쪽을 향해 종종걸음으로 달려오는 병사의 모습을 보았다.

그 병사는 살아남은 가제프의 전사단 중 한 명이었다.

그들은 그 전장에서 왕을 끝까지 호위했다. 그렇기에 전사장을 잃은 지금도 그들의 지위는 탄탄했으며, 왕의 신뢰도 두텁다. 덧붙이자면 라나의 두 부하 또한 비슷할 정도의 신뢰를 받고 있다.

말라비틀어진 자신의 아버지 얼굴이 떠올랐다.

"왕자님, 폐하께서 부르시옵니다."

한숨 돌린 병사가 다음으로 라나를 보았다.

"왕녀님도 동행을 부탁드리옵니다."

"무슨 일이더냐?"

"예. 마도국에서 외교사절단이 온다는 보고가 도착했다 하옵니다."

한순간 자낙은 라나의 옆얼굴로 시선을 보내고, 대답했다.

"알았다. 즉시 가겠다고 일러라. 동생아, 먼저 가마. 너도 준비가 끝나는 대로 오너라."

"알겠사옵니다, 오라버니."

조금 전까지 고아원에서 시간을 보냈던 라나의 복장은 수수하고 간소한 것이었다. 이런 차림으로 귀족들 앞에 나섰다간 창피를 사게 된다.

말을 마친 자낙은 표정을 딱딱하게 굳힌 채 라나보다 먼저 걸어나갔다.


"……후훗. 이제는 전혀 매력이 느껴지지 않는, 지나치게 늦은 제안인걸요."

2

마도국 사절단은 에 란텔을 출발해 일주일 후 왕도에 올 예정이라고 한다.

그리고 오늘이 바로 그 7일째. 예정대로라면 사절단이 도착할 날이다.

익숙하지 않은 갑옷을 입은 자낙은 좌우에 도열한 기사들과 함께 왕도의 에 란텔 방면 성문 앞에 정렬했다.

며칠 동안 이어졌던 흐린 하늘이 거짓말처럼 맑게 개, 봄철의 기분 좋은 하늘이 펼쳐졌다.

하지만 먼 곳에는 두꺼운 구름이 드리워졌고 푸른 하늘은 왕도 상공에만 존재했다.

너무나도 기이했으며, 실제로 왕성 기상관측사는 있을 수 없는 일이라며 머리를 쥐어뜯었다. 그는 오래전부터 왕궁에서 근무했으며 이튿날의 일기예보라면 9할을 아득히 넘어서는 적중률을 자랑했다. 그런 그가 그렇게 말한 이상 이 맑은 날씨는 자연의 것이 아니리라.

자낙은 투구 안에서 후우 한숨을 내쉬었다.

날씨를 조작한다는 마법을 교사에게 들은 적은 있지만, 마도왕이라면 쉽게 쓸 수 있으리라 생각하는 편이 좋으리라.

자낙은 마법만이 아니라 다채로운 이질적인 능력에 대해

지식을 충분히 갖춘 부하가 없다는 사실에 머리가 아팠다. 더 정확하게 말하자면, 그동안 레에븐을 지나치게 의지했다.

레에븐은 모험자들에게서 지식을 얻고, 이를 간추린 비전 서를 만들기도 했다. 그들이 아는 매직 아이템, 몬스터, 마법. 그런 것들의 종류며 형태, 능력 등등.

이제까지는 그 지식을 동맹인 자낙도 이용할 수 있었다. 그러나 이제 레에븐 후작은 이 왕도에 없으며, 비전서도 존재하지 않는다.

다른 귀족 중 레에븐 후작처럼 모험자의 지식을 얻은 자를 찾아보았지만 유감스럽게도 없었다. 다른 귀족들이 어리석어서가 아니다. 모험자들이 살아가는 세계는 귀족들이 보기에는 전혀 다른 세계다. 모험자를 포섭하려는 귀족은 있지만 이는 그들의 힘에 의지하기 위해서일 뿐, 그들의 사회나 지식을 알고자 해서가 아니었다.

왕국 200년의 역사 속에서 이제까지 귀족들은 그렇게 했다. 그런 의미에서는 레에븐 후작이 이질적이라 할 수 있으리라.

'은퇴한 모험자── 그것도 미스릴 클래스 이상을 그렇게 쉽게 찾을 수 있을까?'

모험자는 정치에 얽힌 성가신 일들을 싫어하는 경향이 있다고 들었다. 분명 정치의 세계는 자유와는 거리가 멀다. 그런 모험자가, 은퇴한 후 자신에게 와줄까?

자낙은 암담한 기분을 품었다.

"――왕자님."

곁에 있는 기사가 낸 목소리에 제정신을 차리고 가도 쪽으로 시선을 보내니―― 있다.

점처럼 보이는 것이 마도국의 사절단이다.

압력을 가해 오늘은 이 가도를 아무도 통행하지 못하도록 조치했다. 등 뒤의 성문을 지나 이 가도로 나오는 자도 없다. 문은 오늘에 한해 폐쇄해 두었다.

"좋아. 다시 한 번 확인하겠다. 외국의 귀빈과 마찬가지다. 마도국 사절단에게 무슨 짓을 하려는 자는 중죄인이다. 즉결 처형하겠다."

"예!"

도열한 기사들에게서 씩씩한 대답과 함께, 일제히 허리에 찬 검을 두드리는 소리가 울렸다.

"좋아! 그러면 예의를 갖추고, 상대의 국위와 우리 나라의 국위를 부딪치는 전투에 임한다!"

"예!"

일동은 사절단이 도착할 때까지 부동자세를 흐트러뜨리지 않았다.

이윽고 사절단의 선두가 도착했다.

붉은 눈이 형형히 빛나는 칠흑의 일각수에 탄, 까만 갑주의 기사였다. 하지만 알맹이는 인간이 아닐 것이다. 안에서 뿜어져 나오는 농후한 기척이 아지랑이처럼 일렁여 생명의 위기를 느끼게 했다. 그가 착용한 전신갑주는 마치 살아있는 것처럼 맥동하기까지 했다.

자낙은 자신의 몸 아래에서 군마가 부르르 떠는 것을 느꼈다.

사자의 갈고리 발톱 같은 건틀렛이 고삐를 떠나, 가슴을 텅 두드린다.

"마상에서 실례하겠습니다! 우리는 아인즈 울 고운 마도국의 사절단입니다!"

비유하자면, 썩어가는 현악기처럼 귀에 거슬리는 목소리였다. 듣기만 해도 소름이 끼쳤으며 불안에 시달렸다. 자낙은 두려움을 떨쳐버리고자 목소리를 높였다.

"리 에스티제 왕국 제2왕자 자낙 바를레온 이가나 라일 바이셀프입니다! 귀공을 왕궁까지 안내하도록 폐하께 명을 받은 바, 우리를 따라오시기 바랍니다!"

"말씀을 받들어 귀공의 안내에 따르겠습니다. 저의 이름은── 용서를 구합니다. 이름이 없는지라 종족명으로 대답드리자면 죽음의 기병Death Cavalier이라 합니다!"

종족명이라는 말에 눈을 크게 떴지만, 대답이 늦어져서는 안 된다.

"카발리에 공이라 불러도 결례가 되지 않겠는지?"

"부디 그렇게 해 주십시오."

"분부 받들겠습니다. 그러면 우선 이 자리에서 사절단 단장님과 인사를 나눌 수 있겠습니까? 저는 제2왕자이며, 단장님께서 왕궁 내에서 행동하실 때의 책임을 맡은 바, 가능하다면 지금 소개를 드리고 싶습니다."

"알겠습니다. 단장님께 여쭙겠습니다."

"감사드립니다."

선발이 돌아간다.

따지고 싶은 부분은 이미 수없이 있었지만, 상대는 마도국이다. 언데드를 지배하고 몬스터를 사역하는 나라라면 이미 일반상식은 통하지 않는다고 생각해야 한다. 사절단 단장이 인간에 가까운 외견을 가졌으리라 기대하는 것도 어리석은 일이리라.

"모두 긴장을 늦추지 마라. 결코 결례가 없도록 행동하라."

"예!"

기사들의 대답을 들으며, 자낙은 단전 언저리에 힘을 주었다.

사절단은 도중에 몇몇 도시를 경유하며 왕도에 왔다. 그렇기에 사절단의 구성은 파악해 두었다.

마차의 수는 다섯 대.

모두 말 형태의 흉흉한 몬스터가 끌고 있었다. 그리고 그 주위를 경비하는 자들은 몬스터다. 죽음의 기병이 가장 많앗지만 그 이외의 몬스터도 존재했다.

그런 것들이 이름은 무엇이며 얼마나 위험한 몬스터인지는 알 수 없었다. 그러나 알든 모르든, 이쪽에서 할 일은 마찬가지였다. 마도왕이 보낸 사절단이다. 결례가 되지 않도록 행동해야만 한다.

사절단 진영이 접근하고 그 속에서 죽음의 기병——아마 조금 전 왔던 자일 것이다——이 다가왔다.

"오래 기다리셨습니다. 단장님—— 아인즈 울 고운 마도왕의 심복이신 알베도 님께서 뵈어도 좋다고 하십니다. 자낙 왕자님, 이쪽으로 오십시오."

자낙은 주위의 기사들에게 대기하라는 수신호를 보내고 말을 몰아 나아갔다.

솔직히 말하면 무서웠다.

이제까지 한 번도 본 적이 없는 몬스터들 속을 지났으므로.

그래도 왕족의 오기가 있다. 자낙은 아마 조만간 왕이 될 몸. 앞으로 몇 번이나 만날 마도국의 사자를 앞에 두고 부끄러운 짓을 할 수는 없었다. 반대로 이곳에서야말로 자신을 어필해 리 에스티제 왕국에 걸물이 있다는 정보를 가지고 돌아가게 만들어야만 한다.

자낙은 배어나오는 땀을 성가시게 여기면서도 말에서 내려 마차 앞에 섰다.

"사절단 단장 알베도 님이십니다."

제아무리 끔찍한 괴물이 나타난다 해도 표정을 바꾸지 않으리라 정신을 바짝 차렸다.

문이 열리고, 천천히 마차에서 나타난 그림자가 있었다.

그것은—— 아름다웠다.

아니, 그 이상 가져다 댈 수 있는 어휘가 자낙에게는 없었다. 절세미녀라고 형언하는 것 외에는.

라나와 동등한 아름다움을 가진 자가 있을 리 없다고, 자낙은 늘 그렇게 생각했다. 그러나 그것이 착각이었던 모양이다. 화사한 라나의 아름다움과 달리, 알베도의 아름다움은 어둠이 피어나는 요염한 것이라 할 수 있었다.

알베도가 마차의 발판에 발을 디뎠다. 그녀의 힐 굽이 내는 미미한 소리가 자낙을 현실로 끌어올렸다.

자낙은 즉시 무릎을 꿇고 고개를 조아렸다.

타국의 사자라고는 하지만 한 나라의 왕자로서 무릎을 꿇다니, 한심한 노릇인지도 모른다. 그러나 왕국과 마도국의 국력 차이를 생각하면 이 행위는 옳다. 지금 왕국에게 필요한 것은 자긍심 따위가 아니다.

실리다.

"고개를 들어 주시겠습니까?"

조용하고도 아름다운 목소리가 머리 위에서 들렸다.

"예!"

고개를 들자, 미녀가 조용한 미소를 머금은 채 자낙을 내려다보고 있었다.

남의 위에 서는 데 익숙해진 인간의 태도—— 아니, 인간일까?

자낙은 눈을 움직이지 않은 채 그녀를 관찰했다. 우선 허리에서 돋아난 날개는 매직 아이템일까, 아니면 다른 것일까. 옆머리에 돋아난 뿔 같은 것도 그렇다.

매직 아이템이든 이종족이든, 마도국이라는 나라를 생각해 보면 둘 다 가능할 것 같았다.

"아인즈 울 고운 마도국의 사자로 귀국을 방문한 알베도라 합니다. 며칠이라는 짧은 기간 동안이지만 잘 부탁드립니다. ——어서 일어나시지요, 왕자님. 언제까지고 무릎을 꿇고 계실 필요는 없습니다."

"감사드립니다."

자낙은 일어나면서도 생각했다.

자, 그러면 문제인데.

면전에서 이야기하면서도 알베도라는 이름밖에 말하지 않았다는 것은, 정말로 그것뿐이기 때문이리라.

왕국은——제국도 그렇지만——평민이면 둘, 귀족이면 셋, 칭호까지 넣으면 네 마디로 이름이 이루어진다. 왕족은 넷이며, 칭호를 포함해 다섯이 된다. 그렇기에 네 마디로 이

루어진 지르크니프 룬 파로드 엘−닉스를 왕족이 아니라고
비웃는 것이다.

하지만 알베도라는, 가명이나 통칭인 것만 같은 이름의
소유자에게 귀족들이 멍청한 짓을 하지는 않을까?

쓸데없는 걱정이라 생각하고 싶지만, 절대로 그렇다고 단
언할 수도 없다.

그도 그럴 것이, 전장에 나가 수많은 귀족들이 죽었다. 당
주가 죽거나 일족의 남자들이 전멸한 경우도 있으므로, 예
비의 예비 정도에 해당하는 자들이 가문을 잇는 일이 빈발
했다.

예비의 예비. 별로 기대받지 못하던 자들이 귀족이 된 것
이다. 품위도 없고 지식도 없다. 그러한 교육을 받지 못했으
니까.

원래 같으면 파벌에 속한 상급자가 그런 자들을 교육하겠
지만, 역시 지난번 전쟁 탓에 그럴 여유가 없었다. 그 결과
유능한 자는 사라지고, 무능한 자들끼리 모여 무능한 파벌
을 만드는 꼴이었다.

현재 왕국 귀족의 품위는 단숨에 떨어졌다. 그런 상황에
알베도라는 이름을 가진 여성을, 예의 바르게 맞이할 여유
가 과연 있을까?

"……실례되는 말씀이오나, 알베도 님을 무어라 호칭하
면 좋을는지요?"

조금 무리가 있는 질문이었다. 원래 같으면 '알베도 님은 어떠한 작위를 가지셨는지요', 혹은 '마도국에서는 어떠한 지위에 계신 분이신지요'라 묻고 싶었다. 그러나 이렇게 말 했다간 너희 나라는 이웃 나라 사자의 지위도 모르느냐는 소리를 들을지도 모른다.

하지만 이것은 마도국의 잘못이다. 왜냐하면 마도국은 어 떠한 사람이 있는가 하는 정보를 전혀 내보내지 않는 것이 다. 국가를 만든 지 몇 달. 거의 내부에서만 움직일 뿐 능동 적인 외교는 이것이 처음으로 여겨졌다.

자낙이 알베도에 대해 아는 것이라고는 조금 전 들은, 사 절단 단장이자 마도왕의 심복이라는 것뿐이다.

'제국이야 알고 있겠지만…… 정보를 내보내질 않지. ……뭐, 그딴 마법을 쓰도록 요구한 걸 보면 그만큼 우리 나라를 지독히도 미워했던 거겠지만.'

알베도는 이쪽의 망설임을 간파한 것처럼 대답했다.

"이 몸은 불손하게도 아인즈 울 고운 마도국에서 계층수호 자 및 영역수호자의 총괄책임자라는 지위를 맡고 있습니다."

"오오, 그러시군요."

그러시군요, 라고는 했지만 총괄책임자란 대체 무엇이란 말인가. 아니, 그 이전에 계층이라는 말의 의미를 알 수 없 었다. 마음속에 숨겨놓은 곤혹스러움을 알아본 것처럼 말이 이어졌다.

"그러니까 아인즈 님—— 아니, 고운 마도왕 폐하의 차석에 해당하는, 수호자 총괄책임자라는 지위를 감히 받았다고 말씀드리면 좋을는지요."

"오오, 그러셨습니까!"

'아인즈 님, 이라고 부르는 사이인 것은 사실인 모양이군. 후작위나 공작위 정도일까? 이 이야기는 신속하게 왕궁에 전달해 모두에게 설명해 두어야겠다. 하지만 수호자…… 총괄?'

"그러면 알베도 님. 우선 왕궁까지 안내하겠습니다. 왕도에 머무실 동안은 왕성의 귀빈관을 숙소로 고려하고 있습니다. 아바마마—— 국왕 란포사 3세 폐하께서는 노령이신지라 왕성 입구까지밖에 마중을 나오실 수 없는 점을 부디 양해하여 주시기 바랍니다."

"심려치 마십시오."

웃음은 전혀 흐트러지지 않았다.

보통 관계였다면 왕자에게 감사를 표해야 할 것이다. 그녀의 이런 태도는 명확히 피아간의 상하관계를 밝히고 있었다. 자낙의 등줄기에 흥건히 땀이 흘렀다. 우호관계를 맺기는 어렵다는 사실을 이해했기 때문이다.

"……또한 본래는 축하의 종을 울리는 것이 관례이오나, 안타깝게도 귀국과의 가치관 차이에 의해 벌어진 비극을 고려하여 이것이 어려움을 양지해 주시기 바랍니다. 또한 백성들에게는 귀하의 방문을 알리지 않은 바, 이 점 또한 너그러이 이해해 주셨으면 합니다."

"그 또한 심려치 마십시오."

마도국의 사자가 왔다는 사실을 백성들이 안다면 어떤 행동에 나설지 상상도 할 수 없었다. 그렇기에 알베도의 대답은 고마웠다.

'빚을 졌다고 생각하는 것이 좋겠군.'

사절단이 폭도에게 습격을 당할까 두려워하는 눈치는 전혀 없었다. 조금 전에 본 죽음의 기병만이 아니라, 이 자리에 있는 자들은 아마 마도국 내에서 손꼽히는 강자들일 것이다. 한 사람, 한 사람이 가제프 스트로노프에 필적한다고 해도 믿을 수 있었다.

"그러면 저도 질문을 드려도 될는지요?"

"예! 대답할 수 있는 것이라면 뭐든 말씀드리겠습니다."

"우선은 왕궁에 도착한 이후의 예정을 여쭙고 싶습니다."

"예! 우선 오늘 밤은 저희 왕족과의 궁정 만찬회를 예정하고 있습니다. 그리고 내일 낮에는 무대 관람, 저녁에는 왕국 내의 귀족들을 모은 입식 파티가 있습니다. 내일모레는 궁정악단의 음악회—— 그 후 외교 교섭 시간을 가지고자 합니다."

"그렇군요……. 왕도 내를 견학할 시간을 내주실 수는 있으신지요?"

"물론입니다. 귀하를 지켜드릴 엄선된 기사들을 준비해 두었습니다."

경호원이기는 하지만, 감시병이기도 하고, 바리케이드이기도 했다.

"어딘가 관심을 두신 곳이 있으신지요?"

그날은 그 장소를 완전히 봉쇄하고 평민들이 다가오지 못하도록 해야 한다.

"아닙니다. 특별히 마음에 둔 곳은 없습니다. 왕국의 명소를 모르는 바, 만일 괜찮으시다면 어딘가로 안내해 주시면 고맙겠습니다."

"분부 받들겠습니다. 그러면 말씀하신 대로 주선해 두겠습니다."

알베도는 웃으며 고개를 끄덕였다.


3


지난 한 달 남짓한 기간 동안, 필립은 자신이 이 왕국의 위에서 헤아려 몇 번째에 들 만큼 행운아라고 생각했다.

개인적으로는 최고라고 생각하지 못할 것도 없지만, 겸허는 미덕이다. 그리고 어쩌면 자신보다 운이 좋은 귀족도 있을지 모르니 그 정도로 해 두는 것이 현명하리라.

'귀족――이라.'

필립은 자꾸만 힘이 풀리려는 입가를 다잡으며, 주름을 펴 복장을 단정히 했다.

귀족들의 이러한 모임에 참가하는 것은 이번이 겨우 두 번째였지만 역시 왕가가 주최하는 만큼 화려함은 지난번 모임과 비교가 되지 않았다. 멤버들의 복장도 지난번보다 훌륭하고 현란했다. 저 옷 한 벌, 한 벌에 대체 얼마나 많은 돈을 들였을까.

필립은 영 수수한 자신의 옷을 보고 조금 화가 났다. 역시 상급 귀족들이 입은 옷은 훌륭하다. 화려한 옷을 입은 귀부인들이 웃음을 짓는데, 저것은 자신의 복장이 남루함을 비웃는 것은 아닐는지. 아무 근거도 없지만 그런 생각이 자꾸 들었다. 주위를 엿보면 이 자리에 있는 모든 귀족이 자신을 비웃는다는 기분마저 들었다.

'이게 다 돈이 없어서 그래.'

영지에 돈이 있으면 더 좋은 차림을 할 수 있다. 그러나 필립의 영지는 그렇게 풍족한 토지가 아니다. 지금 입은 옷은 형의 옷을 급하게 수선해서 맞춘 것이다. 그래서 어깨 언저리가 갑갑했다.

'돈이 없는 건 이제까지 통치하던 자가 무능해서 그래. 그러니까 다음 통치자인 내가 훌륭하게 만들어야지.'

필립은 귀족 가문의 삼남으로 태어났다.

평민도 그렇지만, 귀족이라도 삼남은 그다지 환영받는 존재가 아니다. 아무리 유복한 집안이라도 재산을 지나치게 나누면 힘을 잃는다. 그렇기에 장남이 전 재산을 물려받는 것은 평민, 귀족을 불문하고 기본이다.

유복한 귀족 가문이라면 삼남이라도 금전적으로 지원해 독립을 시켜 줄 수 있다. 연줄이 있는 귀족 가문이라면 어딘가에 양자로 보내줄 수도 있다. 하지만 필립의 집안은 달랐다. 장남이 성인이 된 단계에서——병으로 죽을 가능성이 줄어든 단계에서——거의 불필요한 존재가 됐던 것이다.

얼마 안 되는 돈을 받고 집에서 쫓겨나가거나, 혹은 누추한 집을 받아 농부처럼 일하거나 둘 중 하나밖에 용납되지 않는 인생이 기다렸어야 했다. 그러나 그렇게 되지 않고, 이처럼 화려하게 사교계에 데뷔할 수 있었다.

그렇기에 필립은 행운아인 것이다.

첫 번째 행운은 둘째 형이 성인이 되기도 전에 병으로 죽었던 것이리라.

원래 제일 위의 맏형이 성인이 된 단계에서 가치가 떨어졌던 데다, 영토가 가난해 돈이 부족했으므로 신관에게 보낼 여유가 없었다. 그렇기에 약초 치료만 받다가, 결국 차도는 좋아지지 않고 돌아오지 못하는 몸이 되어버렸다.

이로써 필립의 처지는 예비의 예비에서 예비까지 올라갔

다. 농부에서 집사 정도로 가치가 올라간 셈이다.

　여기까지는 그리 드문 일이 아니다.

　필립이 왕국에서 상위에 들어갈 만큼 행운이라고 생각하는
이유는, 여기에서 다시 한 번 행운이 가산됐기 때문이다.

　자신이 성인이 되고 몇 년 후. 형이 슬슬 아버지에게서 영
지를 물려받으려 했을 때 제국과의 전쟁이 발발했다. 예년 같
으면 탐색전으로 끝날, 어떤 의미에서는 형이 무훈을 세우는
데 적합하고 안전한 전쟁이어서, 이를 노리고 출병했다.

　하지만 형은 돌아오지 못했다.

　마도왕의 마법에 휘말려, 동행시켰던 농부 20명과 함께
죽어버렸던 것이다.

　그 보고를 들은 순간의 환희는 잊을 수가 없다. 예비 딱지
를 뗀 순간의 기쁨을.

　시신이 돌아오지 않아 선조 대대로 내려오는 전신갑주를
되찾지 못한 것은 필립에게도 별로 기쁜 이야기가 아니었
다. 그러나 냉정하게 생각해 보면 대단한 일도 아니다. 영
지에서 거둬들이는 돈으로 더 훌륭한 갑옷을 만들면 그만이
다. 원래는 결코 손에 들어올 수 없었을 영주의 지위를 물려
받는 입장이 된 것은 그만큼 엄청난 일이었다.

　타이밍도 최고였다.

　만일 형이 자리를 물려받은 후에 죽었다면 필립은 어디까
지나 형의 자식들이 성장할 때까지 보좌하는 역할에 그쳤을

것이다. 그러나 물려받기 전에 죽은 덕에 자신의 계승이 확정됐다.

그야말로 마도왕이 필립을 위해 안배해 준 것만 같았다.

그렇기에 필립은 본 적도 없는 마도왕에게 친근감마저 들었다. 이 감사를, 가능하다면 마도국의 사자에게도 전하고 싶었다.

아니——.

'그래. 이 행운을 더욱 이용하는 거야. 나는 운이 좋아. 이 기회를 놓칠 수는 없지!'

필립의 가슴속에서 연기만을 피우던 불꽃이 이글이글 타올랐다.

이제까지 아버지나 형의 행동을 보며 참으로 어리석다고 생각했다. 왜 좀 더 이렇게 하지 못할까, 저렇게 하면 더 큰 이익을 얻을 텐데, 하고. 다만 입 밖으로 낸 적은 없었다. 말한다 해도 거기서 생길 이익이 자신에게 돌아오지 않는다는 사실을 알기 때문이다. 영지를 풍요롭게 만들었다는 명예도 그렇다. 그렇기에 오랫동안, 계속 영지 경영의 아이디어만을 쌓아두었다.

'나야말로 영주에 어울리는 몸이라고 이웃 영주 놈들에게 가르쳐 줘야지. 형 따위에게 물려 주려 했던 아버지가 얼마나 안목이 없었는지를. 수많은 상인 놈들에게 멋진 밀과 야채를 팔아서—— 아니지, 어떻게 할까? 그런 짓을 해 주목을 끌었다가 내 획기적인 아이디어를 도둑맞는 건 아닐까? 하지만 팔지 않으면 돈이 안 되는데. 입이 무겁고 신뢰할 수 있는 상인을── 그 자식은 안 되겠어.'

어용상인이라 불리는 자의 얼굴을 떠올리며 필립은 인상을 구겼다. 이런 현란한 장소에서 마음이 들떠 있음에도 어용상인의 얼굴을 떠올리면 불쾌감만이 앞섰다.

'나를 깔보듯이 쳐다봤겠지! 지금은 참는다만 반드시 왕도에서 우수한 상인을 발견해 그놈을 몰아내야지! 이미 줄은 다 댔다고!'

필립은 왕도에 와서 몇 주밖에 지나지 않았음에도 이미 연줄을 만들기 시작한 자신을 칭송하며 불쾌감을 떨쳐냈다.

'역시 난 대단해. 이미 굵직한 파이프를 만들었잖아. 반드시 내 영토를 부유하게 만들어서 막대한 돈을 얻을 거야. 날 깔보던 모든 바보 놈들이 누굴 우습게 봤는지를 깨닫게 해 줘야지!'

필립이 찬란한 미래를 확신하고 있을 때, 식장에 한 남자의 목소리가 울려 퍼졌다.

"여러분! 이제부터 마도국 사절단 단장이신 알베도 님을 소개하겠습니다!"

조용히 연주하던 악단의 손이 멈추고, 담소를 나누던 자들의 목소리가 그쳤다. 시선을 돌리자 문 옆에는 의전관이 있었으며, 이번 왕가 주최 입식 파티의 주빈을 호명하려 했다.

"알베도 님은 마도국에서 마도왕 폐하의 심복이라 불리시는 분이며, 재상위에 해당하는 수호자 총괄책임자라는 지위에 계십니다. 오늘은 단독으로 입장하시겠습니다."

필립의 근처에서 조그맣게 "세상에, 혼자라니?" 하는 여성의 목소리가 들렸다. 곁에 있던 유복해 보이는 귀족이 그만두라며 나무란다. 필립은 조금 의아한 기분이 들었다.

'혼자여서 안 될 건 없잖아. 그보다 그렇게 높은 지위를 가진 놈이 사자로 왔다고?! 마도국은 왕국에 상당히 관심이 많은 거 아닐까?'

어떤 남자가 나타날까. 필립은 의전관의 옆에 있는 문을 바라보았다.

"그러면 사절단 단장, 알베도 님께서 입장하십니다!"

문이 열리고, 실내가 정적에 잠겼다.

그곳에 있던 것은 그야말로 여신 같은 여성이었다. 고운 얼굴은 필립이 이제까지 보았던 농민, 왕도에 온 후로 들렀던 매춘굴의 여성, 이제까지 만난 그 누구보다도 아름다웠다. 조금 전에 보았던 왕녀도 분명 아름다웠으나 필립의 취향으로는 이쪽이 위였다.

의상도 훌륭했다. 은백색 드레스에 황금 머리장식을 했으며, 드레스의 아랫부분에는 까만 날개 같은 것이 덮여 있었다. 위에서 내리쪼이는 마법의 빛을 반사하는 모습은 마치 스스로 빛을 내는 것 같았다.

필립은 곁눈질로 조금 전에 속닥거렸던 여성을 보았다. 그녀는 넋이 나간 것처럼 얼빠진 표정을 짓고 있었다.

'뭐야, 높은 귀족이랑 동행한 사람도 저런 표정을 짓는군. 그야말로 평범한 농민 같잖아.'

필립의 마음속에 승리의 감정이 솟아났다. 어쩐지 친근감이 들었던 마도국의 사자가 이겼다는 상황이 기쁨으로 이어졌다.

"환영하오, 알베도 공."

란포사 3세가 자리에서 일어나 알베도를 맞이했다.

"폐하. 초대해 주셔서 감사드립니다."

알베도가 생글 웃음을 짓는 것이 옆얼굴을 바라보던 필립의 눈에 들어왔다.

'무어라 형언할 수 없는 아름다움이구나……'

"짐은 노쇠하여, 미안하네만 의자에 앉도록 하겠네. 자, 왕국의 귀족 여러분. 주빈께서 오셨으니 오늘 밤은 마음껏 즐기시게나. 알베도 공께서도 부디 즐거운 시간 가지십시오."

"황송하옵니다, 폐하."

알베도가 다시 생긋 웃었다.

흘끔 보니 조금 전의 귀족 여자가 "왜 머리를 숙이지 않는 거야!" 등등 영문 모를 소리를 하고 있었다. 필립은 머리 나쁜 여자의 헛소리를 잊고 절세미녀를 눈으로 좇았다.

왕녀인 라나와 친근하게 이야기를 나누는 모습은 눈에 새기고 싶을 정도였다.

'저런 여자를 내 것으로 만들 수 있다면 최고겠지…….'

아무리 그래도 그것은 어렵다. 그 정도는 안다. 하지만 딱히 불가능하다는 생각도 들지 않는다.

'영지를 윤택하게 만들면 나한테 자기 딸을 주려는 귀족 가문도 나올 테니까. 더 윤택해지면 그 이상의 여자가 올 테고. 저 왕녀도, 저 사자도 절대로 무리라고는 못하지.'

필립은 열의가 아랫배에서 치밀어오르는 것을 느꼈다.

'높은 귀족이 되면 첩도 거느린다던데……. 저런 미인들을 동시에 즐길 수 있다면 최고겠어.'

알베도와 라나. 두 사람을 번갈아 쳐다본다.

망상이 부풀어 오를 것 같아 필립은 황급히 음료를 가지러 갔다. 아무리 그래도 다리 사이의 물건을 부풀릴 수는 없다. 마실 것이 목을 타고 내려가는 싸늘한 감촉에 침착함을 되찾았다.

'근데 이런 얼음 같은 건 어떻게 만든담? 마법인가……?'

필립의 영지에서 마법을 쓸 수 있는 사람이라곤 신관 정도밖에 없다. 그들은 병이나 부상을 치유할 수는 있어도, 그럴 때는 돈을 요구한다. 얼음을 만든다면 마찬가지로 금전을 요구할까?

'내 영지에 있으니까 내 병이나 부상은 무료로 치료하라

고 할까? 영민 주제에 영주에게 돈을 받다니 이상하잖아!'

필립은 새로운 시책 중 하나로 신관에 대한 이 요구를 마음속에 메모해 두었다.

영지로 돌아가면 어디서부터 손을 댈지가 기대됐다. 멋진 아이디어 하나하나가 자신에게 황금의 광채를 가져다줄 것이다.

'──어라?'

알베도에게 시선을 되돌리자, 그녀가 혼자 서 있는 것이 보였다. 주위에 귀족들이 있기는 하지만 무어라 말을 걸어야 좋을지 망설이는 분위기였다.

'마도국이라……. 왕국은 앞으로 어떻게 될까?'

왕국이 어떻게 될지 알 바 아니다. 하지만 자신의 영지에 문제가 생기는 것은 곤란하다.

그렇다면──

필립은 자신의 생각에 등줄기가 떨렸다.

'──어허, 어허. 그런 위험한 생각을 하면 못쓰지. 하지만…… 나쁜 방법은 아닐, 지도? 참 뭐랄까…… 이런 아이디어를 떠올리다니…….'

어딘가 쓸쓸한 알베도의 옆얼굴이 보인다.

'세 번째여서는 안 돼. 두 번째여도 의미가 없어. 첫 번째이기에 의미가 있는 거야.'

마도국의 사자는 누구도 말을 걸어 주지 않아 몸 둘 곳이 없는 것처럼 보였다. 여자가 이런 상황에 약하다는 것은 책에서 읽어 잘 안다.

'과감하게 파고드는 거야. 도박을 해야 돌아오는 게 있지. 상황을 변화시켜야 비로소 올라갈 기회가 생기는 법. 나는 행운아다. 이 행운을 내 것으로 만들어야 한다.'

필립의 가문은 예로부터 존재하는 파벌에 속하기는 했지만, 서열은 밑에서 헤아리는 편이 빨라 파벌에 속한 혜택을 볼 수 있을 것 같지는 않았다. 필립은 최근에 들었던 말을 떠올렸다. 어떤 말라빠진 여주인의 말을.

『당신이 새 파벌을 만들면 되는 것 아닌가요?』

결심을 굳힌 필립은 그때까지 들고 있던 술잔을 단숨에 들이켰다.

집에서 마시는, 물로 희석한 것 같은 술과는 달랐다. 목을, 그리고 위장을 태운다. 뱃속에서 올라오는 열기에 떠밀린 것처럼, 필립은 발을 떼었다.

"알베도 님, 잠시 실례해도 되겠습니까?"

말을 걸자 알베도는 자신에게 웃음을 지었다.

얼굴이 붉어진 것은 술 탓만은 아니었다.

"어머나, 처음 뵙겠어요――."

잠시 생각에 잠긴 것처럼 눈살을 늘어뜨린 그녀에게, 필립은 그녀가 무엇을 요구하는지 순식간에 감지했다.

"필립이라 합니다."

"네? 아, 필립 경—— 아니, 필립 님. 만나 뵙게 되어 영광이에요."

"저야말로 알베도 님을 만나 더할 나위 없이 기쁩니다."

주위의 공기가 미미하게 변화한 것을 필립도 느꼈다.

슬쩍 시선을 움직이자, 멀리 에워싼 채 쳐다보던 상급 귀족들까지도 놀라움을 띠고 있었다.

지금 이 왕가 주최 입식 파티에서 모든 이의 주목을 받고 있다는 실감은 희열의 극치로 이어졌다.

'나는, 나는 지금, 중심에 서 있는 거야!'

찬밥 신세였던 자신이 왕국 귀족—— 왕국의 위에 선 자들에게 주목을 받고 있다. 그렇게 생각하자 믿을 수 없다는 흥분이 필립을 지배했다.

'그래! 내가 바로 필립이다! 두고 봐라! 이제부터 왕국의 중심에 설 인간의 모습을!'

필립은 필사적으로 머리를 굴리며 일생일대의 도박에 나섰다.

그것은 알베도를 무도회에 초대하고 싶다는 이야기였다.

*

"이 멍청한 놈!"

그 매도는 흥분한 필립에게 찬물을 끼얹었다. 그러나 그와 동시에 가슴에서 피어나던 불길을 단숨에 타오르게 만드는 힘이 있었다. 그 불길은 이제까지 필립의 인생에서 꾹꾹 눌러만 두었던 연료를 땔감 삼아 활활 치솟았다.

필립은 눈앞에 있는, 백발이 눈에 띄는 사내를 모멸하듯 바라보았다.

"그런 짓을 하라고 너를 보낸 것이 아니야! 이 머저리가!"

아버지에게 왕궁 입식 파티에서 있었던 일을 들려 주었던 필립은 한숨을 쉬었다.

"우리 가문 따위에, 왕가가 파티를 주최하면서 초대장을 보낼 리 없지 않느냐. 그런데도 내가 고생해서 초대장을 손에 넣었던 이유는 백작님이나 다른 분들께 감사를 올릴 기회를 얻고── 또한 너를 소개하기 위해서였다!"

왕가 주최 파티 정도가 되면 온갖 파벌에 속한 사람들이 모여든다. 그런 가운데 자신의 파벌에 속한 가문의 당주가 바뀐다는 이야기는 우선순위가 낮다. 그렇기에 별로 중시되지도 않고, 유야무야 인정받을 수 있을 것이다. 그리고 한번 인정을 받으면 나중에 트집을 잡힐 일은 별로 없다.

다시 말해 필립의 아버지가 필립의 능력을 신뢰하지 않는다는 뜻일 뿐이다. 평범하게 파벌 사람들에게 소개했다간 무언가 문제가 생기리라 생각했기 때문에.

그 사실을 알고 있었던 필립은 불쾌함을 열심히 참으면서 얼굴에 거짓 웃음을 지었다.

"너무 흥분하지 마십시오, 아버님. 저는 제 집안——."

"——너의 집안은 무슨! 네가 한 짓은 관례도 모르는 무례한 짓이다!"

관례는 얼어죽을 관례. 필립은 마음속으로 내뱉었다. 하나같이 행동할 용기가 없었던 겁쟁이였기 때문에 자신이 처음으로 움직였을 뿐인데.

무능력자와 겁쟁이들에게 양보하느라 언제까지고 이런 보잘것없는 지위에서 안주하겠다는 건지.

"아버님, 생각을 좀 해 보십시오! 마도국과 왕도 사이, 주요 가도에서는 떨어졌지만 그 중간에 우리 영지가 있지 않습니까. 만약 마도국과 왕국 사이에서 전쟁이 발생하면 그 화를 뒤집어쓰리라고 상상하기는 어렵지 않습니다. 그러니 마도국과 우호를 다져놓아야지요."

"이, 이런 천치가 다 있나!"

조금 전보다도 얼굴을 붉힌 아버지가 고함을 질렀다.

"그 빌어먹을 마도국은 너의 형을 죽인 놈들이다! 그런 자들과 손을 잡겠단 말이냐! 그건 왕국에 대한 배반 행위야!"

그게 어쨌다고. 필립은 생각했다.

마도국 쪽이 강하다면 왕국을 배반하더라도 문제는 없다. 마도국의 신하가 되면 그만이다. 약자가 더 강한 자에게 붙어서 뭐가 잘못이란 말인가. 누가 책망할 수 있겠는가.

"너는 대체 무슨 생각을 하는 게냐!"

자신의 아버지가 너무 어리석어 신물이 났다.

이렇게 당연한 소리를 하는 것도 바보스럽지만, 그래도 말해야만 할 모양이다.

"간단한 거 아닙니까, 아버지. 저——."

'저의'라고 말할 뻔했지만 꾹 삼켰다. 조만간 그렇게 된다 해도 지금은 아직 완전히 자신의 것이 아니다.

"——저희 영지를 지키려는 겁니다. 영민을 지키려는 겁니다. 마도국은 압도적으로 강합니다. 왕국보다도요. 그렇다면 장래에 상대가 쳐들어올 수도 있는 것 아닙니까. 그때를 위해 지금부터 파이프를 만들어놓으려는 겁니다."

"큭! 파이프는 무슨! 그런 짓을 했다간 주위의 영주들이 무어라 생각하겠느냐!"

"이런 상황에 쳐들어오거나 할 사람은 없습니다."

필립의 영내에서도 그 전쟁으로 많은 이들이 죽었다. 그것은 주위의 영지에서도 마찬가지일 터. 그렇다면 필립의 영토에 쳐들어올 여력이 있는 가문이 존재할 리 없다.

"달리 생각해 볼 수는 없었느냐?"

"예?"

아버지의 질문에 담긴 의도를 파악하지 못하고 필립은 되물었다.

"그러니까 너는 생각이 얕다는 거다. 망상만 하면 다 실현이 된 것 같겠지. 이——."

"──그쯤 해 두십시오."

지금껏 아버지의 뒤에서 가만히 있던 사내가 끼어들었다.

아버지를 오랫동안 섬겼던 집사다. 감정을 드러내지 않는 타입이라 필립은 이자도 싫어했다. 자신이 당주가 되어 권력을 다지면 쫓아낼 사람 중 하나다.

집사의 말에 아버지는 호흡을 가다듬었다. 뺨에 치밀었던 붉은 기운이 가시고, 원래의 혈색 나쁜 얼굴로 돌아왔다.

"……하아, 하아. 필립, 네게 물어보마. 그 이외에, 주위의 귀족들을 적으로 돌리는 것에 대한 걱정은 없는 게냐?"

"딱히 없습니다만?"

아버지가 어깨를 늘어뜨렸다. 그 태도에 필립은 짜증과 불안을 느꼈다.

무언가 잊어버린 것이라도 있었을까? 하지만 아무것도 떠오르지 않았다.

"카체 평야 전쟁에서 수많은 젊은이가 죽었다. 몇 년 이내에 온갖 문제가 발생하겠지. 그렇기 때문에 지금부터 주위의 귀족들과 힘을 합치는 체제를 만들어야만 한다. 이쪽 영지에서는 식량을 생산하고 저쪽 영지에서는 천을 만드는 식으로 협력해야만 한단 말이다. 자기 영지 내에서만 모든 것을 생산할 수 있을 만큼 막대한 영토를 가진 자는 없고, 돈이 남아돌지도 않으니까. 그러면 그 상황에서 마도국과 거래를 튼 가문과 협력하겠다는 자가 있겠느냐?"

필립은 등줄기가 땀에 젖어드는 것을 느꼈다. 분명 아버지의 말이 옳다.

"너도 알다시피 우리 영지는 다른 영지에서 반드시 필요한 물건── 특산품을 생산하는 것도 아니다. 그렇기에 우리를 협력체제에서 제외한들 그들에게는 아무런 문제가 되지 않아."

필립은 필사적으로 머리를 굴렸다. 자신은 머리가 좋단 말이다. 멍청한 아버지의 말 따위 얼마든지 논파할 수 있다.

"──그렇기에 마도국이 필요한 것입니다, 아버님."

아버지가 뒷말을 계속하라는 듯 채근했다.

"마도국과 유대를 맺고, 그들에게 지원을 받으면 됩니다."

"……그럼 어디 들어보자. 네가 마도국 사람이라 치고── 아니, 네가 예를 들어 어느 나라의 왕이라 치고, 적대하는 나라에 속한 마을에서, 식량 같은 걸 보내달라고 하면 보내주겠느냐?"

"물론입니다. 저라면 틀림없이 보낼 겁니다."

"──어째서?"

"뻔한 것 아닙니까. 자비로운 군주임을 증명할 수 있고 말이죠."

"그 이외에는?"

"……딱히 없지요."

아버지가 살짝 입을 벌렸다. 감탄한 것일까? 하지만 그렇다 쳐도 반응이 이상하다. 아니, 실제로 자비로운 군주라는 평가는 마도국도 원하고 있을 것이다. 특히 마도국은 원래 왕국 영토였던 에 란텔 주변을 지배하고 있다. 그들을 위해 아양을 떨고 싶을 게 분명하다.

"그래……? 너는 그렇게 생각하는구나. 나도 지원이야 하겠지. 그 나라를 공격하기 위한 구실 중 하나로 삼기 위해. 고난에 빠진 왕국의 마을을 해방하기 위해 왕국에 전쟁을 선언하겠지."

"이상한 말씀을. 삿된 추측일 뿐입니다. 무엇보다 그런 명분이 통할 리가 없습니다."

"그래? 너는 그렇게 생각하지 않으냐?"

"무엇보다, 만약 아버님이 말씀하신 그런 가능성도 있다면 더더욱 마도국과 깊은 관계를 다져야 하지 않겠습니까?"

"너는——."

아버지가 기가 막힌다는 표정을 지었다.

"너는 왕국 귀족의 자긍심도 없느냐?"

"있고말고요. 그렇지만 설령 없다 해도 멸망하는 것보다는 나을 겁니다."

"끔찍한 마법으로 너희 형, 수많은 왕국 백성을 유린한 마왕이란 말이다, 놈들이 내세운 왕은."

"그건 전쟁이었습니다, 아버님. 검으로 죽으나 마법으로 죽으나 다를 바가 없지 않습니까?"

"……너는 어쩜 그렇게까지 마도국의 왕을 믿을 수 있는 게냐?"

딱히 믿는 것은 아니다. 친근감은 분명 있다. 그러나 그 이상으로 그들은 가치를 만들어내기 위한, 지금 자신의 지위를 더욱 높이기 위한 게임의 말일 뿐이다.

'게임의 말! 그래! 내가 보기엔 왕국 백성이 모두 두려워하는 마도국의 왕조차도 게임의 말일 뿐이야!'

자신이 엄청나게 거대한── 국가 수준의 보드게임에 흥겨워하는 환영을 보고 필립은 흥분했다.

'그렇다고는 하지만 사실 아버지의 걱정도 당연하지. 그러나 간단히 논파했듯, 그 정도일 뿐이야. ……그래도 다음 번에는 알베도 공에게 말해 두는 편이 좋겠는걸.'

"너에게는 이제 더 할 말이 없다. ……입식 파티에서 백작님께 감사하다고 말씀은 드렸느냐? 네가 당주가 되도록 인정해 주신 데에."

이것이 필립에게는 가장 수긍이 가지 않는 일이었다. 왜 파벌의 수장이라고 해서 생판 남인 백작에게 고개를 숙여야만 한단 말인가.

자기 가문의 당주를 결정하는 것은 영주의 자치권이다. 백작은 상관이 없다. 만일 형들이 있을 때 백작이 삼남인 자신을 추천했고, 그 결과 자신이 영주가 됐다면 인사를 했을 테지만 그런 것도 아니었다. 필립의 지금 지위는 모두 행운에서 온 결과였다.

다시 말해 고개를 숙일 이유가 없다.

그러므로 필립은 백작에게 고개를 숙이러 가지 않았다. 하지만 그런 소리를 했다간 아버지가 또 흥분하겠지. 이건 몸이 좋지 못한 아버지를 위한 거짓말이다.

"물론입니다."

"그렇구나. 잘했다. 그렇다면 그나마 어떻게든 방법이 있겠구나. 여차하면 협조를 청하면 되니."

이제는 끝났구나 싶어 필립이 안도한 타이밍에, 뒤에서 집사가 끼어들었다.

"──아직 한 가지 문제가 남았습니다. 처음에 필립 님께서 말씀하셨던 문제가 해결되지 않았습니다. 필립 님은 마도국의 사자를 우리 가문이 주최하는 무도회에 초청하고 싶다고 말씀하셨습니다. ……어떻게 하실 생각입니까?"

"맞다, 필립! 너는 대체 무슨 생각을 한 게냐! 우리 가문에 무도회를 열 만한 장소는 없어!"

지방영주는 왕도에 저택이 있다. 왕도에 왔을 때 체류하기 위한 곳으로, 조그만 집이다.

물론 평민의 집처럼 작지는 않다. 1년에 몇 번밖에 쓰지 않지만 귀족의 힘을 증명하기 위해, 동행한 영민을 머물게 하기 위해 어느 정도 면적이 필요하기 때문이다. 그러나 어디까지나 넓기만 할 뿐 무도회를 열 수 있는 구조는 아니다.

하지만 그 문제는 이미 해결해놓았다.

"괜찮습니다. 그야 이 집에서는 불가능하지만 빌려줄 곳이 있으니까요."

"오오, 혹시 백작님이냐?"

살짝 얼굴에 웃음을 지으며 묻는 아버지에게 필립은 고개를 가로저었다.

"아닙니다. 왕도에서 사귄 지인의 집이지요. 그 집의 여주인이 빌려 주겠다고 합니다. 실제로 돌아오기 전에 만나봤지만 문제는 없다는군요."

"사례금은 어떻게 하셨습니까?"

집사의 질문에 필립은 마음속으로 탄식했다. 제일 처음 할 질문이 겨우 그거냐고.

"무료다."

"무료라고요? ……그럴 리가?"

"그럴 리가 있다."

필립의 뇌리에 여주인의 말이 떠올랐다.

『필립 님은 장래가 유망할 것 같으니 투자를 해드리지요. 그 대신 장래에 두 배로 갚아주십시오.』

"그렇게 일방적으로 좋은 이야기가 있을 리 없습니다. ……속으신 것은 아닙니까?"

필립은 발끈했지만 집사는 아버지에게 매우 신뢰를 받는다는 사실을 알기에 아직은 욕설을 쏟아낼 수 없다.

"빚을 졌지만, 동시에 이를 갚을 수 있도록 해 두었다. 그 점에는 문제가 없어."

"……그러면 연회장은 됐다 치고, 초대장은 어떻게 할 테냐? 백작님께 부탁하겠느냐?"

무슨 소릴 하냐고, 필립은 마음속으로 탄식했다. 주최를 하기에 필립의 가문이 이름을 높이는 것이다. 이렇게까지 사전 준비를 해놓고도 왜 정작 중요한 부분을 남에게 넘겨야 한단 말인가.

'이런 게 노예근성이구나. 정말 가엾게도……. 이렇게 되고 싶진 않은걸.'

"괜찮습니다. 연회장을 빌린 여주인에게 부탁해 보내기로 했으니까요. 당연하지만 초대할 손님은 제가 선택할 겁니다."

"……백작님을 거치지 않으면 실례가 된다. 지금이라도 백작님께 말씀드려 도움을 청해야 해. 무엇보다 너는 결례가 되지 않도록 초대할 귀족가를 알기는 한 게냐?"

"네, 어느 정도는요. 게다가 저는 이번에 어떤 특별한 분들을 부르고자 합니다. 그 이름에 관해서는 여주인에게 들었습니다."

"너……."

아버지의 눈동자 속에 의심의 빛이 떠올랐다.

"……그 여주인이란 자에게 조종당하는 것은 아니냐?"

"아버님! 아무리 그래도 실례가 아닙니까! 제가 입안하고 제가 실행하는 것입니다! 분명 도움을 받기는 했습니다. 그러나 여주인도 계획을 듣고 이익이 있다고 판단했기에——제 계획이 잘 풀리리라 보았기에 나름대로 대가를 지불해 준 것입니다! 그런데 조금 전부터 왜 이러시는지요? 원래같으면 차기 당주인 저를 전면적으로 지원해 주셔야 할 텐데도!"

실제로 그 말이 맞다. 여주인은 '무도회에 자신과 친한 귀족들을 몇 명 참가시켜 준다면 도와주겠다.'고 말했다. 명확하게 자신에게도 이익을 내놓으라는 이야기였기에 협조를 요청했던 것이다. 조종당한 것이 아니다.

아버지의 목줄을 쥔 백작처럼, 이익만 가져가고 이쪽에는 아무것도 내놓지 않는 인간들과는 다르다. 조종당했던 것은 아버지 쪽이라고 말하고 싶었다.

"……미안하다. 그러나 그 여주인이란 자는 대체 이름이 누구라고 하더냐?"

필립은 분노를 억눌렀다. 노예근성을 벗지 못한 상대니 관대한 마음으로 용서해 주어야 한다.

"그녀의 이름은 힐마 슈그네우스라고 합니다. 들어보신 적이 있는지요?"

"아니, 모르겠구나. 자네는 어떤가?"

집사도 고개를 가로저었다. 필립은 오랫동안 귀족사회에

몸담았던 아버지가 모르는 사실을 벌써 알아낸 자신에게 만족감을 느꼈다.

"백작님 건도 그녀에게 의견을 구해 보겠습니다. 그녀를 건너뛰고 백작님께 부탁을 드릴 경우 성가신 일이 생길 수도 있으니까요. 더 하실 말씀이 있습니까, 아버님?"

그 말에는 지친 표정을 지을 뿐 아버지에서는 아무 대답도 돌아오지 않았다.

불만은 남았지만 필립의 계획은 움직이기 시작했다. 남은 것은 마도국의 사자 알베도 양을 초청해, 그곳에서 자신의 처지를 확고히 다지는 계획을 짜는 것뿐이다.

4

필립의 시야에는 멋들어진 연회장이 펼쳐져 있었다. 그가 기억하는 왕궁의 연회장 못지않은—— 아니, 그 이상이라는 생각마저 들었다.

필립의 가슴속은 누구든지 자랑하고 싶은 기분으로 가득했다. 분명 이 연회장 준비는 힐마에게 맡겼다. 다만 그녀는 필립에게 이렇게 물었다.

『평범한 무도회장 정도의 준비로도 괜찮을까요? 아니면

비할 데 없는 연회를 준비할까요? 만약 후자라면 빚은 더 커질 것입니다.」

이때 필립은 망설임 없이 후자를 택했다.

다시 말해 이 연회장은 필립이 큰 빚을 지며 준비한——바꿔 말하자면 그의 노력으로 얻어낸 장소인 것이다. 그리고 그곳에는 그가 모은 수많은 귀족들이 있었다.

완벽하다. 그렇기에 단 한 가지, 필립을 불쾌하게 만드는 요소가 존재했다.

초대장을 보낼 사람을——다소 지혜를 빌렸다고는 하나——결정한 것은 자신이고, 자신의 가문 문장을 찍어 봉랍했다. 그리고 무엇보다 이곳에 온 모든 이들은 마도국 사자를 만나러 온 것이다. 바로 그 마도국 사자를 초청한 것도 필립이다.

그렇다면 주최자 겸 공로자인 자신에게 감사의 말과 함께 고개를 숙여야만 하지 않겠는가. 불러준 데 감사하고, 아무도 말을 걸지 않았던 마도국 사자를 불러냈다는 용기에 찬사를 아끼지 말아야 한다.

하지만 현실은 어떤가.

이곳에 온 모든 이들이 가장 먼저 인사하는 상대는 자신이 아니라 힐마였다. 그 후에야 자신에게 인사를 하러 오는 것이다. 그것도 힐마가 필립의 이름을 거론한 후에야 겨우. 만약 그녀가 말해 주지 않았다면 어떻게 됐을까.

힐마에게는 큰 빚이 있으므로 자신보다 눈에 뜨여도 참아야 하겠지만 귀족들에게는 불쾌감밖에 들지 않았다. 귀족이라면 상식적으로 누구에게 처음 인사해야 할지 알 거라 생각했거늘.

'그러니까 너희는 글러먹었다는 거야. 역시 힐마의 제안을 받아들인 게 잘못이었나?'

이번에 불러 모은 귀족들은 힐마의 지혜를 빌려 선택했다. 선택 기준은 마도국과 전쟁을 거쳐 새로 당주가 됐거나, 곧 그렇게 될 사람들이다. 다시 말해 필립과 처지가 같은 인물들이라 할 수 있다.

힐마의 제안을 받아들인 이유는 필립의 생각에 공감해 줄 사람이 많지 않을까 해서였다. 당주가 바뀌지 않은 가문은 그의 아버지처럼 마도국에 대해 마이너스 감정을 품었을 가능성이 크다고 여겼다.

하지만——.

'무능력자들뿐인가?'

눈앞에서 지금 막 도착한 초대객이 또 힐마에게 먼저 인사하고 있다. 이건 실패라는 생각이 들었다.

집안에서 썩기만 하던 바보들은 역시 바보였다는 뜻이다. 그러니 처음에 인사할 상대를 잘못 알아보겠지. 애초에 그것 말고 달리 어떻게 생각하겠는가.

'……아니지, 그래서 더 좋은 건 아닐까? 바보들이니까

주도권을 잡을 수 있지 않을까? 상대가 나보다도 똑똑한 귀족이라면 새로운 파벌의 우두머리는 될 수 없어. 게다가 유감스럽게도 내 가문은 아직 힘이 없으니까.'

이것 또한 기회인 것이다. 그들의 실수인, 처음에 자신에게 인사를 하러 오지 않았다는 점을 빚으로 지워놓고 장래에 무슨 일이 있을 때는 돌려받으면 된다.

필립이 그렇게 아직 수중에 들어오지도 않은 손익을 셈하고 있을 때 힐마가 눈앞에 다가왔다.

뼈와 가죽밖에 없는 여자다. 병적일 정도로 깡말라 무거운 병을 앓는 것처럼 보인다. 좀 더 살집이 있다면 미인일 텐데, 그것도 과거의 일일 뿐이다.

"필립 님, 이제는 초대받으신 분들이 모두 도착하신 것 같습니다."

"그렇군."

다시 말해 모든 초대객인 필립 자신을 두 번째로 여겼다는 뜻이다.

열등감을 자극하는 사실에 필립은 감정을 잘 숨겼다고 생각했지만, 힐마는 간파한 듯했다. 그녀가 쿡쿡 웃었다.

"불만이 있으신가 보군요."

"아니, 그럴 리가."

필립은 싱긋 웃었다. 이래 봬도 귀족이다. 표정 연기는 나름대로 익혔다.

"그런 거짓말은 하지 않으셔도 됩니다. 저는 필립 님의 협력자로서 단물을 받아먹는 몸. 저희 사이에서는 숨기는 일은 없도록 해야지요."

그 말에는 자신을 겸허하게 낮추고 아첨을 떠는 공기가 묻어났다.

이거야.

필립은 마음이 떨렸다.

이거야말로 귀족과 평민의 올바른 자세지.

자신은 지금 오랜 기간 동경했던 입장에 앉아 있음을 실감할 수 있었다. 이제까지의 불쾌감이 거짓말처럼 사라져가는 기분이었다.

"왜 그러십니까, 필립 님?"

"아니…… 음, 그렇군. 화를 내지는 않았네만, 약간 불안을 느꼈네."

"어떠한 불안이셨는지요? 무언가 부족함이 있었습니까? 만약 그렇다면 사자께서 오시기 전에 준비를 갖출까요?"

"그런 것은 아닐세."

필립은 '어흠.' 하고 거만하게 헛기침을 하며 질문에 대답했다.

"이곳에 온 자들이 그리 우수해 보이지 않아서 말일세. 그런 자들을 모아 파벌을 만든다 해도 다른 파벌과 승부가 될지 불안했네."

"아하, 그런 뜻이셨군요."

힐마가 웃음을 지었다. 깡마른 몸에는 육욕이 조금도 느껴지지 않지만, 그래도 침을 꿀꺽 삼키고 싶어지는 고혹적인 매력이 있었다.

"그렇기에 필립 님께서 인도해 주시면 되는 것 아니겠습니까? 필립 님의 영지를 생각해 보십시오. 그곳에서 살아가는 평민들은 현명한 자들이었습니까?"

"아니——."

"그렇기에 남의 위에 선 자에게 현명함이 요구되는 것 아니겠습니까?"

"그래, 그렇군. 그 말이 옳아."

"필립 님이시라면 파벌을 잘 조종하실 수 있으리라 믿습니다. 저도 최대한 협력을 아끼지 않겠습니다."

"단물을 받아먹기 위해 말이지?"

"물론이지요. 이익을 얻을 수 있으니까요. 그렇게 확신했기에 힘을 빌려드린 것입니다."

힐마가 생긋 웃었다.

필립의 가슴속에서 분노는 이미 자취를 감추었다.

힐마의 말은 정론이다.

필립은 힐마라는 여성을 알게 된 자신의 행운에 감사했다.

넓은 발, 재력, 왕도 내에서의 연줄 등 필립이 가질 수 없었던 것을 두루 갖추었다. 게다가 이처럼 자신과 친하게 지내면 이익이 있다고 알기 쉽게 말해 주니, 어떤 보수를 지불해야 좋을지도 명확해서 매우 안심하고 이용할 수 있다.

"내게 협조하면 어떤 여자보다도 유복하게 해 주겠네."

힐마의 눈이 아주 살짝 커진 듯했다. 그리고 만족스레 웃는다.

"그건 기쁜 말씀이로군요. 귀족의 부인처럼 커다란 보석을 단 목걸이를 하고 싶다고 늘 생각했지요. 건투를 빌겠어요, 필립 님."

"그래, 내게 맡기게. ……그래서 협력자님께 한 가지 질문이 있는데, 괜찮겠나?"

"예. 들려 주십시오."

"……어쩌다 그렇게 말랐나? 어디 몸이라도 좋지 않나?"

그녀는 앞으로도 자신에게 힘을 보태주어야 한다. 만약 신관도 치료하지 못할 중병이라면 조속히 그녀를 대신할 자를 찾거나, 혹은 뒤를 이을 사람을 소개받아야 하지 않겠는가.

"딱히 아무 데도 아픈 곳은 없습니다만."

"큰 가문의 영애들은 살을 빼기 위해 다이어트란 것을 한다고 들었네만, 그것인가?"

힐마가 웃음을 지었다. 필립이 처음 보는, 무어라 형언할 수 없는, 불안에 사로잡힐 만한 웃음이었다.

"그렇지 않습니다. 사실은 고형물을 먹지 못한답니다. 그래서 음료만을 마시지만, 그리 많은 양을 섭취하지는 못하는 이유로…… 말이지요. 병 때문이라면 치료마법을 받을 테니 그런 염려는 하지 않으셔도 됩니다."

그리고 다시 분위기가 원래대로 돌아왔다.

"필립 님에게서 단물을 듬뿍 받아먹을 때까지는 결코 죽거나 하지 않을 겁니다."

"오, 오오. 그렇군. 그렇다면 다행이고. 하지만…… 고형물을 먹을 수 없다는 건 무슨 이유인가?"

별생각 없는 질문이었지만, 그 결과는 컸다. 힐마의 표정에서 감정이 싹 떨어져 나간 것 같았다. 조금 전보다도 더 극심한 변화에 필립은 당혹감을 느꼈다.

"왜, 왜 그러는——시는지요?"

"아, 아아, 실례했습니다. 조금 생각난 것이 있어서."

힐마는 그렇게 말하며 입을 가렸다. 낯빛이 좋지 못했다.

"아, 미안하네. 내가 언짢은 일을 떠올리게 했군."

어떤 경험을 하면 고형물을 먹지 못하는 트라우마가 생긴단 말인가. 지금은 나름대로 연줄을 가지고 부유하게 생활하는 것 같지만, 제대로 된 음식을 먹지 못했던 시절이라도 있었을까. 묻고 싶지만 그랬다간 긁어 부스럼일 것 같았다.

"필립 님, 이제 사자님을 모셔오실 때인 것 같습니다. 그분을 에스코트하시면 모두가 필립 님을 우러러보겠지요. 언어 이상으로 이 연회의 주최자—— 가장 힘을 가진 분이 누구인지가 명확히 전해질 것입니다."

"오! 그렇지!"

왕궁에서 열렸던 입식 파티에서는 그녀가 혼자 나타났으므로 그것이 보통인가 생각했지만, 그렇지는 않은 듯했다. 몰랐던 것이 부끄러웠으므로, 깜빡 잊어버렸다가 이제야 떠오른 것처럼 연기했다.

"분명 모두 놀랄 겁니다. 필립 님께 인사를 하러 오지 않았던 자들도 많은데, 조바심과 불안을 느끼겠지요."

가학적인 기쁨이 필립의 내면에서 떠올랐다. 여기 모인 귀족들 중에는 자신보다도 높은 지위, 많은 영토를 가진 자도 있다. 그런 자들이 어떤 표정으로 자신의 앞에 늘어설까. 과거에는 집안의 짐짝이었던 자신의 앞에——.

"그렇군. 기다리게 하는 것도 미안하니 맞으러 가야겠네."

"그러면 중간까지 안내하겠습니다."

필립은 힐마가 부른 급사와 함께 마도국 사자 알베도가 기다리는 방으로 향했다.

문을 노크하고, 열었다.

그곳에는 너무나도 아름다운 여성이 있었다.

몸을 감싼 것은 왕궁에서 보았던 것과는 또 다른 칠흑의 드레스. 아낌없이 드러낸 어깨는 백대리석 같은 광채를 뿜어냈다. 목에는 커다란 보석이 늘어선 목걸이를 했는데, 결코 천박하지 않았으며 그 미모에 소소한 꽃을 더해 주는 정도의 작용밖에 하지 않았다.

'아름답다…….'

자신도 모르게 얼굴이 붉어져버렸다.

"──갈 시간이 됐나요?"

"예. 제가 모시고 가겠습니다."

까만 레이스 장갑을 낀 손을 잡고 알베도를 일으켰다.

옆에 서자 좋은 향기가 났다. 무슨 향수인지 마음이 들뜨는 그런 향이었다. 자신도 모르게 코를 킁킁거려서라도 맡고 싶다는 충동에 휩싸였지만, 역시 그럴 수는 없다.

나란히 연회장을 향해 걸어가기는 하지만, 계속 말이 없으면 조금 분위기가 무겁다. 적절한 화제가 없을까 필사적으로 생각하던 필립은 파티장 문 근처에 와서야 겨우 화제를 떠올렸다.

"──연회장에 많은 귀족들이 모여 있습니다. 모두 알베도 님을 뵙고 싶어하는 자들뿐이지요."

갑작스러운 화제였으나 이내 받아주었다.

"그렇군요. 필립 님의 조력에 감사드립니다."

알베도가 친근한 웃음을 지었다.

필립의 심장이 크게 뛰었다.

'그럴 리는 없겠지만, 혹시 나한테 조금은 마음이 있는 거 아닐까?'

자신은 조금 있으면 큰 파벌의 우두머리가 될 사람이다. 마도국은 압도적인 무력을 가졌다고는 해도 아직 도시 하나밖에 없는 국가일 뿐이다. 그렇게 생각하면 자신은 상당히 괜찮은 상대가 아니겠는가. 마침 아내도 없다.

"헌데 알베도 님께는 낭군이 계신지요?"

알베도가 눈을 깜빡거렸다. 부드러운 웃음은 몇 번이나 보았지만 이런 표정은 처음이었다. 이상한 질문을 했음을 이해하고 조금 부끄러워졌다.

"별난 질문을 하시는군요, 필립 님. 매우 유감스럽지만 아직 없답니다. 쓸쓸한 홀몸이지요."

"그렇군요. 알베도 님처럼 아름다운 분이라면 가만히 계셔도 얼마든지 그런 이야기가 달려들 거라 생각했습니다만."

"후후—— 신기하게도 그런 이야기가 달려들지 않더군요. 하지만 달려들어도 곤란하니, 지금이 딱 좋지 않을까 하는 심정도 있답니다."

"그러셨군요."

문 앞까지 온 필립은 알베도의 어깨에 팔을 감고 자신 쪽으로 끌어당겼다.

빠가각. 기묘한 소리가 났다. 어디서 난 소리인지 찾고자 고개를 움직였다.

"……왜 그러시는지요?"

웃음을 지은 알베도의 물음에 조그만 의문 따위 머리에서 빠져나가버렸다.

"아니, 아무것도 아니었습니다. 그럼 모시도록 하지요."

*

　그들의 눈에는 무엇이 보일까.

　화사하게 차려입은 귀족들은 이 무대를 어떻게 보고 있을지, 힐마는 조금 관심이 동했다.

　일류 요리, 일류 급사, 일류 장식품, 일류 음악. 그리고 삼류도 못 되는 쓰레기 귀족들.

　이곳에 모인 자들은 대부분 밥벌레, 삼남 이하였던 예비의 예비, 숱한 요인에 따라 머리를 짓눌린 채 불만을 품었던 그런 자들이다.

　그것은 얼굴을 보면 알 수 있다.

　해방감으로 홀가분한 표정을 짓는 자가 많았으며, 욕망의 불꽃에 몸을 태우는 자 또한 많다.

　그러한 자들이 보기에 이 연회장은 자신의 허영심을 만족시킬 곳이리라.

　하지만 원래, 이곳은 먹이터다.

　현재 왕국의 귀족사회는 혼란에 빠졌다.

　몇 달이 지났어도 마도국과의 전쟁에서 생긴 상처는 여전히 컸으며, 치유되는 일은 없었다. 수많은 파벌이 해체되고 새로운 파벌이 태어났다. 남의 위에 있던 귀족 가문이 아래와 교체됐다.

　현재 왕국이 겪는 혼란은, 여러 가지 이유에서 파벌에 속하지 못했던 자들에게는 절호의 기회였다. 아니, 이거야말로 마지막 기회일 것이다. 만약 파벌이 다시 정리된다면 구석으로 내몰릴 테니까. 그렇기에 이 모임은 그들에게는 가장 큰 먹이터여야 했다.

송사리를 배 속에 담고자 돌아다니는 굶주린 물고기들.

반면 송사리는 눈앞에 있는 상대의 목적을 알아차리지도 못한 채 한입에 잡아먹힐까. 아니면 알아차리고 잘 헤엄쳐서 빠져나갈까. 아니면—— 반대로 물어뜯어 걸신들린 듯이 먹어치울 귀족도 있을까?

힐마는 연회장의 움직임을 수십 분 동안 바라본 결과, 이곳에는 일류라 불릴 만한, 온 힘을 다해 포섭하고 싶어지는 귀족은 없다고 단정했다.

그러나 실망하지는 않았다. 이런 위험한 연회장에 태연하게 나타날 일류 귀족이 있다면, 그건 그거대로 첩자일 가능성이 대폭 높아진다.

초대장을 보내는 단계에서 걸러냈다고는 하지만, 힐마도 완벽하다고 생각하진 않았다. 분명 어느 파벌인가에서는 숨어들었을 것이다.

그건 그거대로 재미있겠다고 생각했다. 제출할 보고서에 무게가 더해져 자신의 가치가 올라갈 테니 그녀에게도 나쁜 이야기는 아니었다.

'자, 슬슬 시간이 됐으려나?'

무도회가 시작된 후로 한 시간 반. 지정된 시간이다.

힐마의 진짜 일은 이제부터 시작된다.

――무서워.

조금 전의 오만함이 거짓말처럼 사라져간다.

무섭다 정도의 완곡한 표현으로는 넘어갈 수 없는 공포가 위장 속에서 치밀었다. 역정을 샀다가는 또 그 지옥이 기다릴지도 모른다. 그렇게 생각하면 온 힘을 다해 이 자리에서 도망치고 싶었다. 물론 그런 짓을 했다가는 그때는 그것조차 천국이라 여겨질 만한 처우가 기다릴 것이다.

여덟손가락의 일원으로서 수없이 사람을 죽이라는 지시를 내렸다. 때로는 고통 속에 죽어가도록 명령하기도 했다. 그러나 어떤 명령도 그 괴물들의 처우에 비하면 자비로 넘쳐나는 것이었다.

"――힐마."

뒤에서 누군가가 말을 거는 바람에 흠칫 어깨를 떨 뻔했다. 돌아보니 그곳에 있던 것은 이 연회장에서 가장 어리석은 남자였다.

"음? 왜 그러나?"

"아닙니다, 필립 님. 아무 일도 아닙니다."

힐마는 본심을 웃음 밑에 감추었다. 이런 쓰레기에게 놀란 자신에게 화가 났다.

"알베도 님께서 10분 정도 휴식을 취하고 싶으시다고 자네를 찾는군."

"귀족 분들과 쉴 새 없이 이야기를 나누셨던 듯하니 그것도 당연하겠군요. 분부 받들겠습니다. 그러면 제가 휴게실까지 안내하겠습니다."

"그래? 그러면 나도 따라가겠네."

이 인간이 무슨 소릴 하는 거냐고 힐마는 진심으로 어이가 없어졌다. 아니지. 혹시 무언가 눈치를 채기라도 한 걸까?

경계심을 품으면서도, 힐마는 연기를 계속했다.

"오시지 않는 편이 좋을까 합니다."

"왜지? 나는 아까부터 알베도 님의 곁에 있었네. 함께 간다 해도 이상하지 않을 것 같네만?"

힐마는 이자가 진심으로 이해하지 못했다고 확신했다.

다시 말해 바보 중에서도 상바보. 귀족으로서 예의와 지식이 완전히 결핍된 무능력자다.

"여성이 쉴 곳에 남편이 아닌 남성을 동반한다는 것은 많은 분들께 여러모로 좋지 못한 화제를 제공하게 되는 법이라 생각합니다."

"아~. 하지만 안내만 해드리고 금방 돌아올 생각일세."

"그러신다 해도 그게 아니랍니다. 주최자로서 심려하시는 것은 이해하지만, 저도 연회장을 제공한 몸으로서 무사히 알베도 님을 휴게실까지 안내해드리겠습니다."

"그래······?"

무언가 하고 싶은 말이 있는 눈치였으므로 힐마는 이어질 말을 잠자코 기다렸다.

사실은 냉큼 말하라고 쏘아붙이고 싶었지만, 어쨌든 이 바보는 명목상 주최자다. 너무 무례한 태도를 보일 수는 없다.

"그녀와 혼인관계를 맺으려면 어떻게 해야 할까?"

"네에?!"

그 말을 듣고, 힐마는 연기하는 것도 잊어버렸다.

"네? 지금 뭐라고 하셨습니까?"

"알베도 님과 내가 결혼할 방법 말일세."

힐마는 '이 자식 진심이야?!' 라고 외치고 싶은 마음을 꾹 참았다. 이렇게까지 천치일 줄은 생각도 못했다. 알베도는 힐마가 모았던 정보에 따르면 마도왕의 심복── 재상이다. 그런 상대에게 이웃 나라의 하급 귀족이 할 말이 아니다. 차라리 라나 왕녀와 결혼할 방법을 물었으면 그나마 덜 놀랐을 것이다.

"아니, 나도 이만한 귀족을 모을 수 있는 몸이 아닌가. 결코 그녀에게 꿀리지 않는다고 생각하네만, 어떨까?"

힐마는 자신도 모르게 목을 손으로 꽉 눌렀다.

그것이 목구멍을 타고 흘러내리지 않는다는 사실을 알면서도, 몸과 마음에 새겨진 트라우마에서 오는 불안과 공포 때문에 그런 행동을 보이고 말았다.

아니, 트라우마 정도로는 넘어갈 수 없다.

여자가 보았을 때 매력이 전혀 느껴지지 않는 남자의 헛소리를 그분께서 듣는다면 무슨 감정을 품으실까. 그 감정이 당사자인 필립에게 돌아간다면 아무 문제도 없겠지만, 만약 자신에게 온다면 그 시커먼 지옥이 기다릴 가능성이 있다.

"아, 아무리 그래도 그건 무리겠지요. 그분은 마도국의 재상이라 들었습니다. 말하자면 왕국에서는 공작이라 보아도 이상하지 않지요."

"하지만 마도국은 도시 하나밖에 없는 나라가 아닌가."

"아, 아니요. 그런 이야기가 아니라……."

마도국을 깔보는 발언에 힐마는 온몸에 소름이 돋았다.

물론 영토는 카체 평야 등을 포함해도 크지는 않다. 하지만 무력은 압도적이지 않은가. 무역이니 외교에 힘을 쏟는다 해도 결국 국가와 국가의 관계란 야만적인 힘의 크고 작음으로 결정 난다. 아무리 영토가 넓어도 싸움에 지면 모든 것을 빼앗긴다.

그것조차 모르는 이 바보에게 과연 무슨 말을 해야 이해를 시킬 수 있을까.

힐마는 생각을 굴려보았지만 대답은 나오지 않았다. 상식과 바보는 상반된 존재인 것이다.

그러므로 결론을 들려 주었다.

"불가능합니다. 그녀와 필립 님이 결혼할 가능성은 전혀 없습니다."

"……제법 분위기는 괜찮다고 생각했네만. 내가 그녀와 함께 대회장에 들어왔을 때, 그렇지 않았나?"

이 자식이 그딴 생각을 하면서 이곳에 있었나 싶어 힐마는 경악했다.

'자기 뒤에는 마도국이 있다고 과시해서 손님들을 자기 파벌에 끌어들이려는 것 아니었어? 이 자식, 궁극의 바보구나……. 제발 나 좀 살려줘. 그분을 자극하지 말라고.'

힐마는 위장에서 쓰디쓴 것이 치밀어오르는 듯한 심정을 느꼈다. 뱃속으로 흘러드는 그 감촉을 이놈에게도 맛보여 주고 싶다는 심정 또한 함께.

"……잡담이 조금 길어졌군요. 알베도 님은 제가 안내해 드릴 테니, 필립 님은 이곳에 남아 주최자로서 손님들을 즐겁게 해드려야 하지 않을까요?"

"……그렇다면야 어쩔 수 없지. 알베도 님을 부탁하네."

시키지 않아도 그럴 거야!

그런 말은 입 밖에 내지 않고, 힐마는 가볍게 고개를 숙였다. 그리고 이 이상 바보 같은 이야기를 듣고 싶지 않았으므로 알베도에게 일직선으로 향했다.

알베도는 귀족 한 사람과 이야기를 나누는 중이었다. 여느 때 같으면 분위기를 가늠하면서 적절한 타이밍을 노려 말을 걸었겠지만, 바보를 상대해 지쳤던 힐마는 즉시 끼어 들었다.

"실례합니다, 알베도 님. 이제 곧 휴식을 취하시는 편이 좋지 않을까 합니다."

"그렇군요……. 실례지만 저는 잠깐 쉬고 오겠습니다."

알베도를 안내하며 연회장을 빠져나왔다.

"후우…… 아아, 메슥거려."

뒤에서 들려온 목소리에 힐마는 어깨 너머로 쳐다보았다. 만약 정말로 몸이 좋지 않은 거라면 어떡하나 생각했다.

쳐다보니 어깨를 손수건으로 닦고 있다. 알베도와 힐마의 시선이 교차했다.

"메슥거리는 남자가 건드렸거든. 욕망을 품고 내 몸을 만질 수 있는 분은 이 세계에 단 한 분인데……. 개똥 같은 게. 지성도 없는 개똥 같은 게."

빠각빠각 이 가는 소리가 들렸다. 어떤 순간에도 부드러운 미소를 짓던 그녀가 불쾌감을 드러낸다. 그만큼 불쾌했던 것이리라.

힐마는 망설였다. 그녀와 이야기를 나누어도 좋은 걸까. 아니면 지금은 벌을 내리기 위한 사전 준비인 것일까.

"……왜 그래? 이야기라도 나누자."

"네, 네에……."

힐마는 내심 지독히 겁을 먹으면서 입을 열었다.

"알베도 님의 심정은 헤아리고도 남습니다."

"어머, 그래? 그렇다면…… 그놈은 잘라버리고 다른 놈을 다시 세우는 건 무리일까?"

"알베도 님께서 원하신다면 당장에라도 다른 인형을 준비하겠습니다."

알베도가 입을 열었다가 다시 다물었다. 그것이 몇 차례 반복됐다. 망설일 정도로 매력적인 제안이었던 모양이다.

어느 쪽을 골라도 어리석은 필립에게는 지옥이 기다리겠지만 자업자득이라는 생각밖에 들지 않았다.

"후우…… 마음에 두지 마. 그냥 푸념이었어. 그 작자가 얼마나 바보인지는 왕궁 파티 때 수많은 귀족들이 아주 인상적으로 봤는걸. 그런 의미에서는 교체하는 것도 아깝다는 생각이 들어. ……거기까지 생각하고 행동한 거라면 제법 즐거운 상대겠지만, 그럴 리는 없고."

힐마는 조금 전의 대화를 떠올렸다. 알베도와의 혼인을 바란다느니 뭐라느니 하던 미치광이의 헛소리를.

그 말을 꺼내면 어떻게 될까. 무서워서 도저히 알베도에게는 말할 수 없었다. 불똥이 튈 수도 있으니까.

"아무것도 이루지 못했던 주제에 자신은 특별하다고 생각하는, 궁극의 무능력자입니다."

"그러게 말이야. 그놈은 조만간 있는 힘껏 지면에 패대기쳐야겠어. 아인즈 님의 것인 이 몸에 더러운 손을 댄 벌을 줘야지."

힐마는 그대로 입을 여는 일 없이, 그리고 그 누구도 만나는 일 없이 알베도를 어떤 방 앞까지 안내했다.

문을 앞에 둔 힐마는 안도감에 주저앉고 싶어졌다. 오직 혼자서 그녀의 상대를—— 얄다바오트조차 지배하는 마왕의 측근을 상대하며 얼마나 정신력을 깎아먹었는지. 그러나 그런 행위가 용납될 리 없었다.

힐마는 온몸과 마음의 힘을 총동원했다. 이것이 끝나면 하루 종일 침대에 드러누워 나오지 않으리라 결심하면서.

"이쪽입니다."

힐마가 방문을 열자 의자에 앉아 있던 사내들이 일제히 일어났다. 하나같이 힐마처럼 깡마른 자들이었다.

그녀의 동료. 여덟손가락의 각 부문장 다섯과 의장까지 합계 여섯이었다.

다시 말해 이 세계에서 가장 믿을 수 있는 동료다. 한때는 서로 다투기도 했지만 그런 일은 더 이상 생각할 수 없다. 얄다바오트와 마도국의 관계를 알아버린 이상 일심동체다. 이 나라가 잡아먹혀 해방될 날까지 노예로서 함께 일해야만 한다.

친근감마저 드는 동료들은 공포의 화신—— 알베도의 모습을 보자 깊이 고개를 숙였다. 부들부들, 미처 숨기지 못한 공포가 어깨에서 전율로 드러났다.

힐마에게 문을 닫게 하고, 알베도는 방의 상석에 놓인 가장 비싼 의자에 앉았다. 사내들과 힐마는 앉으려고는 하지 않은 채 직립부동 자세를 유지하고, 그녀에게서 내려올 명령을 기다렸다.

"그러면 너희에게 명령하겠어. 우선 마도국으로 여러 가지 물자를 운반해 줘."

"분부 받들겠습니다. 기꺼이 헌상하겠나이다."

밀수 부문장이 한순간의 망설임도 없이 대답했다. 망설임 따위 있을 리 없다. 이곳으로 불려나온 순간부터 어떤 명령에든 '분부 받들겠습니다.'라는 긍정 이외에는 제시할 수 없었으니까.

밀수 부문장인 그는 얄다바오트 소동으로 많은 물자를 빼앗겨 상인 길드 같은 곳에 대한 힘도 잃었지만, 지위는 반석이었다. 그것도 다 마도국과의 전쟁에 참전하는 귀족들과 거래하면서 철저히 현금 선불 원칙을 고수했기 때문이다. 후불을 허용한 상인들이 괴로워하는 지금은 다시 그의 힘이 떠오를 차례일 것이다.

"그게 아니야. 적절한 가격으로 팔아. 그렇게 얻은 돈은 장래에 왕국을 덮칠 식량난에 대비해 식량을 구입하도록 해. 왕국군이 옮기지 못했던 대량의 식량이—— 아니, 식량 선물거래를 해야겠어. 아인즈 님은 이미 그러기 위한 준비 단계로 식량 대량생산에 착수하셨으니까."

수많은 일손을 잃은 이상, 그녀의 말은 확실히 찾아올 미래다.

"분부 받들겠습니다. 즉시 상인들을 움직이겠습니다."

"특별히 필요한 건 여기 있어. 제1진에 확보해."

"예!"

책상에 툭 떨어진 종이를 공손히 받아든다.

"그리고 매직 아이템에 관한 정보는 어때?"

다른 인물이 펄쩍 뛰어나오듯 움직였다.

"면목이 없나이다!"

그는 허리를 굽혀 이마를 강하게 책상에 찧었다. 울려 퍼진 소리가 놀라울 정도로 컸다.

"마술사 조합에 수하를 보내 현재 상세히 조사하는 중입니다! 조금만 더 시간을 주신다면—— 아니, 중간경과라도 괜찮으시다면 즉시 제공할 수 있습니다!"

"그럼 그거라도 상관없어. 될 수 있는 한 서둘러서 행동해. 그리고, 맞아. 너희의 새로운 동료는 정해졌어? 정해지면 데리고 돌아가서 세례를 해 줘야지."

동료란 현재 공석이 된 자리를 메울, 여덟손가락의 새 부문장을 말하는 것이다.

세례란 것이 어떤 행위를 가리키는지 떠올리고 힐마는 구역질을 참았다. 필사적으로 표정을 억누르고는 있지만 동료들도 하나같이 같은 얼굴이다.

마음을 꺾어 적대의욕을 완전히 없애버리는 악마의 세례.
이곳에 있는 자는 그것을 다시 한 번 겪으라는 말을 듣는다면
분명 어린아이처럼 울며불며 고함을 지를 것이 분명했다.

"유감스럽게도 아직 결정하지 못했습니다."

의장이 입을 열었다.

사실이기도 하고, 거짓말이기도 했다.

그 이유는, 딱히 새로운 사람을 대표로 앉혀봤자 의미가
없기 때문이다. 공석이 된 것은 경비 부문장과 노예매매 부
문장이다. 후자는 이미 거래가 거의 사라져 새로운 사람을
앉힌다 한들 별로 이익이 없다. 전자는 앉힌다 한들 의미가
있을까조차 의문이다. 게다가——.

"빌려 주신 분들이 매우 우수하셔서, 그분들을 부문장으
로 삼아도 좋지 않을까 합니다."

언데드를 제공받았는데, 하나같이 믿을 수 없을 정도의
힘을 가졌던 것이다.

여섯팔이 죽었다는 정보를 어디서 주워들었는지 워커 출
신을 중심으로 기어오르려 하는 자들이 나타나 예의 언데드
를 보낸 적이 있는데, 단 한 마리가 40명 가까운 인원을, 도
주 한 명 허용하지 않고 몰살시켰을 정도였다.

그리고 웃음이 나와버리는 이유가 한 가지. 이 자리에 있
는 모두가 타인을 자신과 같은 꼴로 만들고 싶다는 생각은
하지 않았던 것이다. 사람을 죽이라는 명령을 태연하게 내

리던 암흑가의 지배자들이, 다른 사람은 그만한 절망을 맛보게 하고 싶지 않다고 감싸주고 있었던 것이다.

"……알았어. 그러고도 문제없이 조직이 돌아간다면야 상관없지. 너희가 부탁하고 싶은 건 없어?"

"황송하오나, 제가 권리를 빌린 광산에서 스켈레튼들이 훌륭한 성과를 보이고 있습니다. 그러므로 그들을 조금만 더 빌리고자 부탁드리고 싶습니다."

"그래. 물론이지. 적절한 금액을 지불한다면 계속 빌려주겠어."

"진심으로 감사드립니다."

입을 연 사내가 이마에 밴 땀을 색이 변할 정도로 젖은 손수건으로 닦았다.

마도국의 무시무시한 점은, 채찍만이 아니라 당근까지도 준다는 것이다.

강자로서 약자가 얻은 것을 모조리 빼앗지 않고, 뛰어난 상인처럼 거래를 하며 규칙을 지킨다. 실제로, 배신하겠다는 뜻만 보이지 않으면 강대한 존재에게 보호를 받는 안도감마저 주었다. 물론 이렇게 앞에 서면 공포 때문에 도망치고 싶어지지만.

"자, 내가 너희 앞에 직접 나타난 이유는 말할 것도 없겠지. 이미 들었겠지만 장차 마도국이 왕국을 삼킬 수 있게 전면적으로 협조해. 그러기 위해 지상에도 충분히 뿌리를 뻗고."

"분부 받들겠습니다!"

모두가 황급히 고개를 숙였다.

마도국이 왕국을 삼킨다는 데에 이의가 있을 리 없었다. 그 괴물들이 그렇게 단언한다면 시기의 차이가 있을 뿐 틀림없이 그렇게 된다.

처음에는 '청장미'나 '붉은물방울', '칠흑'에게 구조를 요청하는 안도 없지는 않았다. 그러나 얄다바오트조차 부하로 거느린 마도왕의 압도적인 힘을 듣고 희망 따위 어디에도 없음을 깨달았다. 이제는 고개를 조아린 채 끝나기를 기다릴 뿐이다.

"아, 맞아맞아."

힐마도 다른 멤버들도 흠칫 어깨를 떨었다.

"한 가지 깜빡 말하지 않은 게 있었어. 너희의 정보망을 동원해 개인적으로 찾아주었으면 하는 매직 아이템이 하나 있거든. 일정 기간마다 결과를 기록한 양피지를 마도국의 알베도 앞으로 보내도록 해. 어떻게 생겼는지 하는 정보 같은 건 전혀 없지만."

"……어떠한 아이템인지요?"

"상대의 정신을 지배하는 능력을 가진 아이템이야."

"정신을 지배하는……? 매료 같은 마법이 담긴 지팡이입니까?"

"아니야, 더 강력할걸. 모아줬으면 하는 건 일반적으로는 유통되지 않을 만한 전설급 아이템에 관한 소문이야. 아무리 조그만 거라도 나에게 전달하도록. 알았지?"

정신지배란 것은 매우 무시무시한 효과를 가졌다. 그녀가 경계하는 것도 당연하다고, 그들은 즉시 이해의 뜻을 보였다.

*

"고, 공주님."

완전히 당황한 메이드가 들어왔다. 노크도 없었다. 그리 칭찬받을 만한 행동은 아니었으나, 그만큼 당황했다는 뜻일 것이다.

라나는 무슨 일이 있었는지 즉시 간파했다. 하지만 메이드 앞에서 라나는 천진난만한 공주님일 뿐이다. 그에 어울리는 표정과 함께 얼빠진 태도로 물었다.

"무슨 일인가요?"

메이드의 눈꼬리가 살짝 움직였다. 마음속에 분노의 감정이 솟아난 것이다. 아마 자신이 이렇게까지 당황하는데 멍하니 구는 공주님에 대한 분노겠지.

라나는 느긋하게 찻잔을 받침에 내려놓았다. 그 소리가 신호가 된 것처럼 메이드가 움직였다.

"저, 저, 저어——."

"네, 괜찮아요. 침착하게, 심호흡을 해 보세요."

메이드가 라나의 말에 따라 거친 호흡을 가라앉히고자 심호흡을 되풀이했다. 그리고 어느 정도 평정을 되찾은 기색을 보여 라나는 다시 물었다.

"무슨 일인가요? 또 악마라도 나타났나요?"

"아, 아닙니다. 마도국 사자님께서 라나 님을 뵙고 싶으시다고!"

"여성분이요?"

"예. 매우 아름다운 분이셨습니다."

마도국 사자는 한 사람밖에 없으므로 사실 라나의 질문은 이상한 것이었다. 그 점을 이용해 '이 인간이 무슨 소리를 하는 거지?' 생각하도록 하려던 의도였는데, 혼란에 빠진 메이드는 곧이곧대로 대답해버렸다.

뭐, 상관없겠지. 라나는 생각했다. 이런 소소한 일들이 거듭되어야 이용할 수 있을 만한 평가로 이어지는 법이다. 모든 것은 포석이다.

근처에 서 있던 클라임의 갑옷이 울리는 소리가 들렸다.

고개를 갸웃한 것일까?

귀여운 강아지의 천진난만한 행동이 라나의 가슴에 자애로운 감정을 솟게 했다.

클라임의 생각을 추측하자면, 그는 사자가 라나를 찾아온 이유를 짐작하지 못했을 것이다. 이미 라나가 그녀와 인사를 나누는 모습은 보았다. 그렇기에 어디까지나 장식에 불과한 제3왕녀와 이야기를 나눈다 한들 마도국에 이익이 있으리라고는 여겨지지 않는다는, 그런 정도가 아닐까.

라나는 마음속으로 부드럽게 웃었다.

모자른 아이일수록 사랑스럽다는 말은 사실이다. 아니지, 눈에 콩깍지가 씌였다는 표현이 어울리려나? 아마 양쪽 모두 정답이리라. 만약 이것이 클라임이 아닌 다른 자의 행동이었다면 다른 감정이 작용했을 테니.

클라임의 초롱초롱한 눈을 영원히 바라보고 싶다는 충동에 휩싸였지만 그것도 참아야 한다. 달콤한 설탕과자로 감쌀 그 순간까지.

"알베도 님께서 대체 왜 저를 만나고 싶다고 하셨을까요?"

고개를 갸웃하는 것이 중요하다. 이것이 다급해하는 상대에게 좋지 못한 감정을 품게 만드는 행동임은 몇 차례의 실험을 통해 알고 있었다. 실제로 메이드의 눈 속에서 미미한 불꽃이 일렁였다.

분노다. 그리고 동시에 클라임의 갑옷이 다시 살짝 소리를 냈다. 메이드의 감정을 감지하고 마음에 걸렸기 때문이리라. 하지만 소리는 이내 멎었다. 다시 부동자세를 유지했겠지.

귀여워.

주인을 지키기 위해 나설지 말지 망설이는 강아지다.

라나가 눈치채지 못한 것이라면, 클라임 쪽에서는 움직이지 말아야 한다고 판단했으리라. 메이드는 유서 있는 귀족

가문의 영애다. 어디에서 굴러먹다 온 개뼈다귀인지도 모를 클라임이 나섰다가는 부모에게까지 이야기가 넘어가, 결과적으로 라나에게 폐를 끼치게 되리라는 그런 생각이 아니었을까.

라나를 신뢰하는 클라임인 만큼 마음속으로 눈물을 흘리겠지. 자신이 좋은 가문 출신이었다면 그렇게 내버려두지는 않았을 텐데, 하고.

라나는 뒤에 선 클라임을 바라보고 싶다는 욕구를 억눌렀다. 거추장스러운 메이드가 입을 열었기 때문이다.

"그것은 저도 잘 모르겠습니다. 다만 뵙고 싶다고 하셨습니다."

"그렇군요……. 알베도 님도 여성이니 여자끼리 이야기하고 싶은 것도 있을지 모르겠네요. ……화장 얘기일까?"

천진난만──보다는 멍청한 질문.

"그건 저도 모르겠습니다. 그러면 모셔와도 되겠습니까?"

"물론이죠!"

기뻐하는 감정으로 보이도록 대답하고, 라나는 클라임 쪽을 보았다.

"음, 클라임. 미안하지만 여성끼리 나눌 이야기니까 방에서 좀 나가줄 수 있을까요?"

"분부 받들겠습니다."

조금 유감스럽지만 어쩔 수 없는 일이다. 그는 어려운 이야기라곤 하나도 모른 채, 그저 그 아름다운 눈으로 자신을 바라보고만 있으면 되니까.

　알베도가 방으로 들어가니, 안에는 한 사람밖에 없었다.

　알베도가 이 왕도에 왔던 목적은 네 가지.

　첫째가 물자를 운반케 하는 것, 둘째가 전쟁을 일으키기 위한 계기를 만드는 것, 셋째가 개인적인 목적의 포석을 까는 것, 그리고 넷째가 이 방의 주인과 거래를 트는 것이었다.

　아니, 거래라는 말은 조금 잘못됐다. 포상의 수여라 부르는 편이 어울린다.

　주인에게 허가도 구하지 않고, 알베도는 방을 가로질러 의자에 앉았다.

　그리고 자신의 앞에 무릎을 꿇고 머리를 조아린 소녀에게 입을 열었다.

　"고개를 드세요."

　"──예."

　라나라는 소녀가 얼굴을 들었다.

　"당신의 활약은 정말로 훌륭했어요."

　"과분한 말씀입니다, 알베도 님."

　"어머나──."

　알베도는 전에 만났을 때와는 완전히 다른 그녀의 반응에 큰 관심을 보였다.

이것이야말로 데미우르고스가 말했던 라나다.

자신의 가족을, 핏줄을, 백성을 배신하고도 표정에 후회의 빛이 없다. 이것은 인간이면서 인간이 아니다. 정신적인 이형종이라고나 해야 할까. 선이니 악이니 하는 개념을 머리로는 이해하면서도, 어디까지나 이해할 뿐. 이에 속박되는 일 없이 자신의 목적을 태연하게 수행할 수 있는 타입이다.

"……공로를 치하해, 아인즈 님으로부터 포상을 받아왔어요."

알베도는 공간 속에서 자신의 주인에게 맡았던 아이템을 꺼냈다. 여러 겹으로 봉인이 된 작은 상자였다. 이것은 특정한 조건을 만족하지 못하는 한 결코 열리지 않는다.

"이것이……."

고맙게 받아드는 소녀를, 모르모트를 관찰하는 연구자 같은 싸늘한 눈으로 알베도가 바라본다.

그야말로 그녀는 모르모트였다. 그렇기에 서로의 이해가 일치한 것이다.

"감사드립니다. 아인즈 울 고운 폐하께도 감사 말씀을 전해 주십시오."

"약속하겠어요. 당신이 원하는 또 한 가지에 관해서는, 말할 필요도 없겠지요?"

"물론입니다. 정당한 대가를 지불했을 때 자비를 베풀어 주신다면 그보다 더한 기쁨은 없을 것입니다."

소녀가 미소를 지었다. 매우 귀여운 웃음이었다.

그렇기에 물었다.

"……그 상자를 열면 바람은 이루어지겠지만, 그걸 열 수는 있겠나요?"

알베도가 인간을 걱정하다니, 나자릭에 속한 자들이 안다면 무어라 생각할까. 하지만 만약 그녀의 소원이 이루어진다면 그녀는 영역수호자와 동등한 지위를 얻게 된다. 장래의 부하 후보를 다소 걱정해도 벌을 받지는 않으리라.

"예, 알베도 님. 이미 준비는 갖추고 있습니다."

"그렇군요. 그렇다면 우리가 침공할 때까지 준비를 갖추도록 하세요."

"분부 받들겠습니다, 위대하신 분."

다시 고개를 숙이는 소녀에게서, 그녀의 그림자로 눈을 돌렸다.

그곳에 잠복했던 그림자 악마가 불쑥 모습을 드러내며 소녀와 마찬가지로 고개를 숙였다.

추가 병력을 제공해야 할까 생각했지만, 알베도는 그 말을 삼켰다.

만일 마도국이 왕국을 침공하기 전에 이 소녀가 하는 일이 탄로난다면, 나자릭에서 거둘 가치가 사라져버릴 뿐.

말하자면 이것은 시험이다.

"그러면 이쯤에서 딱딱한 이야기는 그만하지요."

알베도의 목소리 분위기가 바뀌었다. 라나는 의아한 표정을 지었다.

"아직 퇴실하기는 이른걸요. 무언가 이야기—— 잡담이라도 나눌까요? 자, 앉아요. 당신의 멍멍이 이야기라도 들려 주겠어요?"

만면의 미소가 알베도를 맞아주었다.

"기꺼이 그러겠어요, 알베도 님. 혹시 괜찮으시다면 아인즈 울 고운 폐하 이야기도 들려 주실 수 있을까요?"

# 막간

슬레인 법국의 심장부.

이 신성불가침의 방에 들어올 수 있는 자는 얼마 되지 않는다.

우선 슬레인 법국 최고위에 앉은 자—— 최고신관장.

이어서 여섯 신, 여섯 종파의 최고책임자인 여섯 신관장. 덧붙이자면 이 멤버들 중에서——현재의 최고신관장이 재적한 종파를 제외한 다섯 명 중에서——차기 최고신관장이 선발된다.

불의 신관장—— 베레니스 나구아 산티니.

이 모임의 유일한 여성이다. 나이는 쉰을 넘었으며, 나이 때문인지 체구는 토실토실하다. 살집 좋은 얼굴에 머금은 자애로운 미소는 보는 이에게 안도감을 준다.

물의 신관장── 지네딘 데란 구엘피.

말라빠진 고목 같은 노인이었다. 나이를 알 수 없을 정도로 늙은 얼굴이었으며, 피부는 이미 흙빛이다. 건강 면에서 걱정이 드는 모습이지만 지식과 지혜는 견줄 자가 없다.

바람의 신관장── 도미니크 일레 바르투슈.

온후한 노인의 풍모이기는 하지만 과거에는 양광성전에 속해 수많은 이종족을 처부순 성전사다. 그의 분노는 열화와도 같으며 살의는 빙설과도 같다고 불린다.

흙의 신관장── 레이몬 저그 로랑상.

날카로운 시선을 가진 남자로, 멤버 중에서는 가장 젊다. 그렇다고는 해도 40대 중반이지만 그렇게 느껴지지 않을 정도로 활력이 있다. 칠흑성전 출신이며, 15년 이상 싸웠던 호국의 영웅이다.

빛의 신관장── 이본 자스나 드라클루아.

길고 가느다란 눈에 깡마른 모습은 매우 음험하게 보이지만 결코 그것이 진실이 아님은 이 자리에 있는 모두가 잘 안다. 신앙계 마법의 사용자로서는 이 모임 내에서 1, 2위를 다툰다.

어둠의 신관장── 막시밀리안 오레이오 라기에.

동그란 안경을 낀 그 사내는 〈부유판Floating Board〉이라는 마법을 개량해 만든 마법으로 자신의 근처에 여러 권의 책을 띄워놓았다. 원래는 사법기관 출신 신관장이라 서적은 법률에 관한 것이 많다.

여기에 사법, 입법, 행정의 3기관장, 마법 개발 등을 한 몸에 맡은 연구기관장, 군사기관의 최고책임자인 대원수.

모두 12명으로 이루어진 이 모임이야말로 법국의 최고집행기관이다.

나란히 방에 들어온 그들은 손에 든 청소도구를 이용해 방을 청소하기 시작했다. 먼지떨이를 휘둘러 먼지를 털어내는 사람, 마른걸레질을 하는 사람, 물청소를 하는 사람, 매직 아이템을 써서 먼지를 빨아들이는 사람.

그들의 움직임에는 군더더기가 없었으며, 익숙한 손길로 방을 청소했다.

인구 1500만이 넘는 슬레인 법국의 정점에 선 자들이면서도, 누구 하나 요령을 피우지 않고, 이마에 땀이 맺힌 채, 청결감 넘치는 깨끗한 로브를 먼지로 더럽히며, 한 점의 얼룩도 남기지 않고 청소를 이어나갔다.

이윽고 방의 청소가 끝나자, 원래 깨끗했던 실내는 이제 빛으로 넘쳐나는 것처럼 보였다.

이마의 땀을 닦는 일도 없이 모두가 일렬로 늘어서, 실내 가장 깊은 곳에서 지켜보듯 서 있는 여섯 신상에 깊이 고개를 숙인다.

"오늘도 인간인 저희의 목숨이 있다는 데에 신께 감사드립니다."

최고신관장에 이어 모두가 일사불란하게 복창한다.

"감사드립니다."

깊이 숙인 고개를 다시 들고, 그들은 방 한구석에 청소도구를 모아두었다. 그 후 〈청결Clean〉 마법을 발동시켜 자신들의 옷이며 청소도구에서 더러운 것들을 없앴다. 땀을 닦은 타월에서도 이제 막 빨래한 것 같은 향이 감돌았다.

제1위계 마법인 이 마법을 걸면 때나 먼지는 순식간에 사라진다. 범위를 확대해 걸면 방 전체를 치우는 것도 손쉽다. 그러나 이 신성한 방에서 그런 짓을 할 불신자는 이 중에는 없었다.

마지막으로 자신들까지 청결함을 갖춘 그들은 원탁에 앉았다.

법국의 최고위자인 최고신관장도 마찬가지다. 이 테이블에 앉은 사람은 이 자리에서는 모두가 동등하다. 상하 없이, 협력자이며 동료인 것이다. 무엇보다도 인류의 번영을 위해.

"그러면 이제부터 회의를 개시합니다."

오늘의 회의 진행자를 맡은 것은 흙의 신관장 레이몬 저그 로랑상이었다.

"첫 의제는 왕국의 성새도시 에 란텔을 점거하고 그곳을 중심으로 2주 전에 건국된 아인즈 울 고운 마도국에 관해."

갑자기 건국된 수수께끼의 국가에 관한 의제 이상으로 중요한 사항은 존재하지 않았다.

다만 자세한 정보를 아는 자는 적었으며, 이제까지 얻은 정보 또한 소문 정도였을 뿐이다.

우선 마도왕이 언데드라는 사실, 강대한 매직 캐스터라는 사실, 왕국의 군대를 궤멸시켰다는 사실, 수많은 언데드를 군대로 부린다는 사실, 사역하는 언데드 중 죽음의 기사가 최소 한 마리 있다는 사실 등등이었다.

이에 대한 자세한 정보는 육색성전을 지휘하는 오늘의 진행자 레이몬이 보고하게 됐다.

문득 누군가가 말했다.

"역시 묵인하지 말고 전쟁에 개입했어야 하지 않았겠나?"

"……무슨 소릴. 죽음의 기사를 지배하는 매직 캐스터와 정면으로 적대하는 것은 위험하다는 의견으로 결론을 내리지 않았던가. 그대는 반대했지만 이제 와서 되풀이하지는 말게. ……하지만 설마 정말로 국가를 세울 줄은 몰랐어."

일동이 나란히 고개를 끄덕였다.

"제국은 어떻게 움직일 작정이지? 마도국의 동맹국으로 이름을 내세워 건국을 지원했던데, 완전히 협력자로 전락한 것인가? 아니면 마법으로 조종당했나?"

"그렇지는 않을 거야. 다른 사람도 아닌 파라다인이 있는데."

"그러면 그 황제는 신뢰할 수 있다고 생각한 우리의 예측이 잘못됐나?"

"……그보다도 소수의 일탈자 중 하나를 유익하게 이용하지 않는 것이 문제일세. 놈을 이쪽으로 끌어들일 계획을 실행에 옮겨도 좋지 않겠는가?"

"글쎄──."

짝, 손뼉을 치는 소리가 한 번 들려 열기를 띠기 시작하던 분위기가 다시 차분해졌다.

"──제국과 왕국의 전쟁을 칠흑성전 '점성천리'가 감시했습니다. 하지만 여러 가지 문제가 있어 다소 보고가 늦어진 점을 용서해 주십시오."

여러 가지 문제란, '점성천리'가 갑자기 방에 틀어박힌 채 한동안 밖으로 나오지 않았던 기괴한 사건을 이르는 것이리라. 모두가 마음속으로 생각했다.

"우선, 이제부터 그녀가 직접 본 내용을 기술한 용지를 나눠드리겠습니다. 후에 판명된 사실은 조금도 담기지 않은, 전장에서 마도왕의 군세를 본 그녀의 말에만 의존한 기록입니다."

왜 그런 번잡한 짓을 했을까 생각하면서도 아무 말 않은 채, 용지를 받아든 자들은 순서대로 여러 장의 종이를 읽기 시작했다.

마지막 용지까지 다 살핀 이들의 손이 멈추었다. 몇 번이고 몇 번이고 같은 부분을 다시 읽는다.

표정은 모두 딱딱하게 굳었다. 낯빛도 점점 나빠졌다.

그 변모를, 레이몬은 웃으면서 바라보았다. 같은 고통을 맛보았던 자만의 연대감 넘치는 표정이었다.

이윽고 모두를 대표하듯 막시밀리안이 고함을 질렀다. 너무나도 입을 크게 벌리는 바람에 동그란 안경이 흘러내렸지만 이를 신경 쓸 여유조차 없는 듯했다.

"거짓말이다! 이런 일이 있었다니…… 있을 리가!"

"조금 전에도 말했듯, 이것은 그녀가 말한 내용을 그대로 기술한 것입니다."

레이몬의 태연한 대응에 막시밀리안의 말문이 막혔다.

막시밀리안이 마치 전력질주를 한 것처럼 거친 호흡을 가다듬는 사이에 베레니스가 동료들에게 확인을 구하고자 질문했다.

"다시 물어도 되겠나? 이게 사실이라고?"

"여러분이 '점성천리'의 말을 믿으신다면, 그렇습니다."

씁쓸한 얼굴로 모두가 다시 손에 든 용지를 쳐다보았다.

그들 전원이 손을 멈춘 장소에 적힌 것은 마도왕의 군세였다.

"죽음의 기사 수백── 최소 200. 영혼포식수 수백── 최소 300……이라니. 이 군세는…… 위험한 정도가 아니잖나……? 이것들이 한번 날뛰면 왕국도, 제국도, 도시국가연합도, 성왕국도 멸망할 게야."

"……우리도 그렇지. 그런 것이 밀물처럼 쳐들어온다면

피해에서 회복되는 데에는 수백 년 이상이 필요하네."

죽음의 기사. 추정 난이도 100 이상. 종자 좀비를 만들어내며, 그 종자들이 다시 좀비를 만든다. 좀비 자체는 전투 능력이 거의 없지만 더 강한 언데드의 자연발생으로 이어질 가능성이 있다.

영혼포식수. 추정 난이도 100에서 150. 주위확산형 능력을 보유해 이에 따라 사망한 자의 영혼을 먹는 언데드다. 영혼을 먹으면 먹을수록 능력을 증강시키는 힘이 있다. 게다가 공포를 입히는 오라를 퍼뜨려, 최소 제3위계 마법을 구사할 수 있는 자가 아니라면 상대하기도 어렵다.

어느 것이든 한 마리만 있어도 도시를, 자칫하면 작은 국가를 멸망시킬 만한 수준의 언데드다.

"잘못 본 것은 아닌가? 아니면 마도왕이 우리의 감시를 알아차리고, 존재하지도 않는 것을 환술 따위로 우릴 현혹시킨 것은?"

고목 같은 손가락 하나를 쭉 내밀어 이본이 가능성을 제시했다.

오오, 그거라면 있을 수 있겠군…….

하지만 그 목소리를 레이몬이 즉시 잘라냈다.

"칠흑성전은 숱한 몬스터의 지식을 주입받습니다. 분명 모든 것을 기억하는지에 대해서는 의문이 있습니다만 그녀 —— '점성천리'는 지식 면 또한 담당하고 있습니다. 그런

그녀가 잘못 보았을 리가 없습니다. 아울러 마도국의 수도
—— 구(舊) 에 란텔에서도 죽음의 기사나 영혼포식수의 존
재가 확인되고 있습니다."

지극히 지친 한숨 소리가 수없이 들렸다.

인정할 수밖에 없는 사실을 눈앞에서 본 자들의 피로감
넘쳐나는 목소리가 수군수군 의논을 시작했다.

"어떻게 하지? 인류의 수호자인 우리가 취해야 할 최선의
수단은 무엇인가? 한 마리가 한 나라를 멸망시킬 수 있는
괴물 500마리를 어떻게 해야 하나?"

"소국 500개에 해당하는 병력이라니…… 정신이 나간 것
아닌가? 이 무슨 밸런스가 붕괴된 나라란 말인가."

"문제는 그 병력을 마도왕이 무엇에 쓰는가지. 단순히 방
위력으로 가졌다면 한동안은 문제가 없을 걸세."

"멍청한 소릴. 자국의 방위전력 치고는 지나치게 과도해.
무엇보다 마도왕은 산 자를 증오하는 언데드가 아닌가. 그
힘으로 주변 국가를 침공할 게 뻔해."

"마도왕이 그 병력을 어떻게 쓸지를 생각해 봤자 의미가
없네. 지금은 대처할 수단을 모색해야지."

정론이다.

토론의 방향성이 조금 바뀌었다.

"그러면…… 칠흑성전에서는 대처가 가능한지, 그것이
가장 중요하겠는걸."

슬레인 법국 최강의 비밀병기. 영웅들로 구성된 특수부대. 아다만타이트 클래스 모험자 팀과도 비슷하지만 결정적인 차이가 있다. 모험자가 영웅담에 나오는 것처럼 탐색 끝에 겨우 획득할 수 있다는 신들이 남긴 무구를, 칠흑성전 사람들은 저마다 여러 개씩 소유했다는 점이다.

만약 그들이 이기지 못한다면, 그때는 대의식을 거쳐 최고위 천사를 소환해 상대에게 부딪칠 수밖에 없다. 최고위 천사라면 죽음의 기사나 영혼포식수에도 지지 않을 것이다. 다만 상대의 수를 고려하면 매우 불안하다.

모두의 눈이 레이몬에게 쏠렸다.

그는 불쑥 웃었다. 그 웃음을 보고 무심코 덩달아 웃었던 자들은 이어지는 말에 얼어붙었다.

"무리입니다. 칠흑성전 제3석차였던 제가 말씀드리자면, 500마리를 상대한다는 건 미치광이의 헛소리입니다. 숫자가 우리를 넘어선 시점에서 절망적입니다. 아니, 그렇지 않았다면 미래를 비관해 '점성천리'가 방에 틀어박히는 일도 없었겠지요. 그러나……."

웃음의 종류가 바뀌었다.

"신인(神人)이라면 다릅니다."

오오! 환성이 솟았다.

"그 두 사람이라면 죽음의 기사와 영혼포식수의 군세가 쳐들어와도 쉽게 대처가 가능할 것입니다. 물론 만에 하나의 사태를 대비해 반드시 만전의 지원이 필요하겠지만요."

"그 두 사람이라면 괜찮단 말이지."

"그거 든든하군."

환성이 넘치는 가운데, 지네딘이 "후우." 하고 한숨을 토해냈다. 너무나도 무겁고 지친 그 분위기를 깨달은 모든 이들이 목소리를 낮추었다.

"……무얼 숨기고 있나."

"지네딘 옹. 숨겼다 하심은?"

"이곳에서 위증이나 허위, 은폐가 법으로 금지된 것은 아닐세. 그러나 우리는 같은 방향으로 나아갈 동지이기에 암묵적인 양해에 따라 대죄로 간주하는 걸세. 이 사실을 인식했다 보고, 다시 묻겠네. 무얼 숨기고 있나?"

"지네딘 옹. 대체 무슨 말씀이시오? 왜 그런 질문을 하시는지?"

"이보게, 도미니크. 한 가지 의문이 있네. 왜 점성천리가 자신의 방에 틀어박혔나?"

아무도 대답하지 못하는 것을 알기에, 그는 말을 이었다.

"비관해 틀어박혔네. 어쩌면 충격을 받았겠지. 언데드의 대군은 공포였을 걸세. 하지만 아무리 그래도 칠흑성전이 그 정도로 방을 나오려 하지 않았겠나? ……신인조차 이기지 못할 힘을 보았기 때문일세. 이 보고서는 이것으로 끝이 아닐 테지?"

레이몬과 지네딘 사이를 모두의 시선이 오갔다.

"……비밀로 해 어쩌려는 겐가? 자네를 믿네. 자네가 자신의 목적만으로 성전을 부릴 자가 아니라고 믿네. 하지만 이 자리에서 말하지 못할 일이 무엇이 있나?"

"훌륭하십니다. 역시 지네딘 옹이시군요. 먼저 가능성을 모색할 생각이었습니다만…… 그렇다면 말씀드리겠습니다. 저 혼자서 품어도 속만 쓰릴 뿐이었으니, 이 자리에서 공유할 수 있다면 그보다 나은 일은 없을 것입니다."

레이몬은 일동을 둘러보았다.

"왕국과 제국―― 아니, 마도국의 전쟁에 관해 여러분은 어느 정도의 이야기를 들으셨습니까?"

대표로 입을 연 것은 최고신관장이었다.

"마도왕이 강대한 마법을 사용했다 들었네. 이에 따라 왕국군이 와해되고 패배했다지. 그 결과 개전 전에 이야기했던 것처럼 에 란텔을 양도하고, 마도왕이 나라를 세웠다는 말까지는 들었네."

"사망자의 수는?"

레이먼의 질문에 최고신관장은 고개를 가로저었다.

"그 말은 듣지 못했네. 내게 보고가 올라오지 않았으니 아마 모두 마찬가지가 아니겠나?"

"예, 맞습니다. 언데드를 왕으로 내세운 마도국의 도시가 되는 바람에 신관도 상인들도 에 란텔에는 가려 하지 않습니다. 그렇기에 진위가 불확실한 소문 정도의 이야기밖에는 얻지 못했습니다."

"그렇기에 성전── 이 경우에는 풍화성전(風花聖典)보다는 수명성전(水明聖典)이 나설 차례가 아니겠는가?"

"그렇지. 그렇기에 육색성전의 통솔자인 그대밖에는 모르는 정보일세. 우리에게 올라온 것은 흘러나온 이야기뿐이었지."

"……그렇군요. 그러면 지금부터 '점성천리'가 본 전쟁의 모든 기록을 나눠드리겠습니다."

새로 받은 종이를 다 읽자, 실내에는 절망적인 침묵밖에 남지 않았다.

이대로는 안 되겠다고 생각했는지 이본이 조용히 물었다.

"그렇군. 그래. ……자네가 처음에 이것을 보여주지 않았던 것은 우리의 심장이 멈출까 걱정해서였어."

"그렇지는 않습니다. 털까지 숭숭 났을 심장일 테니까요. 다만 처음에 이를 드린다 해도 신용해 주실지 어떨지, 그런 생각이 있었습니다."

이본이 마지못해 고개를 끄덕였다.

"옳은 말일세. 만약 처음에 이것을 보여주었다 해도 의심했겠지. 아니, 절대로 믿지 않았을걸. 하지만 아까의 종이에 적힌 마도왕의 군세가 진실임을 이해한 이상, 그녀가 보았던 이것 또한 믿을 수밖에."

"그러나…… 나는 믿고 싶지 않네. 마법 하나로 왕국군의 절반 이상이 죽다니. 이번 전투에서 왕국이 동원한 병력은 26만이었네. 그 절반 이상이라면 최소 13만 아닌가? 왕국 군을 궤멸시켰다는 말은 들었지만, 이건…….''

"그녀가 보았을 뿐 아닌가? 피해를 과도하게 보는 것도 흔한 일이지 않나."

"그렇다 해도 마법 하나에 왕국군의 좌익이 전멸했다는 문장만 보더라도 사망자가 8만은 나왔을 걸세. 게다가 이 희생으로 추악한 괴물을 소환했다고……?"

"이제는 그녀가 본 광경을 부정할 수는 없을 걸세. 이것 은 신들의 마법이야. 제11위계 마법이 아닌가? 그렇다면 역시 그것일까?"

"신의 강림 말이군."

"그 신과도 비슷한 모습이라고 적혀 있네만……. 재강림 일 가능성은 없겠는가?"

"있을 수 없어. 죽음의 신인 스루샤나 님은 구전에 따르 면 끔찍한 팔욕왕에게 시해당하셨네. 우선 틀림없이 다른 존재일 게야. 게다가 스루샤나 님의 재강림이라면 그분께서 우리에게 무언가 말씀을 내려 주셨을 걸세. 스루샤나 님의 제1종자인 그분께서."

"그러면 마침내 온 겐가?"

"그렇겠지. 200년 만인가?"

"구전으로 보자면 그 정도겠군. 그사이에 대륙 어딘가에 출현했을 가능성은 있네만."

"그 쓰레기 때문에 계획이 대폭 틀어지면서 국력 향상이 매우 늦어졌어."

"왕국의 멍청이들……."

그 한마디에, 이 자리에 모여 있던 모두의 눈에 증오가 맺혔다.

왕국은 입지로 보더라도 가장 안전한 장소에 세워진 나라다. 그런 까닭에 법국은 왕국이 인류를 구원할 나라가 되기를 기대하고 힘을 쏟았다. 안전하고 비옥한 토지에서 많은 인원이 태어나고, 그 속에서 우수한 자들이 다수 출현해, 이종족의 침공과 싸울 용사들이 자라났어야 했다. 그런데 안락함과 풍요로움이 타락을 초래해 왕국은 안에서부터 썩어버렸다.

매우 골치가 아팠던 것은 마약을 만들어 우수한 또 다른 국가, 제국에도 이를 뿌리기 시작했다는 점이다.

여기에 이르자 법국은 계획을 바꾸었다.

제국에 왕국을 합병시키고, 그 속에서 우수한 인재를 교육시킨다는 제2안이었다.

법국이 스스로 합병하지 않은 이유는, 평의국과 인접하게 되면서 민심이 평의국을 멸망시키자는 방향으로 움직이리라는 위험성 때문이었다.

법국은 인류야말로 신에게 선택받은 종족이며, 다른 종족은 섬멸해야 한다는 이념을 내세운다. 자신들의 주위는 적들뿐이므로 단결해야만 한다는 생각을 가지게 해 국력을 한 점에 집약시켜 강국이 됐다. 하지만 평의국과 인접하게 되면 이 이념이 위험한 방향으로 나아갈 수 있다.

이 자리에 있는 자들은 여러 나라의 국력, 자국의 국력, 우선순위 등을 알기에 슬레인 법국의 장래 움직임을 생각할 수 있다. 그러나 일반 백성들은 인간의 적인 다른 종족을 멸망시킨다는 목적에 따라, 평의국과 전쟁을 해야 한다고 목소리를 높일 것이 불 보듯 뻔하다.

그렇게 되면 최악이다.

평의국은 강하다.

더 정확하게 말한다면, 평의국의 일원인 '백금용왕'이 강하다. 저 유명한 용제(龍帝)의 자식인 용왕은 위험한 것이다. 현존하는 최강의 용왕 중 하나이며, 만일 적대한다면 국가가 쑥대밭이 될 가능성이 있다.

하지만 이를 모르는 자들은 어떻게 생각할까. 바로 옆에 멸망시켜야 마땅한 자들이 있는데 손가락만 빨고 쳐다보기만 하는 상황을.

이 자리에 있는 자들의 힘으로 만류하기는 쉽지만, 이때 생겨날 갈등이 국력을 감쇠시킬 것은 분명하다. 장래에 우발적인 전쟁이 일어날 가능성도 부정할 수 없다.

그렇기에 법국은 평의국과 인접해서는 안 되며, 따라서 왕국을 직접 지배할 수도 없었다. 그리고 뒤에서 지배하기에는 왕국이 너무 컸다.

"마도왕으로만 범위를 좁혀 순서대로 생각해 보세. 우선 우리가 파견했던 양광성전을 전멸시켰던 것은 마도왕이 틀림없겠지?"

찌르르, 공기가 얼어붙었다.

"거의 같은 타이밍에 마을에 나타났던 매직 캐스터가 그 이름을 말했으니, 틀림없네."

"그렇다면 칠흑성전이 조우한 흡혈귀의 정체는? 마도왕의 부하인가?"

"가능성은 높지만, 나는 마도왕과 같은 입장의 존재인, 그자들이 아닌가 생각하네. 그렇지 않고서는 그 힘을 도저히 이해할 수 없지 않나."

"하긴. 그렇다면 다수로 출현한 사례도 있으니 마찬가지로 얄다바오트 또한 그렇지 않겠는가? 그렇다면 왕국에서 휘두른 힘도 수긍이 가지. 갑자기 그런 힘을 가진 괴물이 출현한 이유 또한."

"그렇다면 모몬은 누구란 말인가? 흡혈귀를 쫓아왔다던데, 조금 전의 예상이 옳다면 마도왕과 같은 존재겠군. 그렇다면 얄다바오트와 동등할 정도로 강했던 것도 수긍이 가지 않나? 문제는 마도왕의 동료인지 어떤지인데……."

"모몬은 흡혈귀를 없앴고, 얄다바오트와 적대했네. 같은 존재일 가능성은 높지만, 적대하고 있거나, 혹은 그 시점까지는 적이었던 것 아니겠나? 그리고 마도왕과 교섭해 동료가 됐고."

"흡혈귀를 없앴다고 해서 마도왕과 적대했는지 어떤지는 알 수 없어. 지보(至寶)에 지배당했기에 죽일 수 있었는지도 모르잖아. 하지만 얄다바오트와 적대한 이유는 뭘까? ⋯⋯ 모몬은 마도왕의 편이고, 얄다바오트와 적대했다는 패턴도 있을 수 있으려나?"

"⋯⋯흡혈귀와 얄다바오트가, 마도왕과 모몬이 손을 잡았을 패턴. 흡혈귀, 얄다바오트, 마도왕, 모몬이 서로 모두 적대하고 있을 패턴. 그 외에도 온갖 패턴을 생각할 수 있겠군. 여기에 대해서는 너무나도 정보가 부족해."

"최악인 것은 넷이 한통속일 패턴이네만, 그럴 가능성은 적겠지. 모몬은 너무 얌전하네. 보통 같으면 그 무력을 배경으로 더 왕성하게 활동해도 이상하지 않은데. 그래, 팔욕왕처럼 말이지. 아니면 우리의 신처럼."

"그렇군. 그렇게 하지 않는다는 건 서로의 행동을 경계하기 때문일까? 아니, 어쩌면 다른 동격의 존재를 우려했을지도 모르겠어."

"그렇게 된다면 마도왕이 본무대에 서서 건국을 한 이상, 전력을 호각으로 만들기 위해 움직일 자들이 있다고 생각해야 하나? 모몬의 이야기를 믿는다면, 호뇨페뇨코에게는 동료가 있었네. 얄다바오트를 포함해 그 점을 경계해야겠어."

"전부 상상의 범주를 벗어나지 못하는군. 마도왕이나 모몬에게 직접 접촉을 해보는 방법 외엔 없는 건가……."

"너무 위험하네. 터무니없이 위험하다고. 우선 제국 사람에게서 정보를 끌어내야 하지 않겠나. 일단 황제와 접촉을 시도해 보세."

"그게 제일 좋겠어. 황제가 마도왕에게 꼬리를 흔들고 있지 않다면."

"다소의 도박은 어쩔 수 없네. 소극적으로 가다간 계속해서 한 수 밀릴 걸세."

"하지만 '다소' 수준에서 끝낼 수 있을까? 자칫하면 이 나라에 선전포고를 하는 구실로 이용당하지나 않을까? 우선 살짝 접촉해 황제가 어떤 자세인지를 조사해야지."

모두가 그러한 제안을 긍정하는 가운데, 한 사람이 당연한 의문을 입에 담았다.

"……헌데 언데드에게 지배당한 에 란텔의 민초는 반기를 들지 않는 건가? 설마 학살당해버렸나? 아니면 완벽한 공포정치를 펼치는 건가?"

질문을 받은 레이몬이 도저히 믿을 수 없는 말을 했다.

"보고에 따르면 평화적으로 통치되고 있다고 합니다."

에엥?

그들에게 어울리지 않는 목소리가 곳곳에서 솟아난 것도 당연했다.

　"이 나이가 되면 귀가 어두워지는 것도 사실이네만, 갑자기 나빠진 모양이구먼. 나에게는 레이몬 공이 '평화적으로'라고 말한 것처럼 들렸는데."

　"음음. 내 귀에도 그렇게 들렸네. 하하. 언데드가 평화적이라니. ……흥. 언데드가 평화적이라니."

　"내일은 해가 북쪽에서 떠도 이상하지 않겠구먼."

　"……농담은 그쯤 하고, 레이몬 공의 말이 사실이라면 도저히 상상이 가질 않는걸. 정보를 보냈던 자가 인격파탄자거나 독설가였던 건 아닌가?"

　"보고에 따르면 죽음의 기사가 경비를 서고, 엘더 리치가 행정을 맡고, 영혼포식수가 마차를 끌어 짐을 운반한다고 합니다."

　레이몬을 제외한 모두가 입을 딱 벌렸다.

　"아니, 아니, 잠깐. 뭐? 다시 한 번 말해 주겠나?"

　아직도 안경의 위치를 고치지 못한 막시밀리안의 질문에, 레이몬은 한 마디, 한 마디를 그대로 반복했다.

　에엥?

　이번에는 모두에게서 어울리지 않는 목소리가 나왔다.

　어느 것을 봐도 특급 언데드다. 그랬어야 한다. 하지만 명부의 기사는 말단 관리처럼 시가지를 순찰하고, 미궁의 주인은 책상에 앉아 물류를 관리하고, 성읍을 멸망시킬 괴물은 노새처럼 쓴다고? 그런 나라가 국경 너머에 있단 말인가?

"뭔가, 그게. 그게…… 무슨 지옥인가."

언데드가 활보하고 도시의 운영을 맡는 도시 따위, 인간이 멸망한 곳이라고밖에는 여겨지지 않았다.

"아닙니다. 구 에 란텔 시민—— 마도국 국민들은 그런 가운데 평범하게 살아가고 있습니다. 분명 초기에는 다소 혼란이 있었으나 현재는 평정을 되찾는 듯합니다."

"……어쩌면 우리가 왕국을 우습게 봤을 수도 있겠구먼."

"으음…… 뭐랄까, 정신적인 강인함에서 말일세."

자신의 근처에서 산 자를 증오하는 언데드가 활보한다. 그런 광경을 떠올리고 모두가 몸을 떨었다. 그것은 굶주린 짐승이 이웃에 있는 것과 마찬가지다. 일반인이라면 겁을 먹는 것이 지극히 당연하다.

"아마도 그 대전사, 영웅급 모험자, 칠흑의 모몬을 신뢰하기에 견디고 있는 것이 아닌가 합니다."

레이몬은 에 란텔이 마도왕에게 처음 열린 날 있었던 일을 들려 주었다.

진지한 표정으로 모두 그 이야기를 경청했다.

"역시 모몬과 마도왕은 애초에 같은 편이 아니었군."

"어머? 반대로 이거야말로 모몬과 마도왕이 한패라는 증거가 아니고? 실제로 나타난 시기도 거의 같잖아?"

끄응—.

모두 머리를 끌어안았다.

어떤 의견에도 가능성은 있었으며, 단언할 수는 없었다.

"어떻게든 모몬과 마도왕을 반목시킬 수단이 없을까? 에란텔 사람을 이용해 어떻게든 하면——."

"위험하네. 너무 위험해. 그랬다가는 마도왕과 모몬 양쪽을 적으로 돌릴 수도 있어."

"바로 그렇네. 현재 우리는 수많은 손실을 무릅썼네. 소생했다고는 하지만 칠흑성전의 결원, 양광성전의 와해, 액관의 상실, 무녀공주와 카이레의 사망. 국력 회복에는 십 년 단위의 시간이 걸릴 걸세. 이 상황에 잠든 용의 코앞에서 고기를 구울 것은 없지 않나."

"옳은 말일세. 무엇보다 전선을 둘로 만드는 위험은 회피해야 하네."

그 순간 적의가 부풀었다.

"그 지저분한 배신자들 말이군."

"엘프 놈들."

법국은 남쪽 대삼림에 존재하는 엘프의 나라와 전쟁 중이다. 원래 법국과 엘프의 나라는 서로 협조하는 관계였다. 그것이 무너지고, 법국은 국력을 총동원해 지금까지도 엘프와 전쟁을 벌이고 있다.

이제는 엘프의 왕도가 있는 초승달 호수 근처에 전선기지

를 구축하기에 이르렀다. 앞으로 몇 년 안에 함락시키리라
는 계획이었다. 하지만 그 계획도 틀어지기 시작했다.

"놈들과의 전쟁을 일시 중단할까?"

"멍청한 소리를. 이제까지 얼마나 많은 피가 흘렀는데. 무
엇보다 그분의 원한을 풀지 않고선 용서받지 못할 걸세."

"그 아이는——."

입을 열었던 노인은 쓴웃음을 지었다.

외견 탓에 자꾸만 아이처럼 대하게 된다. 실제로는 이 자
리에 있는 누구보다도 나이가 많은데.

"——그녀는 어떻게 하고 있나?"

"그녀는 여느 때처럼 근처의 방에서 대기 중입니다."

"흐음. 그녀에게도 어머니의 원한을 풀 기회를 주어야겠
지."

"음음. 그렇지 않고서는 너무나도 가엾으니. 복수가 끝나
면 조금은 그녀의 마음도 가라앉겠지."

그 자리에 있던 모두가 애절한 표정을 지었다.

"……솔직히 나는 당시의 신관장들에게 한 마디 하고 싶
네. 가엾은 소녀를 그런 성격으로 길러놓다니."

"그렇게 따지면 역시 그 숲의 야만족 놈들 잘못이겠지.
신관장들도 어머니에게서 떼어놓는 것은 좋지 못하다고 생
각했을걸."

"……복잡한 이야기야."

"하지만 그 소녀를 보내면 용왕이 움직일 가능성도 있을 걸세."

"파멸의 용왕과는 달리 원시 마법을 사용하는 그놈에게는 아마 신의 힘, 케이 세케 코크도 통하지 않을걸. 그러면…… 마도왕에게 써보는 것은 어떨까?"

침묵이 그 자리를 뒤덮었다. 모두가 생각했지만 입 밖에는 내지 않았던 아이디어였다.

"……나쁜 수는 아니야. 하지만 마도왕의 부하들이 어느 정도 힘을 가졌는지 알지 못하는 이상 불안요소가 크네."

"……제한 없이, 무제한으로 매료할 수 있다면 문제는 없네만."

"불경한 소리를! 우리를, 인류를 수호해 주시고 목숨을 바친 신들께서 남긴 비보에 불만을 제기하다니! 오만에 빠졌는가!"

매도가 곳곳에서 치솟아, 발언한 노인은 깊이 고개를 숙였다.

"실례했네."

"말을 삼가게!"

"이야기를 되돌리지요. 마도왕에게 케이 세케 코크를 사용하는 데에는 모두 반대하신다고 보면 되겠습니까?"

"지나치게 위험하니."

"파멸의 용왕이 출현하면 지배해 첨병으로 사용했을 것

을⋯⋯."

없는 것을 아쉬워해 봤자 도리가 없다.

"하는 수 없지. 엘프에 관해서는 용왕에게 사자를 보내 한번 이야기를 나눠보는 것으로 하세."

"무슨 요구를 받을지 모를 텐데?"

"어느 정도는 융통성을 발휘해 보세나. 소녀의 마음에 안녕을 주기 위해."

이의는 없었다. 그 자리에 있던 모두가 저마다의 기억을 더듬는 듯했다.

"후후──."

의미심장한 웃음이 울려, 그자를 제외한 모두의 시선이 모였다.

"후후. 당시를 아는 자는 모두 죽었는데도⋯⋯ 참 훈훈한 이야기로고."

비아냥거리는 말이기는 했지만 어조 자체는 전혀 달랐다.

"⋯⋯그 소녀를 포함해, 우리는 약한 인류를 다른 종족에게서 함께 지키는 동료일세. 그 동료를 구하기 위해서라면 다소의 직권남용은 용서받았으면 좋겠군."

"⋯⋯그렇게 해 죽는 사람이 나오지 않는다면 저는 말리지 않습니다."

대원수의 말에 쓴웃음이 떠올랐다.

"구전으로가 아니라 이 지식을 널리 알리는 편이 좋지 않겠나? 눈에 뜨이는 사람이라면 문제는 없겠지만, 지하에 잠복해버리면 위험하네. 널리 알리면 정보가 빨리 모일 텐데."

수백 년 전부터 거듭 의제로 올랐던 제안이다. 그리고 여느 때와 같이 부결됐다.

"우리가 살아가는 세계가 대해원에 내팽개쳐진 힘없는 배라는 사실을 아는 사람은 적을수록 좋네. 백 년 간격으로 강대한 폭풍이 올지도 모른다는 사실 따위는. 안 그러면 안심하고 잠들 수도 없지 않나? 무엇보다 강자라면 언제까지고 그늘 속에 숨어 있진 않을 걸세. 평범하게 살아가도 눈에 뜨일걸."

"그게 확실하다면 예의 전(前) 신관장님은 어떻게 움직이실까."

모두가 복잡한 표정을 지었다.

"모르겠지만, 움직일 가능성은 높겠지. ……모종의 비밀 병기를 마련하고 계시지 않겠나?"

"어쩌면 전 제9석차, 질풍주파라면 무언가를 알고 있는지도 모르겠습니다만……."

"난감하구면. 이번에는 우리의 코앞이 아닌가. 이렇게 민폐스러울 데가……."

하아. 수없이 한숨이 들려왔다.

"전력회복, 아니, 경계를 엄중히 하기 위해 은퇴한 칠흑 성전들에게 조력을 구해 보는 것은 어떻겠나? 용왕국에 보낼 원군으로서 말일세. 그들이라면 죽은 자가 나올 확률도 낮을 텐데."

칠흑성전은 항상 위험한 안건에 뛰어들기 때문에 죽을 가능성이 높다. 하지만 시체만 있으면 소생이 가능하다. 다만 죽음에서 부활시킬 때는 생명력이 깎이고, 죽기 전과 똑같은 수준의 몸놀림을 되찾으려면 나름대로 시간과 훈련이 필요하다. 그렇기에 은퇴라는 길을 선택하는 사람도 당연히 있었다.

물론 나이를 먹으며 쇠약해졌음을 느끼고 사직하는 사람도 있지만, 어느 경우에나 은퇴 후에는 희망하는 직업에 우선적으로 배치된다. 개중에는 직업을 얻지 않고 방탕하게 생활하는 사람도 있으나 소수일 뿐이다. 우선 대부분의 경우 아내들의 눈이, '아빠는 왜 일을 안 해~?' 하는 자식들의 질문이 괴로워 직업전선에 복귀하기 때문이다.

그런 자들이 실전의 감을 되찾기 위해서는 훈련기간을 두어야 하고, 늙어서 전성기의 활력을 바랄 수 없는 사람도 있겠지만, 그래도 어지간한 사람에 비하면 틀림없이 도움이 된다.

"일단 그들에게는 현재의 상황과 요망을 전해 두겠습니다. 하지만 저마다 사정이 있는 만큼 모두가 다시 무기를 들거라고는 생각하지 마십시오."

"당연하지. 가장 위험한 장소에서 잘 싸우고 은퇴한 자들을 혹사하다니, 악마 같은 짓이지."

"옳은 말일세. 부탁할 뿐이지. 하지만 승낙한 자들에게는 원하는 것 이상의 보수를 제공해야겠지."

"우리 수준의 급료를 지불해야 해."

그 독설에 웃음이 터졌다.

그들의 급료는 우스갯소리가 될 정도로 적다.

법국에서는 어느 일정 이상의 지위에서는 서서히 급료가 줄어든다. 이것은 위에 선 사람이 사리사욕에 빠진 인간이어서는 안 된다는 자정작용 때문이다. 그렇기에 위로 올라가는 것은 대개 국가나 인간을 지키기 위해 몸이 가루가 되도록 일하고 싶다는 자들뿐이다.

웃음소리가 그치고, 최고신관장이 입을 열었다.

"그러면 모두 다음 의제로 넘어가세. 레이몬, 부탁하네."

3장 **바하루스 제국**

Chapter 3 | Baharuth Empire

1

    알베도가 왕국으로 떠나는 날은 화창했다. 아인즈는 그녀를 배웅하고자 저택의 정원에 나왔다.

    다섯 대의 호화로운 마차가 있었다. 알베도가 탄 마차, 그녀의 짐을 실은 마차. 그리고 나머지 마차 중 한 대는 왕국의 왕에게 보낼 선물을 실은 마차였다. 왕국과 마도국의 국력 차이를 보여주기 위한 선물이었다. 마차를 에워싸도록, 아인즈가 작성한 죽음의 기병도 합계 스무 마리 배치했다.

    전이 마법을 써서 왕국으로 건너가는 편이 간단하겠지만, 이를 선택하지는 않았다. 알베도 일행에게는 마도국의 힘을 과시한다는 사명도 있는 것이다. 마차를 끄는 데 말 대신 몬스터를 이용한 것도 그 때문이었다. 이른바 시위행위였다.

"그러면 아인즈 님, 한동안 곁을 떠나겠사옵니다."

"그래, 조심해서 다녀오거라. 아직 샤르티아를 세뇌했던 자들의 모습은 보이지 않는다. 너를 조종해 나자릭에 건곤일척의 대타격을 입히고자 꾀할 가능성을 버릴 수 없다."

"물론이옵니다. 이것을 결코 소녀의 몸에서 떼어놓지 않도록 명심하겠나이다."

알베도가 꼭 끌어안고 있던 것은 세계급 아이템이었다.

"그것만 있으면 세계급 아이템의 세뇌 효과는 없으리라 생각한다만, 상대가 가진 것이 꼭 그것이리란 법은 없다. 무엇보다 그것은 물체에 대해서는 최강의 세계급 아이템이다만, 사람에 대해서는 그리 효과가 없음을 잊지 말거라."

"그렇사옵니까? 저의 주무기는 이를 형태변화시킨 것이온데……."

"특화한 신기급 아이템만은 못하다. 그야 절대로 파괴되지 않고 열화하지 않는다는 점을 생각해 보면 강한 것은 사실이지. 내가 하고 싶은 말은 강자라 해서 방심해서는 안 된다는 게다. 알베도는 그러한 실수를 하지 않겠지만……."

생각해 보면 알베도는 이제까지 밖에 내보낸 적이 없다.

언제나 나자릭 내에 배치해 후방을 지키게 했다. 그러므로 어쩐지 아이에게 처음으로 심부름을 보내는 듯한 걱정이 아인즈의 마음속에 솟아났다.

"항상 경계하거라. 방심하지 말거라. 조금이라도 위험하다 싶으면 바로 철수하거라. 전이계 아이템은 가지고 있겠지? 일부 전이 아이템은 발동까지 시간이 걸리는 것도 있다. 즉시 전이할 수 있는 아이템은 준비했느냐? 적에 따라서는 전이 저해를 써서 공격하는 상대도 있다. 그런 자에 대처할 방법은 마련해 두었느냐? 미끼로 시선을 끌고 은밀히 다가오는 상대도 있다. 적이 얼마나 강한지 오판해서는 안 된다. 대응력을 높이기 위해 전투훈련을 한다고는 들었다만 아직도 더욱 연마하여야 한다. 그 이외에는——."

샤르티아에게도 비슷하게 주의했으면 좋았으리라 생각하면서, 자신이 PK라면 어떤 작전을 강구할지 떠올려 가며 알베도에게 머신건처럼 말을 쏟아부었다.

생각할 수 있는 온갖 공격에 대해 얼마나 이야기했을까. 알베도가 매우 기뻐하는 표정을 짓고 있다는 사실을 알아차렸다. 그와 동시에 제정신을 차렸다.

너무 부끄러운 행위였다.

아인즈는 헛기침을 한 차례 했다.

"이 정도로 해 두자. 알베도라면 이러한 모든 대책과 준비를 게을리하지 않았으리라 믿는다. 붙잡아서 미안하다. 조심해서 다녀오거라."

"분부 받들겠나이다, 아인즈 님."

"가기 전에 물어보기는 뭣하다만, 데미우르고스에게서는 —— 아니, 아무것도 아니다."

"묻지 않으셔도 되겠사옵니까?"

아인즈는 고개를 끄덕였다.

데미우르고스에게서 무언가 연락이 있었다면 겸사겸사 은근슬쩍 물어보고 싶은 것이 잔뜩 있었다. 알베도는 반대하지 않았던 모험자 조합 건도 있지만, 그건 그가 돌아온 후 직접 물어보면 될 일이다. 알베도는 의아해했지만 대답할 마음이 없음을 눈치챘는지 여느 때처럼 공손한 표정으로 돌아갔다.

"그러면 아인즈 님, 수호자 총괄책임자의 이름에 부끄럽지 않은 활약을 하고 오겠나이다."

"너는 언제나 그 이름에 부끄럽지 않은 활약을 했다."

말한 직후 그녀가 자신을 덮쳤을 때가 떠올랐지만 이 자리에서 할 말은 아니다.

"마지막으로 한 가지만 더 일러야겠다. 너는 병에 대해 완전한 내성을 보유했다만, 이 세계에는 그것조차도 돌파하는 병이 있을지 모른다. 주의하거라. 환절기에는 감기에 걸리기 쉽다고 들었다."

스즈키 사토루가 살던 세계에서는 이렇게 뚜렷한 사계절의 변화는 없었다.

문득 블루 플래닛이 있었다면 어떤 반응을 보였을까 생

각해 보았다. 그라면 눈앞의 알베도처럼 환하게 빛나는 표정을 지었을 것이다. ……그 외견으로 이런 표정을 지을 수 있을지 어떨지는 별개로 치더라도.

그렇게, 마치 활짝 핀 꽃 같은 웃음을 지었던 알베도가 제안했다.

"아인즈 님! 저는 병에 대한 매우 훌륭한 예방약을 알고 있사옵니다!"

"호오?"

이 세계 특유의 예방약을 안다니, 놀랄 노자다. 약사인 운필레아와 알베도는 접촉한 적이 없었을 텐데. 그렇다면 혹시 위그드라실의 지식, 내지는 타블라 스마그라디나의 지식일까? 호기심을 자극받은 아인즈는 그녀의 다음 말을 기다렸다.

"키스이옵니다!"

"…………키스?"

"예. 키스를 하면 스트레스가 줄어들고 부교감신경이 활성화되옵니다. 부교감신경이 활성화되면 면역력도 강화되는바, 다시 말해 키스를 하면 병에 걸리지 않는 것이옵니다!"

"그러고 보니 어디선가 그런 말을 들은 것 같구나."

위그드라실을 할 때 누군가가 부교감신경이 어쩌고 하는 이야기를 한 기억이 있다. 분명 그 이야기일 것이다. 하지만 그것이 이 세계에서도 통할지는 모르겠다.

"그런고로 키스이옵니다!"

알베도가 눈을 감고 입술을 쭉 내밀었다.

완전히 문어다.

왜 이렇게 미모를 망칠까 생각했지만, 그렇게까지 미모가 흐트러지지도 않는다. 미인이란 어떤 표정을 지어도 미인이라고 뜬금없는 생각을 품었다.

도피는 그만두고, 아인즈는 생각했다.

그건 좀 아니라고 딴죽을 걸고 싶었지만, 그녀가 키스를 바란다는 것은 일목요연했다. 그렇다면 이제부터 일 때문에 출장을 나가는 자의 바람을 어느 정도는 들어 주고 싶었다. 게다가 타블라 스마그라디나의 딸이 간청하는데 무시하는 것도 가슴이 아프다.

아인즈는 알베도의 턱을 한 손으로 고정하고 뺨에 입을 맞췄다. 그렇다고는 해도 아인즈에게는 피부가 없다. 그렇기에 입술도 없다. 그러므로 아인즈의 키스는 앞니를 가져다 대는 것이다. 타액 같은 것도 없으니 메마르고 딱딱한 것이 와서 닿는 감촉밖에 없었을 것이다.

좀 너무하기는 했지만, 그 점은 참아 주었으면 했다.

'아무것도 먹지는 않지만 매일 이를 닦길 잘 했어.'

턱에서 손을 떼자, 눈을 커다랗게 부릅뜬 알베도와 시선이 교차했다.

"왜, 왜 그러느냐? 아무리 그래도 입술에 키스는 지나친

감이 있어서 빰에 했다만, 뭔가 마음에 들지 않았느냐?!"

"……절대로 상대해 주시지 않을 줄 알았사옵니다."

아인즈가 그 진의를 묻기도 전에 알베도의 눈가에 동그란 구슬이 맺혔다.

"흐에엥~."

알베도가 울음을 터뜨렸다. 그것도 가짜 눈물이 아니라 진짜 울음이었다.

오랜만에 정신이 강제적으로 착 가라앉을 만큼 충격을 받은 아인즈는 당황해 갈팡질팡했다. 그렇다고는 하지만 어떻게 하면 좋을지는 전혀 알 수 없었다.

옛날 보물전에서 알베도를 울렸을 때는 위로의 말이 금방 떠올랐다. 하지만 키스를 해 울렸을 때의 대처법 같은 것은 떠오르질 않았다. 이럴 때 미남 황제 지르크니프라면 어떻게 했을까 생각해 봤지만 아인즈가 도촬했을 때는 그런 장면은 보이지 않았다.

"알베도, 울지 말거라."

뒤에 대동한 오늘의 아인즈 당번 메이드에게 도움을 청하고자 시선을 보내고 싶지만 안 그래도 한심한 상황에 더 한심한 짓을 보일 수는 없었다.

"알베도여, 그만 울음을 그쳐라."

아인즈는 알베도를 안고 등을 토닥토닥 가볍게 두드렸다.

한동안 그대로 있자 알베도가 코를 훌쩍였다. 보아하니

눈물은 그친 모양이다. 아인즈는 안도하며 알베도의 등에 감은 팔을 풀었다.

"괜찮으냐, 알베도."

"예, 아인즈 님. 꼴사나운 모습을 보여드려 송구하옵니다."

눈물 자국은 남았지만 정말 멋진 미소였다.

그녀가 운 이유라고는 하나밖에 없으리라.

자신이 저질렀던 짓이 얼마나 지독한 짓이었는지를 맛보고, 있지도 않은 위장이 시큰시큰 아팠다. 이 게임도 이제 끝이니까—— 라고 생각하지 않았다면 그녀가 이렇게 눈물을 흘릴 일도 없었을 텐데.

"그렇구나. ……슬슬 시간이 됐겠군. 문제가 없으면 다녀오거라."

"분부 받들겠나이다! 모몬가 님!"


마차 창문에 걸렸던 커튼이 걷히고 알베도가 손을 흔드는 것이 보였다. 아인즈도 대답하듯 손을 흔들었다. 옛날에 TV에서 보았던, 열차를 타고 이별하는 장면 같다.

천천히 마차가 움직이고, 경호하는 자들이 이를 따른다.

알베도의 마차가 보이지 않게 될 때까지 지켜본 아인즈는 그제야 무겁게 말했다.

"여기서 있었던 일을 잊어라."

"분부 받들겠나이다."

메이드가 고개를 숙이고, 아인즈는 그 옆을 지나갔다. 그녀가 어떤 표정을 지었는지, 아인즈는 확인할 수 없었다.


2


선혈제 지르크니프 룬 파로드 엘-닉스는 머리를 싸쥐고 있었다.

어제오늘 일이 아니었다. 요즘은 줄곧 이랬다.

어떤 귀족을 숙청할 때도, 제국을 뒤흔들 만한 반란계획을 들었을 때에도, 이웃 나라와의 관계가 악화됐을 때에도 결코 흔들리지 않고 혼란스러워하지 않던 사내가, 해답이 나오지 않는 문제를 앞두고 머리를 싸쥘 수밖에 없었다.

"그놈! 괘씸한 놈! 죽어라! 죽어서 썩어 문드러져라!"

마법의 저주로 상대를 죽일 수는 있어도 지르크니프에게는 그런 힘이 없다. 그렇기에 단순한 욕설이지만, 몇 달에 걸쳐 마음과 위장에 부담을 주는 가증스러운 사내를 말살할 수 있다면 수행이라도 해서 그 기술을 익히고 싶을 정도였다.

"……아니, 잠깐만. 살아라, 라고 하는 게 옳을까? 파괴당하라고 해야 맞나? 신관은 언데드를 신성한 힘으로 파괴할 수 있다고 들은 적이 있으니."

그런 쓸데없는 생각까지 들었다.

지르크니프의 위장이 쑤시는 것도, 아침에 일어났을 때 베개에 머리카락이 수북이 묻어나오는 것도, 모든 원인은 아인즈 울 고운 마도왕이다.

마도왕이 일으킨 문제에 빈틈없는 대책을 세울 수가 없었던 것이다.

첫 번째 문제는 카체 평야 전쟁에서 발생한 제국기사단의 사망자에 대한 것이었다.

숫자는 143명. 정면에서 적과 싸웠던 것이라면 이 정도 소모는 어쩔 수 없는지도 모른다. 하지만 카체 평야에서 나온 사망의 원인은 자멸이었다.

그것도 모자라 제도에 돌아와 기사단을 탈퇴하고 싶다고 요청한 자의 수는 3,788명. 카체 평야 전쟁에 참가했던 제국기사단 6만 중 6퍼센트가 용기를 잃었던 것이다.

나아가 불안을 호소하는 자, 잠들지 못하는 밤에 겁을 먹는 자가 이미 수천 명 단위로 나왔고, 그에게 올라오는 보고서에 따르면 정신불안정자가 최소 200명은 됐다.

기사는 직업전사이며, 한 사람을 육성하는 데에는 나름대로 경비가 든다. 돈만이 아니라 훈련시간도 필요하다. 길거리를 돌아다니는 사람을 아무나 붙잡고 '내일부터 너는 기사다.' 라고 할 수는 없다.

빈 구멍을 메우기 위해 필요한 제국의 예산은 어디서 가져오면 좋단 말인가.

이 상황에서 귀족을 숙청해 몰수한 재산으로 메우는 것은 너무 위험하다.

그 이유는 두 번째 문제인 제국기사단의 탄원서였다.

기사단에는 황제 지르크니프에게 직접 의견을 제시할 권리를 허락했다. 실전에서 피를 흘리는 사람이 아니면 모를 일도 있으리라는 명목이었는데, 문관과 무관의 충돌을 완화하는 노림수와 지르크니프의 무력배경인 기사단을 특별대우한다는 실감을 안길 목적도 있었다.

물론 명목상의 이유도 실체가 없는 것은 아니지만, 작금의 탄원서는 너무나도 끔찍했다.

탄원서에는 기사단 상부의 연명으로, 마도국과의 전쟁은 피했으면 한다고 적혀 있었다.

그 정도는 말하지 않아도 지르크니프 또한 잘 안다.

그 나라와 정면으로 싸우는 것은 어리석음을 넘어서 미친 짓이다. 마법 하나로 20만의 병력을 유린할 수 있는 상대에게 어떻게 싸움을 걸겠는가.

그럼에도 기사단이 탄원서를 올린 이유는, 지르크니프가 신뢰를 잃었기 때문이다.

카체 평야의 전투 전에 지르크니프가 마도왕에게 최고의 마법을 써 달라고 제안한 것을 아는 기사단 상부는 그 처참한 지옥의 가장 큰 원인을 지르크니프라고 생각한다는 뜻이다.

다시 말해 장본인 취급이다.

그 사실을 알았을 때 지르크니프는 진심으로 속이 끓어 격노했다.

그딴 마법이 존재한다는 사실을 알았으면 그 소리는 하지 않았다.

무엇보다 지르크니프가 가증스러운 마도왕에게 최강의 마법을 써 달라고 부탁한 이유는, 그가 가진 마법이 얼마나 되는지를 알기 위해서였다.

원래 같으면 반대로 『마도왕의 힘을 어느 정도 이끌어내 주셔서 성은이 망극하옵니다. 이로써 함부로 손을 댈 상대 가 아니라는 사실을 깨달았나이다.』하고 감사해야 하는 것 아닌가. 운이 나빴다면 시내에서 그 마법이 작렬했을 가능 성도 있었으므로.

하지만 기사단은 그렇게 생각하지 않았다. 지르크니프는 매우 우수한 황제라고 생각하기에 그 마법의 존재를 알고 쓰게 했다는 의심의 눈길을 보내는 것이다.

지르크니프는 처음으로 자신의 명성을 역겹게 여겼다.

그러나 우는소리를 해도 방법이 없다. 누군가가 지르크니 프를 대신해 무언가를 해 준다면 진심으로 울고불고 떠들며 위장의 아픔이 가실 때까지 쉬었겠지만, 지르크니프 수준으 로 일을 해 줄 사람 따위 없다. 자기 자신이 해야만 하는 것 이다.

"그놈, 마도왕! 놈 때문에!"

아파오는 위장을 위에서 부여안고,

아니지——.

지르크니프는 문득 생각했다.

이것은 '마도왕의 탓'이 아니라 '마도왕의 음모'아닐까?

현재 제국의 상황이 모두 놈의 의도대로 돌아갔을 가능성이 있다. 냉정하게 생각해 보면 그럴 가능성이 매우 높게 여겨졌다.

지르크니프는 열쇠를 꺼내 책상 서랍을 열고, 그 안에 즐비하게 늘어선 병 중 하나를 꺼냈다.

그리고 왼손에 낀 은반지를 가져다 댄다.

일각수 반지Ring of Unicorn——독을 감지하고, 독이나 병에 대한 내성을 강화하며, 하루 한 번 상처를 치유하는 능력을 가진 반지에 아무 반응도 없음을 확인한 다음, 단숨에 들이켰다.

병을 책상 위에 조용히 놓은 지르크니프는 힘껏 코에 주름을 지었다.

입안에 퍼지는 익숙한 떫은맛을 없애고자 책상 위에 놓아 둔 컵의 물을 한 모금 마시고, 지르크니프는 다시 위장 언저리를 꾹 눌렀다.

플라시보 효과인지, 아니면 정말로 상처를 치유한 것인지는 모르지만 위장의 아픔이 가라앉았다.

"하아——."

일과가 되어버린 매우 무거운 한숨을 한 차례 토하고 업무를 재개했다. 우선 밀린 서류부터.

손을 뻗은 그 타이밍을 기다린 것처럼, 조심스럽게 문을 두리는 소리가 실내에 울렸다.

입실한 것은 비서관 중 한 명이었다. 지르크니프가 선발한 비서관은 하나같이 매우 우수했지만 그중에서도 그는 로우네와 견줄 만한 자였다.

참고로 비서관 중에 여자는 한 명도 없다. 여자 중에서 이런 일을 맡길 만한 가치가 있다고 여겨지는 사람은 유감스럽게도 그의 측실밖에 없었다.

"폐하——."

길어질 것 같은 인사. 지르크니프는 손을 내저어 가로막았다.

"——됐다, 됐어. 인사는 그만둬라. 시간 낭비니. 무슨 용건인지 말하라."

"예, 폐하. 사실은 예의 나라 쪽 상인들과 연락이 됐습니다. 매우 좋은 상품을 가지고 있으며, 이 제도로 온다 하옵니다."

"그래?!"

지르크니프는 지난 몇 주 동안 들었던 소식 중 가장 좋은 소식에 활짝 웃었다.

예의 나라란 슬레인 법국을 가리키는 말이며, 상인이란 말할 것도 없이 법국의 사자를 가리킨다.

이 방은 첩보 대책을 세워두기는 했지만, 마도왕의 마법을 본 후로는 종잇장 같다는 불안함이 들었다. 실제로 이따금 누군가가 지켜보는 느낌도 들었다.

여러 사람에게 조사를 시켰지만 아무도 감시자를 발견하지는 못했으며, 지르크니프의 피해망상이 아니겠느냐는 말까지 듣고 말았다. 사실 듣고 보니 신경이 지나치게 팽팽해져 그런 느낌을 받은 것처럼 착각했을 가능성이 있다. 하지만 시선을 느끼는 듯한 위화감은 언제까지고 씻을 수가 없었다.

예전 같으면 플루더에게 첩보 대책의 일익을 담당케 했겠지만, 배신한 것이 분명한 그를 쓸 수는 없다. 그렇기에 적은 이미 제성(帝城)까지 파고들었다는 전제로 행동해야 한다.

그런 대응책의 일환으로, 중요한 안건은 지시대명사를 쓰기로 했다. 물론 지극히 당연한 몇 가지 문제가 발생했지만, 그래도 반(反) 아인즈 울 고운 동맹 계획이 탄로나는 것보다는 안전하다.

"그래, 언제라 하더냐?"

"예. 조만간 뵙고자 합니다."

원래 같으면 제성으로 부르고 싶었지만 그것은 지나치게 눈에 뜨인다.

'우연을 가장해 그들과 만나는 것이 가장 좋겠지만, 어떤 장소가 의심을 사지 않을까?'

이젠 어쩔 도리가 없다고 생각하면서도, 단순한 게임처럼 포기할 수는 없었다. 그렇게나 잔학하기 그지없는 마법을 사용해놓곤, 님블에게는 '언데드가 산 자의 목숨을 빼앗는 것은 당연한 일.'이라 말했다고 들었다. 그런 존재를 방치할 수는 없다.

조금이라도 승산을 높이는 것이야말로 바하루스 제국 황제의 책무였다.

그러기 위한 수단 중 하나가 슬레인 법국과의 비밀 동맹이었다. 법국은 제국보다도 오랜 역사를 가진 나라이며, 신앙계 마법을 국가의 기둥 중 하나로 삼는다. 언데드 대책에 관해 협력을 청하기에는 최고의 국가다.

다만 법국과 접촉했다는 사실이 마도국에 알려지면 매우 위험하다.

제국은 마도국 건국에 협조한 동맹국이라는 위치를 가졌다. 제국이 협력자의 입장을 취한 것은 마도국의 힘과 조직, 그 외 모든 것을 알기 때문이다. 그랬던 제국이 반 마도국으로 향했음이 알려지면 마도왕의 힘이 가장 먼저 이쪽을 겨누리라는 것은 자명한 이치였다.

"발언을 허락하여 주시옵소서, 폐하."

지르크니프가 입을 다문 채 턱짓을 해 다음 말을 계속하도록 지시했다.

"마도국과 검을 마주대는 것은 이미 어리석은 행위일 수밖에 없지 않겠나이까?"

지르크니프는 비서관에게 날카로운 눈빛을 보냈다. 너까지 그런 소리를 하느냐고, 전용 쓰레기통에 버렸던 양피지를 흘끔 쳐다본 다음 물었다.

'꺾이기 직전인 내 마음을 완전히 부수려 드는군…… 하지만…….'

"그러면 어떻게 하라는 말인가?"

"그것은……."

비서관이 꿀꺽 침을 삼키는 모습을 보며 지르크니프는 쓴웃음을 지었다.

"안심하라. 네가 어떤 말을 한들 죄를 묻지는 않을 테니. 생각을 말하라."

"예. 그러면 외람되오나."

헛기침을 한 비서관은 자신의 생각을 입에 담았다.

"동맹국 지위를 강화하고, 만일 마도국이 모종의 요구를 할 때는…… 무릎을 꿇을 수밖에 없다고 생각하옵니다."

지르크니프가 약속했음에도 비서관의 얼굴은 새파랗게 질렸다.

매국이라고도 여겨질 만한 발언인 만큼, 자신의 목숨이 사라져도 이상하지 않다는 공포와 싸우는 것이리라.

지르크니프는 다시 쓴웃음을 지었다.

"네 말이 옳다."

"——예?"

입을 딱 벌린 모습은 그의 우수함을 아는 만큼 더욱 우스웠다. 조금 전과는 다른 웃음을 지은 지르크니프는 말을 이었다.

"네 말이 옳다고 했다. 내가 너였다면 틀림없이 그렇게 제안했겠지. 아니, 제안하지 않는 놈을 비서관으로 앉혔으면 그것이 더 문제였을걸."

솔직히 말해, 마도국은 지나치게 강하다.

판명된 것은 군사력뿐이지만, 그것만으로도 이상하기 그지없을 정도여서 대처가 불가능한 수준이었다.

마도왕 아인즈 울 고운 한 사람만으로도 충분하고도 남을 지경이며, 나아가서는 전장에 끌고 왔던 언데드 군단은 이야기에 따르면 한 마리로도 국가가 멸망할 만한 몬스터라고 한다.

차원이 너무나도 달라 진지하게 생각하는 것이 어리석게 여겨질 정도였다.

"나도 그것이 최선이리라고 생각하지만, 그 이외의 수단 또한 준비해야 하지 않겠나? 행여나 마도왕이 제국을 멸망시키려 했을 때 무릎을 꿇는 것만으로 용서해 줄지는 알 수 없는 노릇이다."

현재 에 란텔에서 학살이 개시됐다는 소식은 듣지 못했다.

언데드들이 없는가 싶어 정보를 모아보니, 바글바글 들끓는다고 한다. 온갖 곳에 언데드가 배치되어 마도(魔都)로 변했다고.

어쩌면 지배하는 땅의 백성을 죽일 마음이 없는 것일지도 모르지만, 그런 판단도 속단이라 해야 하리라. 그 유명한 아다만타이트 클래스 모험자 모몬을 포섭했기 때문이라는 소문도 있으므로, 마도왕의 자비가 제국에까지 미치리라는 생각은 지나치게 위험하다.

"말씀하신 대로이옵니다. 아무래도 제가 마도왕의 압도적인 힘에 겁을 먹어 그 이상의 지극히 당연한 일을 떠올리지 못했던 모양이옵니다. 송구스럽기 그지없나이다."

"사과할 필요는 없다. 나도 같은 생각을 했으니. ⋯⋯이야기를 되돌리지. 예의 나라의 상인은 체류 장소로 어디를 잡았다 하더냐?"

"예. 4의 2에서 가장 큰 곳에 머문다 합니다."

4의 2는 불의 신전을 가리킨다. 가장 크다는 암호는 정해두지 않았지만, 아마도 제국에서 가장 큰 신전── 중앙신전일 것이다.

그 후로는 은근슬쩍 거짓말을 섞으며 잡담을 시작했다.

이따금 되는 대로 자못 의미심장한 소리를 해, 만약 누군가가 듣는다 해도 정보의 진위를 조사하는 데 고생하도록.

앞으로도 이 뇌에 부담을 가하는 일은 계속되겠지.

그런 생각을 하며 몇 분 수다를 떨었을 때, 지르크니프는 슬슬 본론으로 화제를 돌렸다.

"그런데 자네 가족들은 어떤가? 지금도 잘 지내나?"

"예? 아, 예. 덕분에 건강하게 지내고 있습니다."

"그렇군. 그거 다행이야. 건강이야말로 중요하지. 사실은 요즘 몸이 조금 좋지 못해서 말일세. 약도 임시 방편밖에 되지 않아서. 신관을 부르는 건 어떻게 생각하나?"

"신전은 현재의 폐하를 좋게는 보지 않는 듯합니다. 고압적인 태도로 나가면 반발을 초래할지도 모릅니다. 지금은 직접 만나러 가시는 편이 어떨는지요?"

"좋은 제안이야."

언데드와 싸우는 신전―― 신관들의 입장에서는 이웃에 강대한 힘을 가진 언데드가 지배하는 국가가 나타났다는 사실은 지극히 경계해야 할 사태다. 그렇기에 그들은 몇 번이나 지르크니프에게 이야기를 듣고 싶다는 문서를 보냈지만, 그때마다 거절했다.

하나라도 도움의 손길이 더 필요했던 지르크니프가 달려들지 않았던 이유 중 하나는 그들의 방첩 능력을 신뢰하지 않기 때문이다. 그리고 지르크니프가 알고 있는 이야기를 모두 들려준 후 그들의 움직임을 예측할 수 없기 때문이다.

협력하고 봤더니 그토록 강대한 힘을 가진 마도왕에게 언데드라는 이유로 신관들이 싸움을 청한다면 그 결과는 말할 것도 없다. 자살에 말려드는 거나 마찬가지다.

결국 밑바닥에 깔린 생각은, 신전과의 접촉을 마도왕이 적대행동이라 간주하면 곤란하다는 것이었다. 다시 말해 두려움이다.

지르크니프는 다시 한숨을 내쉬었다.

시기를 기다려 주기를 바랐지만, 신전 측도 거기까지는 간파하지 못했다는 뜻이다. 하지만 법국의 외교단이 극비리에 제도에 들어와 신전 세력과 접촉을 가졌다면 역전을 노릴 수 있을지도 모른다.

"그러면 며칠 안으로 신전에 가서 건강 상태를 봐달라고 할까?"

"그것이 좋을 것으로 사료되옵니다. 그러면 준비를 갖추겠나이다."

"그렇군. 부탁하네. 그리고 투기장 쪽은 어떻게 할 텐가? 다음번에 관전을 갈 예정이 있지 않았던가? 그건 그대로 둘까? 건강 검진을 받겠다는 이야기를 해놓고 그런 데 가선 안 된다고 말리지는 말게나. 자네들 중에서 누군가 같이 보러 가고 싶은 사람이 있다면 특별히 귀빈실에서 함께 보도록 허락할 테니."

비서관의 눈에 그 진의를 간파하려는 예리한 광채가 깃들었다.

'그래, 그거야. 네 의문은 당연하지. 그 속내를 간파해.'

법국 사람과 신전에서 만나는 것은 피하고 싶다고, 지르크니프는 그렇게 생각했다.

신전에는 치료에 관한 것도 포함해 온갖 지식이 보관되고 있다. 그런 장소가 선제공격의 대상으로 선택된다면 잃는 것이 지나치게 많다. 보관해둔 지식이 때로는 무엇보다도 중요해지기도 한다.

"알겠습니다. 투기장 건은 파악했습니다. 하오나 그날이라면, 분명 지난 전투에서 부상을 입은 기사들을 위문하고자 병원에 가실 예정이 아니었는지요?"

그 이야기는 지르크니프도 듣지 못했다. 블러프일 것이다.

다시 말해 투기장이 아니라 병원 쪽이 낫지 않겠느냐는 제안이다.

지르프니프가 투기장을 선택한 것은 예전에 투기장에서 부상자를 치유하기 위해 신관들이 불려 갔다는 이야기를 들은 기억이 있어서였다. 그 틈에 섞여서 와 달라고 하면 좋지 않겠냐고 생각했던 것이다.

"위문은 뒤로 미루겠다. 그보다도 지금 말한 계획의 스케줄을 추진해다오."

자, 상인 이야기가 도중에 끊겼는데. 만약 첩자가 있다면 이 사실을 어떻게 생각할까? 4의 2라는 숫자만으로 거기까지 알아낼 수 있을까?

마도왕이 아무리 악마 같은 지모를 가진 존재라 해도 정보가 모이지 않으면 손을 쓸 여지가 없다. 그리고 마도왕의 모든 부하가 마도왕과 같은 지혜를 가졌을 리도 없다. 또한 첩자도 숫자가 많으면 들킬 확률은 높아진다. 현재까지 아무것도 파악하지 못한 이상 첩자는 소수일 것이다. 아니, 그랬으면 했다.

마도왕의 절대적인 마법이 머리를 스쳐, 마음속 어디선가 '마도왕의 수하는 그만한 정예들뿐'이라고 속삭인다. 그 옥좌의 홀에는 압도적인 힘을 가진 자들이 있었는데, 첩자들도 동격의 존재일지 모른다.

'만약 그렇다면 방법이 없지. ……속국으로 끝나는 정도라면 그것이 최선일까?'

조금 전에 막 포션을 마셨는데도 지르크니프의 위장은 시큰시큰 아파오기 시작했다.

*

2주 후, 지르크니프를 태운 마차는 길을 따라 투기장으로 향했다.

명목은 투기장에서 시합을 관전하는 것이지만, 진짜 목적은 미리 약속한 법국 사자 및 제국 내의 고위 신관들과 협의하는 것이다.

눈에 뜨이지 않도록 근위대는 동원하지 않았으나, 마차에는 경호병으로 4기사 중 두 사람—— '뇌광' 과 '격풍' 이 타고 있었다.

사실은 일기당천인 그들 전원에게 경호를 명령하고 싶었지만 '중폭' 만은 신용할 수 없었으므로 그녀는 제성 수호 명목으로 남겨두었다. 아니, 신용하지 못한다는 말에는 어폐가 있다. 더 정확히 말한다면 그녀는 마도국으로 가고 싶어하는 기색이 뻔히 보였으므로, 그때 지참금이 될 만한 정보에서는 멀찌감치 떨어뜨려야 했다.

그녀는 '저주만 풀 수 있다면 폐하에게도 검을 들이댈 것' 이라고 선언한 인물이고, 그걸 알면서도 부하로 삼은 경위가 있다. 그렇기에 제국을 배신하더라도 그녀를 책망할 수는 없다. 그렇다고 제국의 중요정보를 가지고 도망치도록 용납할 생각도 없다.

만일 그녀가 중요기밀을 가지고 도망칠 경우 추적자를 보내야만 할 텐데, 제국 최강의 일각인 그녀를 죽이려 한다면 동격의 존재를 보내야만 하리라. 검으로 싸운다면 '뇌광' 과 '격풍' 밖에 없으며, 어정쩡한 추적대는 되레 당해버릴 뿐이다. 많은 수를 동원할 경우 제도나 황제의 수비가 허술해진다.

그렇게 되면 플루더의 수제자 내지는 워커, 그렇지 않으면 이자니야로 대표되는 암살자 등 근접전투가 아닌 스킬을 가진 자들을 보낼 수밖에 없다. 하지만 어느 쪽을 선택해도 상당한 비용을 각오해야만 한다.

플루더의 수제들에게는 급여를 연봉제로——플루더의 배신이 있은 후로는 영지를 주어 귀족으로 만들었으나——지불하므로 쓸데없는 추가비용은 발생하지 않으리라 생각하기 쉽지만, 이때는 그들에게 맡긴 원래의 업무가 정체되는 등 눈에 보이지 않는 손실이 발생한다. 게다가 반격을 당해 목숨을 잃을 경우의 손해는 워커나 암살자와는 비교도 되지 않는다.

따라서 최선의 수는 '중폭'이 기밀을 접할 기회를 없애 아무것도 없이 마도국으로 가주는 것이다. 아마도 그것이 모두가 행복해지는 방법이리라.

지르크니프도 '중폭'에게 그런 이야기를 암암리에 한 적은 있다. 다만 '중폭'은 아직 제성에 남아 있다.

『폐하에게 입은 은혜를 갚을 때까지는 이곳에 남아 있겠습니다.』

이것이 그녀의 대답이었다. 순진하게 받아들일 수 있다면 좋겠지만, 그럴 리가 없다.

'중폭'은 분명 제국 4기사의 일원이기는 하지만, 그렇다고 마도국이 실력을 높이 평가할 가능성은 매우 낮다. 마도왕의 직속부대인 대량의 언데드가 가진 힘은 어느 것이나 그녀보다도 위라고 한다. 그렇기에 자신을 비싸게 팔기 위한 타이밍을 재고 있지 않겠는가.

여기까지 생각한 지르크니프는 자국 최강의 전사 중 하나인 '중폭' 이상의 언데드가 이미 천 마리——마도왕을 포함하지 않더라도——있다는 절망적인 상황에 위장이 시큰거렸다.

'정말 나더러 어쩌라는 거냐!'

한 명의 강자로는 전황을 바꿀 수 없다——고 하지만, 그렇지 않다.

왕국에 있던 가제프 스트로노프라는 사내는 이를 가능케 했던 사내였다. 제국 주석마법사 플루더 파라다인은 그 이상이었으며 국가를 뒤흔드는 마술사였다.

한 개인이 때로는 하나의 군대, 국가와 동등한 것이다.

다시 말해 마도국은 그 가공할 언데드 왕을 제외하더라도 천의 군대를 보유했다는 뜻이다.

'……무리 아니야, 이거? 1천 개 군단이라 가정하고, 그걸 막을 수단이란 게 있을 수 있어? ……역시 포기하는 편이…….'

부하들 앞에서는 결코 꺼낼 소리가 아니지만 몇 번이나 떠오른 해답이었다. 애초에 카체 평야의 전투 보고를 들었을 때 처음 떠오른 생각이었다.

"——근데 폐하, 투기장에서 은사조(銀絲鳥) 멤버들과 만나고, 그 후 이동하는 것으로 알면 되겠수?"

지르크니프는 눈만 움직여 앞에 앉은 사내를 바라보았다.

제국 4기사 중 하나인 '뇌광' 바지우드 페슈멜이었다.

지르크니프는 질문에 입을 다문 채 고개를 끄덕였다.

이번 경비에는 아다만타이트 클래스 팀을 고용했다. 일단 경호 명목으로 고용하기는 했지만 마도국의 첩자 대책이 주요 목적이었다. 유감스럽게도 후보 중 하나였던 이자니야와는 접촉하지 못해, 그들을 포섭하기란 매우 어렵다는 사실을 깨달았다.

"폐하, 분명 아다만타이트 클래스 모험자는 최고전력입니다. 그러나 그래 봤자 인류의 영역을 벗어나지는 못합니다. 주의를 태만히 하시지 않도록 부탁드립니다."

'격풍' 님블 아크 데일 아녹이 무슨 말을 하려는지 지르크니프는 뼈저리게 이해했다. 아니, 대학살의 현장을 본 그보다도 잘 알았다. 옥좌의 홀에 늘어섰던 그 괴물들을 본 몸으로서는.

"물론이다. 그러나 그들이라면 어떻게든 막을 수 있을지도 모른다. 왕국의 아다만타이트 클래스 모험자 모몬. 놈은 마도왕 앞에서 검을 들이대고 그 힘으로 백성을 지켰다 들었다. 그렇다면 같은 아다만타이트니, 막아줄 수 있어야 하지 않겠나."

말을 하면서도 지르크니프는 서글프게 웃었다.

"그런데 그들이 있어도…… 막을 수 없다면 어떻게 하면 좋을까?"

지르크니프의 물음에 두 기사들은 침통한 표정을 지었다. 그것이 언어 이상의 대답을 들려주었다. 지르크니프 또한 자신도 모르게 두 사람이 지은 표정을 똑같이 지었을 정도였다.

"폐하, 그러한 표정 짓지 마십시오. 저희는 미력하지만 전심전력을 다하겠습니다."

"누가 아니라우, 폐하. 더 당당하게, 평소처럼 자신만만한 표정을 지으십쇼. 그렇게 축 처진 거 말고."

두 사람의 다정한 말이 가슴에 사무쳤다. 너희도 똑같은 표정이었다고는 말하지 못한 채 지르크니프는 고분고분 고개를 끄덕였다. 사막에 물을 뿌린 듯 거칠어진 마음에 그들의 말이 스며들었다는 것은 틀림없는 사실이었으니까.

"……미안하다. 너희의 마음에 감사한다. 그리고…… 너희밖에 없는 이곳이니 조금 푸념을 해도 되겠느냐?"

두 기사가 말없이 고개를 끄덕였다.

"이봐, 어떻게 하면 좋지? 그딴 괴물이 왜 제국 옆에 나타난 거야? 어째서? 무슨 나쁜 짓을 했다고. 어떻게 하면 그딴 괴물을 쓰러——리는 것까진 아니더라도 봉인할 수 있을까? 제국 최강의 카드가 적에게 붙은 최악의 상황을 역전할 수 있는 수가 정말 존재할까?"

이렇게까지 말할 마음은 없었다.

지르크니프가 앞장서서 걷지 않는다면 다른 자들은 따라

오지 못한다. 남의 위에 선 자에게는 남의 위에 서는 만큼 그만한 태도가 필요하다. 많은 귀족을 숙청한 '선혈제'라면 특히 그렇다.

황제는 약한 모습을 보여서는 안 된다. 그것이 존경하는 아버지의 가르침이었다.

그러나 인간인 이상 참을성에도 한계는 있다.

측실 앞에서밖에 보이지 않는 인간 지르크니프의 외침.

"그야 놈에게 마법을 쓰라고 부탁은 했어. 하지만 그렇게 해야만 했다고! 그놈의 능력을 조금이라도 조사하지 않고선 대처할 방법 따위 생겨날 리도 없으니까! 내가 잘못했다는 거야?! 잘못은 전부 내 책임이냐고! 이놈이고 저놈이고!"

지르크니프는 입술을 깨물며 두 손으로 머리를 마구 헤집어댔다.

사실 이런 것은 시작에 불과했다. 사실은 마음속 깊은 곳에서 치솟는 감정에 몸을 맡긴 채 절규하며 몸을 굴려대고 싶었다. 제국 황제라는 체면을 간신히 지켰을 뿐이었다.

그러나 고삐가 느슨해졌음은 자각했다.

아무래도 버릇이 되기 시작했군.

그런 생각을 하며 지르크니프는 자세를 바로잡았다.

"미안하다. 조금 흥분했구나. 요즘 스트레스가 심해서."

흘끔 내려다보니 손에는 머리카락이 몇 올이나 묻어 있었다. 초상화를 보자면 선조 중에 머리숱이 적은 사람은 없었다. 어쩌면 자신이 머리가 벗겨진 최초의 황제가 될지도 모른다고, 그런 시시한 생각을 하고 말았다.

두 부하가 알아차리지 못하도록 손을 털었다. 때로는 동정이 욕설보다도 아플 때가 있다. 두발 문제는 정말로 그랬다.

"이런 모습을 보이고 이런 말을 해도 그대들은 난처하겠지만, 모두 걱정하지 마라. 아직 무언가 대처할 방법이 있을 것이다. 이 제국을 놈의 뜻대로 내버려두지는 않겠다."

대담하리라 여겨지는 웃음을 지었다. 두 부하들이 아주 조금 얼굴을 풀어 주었다. 그러나 안도의 빛은 없었다. 그들도 지르크니프의 말이 정신적인 위안에 가까운 것이라고 이해했으리라.

아무리 생각해도 그 괴물에 대한 대책 따위 떠오르지 않았다.

지르크니프도 솔직히, 사실은 언데드를 확실하게 죽이는 무기가 있다느니, 느닷없이 어마어마한 파워에 눈을 뜬 인간이 존재한다느니, 그런 이야기가 나오지 않는 한은 무리라고 생각할 정도였다.

'그러니까 슬레인 법국이 필요해. 그들이라면, 우리 나라보다도 오랜 역사를 가진 그 나라라면 언데드를 일격에 죽일 무기를 가졌는지도 모르지. 아니, 지식만이라도 있다면 나는 아직 싸울 수 있다!'

이제는 그렇게 빌 수밖에 없었다.

마차가 나아갔다. 지르크니프의 마지막 희망을 싣고.

*

투기장은 원형이다. 그중 한 구역에 커다란 입구가 있으며, 마차는 그곳으로 들어갔다. 귀빈실로 들어갈 수 있는 얼마 안 되는 사람들을 위한 출입구였다. 그 외에는 일반관람객용 출입구와 화물용 출입구, 크게 나눠서 세 개의 출입구가 투기장에 있었다.

마차에서 먼저 내려온 것은 당연히 경호를 맡은 두 기사였다. 그들이 안전을 확인한 후 지르크니프가 내린다.

그곳에는 다섯 사내가 있었다.

귀빈용 입구에 서기에는 어울리지 않는 차림이었다.

지르크니프는 미술품을 보면 가치를 대충 추측할 수 있으나, 그들의 장비를 보고 가격을 헤아리기는 불가능했다. 미술품의 가치를 가진 무장── 귀족의 경비병이 착용하는 그런 장비가 아니기 때문이다. 그것은 전투를 헤쳐나온 자들이 걸치는 전투용 무구였다.

예의범절을 생각한다면 신분이 낮은 자가 먼저 자기소개를 해야 한다. 그러나 일부 모험자는 신분에 사로잡히지 않는다. 그들은 그런 일부의 사람이다.

그렇다고 제국의 지배자가 모험자에게 저자세로 나가도 되는 걸까?

그런 곤혹스러움을 읽었는지 다섯 사람의 가운데에 있던 사내가 입을 열었다.

"지르크니프 룬 파로드 엘─닉스 폐하, 이렇게 뵙게 되어 영광입니다. 이번 경호 의뢰를 맡은 아다만타이트 클래스 모험자 팀 '은사조'입니다. 저는 팀의 지휘를 맡은 프레이발츠라 합니다. 잘 부탁드립니다."

낭랑한 목소리가 주위에 울려 퍼졌다.

등에 류트를 걸고 허리에는 레이피어를 찼다. 몸에 걸친 것은 묘한 광택을 띤 체인 셔츠였다.

하나같이 빛의 반사와는 다른, 장비품의 안쪽에서 흘러나오는 듯한 마법의 광채를 뿜어냈다. 모두 일급품 매직 아이템이라고 하며, 특히 유명한 것이 류트인데 이름은 '별의 교향곡Star Symphony'이라 한다.

자신으로 넘쳐나는 모습에서 지르크니프는 몇 달 전의 자신을 떠올리고 조금 부럽게 여겼다.

"……우리 나라 최고의 모험자 팀인 제군에 대해서는 익히 들었네. 레이디언트 크롤러(Radiant Crawler)를 쓰러뜨린 영웅담에는 가슴이 뜨거워졌지. 그러므로 물론 자네들 하나하나를 잘 안다고 생각하네. 하지만 기왕 만났으니, 그대들이 직접 우리 나라의 영웅을 소개해 줄 수 있겠나?"

"그러면 바드로서 소개를———."

"———그거 좀 관두쇼, 리더. 미안하지만 리더의 그걸 들으면 닭살이 돋는다니깐. 찬란한 단검이라느니 뭐라느니…… 진짜 좀 하지 마쇼. 아차차. 죄송합니다요, 폐하. 별로 좋지 못한 곳 출신이라 입은 험하지만, 용서하십쇼."

프레이발츠의 오른쪽에 있던 사내가 한 걸음 앞으로 나오더니 슬쩍 고개를 숙였다.

머리를 박박 깎은 조그만 사내였다. 표정은 웃음의 형태를 띠었지만 얼굴 사이즈에 비해 조그만 눈에는 웃음기가 없었다.

도적에 속하는 '시카케닌'이라는 직업을 가진 케이라 노세데슈텐이었다.

시카케닌이라는 직업에 관해서는 정보가 부족해 불명확한 점이 많았지만, 아마 도적이라기보다는 언더그라운드, 암살자와 같이 어둠에 잠겨드는 직업이리라 여겨졌다.

슬쩍 고개를 숙인 사내에게 지르크니프는 신경 쓸 것 없다고 대답하자 바지우드가 조그맣게 웃음소리를 냈다.

"하하, 폐하는 내 덕에 단련이 됐으니까 괜찮다구."

"어이쿠, 이거이거…… 그 유명한 4기사의 한 분인 '뇌광' 씨 맞죠? 혹시 그쪽도 그쪽 출신입니까요?"

"응? 아니, 아마 아닐걸. 지저분한 뒷골목 출신이긴 하지만 댁은 나보다도 깊은 데서 올라왔지?"

"그런 것 같구만요. 하긴, 분위기가 다르네……. 이거 실례했습니다요, 지레짐작해서."

"신경 쓰지 말라고, '암운(暗雲)'."

"암운이라고 내 입으로 말한 적은 한 번도 없는데……. 이게 다 리더 잘못이라니깐."

그의 눈이 째릿 향하자 프레이발츠는 입술을 비죽거렸다.

"이상한 별명이 붙는 것보다는 스스로 붙이는 편이 좋잖아. 실례했습니다, 폐하. 우선 이쪽은 이 팀의 귀이자 눈인 세데. 그러면 이어서 우리의 전사를 소개해드리겠습니다. 보고 놀라실지도 모르겠지만 이 친구 실력은 보장합니다."

"아니, 폐하는 의심하지 않고 있어. 나보다도 강한 것 같군."

"강한 사람에게 그런 말을 들으면 반갑지. ──판 롱이라고 하지."

소개를 받은 것은 키가 170정도 되는 새빨간 털을 가진 원숭이였다. 그런 인물이 하얀 동물의 모피로 지은 갑옷 비슷한 것을 걸치고, 좌우의 허리에는 상당히 손때 묻은 배틀액스를 찼다.

원후(猿猴)라는 아인이며, 숲속 동물의 영혼이 깃드는 비스트로드라는 전사직 중에서도 에이프(ape)의 힘을 가진 인물이라고 보고서로 읽은 바 있다. 그렇다 해도 실제로 만나고 보니 충격이 컸다.

하지만 이런 외견을 가진 인물이 지르크니프의 부하들 중에서도 가장 강한 전사이며, 바지우드보다도 위라니.

판 롱이 슬쩍 오른팔을 들어 인사를 했다.

"어, 그리고, 다음이 우리의 부상을 치유할 사람입니다."

당황한 것처럼 프레이발츠가 다음 인물을 소개했다. 지르크니프가 언짢아하는 것은 아닐까 생각했으리라. 이번에는 프레이발츠의 왼쪽에 있던 남자가 한 걸음 나섰다.

"실례."

손에 든 기묘한 지팡이가 찰랑 소리를 냈다. '석장(錫杖)'이라 불리는 것이라고 한다.

"소승의 승명(僧名)은 운케이라 하오이다. 불신(佛神)을 신앙하는 자올시다. 앞으로 잘 부탁드리오이다."

이 사람도 복장이 참 희한했는데, 그래도 조금 전에 본 비스트로드보다는 문명적이었다. 머리에 쓴 기묘하게 큼지막한 모자──삿갓──를 벗자, 그 아래에는 머리카락이 없었다. 일부러 그렇게 깎았다는 사실을 미리 알지 않았다면 '젊은 사람이…….' 라며 연민의 눈빛을 보냈을지도 모른다.

제국에서는 어지간해서는 볼 수 없는 '가사(袈裟)' 라는 전투의상을 입은 그가 바로, 치유 능력이 약간 떨어지기는 하지만 언데드와의 전투에 탁월한 능력을 보이는 '승려' 라는 정신계 매직 캐스터다.

그가 신앙하는 불신이라는 존재는 상당히 남쪽 지역에서

신앙하는 매우 마이너한 신으로, 4대신의 종속신이라고도 한다. 제국에 불신의 신전이 있는지에 대해서는 견문이 적어서 알 수 없다. 다만 그의 존재는 매우 성가신 문제라고 한다.

치유마법이란 것은 보통 신전이 관리하며, 그 가격을 결정한다. 그러면 그러한 곳과 전혀 관계가 없는 치유마법의 사용자는 어떻게 다룰 수 있을까. 특히 그 인물이 아다만타이트 클래스라는 최고위의 모험자라고 한다면.

제국은 정치와 종교에 밀접한 유대가 없다. 지르크니프와는 전혀 관계가 없는 것이 다행이었다. 이 이상 성가신 일에 말려들고 싶지는 않았다.

다만 그들의 공적 같은 것을 조사했을 때 보았던, 언데드 등에 매우 뛰어난 능력을 보였다는 평가가 지르크니프의 마음을 사로잡은 것은 사실이었다. 어쩌면 다소는 신전 관계자에게 압력을 행사해야 할지도 모른다. 물론 그 전에 그의 힘이 유용한지 어떤지를 알아보아야 하겠지만.

"그렇군. 그러면 마지막의 저쪽이 포와폰인가?"

"그렇습니다, 폐하."

프레이발츠의 소개를 받아 한층 더 기괴한, 말하자면 이 멤버 중에서도 가장 기이한 차림을 한 인물이 고개를 숙였다. 토템 셔먼이라는 유별난 직업을 가졌기 때문인지 볕에 잘 그을린 상반신은 알몸이었으며 그곳에 기묘한 문양을 흰

색으로 그려놓았다.

"……춥지는 않은가?"

"온도변화에 관한 수호를 얻는 매직 아이템을 장비했으므로 전혀 문제가 없습니다."

생각했던 것보다도 평범한 대답이라 지르크니프는 내심 놀랐다. 기괴한 외견에 관해서는 자료에도 있었으며 성실한 인물이라는 보고도 받았다. 그래도 이 갭은 솔직히 놀랄 만했다. 자세히 보니 얼굴도 나름대로 준수했으며 나이도 많이 먹지 않은 것 같았다.

그가 어쩌다 이런 직업에 투신했는지, 알고 싶기도 하고 알고 싶지 않기도 한 그런 기분이 들었다.

지르크니프는 은사조를 바라보았다.

기괴한 멤버로 구성된 기괴한 팀이었다. 유일한 공통점은 다들 장비 중 한 곳에――토템 셔먼은 허리에 찬 것뿐이지만――옛날 팀에서 길렀다는 은사조의 깃털을 장식해둔 것뿐이었다. 마치 바로 조금 전에 뽑은 것 같은 찬란한 은색 광채를 머금은 깃털이었다.

"알겠네, 제군. 오늘은 잘 부탁하네."

"맡겨만 주십시오, 폐하. 마음 푹 놓으셔도 됩니다."

프레이발츠의 말에, 지르크니프는 쓴웃음을 짓고 싶어지는 심정을 꾹 억누르고는 앞장서서 걸어나가려 했다. 그러나――.

"──잠깐 기다리십쇼, 폐하."

세데가 억양 없는 목소리로 만류했다.

"폐하의 신변을 지키겠다는 일에 고용됐으니 말이지요. 선두에 서서 걸으시지는 않으셨으면 합니다만, 괜찮으시겠습니까?"

"괜찮고 자시고, 그대들은 그러기 위해 고용됐네. 그대들이 그렇게 해야 한다고 생각하면 나는 따를 뿐일세. 그리고 이자들의 힘이 필요하다고 생각하면 언제든 마음대로 써도 좋네. 다만 가능하다면 내 곁에서 떼어놓지 않아준다면 고맙겠네."

"이거 참, 제국 4기사 나리들을 턱짓으로 부려먹어도 된다니, 우리도 출세했구만요. 그래도 두 분은 폐하의 곁을 떠나주지 않으시면 됩니다요. 무슨 일이 있을 때에도 저희 지시에 따라 도망치거나 뛰거나 해 주시면 되죠. 그럼 리더, 한 곡 뽑아주쇼."

"알았어. 폐하, 세데의 입이 험해 죄송합니다. 몇 번을 말해도 이 모양이라……."

"마음에 둘 것 없네. 물론 사람들 눈이 있는 곳에서는 좀 난처하겠네만."

마음이 통했는지 프레이발츠는 슬쩍 고개를 숙였다. 시간과 장소는 가리게 하겠다는 약속의 의미인 모양이었다.

그리고 그는 노래를 불렀다. 아니, 노래라기보다는 신비한 음의 집합이라고 해야 하리라. 왜냐하면 들어도 의미를 알 수 없었기 때문이다. 겨우 몇 초밖에 지나지 않았는데도 공연히 마음에 남는 노래를 마치곤 세데가 걸어나갔다.

의성어를 붙인다면 '흐느적' 내지는 '흐물흐물'이 아닐까. 지르크니프에게는 불가능한 움직임이었다.

"그러면 10미터 간격을 두고 따라오십쇼."

세데의 말대로 거리를 두고 일행은 걸어나갔다. 지르크니프는 옆에 선 프레이발츠에게 조금 전의 노래에 대해 물었다.

"그건 대체 무엇이었나?"

"폐하는 모르십니까? 이것이 바드의 특수기술 중 하나인 주가(呪歌)입니다. 사람에 따라서는 악기를 연주하기도 합니다만, 저는 노래로 효과를 발휘할 수 있지요."

"그게 바로 주가였군."

지르크니프가 중얼거리자 프레이발츠가 싱긋 웃었다. 그때 지르크니프는 조사해야겠다고 마음을 먹었으면서 기회가 없어 결국 그러지 못했던 안건을 떠올리고, 마침 좋은 기회라 생각해 물어보았다.

"……한 가지 물어볼 것이 있네만, 그 주가로 사람을 조작할 수도 있나?"

"주가 중에 암시Suggestion라는 것이 있습니다. 마법에도 같은 효과를 가진 것이 있는데, 그걸 사용하면 가능하지요. 그 이외에도 매료 또한 어느 정도는 가능하고요."

지르크니프는 바지우드와 시선을 나누었다.

"아하…… 그렇군……."

"그런 거겠군요."

역시 바드의 힘을 가진 몬스터라는 뜻일까, 아니면──.

"그러면 개구리 같은 몬스터에 관해서는 무언가 아는 것이 없나?"

──몬스터로서 타고난 능력이 아니라고는 단언하지 못한다. 그 점을 명확히 해 두는 것도 중요하다.

"개구리 말입니까? 자이언트 토드 같은 것 말씀인지요?"

"아니아니, 그거하곤 쫌 달라. 좀 더 지성이 있을 법한 느낌이었다구. 두 다리로 서서, 주가 같은 힘을 순식간에 발동할 수 있는 몬스터 말야."

"……토드맨 말입니까? 토드맨 바드라면 말씀하신 내용에도 맞을 것 같습니다만…… 토드맨은 그렇게 우수한 아인은 아니었던 것 같습니다. 나이를 먹은 족장급이라면 특별한 목소리로 상대를 혼란에 빠뜨리는 능력이 있다고는 하더군요."

혼란과는 조금 달랐다.

토드맨이라는 것은 책에서 읽은 적이 있지만, 그 데미우르고스라는 자와는 형상이 상당히 다른 것처럼 여겨졌다. 토드맨의 아종이나 변이종, 왕족 같은 가능성까지는 버릴 수 없지만 아닐 가능성이 더 높다.

"아무래도 아닌 모양이군요. 죄송합니다, 폐하. 정보가 너무 부족한걸요. 좀 더 자세한 말씀을 들려 주신다면 답을 드릴 수 있을는지도 모릅니다."

그건 바라지도 않았던 말이다.

"그렇군. 그러면 몬스터의 겉모습에 대해 자세히 전달할 테니, 만일 괜찮다면 자네가 가진 지식을 빌려 주지 않겠나? 그리고 주가에 관해서 자세한 이야기를 들려준다면 고맙겠네."

제국에서 아다만타이트 클래스 모험자인 프레이발츠 이상으로 박식한 자는 없을 것이다.

"폐하, 그건 좀 어렵지 않겠수? 이 친구들 밥줄인데?"

바지우드의 말에 그가 슬쩍 웃으며 대답했다.

"아뇨, 그야 히든카드까지 보여드릴 수는 없지만 아주 당연한 이야기를 가르쳐드리는 거라면 문제는 없습니다. 하지만…… 대 매직 캐스터께 여쭤보시면 되지 않겠습니까? 그분이라면 저보다도 박식하시지 않을는지……."

플루더 이야기가 나오는 바람에 지르크니프는 표정을 움직이지 않도록 노력했다.

플루더가 배신했다는 이야기에 관해서는 함구령을 내렸으며, 외부에는 전혀 유출되지 않았다. 일단 플루더를 그대로 주석 궁정마술사 지위에 둔 채, 깨닫지 못하도록 조금씩 권한을 빼앗으며 벌어진 구멍을 채우는 방법을 모색하는 중이었다.

그 구멍의 크기 때문에 제국이 플루더라는 인물에게 얼마나 막대한 은혜를 입었는지를 알았지만, 이제는 모든 것이 때가 늦었다.

"그 노인에게 모든 것을 의존할 수만은 없지. 학생들의 숙제 같은 것이라서 말일세. 교사가 우수하다고 해서 해답을 듣기까지 기다리기만 하면 야단을 맞지 않겠나."

지르크니프의 말에 주위에서 여러 명이 웃음소리를 냈다.

"그건 폐하 말씀이 지당하십니다. 알겠습니다. 이번 의뢰비는 업무 내용에 비해 굉장히 파격적이라 생각하던 참이었지요. 나중에 폐하께 주가에 대한 간단한 말씀을 드리겠습니다."

"그래. 잘 부탁하네."

귀빈실은 여러 곳이 존재하며, 투기장 경영에 기여한 자산가용, 고위 귀족용, 그리고 황제용 세 가지 종류가 있었다. 역대 황제를 위한 그 방에 일직선으로 향했다. 그들도 미리 조사해 두었는지 한 번도 길을 묻지 않고 앞장서서 나아갔다.

이윽고 이 모퉁이를 돌면 문이 보이겠다고 생각했을 때, 선두의 세데가 지르크니프에게 손바닥을 불쑥 내밀었다.

"인기척은 없구만요. 하지만 제가 먼저 가볼 테니 다들 이대로 이 모퉁이에서 기다려 주십쇼."

목소리를 낮추고 말한 그는 대답을 기다리지 않고 슬금슬금 통로를 나아갔다. 관심이 생긴 지르크니프는 살짝 고개를 내밀고 그쪽을 엿보았다.

전혀 소리를 내지 않고 문 앞에 도착한 그는 무언가를 하더니 살그머니 문을 열었다. 아주 조금밖에 열지 않았다고 생각했지만 그가 들어가기에는 충분했는지 모습이 스르륵 방 안으로 사라졌다.

수십 초쯤 지난 후, 문이 활짝 열리고 세데가 얼굴을 내밀었다.

"괜찮습니다요. 이 방은 안심입니다요."

모두가 움직여, 그가 안전을 확인한 방으로 들어갔다.

지르크니프는 주위를 둘러보았다.

방은 좁기는 했지만 세련된 장식품은 하나같이 일품이었고, 어지간해서는 오는 일이 없는 황제를 위해 완벽하게 청소가 되어 있었다.

경기장 쪽 벽은 탁 트여 눈 아래의 경치를 한눈에 내려다볼 수 있었다. 흘끔흘끔 엿보니 가득 찬 관객들이 찢어져라 환성을 보내며 열광하는 모습이 보였다.

이렇게나 성황인 이유는, 갑작스럽기는 했지만 무왕(武王)의 일전이 편성됐기 때문이다.

투기장의 챔피언—— 무왕은 압도적으로 강해 제대로 싸울 상대가 없었다. 그렇기에 그의 시합이 편성되지 못한 지 시간이 꽤 흘렀다.

그런 무왕이 오랜만에 싸운다고 하니, 그 모습을 기대한 자들로 넘쳐난 것이다.

역시 강함에 대한 동경은 클 것이다. 게다가 제국에는 직업전사인 기사가 있으므로 시민들의 입장에서 전장이란 다른 세계의 경치인 셈이다. 그렇기에 서로 목숨을 빼앗는 싸움을 이벤트로 즐길 수 있는 것이리라.

아니다. 기사들 중에도 투기장을 좋아하는 자들은 있다고 들었다.

그렇다면 야만성의 발휘와 해방이라는 뜻이 될까?

지르크니프가 멍하니 그런 생각을 하는 사이에 은사조 일행은 실내 탐색을 마쳤다.

"방 안에서 무언가 정보계 마법이 발동된 흔적은 있었나?"

"발견되진 않았습니다, 폐하. 그렇지?"

"그렇습니다요. 우선 마법 발동 자체를 간파하는 건 저에겐 어려우니 매직 아이템 같은 게 없는지 조사해 봤는뎁쇼, 나온 건 없었습죠. 하지만 잊지 말아주셔야 할 게, 나한텐 도적만 한 조사 능력은 없다는 겁니다요. 확실하게 괜찮다고는 생각하지 말아주십쇼. ……뭐, 우리 리더의 주가로 탐지 능력을 높였으니 괜찮다고는 생각하지만요."

"마법 쪽은 소승이 탐지계 마법으로 조사했으되, 발동된 기척은 없었소이다. 일단은 탐지방해장(探知妨害場)을 펼쳤으니 문제는 없으리라 사료되오이다."

운케이가 석장을 바닥에 내리치자 차릉, 시원한 음색이 울려 퍼졌다.

"그러면 추가로 부탁해도 되겠나? 누군가의 접근을 알아차릴 만한 마법은 없는가? 투명해졌더라도 알아볼 수 있을 만한 마법이라면 좋겠네만."

"유감이지만 소승이 가진 마법에 그러한 것은 없소이다. 그러나 리더라면 분명 가지고 있으리라 생각하오이다."

이름이 거론되자 프레이발츠가 알았다는 사인을 보내고는 방을 나갔다.

"그 외에는 어떤가? 상대가 도청을 한다고 치면, 그대들은 어떤 대책을 세우겠나?"

지르크니프는 필사적으로 아인즈 울 고운이라면 어떤 일을 할 수 있을지를 생각해 보았다. 까놓고 말해 상상을 초월하는 것을 상상할 수는 없다. 그러므로 놈을 아무리 거대하게 보더라도 결코 과소평가는 되지 않으리라.

"……솔직히 이 정도까지 해 두면 괜찮지 않나? 싶지만서도요. 이래 봬도 몇 종류의 마법으로 수비를 다져놓았는 뎁쇼?"

"그렇소이다, 폐하. 탐지 방해도 걸었으니 상대가 마법적으로 조사하고자 마음먹을 경우 즉시 소승에게 전해지도록 짜놓은 바, 안심하시기를.”

세데와 운케이가 번갈아 달렸다.

자신을 약간 편집광으로 보는 듯했다. 어쩌면 암살의 기미를 느끼고 과민해진 것이라 여겼을지도 모른다.

다만 상대가 마도왕임을 알면 두 사람이 어떤 반응을 보일지는 흥미로웠다. 제아무리 경계해도 부족하다고 수긍해 줄까? 아니면 이런 푼돈으로는 이 일을 맡을 수 없다고 할까?

가장 좋은 것은 그들이 마도왕에 관해 아무것도 모른 채 최선을 다해 대응해 주는 것이다.

마도왕에 관한 정보를 통제했다고는 하나, 6만 명의 입을 막기란 불가능하다.

분명 이미 흘러나갔을 것이다. 그렇다면 모험자라는 자들은 위로 올라갈수록 평소에도 정보를 모은다고 들었으니, 마도왕의 힘에 관해서도 알고 있을 가능성이 높다.

‘내 속내를 캐내려는 거로군.’

이것저것 생각한 지르크니프는 애매한 웃음으로 얼버무렸다.

두 사람 모두 자신들의 말에 수긍해 주었다고 판단했는지, 그 이상 무언가를 말하려는 기척은 없었다.

투기장에서 한층 큰 함성이 솟았다.

그쪽으로 눈을 돌리자, 오늘의 시합 중 하나인 검투사와 검투사 사이의 싸움에 결판이 난 모양이었다.

옛날에는 패자에게 죽음을 내렸다지만, 지금은 다르다. 시합 도중에 죽는 일은 있어도 승패가 난 후 죽음을 당하지는 않는다.

이것은 연패하면서도 재미있었다는 이유로 우연히 계속 목숨을 부지했던 검투사가, 재능이 싹트면서 챔피언까지 올랐던 순간 폐지됐다고 전해진다. 어쩌면 그와 같은 인물이 그 외에도 또 나오지 않을까 생각했기 때문이라고 한다.

'몇 번째 무왕이었더라. 이번 무왕만큼은 아니지만 상당히 강했다지. 이렇게 국가에 속할 마음이 없는 강자를 포섭할 수단을 생각해 두어야 할 텐데⋯⋯.'

"일단은 끝났습니다, 폐하."

프레이발츠의 목소리에 뒤를 돌아보았다.

"수고했네."

상대가 아다만타이트 클래스라면 감사의 말을 해야 되겠지만 자신도 모르게 여느 때와 똑같은 말로 공을 치하하고 말았다.

"당치도 않습니다. 그런데 호위에 대해 말씀입니다만, 저희도 실내에서 대기해도 상관이 없겠습니까?"

그들은 보디가드로 고용된 몸이다. 이 점을 생각하면 지극히 당연한 제안이다.

하지만 그들을 실내에 두고 밀담을 나누어도 괜찮을까?

그들을 끌어들였을 때의 이점은 크지만, 이쪽의 노림수를 안 순간 적으로 돌리지 않아도 될 자들을 적으로 돌려버릴 위험 또한 있었다.

'하지만 놈보다 대단하지는 않—— 지금 무슨 생각을 하는 거냐. 적으로 삼아도 괜찮겠느냐는 비교의 대상으로 그 괴물을 선택하다니, 머리가 본격적으로 이상해졌다는 증거로군. ……이 이상 적을 늘리는 것은 어리석은 소행이다.'

지르크니프는 고개를 가로저었다.

"유감이네만, 이제부터 매우 중요한 회담이 있네. 들어오면 곤란하네."

"그런 상태로 폐하를 지키기란 매우 어렵습니다만……."

"방 안에는 내가 신뢰하는 두 사람이 있네. 그대들이 달려와줄 때까지 시간 정도는 벌 수 있을 걸세."

"뭐, 그건 확실히 그렇지."

이제까지 입을 다물고 있던 원후가 입을 열었다.

"그런데 말이지, 세데 수준의 암살자가 상대라면 위험할 수도 있고 말이지."

"내 수준의 암살자라면 이자니야 계집애들이겠네요. 인술(忍術)을 쓴다니까 갑자기 그림자 속에서 덮치고 그럴걸요."

"전사인 두 분이라면 검에 의존한 상대는 문제가 없을 것이외다. 허나 마법은 어떻겠소이까? 소승은 그 점을 우려하오이다. 또한 우리는 분명 시합에 정신이 팔려 폐하의 의논에는 관심을 두지 않을 것이외다.”

모두 입을 모아 설득했지만, 지르크니프도 이렇게까지 정보를 흘릴 만한 행동을 한 이상 그들의 제안을 곧이곧대로 받아들일 수는 없었다.

“제군의 걱정은 지당하네. 그러나 나도 제국의 황제로서 그 점은 양보할 수 없네.”

은사조 멤버들의 시선이 리더에게 모였다. 그는 한 차례 크게 한숨을 쉬었다.

“하는 수 없지요. 폐하의 입장이라면 우리에게 들려 주고 싶지 않은 말씀도 있을 테니까요. 그러면 저희는 밖에서 경비하겠습니다. 단, 어떤 분이 오실지는 가르쳐 주실 수 있겠습니까?”

“당연한 질문이지. 다만 자네들은 아무것도 보지 못한 걸세. 알았나?”

“물론입니다. 설령 어떤 분이 오시더라도 저희의 입에서 그 정보가 새는 일은 결코 없을 겁니다. 만일 새 나갔을 경우 저희가 책임을 지고 대처하겠습니다.”

“신뢰하겠네. 우선 불의 신전 신관장, 바람의 신전 신관장, 그리고 동행할 신관이 네 명일세.”

“그렇군요. 그러면 그분들 말고 다른 사람이 왔을 때는 경계하겠습니다.”

“그래, 그렇게 해 주게. 이 귀빈실은 다른 귀빈실과는 격리된 구조니 길을 잃고 잘못 흘러드는 자는 없을 걸세."

"알겠습니다. ……그리고 폐하, 문의 잠금장치는 망가뜨려놓아도 괜찮겠습니까?"

"그대들이 필요하다고 생각한다면 그렇게 해 주게."

그 말에 판 롱이 불쑥 앞으로 나섰다. 배틀액스 자루에서 쩌적쩌적, 인간에게는 불가능한 악력이 자아내는 소리가 들렸다. 잠금장치를 슬쩍 부수는 것치고는 과도한 힘이 들어간 것 같았지만 전사가 아닌 지르크니프는 아무 말도 할 수 없었다. 다만 4기사 두 사람도 의아하다는 듯 속닥거리는 것이 조금 마음에 걸리는 정도였다.

배틀액스가 천천히 상단으로 올라간다.

"──아, 문은 파괴해선 안 돼."

프레이발츠의 말에 판이 움직임을 멈추었다. 지르크니프도 의아해 눈살을 징그렸다.

"왜지? '잠금장치를 파괴하려다 실수로 문까지 부쉈으니 미안하지만 기왕 이렇게 된 거 우리도 안에 같이 있지.' 작전 아니었는지?"

"이번에는 그건 관두자고. 나는 정치에서 비롯된 수렁에 빠져들고 싶지는 않거든."

"옳은 말이외다. 소승도 이 이상 신전 세력의 경계를 사는 일은 사양하고 싶소이다."

"그럼 이쯤 해 두지."

스윽 내려간 배틀액스가 툭 부딪치자 잠금장치는 어이없이 파괴됐다.

기가 막히다고 해야 할까, 아니면 불쾌하게 여겨야 할까. 여러 가지 반응이 가능했겠지만 지르크니프는 그저 감탄했다. 역시 아다만타이트 클래스 모험자라고 여겼던 것이다.

배틀액스로 잠금장치를 쉽게 파괴해서가 아니라, 이 나라의 최고권력자를 앞에 두고 당당하게 저만한 소리를 할 수 있는 담력. 그리고 받아들인 업무에 최선을 다하기 위해서라면 의뢰인이자 최고권력자의 부탁까지도 무시하는 오만함에 대한 감탄이었다.

지금의 지르크니프에게는 없어져버린 것이었다.

"……이 친구들을 정치에서 비롯된 수렁에 푹 담글까? 도망치지 못할 정도로."

불쑥 지르크니프가 말한 순간 은사조 멤버들이 쏜살같이 나가버렸다. 마치 서로 짠 듯한 움직임이었다.

셋이서만 남은 지르크니프 일행은 서로의 얼굴을 바라보았다.

"저건 대단한데. 말없이 저만큼 일치단결해 행동할 수 있다니……. 이거이거, 역시 굉장하구만요. 저런 움직임이 가능하니까 아다만타이트겠죠."

"……무어라 말씀드려야 좋을지 모르겠으나, 감탄할 부분이 좀 다른 것 같습니다만……. 폐하, 음료 준비 같은 것은 어떻게 하시겠습니까?"

"그렇군. 미안하네만 준비해 주겠나?"

"분부 받들겠습니다. 그러면 바지우드 공도 같이."

준비를 거들어 달라는 제안을 듣고, 그는 떨떠름한 표정을 지었다.

"뭐? 나도? 폐하~ 역시 메이드 하나는 데려오시는 게 좋았던 거 아뇨? 손님들도 후덥지근한 아저씨가 따라주는 것보다는 여자가 따라주는 술이 맛있다고 생각할 텐데? 나 같으면 틀림없이 그럴 텐데."

"네, 네. 불평은 그쯤 하시고, 바지우드 공은 손을 몇 배로 더 움직여주시죠."

"부탁하네, 바지우드. 없는 건 어쩔 수 없는 거야. 있는 사람들끼리 알아서 해야지. 지금의 제국과 마찬가지일세."

"그 비유 하나도 멋지지 않거든요, 폐하?"

그런 소리를 하면서도 바지우드는 준비를 거들었다.

아래쪽 투기장에서 관객들의 성원과 함께, 짐승의 것과는 조금 다른 포효가 들렸다.

다음 시합이 시작된 모양이었다.

지르크니프는 기억을 더듬어보았다.

무왕의 일전 바로 앞에 치러질 시합은 모험자와 몬스터의 전투였다. 모험자가 투기장에 나가면 마법 같은 것이 작렬하기 때문에 화려한 시합이 많아 관객들의 인기가 높다.

열광적으로 소란을 떠는 백성들을 내려다보고, 지르크니프가 술회했다.

"평화로운 광경이로군."

"그런가요, 페하?"

혼잣말에 대답이 돌아올 거라고는 생각하지 못해 옆을 보니 바지우드가 서 있었다. 뒤에서는 님블이 불만스러운 표정으로 바지우드의 몫까지 일하는 중이다.

"별로 평화로운 광경 같진 않은데. 저기 좀 보십쇼."

모험자 한 사람이 짐승형 몬스터의 발톱을 받아 피가 치솟았다. 관객들의 비명이며 성원이 크게 치솟았다.

"시합 내용이 아니야. 관객들 이야기지."

고함을 질러대는 관객들을 지르크니프가 바라본다.

"지금의 제국이 처한 상황에 비하면 참으로 평화로운 광경이 아닌가? 얇은 껍질 한 꺼풀 밑에 괴물이 존재한다는 것을 알면 이렇게까지 즐겁게 구경할 수 있을까 하는 생각이 드네."

"평화적이고 좋지 않습니까? 평민들에게 위장 따끔거리는 경험을 시켜봤자 무슨 소용이 있겠습니까?"

바지우드의 말이 옳다. 지르크니프는 시시한 소리를 했다고 후회했다.

"자네 말이 옳아, 바지우드. 그러면 슬슬 손님들이 오실 시간인데, 준비 쪽은 어떤가?"

"예, 폐하. 어떤 분이 일을 도와주질 않는 바람에 늦어지지 않을까 불안했습니다만, 음료와 종이 준비는 끝났습니다. 잉크도 듬뿍 있습니다."

깜짝 놀랄 만큼 종이를 준비한 것은 귀빈실 내 말소리를 도청당하는 것을 경계한 까닭이다. 함성이 크고 옆방이 없는 이 장소에서 이곳의 말소리만을 들을 수단은 손으로 꼽힐 만큼 없을 것 같기는 하지만, 조심하고 거듭 조심해서 나쁠 건 없다.

성가시다는 것도 안다. 제성 내에서도 이러면서 늘 느꼈지만 매우 지치는 일이다.

이러한 온갖 번잡함은 모두 마도국의 힘이 미지수인 탓이었다.

무엇을 할 수 있고, 무엇을 할 수 없는가. 그것을 알면 대응이 달라진다.

전쟁으로 알아보겠다는 노림수는 너무나도 뼈아픈 결과로 끝나며 크나큰 비극을 낳았다. 그렇다고 모조리 단념한 것은 아니며, 다른 수단을 고안해 지난번보다는 안전하게 알아보아야 한다. 그렇지 않고서는 언제까지고 적의 그림자에 겁을 먹게 된다. 그뿐이랴, 좋은 수단이 갖추어진다 해도 그림자에 겁을 먹어 포기하지 않을 수 없는 상황에 몰리고 말 것이다.

다만, 목구멍을 타고 넘어갔던 그 열기는 아직 잊을 수 없었다.

"아인즈 울 고운── 마도왕이 가진 힘의 한계를 알 수 있다면 말이다. 그러면 이런 준비도 필요가 없어질지도 모른다만."

그때는 협력자라는 입장에서 의뢰할 수 있었지만, 대등한 왕이 되고 만 지금은 의뢰하기가 불가능에 가깝다. 아니, 할 수야 있겠지만 그 대신 무엇을 요구할지 생각만 해도 머리가 아팠다.

"마도왕만이 아니잖수, 폐하. 마도왕의 부하들도 뭘 할 수 있는지 모르면 위험하지 않겠수?"

"정론이로군."

"……그 부하들이 마도왕보다도 강자일 리는 없겠지요?"

"설마. 그럴 리는 없지."

대답하면서도 지르크니프는 식은땀을 흘렸다.

자신보다도 아득히 강한 4기사를 부하로 거느린 자신을 생각해 보면 있을 수 없는 일이라고 말하지는 못한다. 남의 위에 서는데 필요한 것은 단순한 완력 따위의 힘이 아니다. 좀 더 다른 무언가다.

만약 아인즈 울 고운도 그렇다고 한다면?

"──아니, 그럴 리가 없어. 명심하게, 님블. 자네의 생각은 틀렸네. 알았나?"

"예! 실례했습니다, 폐하."

만약 그렇다면 정말 끝장이다. 최악이어도 마도왕과 호각
—— 신에게 기도해도 좋으니 그보다 못하기를 바랐다.

역시 정보가 부족하다.

'다크엘프 소녀에게 정보를 물으려던 계획도 위험을 무
릅쓰고 추진해야겠어. 법국에서 엘프를 대량으로 구입할 수
없겠느냐고 이야기를 꺼내고, 그걸 이용해 어떻게든…….
소년 쪽이 만만하려나? 아니, 아직 너무 어려서 미인계가
통할 것 같지도 않은데다 완고할 것 같아.'

지르크니프가 긴 생각에 잠기려던 타이밍에 문을 노크하
는 소리가 들렸다.

세 사람은 시선을 나누고, 님블이 대표로 문을 열었다. 그
곳에 있던 것은 예상한 대로 프레이발츠였다.

"폐하를 찾아온 손님입니다. 인원은 모두 여섯. 신관장님
은 뵌 적이 있으니 틀림없을 것으로 여겨집니다."

"그렇다면 들라——."

그렇게 말했을 때, 열린 문에서 세데가 누구냐고 묻는 목
소리가 들렸다.

"어허, 잠시 좀 기다리시지. 뒤에 있는 분들. 숫자는 들은
그대로이긴 한데, 어째서인지 거기 안쪽 둘한테서 나랑 비슷
한 냄새가 나는걸. 신전 직속 징벌부대—— 계율을 어긴 신관
을 말살하는 존재란 건 소문일 뿐이라고 생각했는데 말야?"

"소승도 놀랐소이다."

"너희는 어디에서 온 놈들이야?"

"이거 참 난감한걸. 아무 말도 없이 보내주었으면 좋았으련만……. 우선 착각하고 있는 것 같은데, 나—— 아니, 우리는 정당한 이유가 있어 황제 폐하께서 부르셔서 왔다. 적의를 드러내면 역정을 사게 될 텐데."

"흐응~ 그럼 거기서 조금만 기다려 주시지? 얘기가 정말인지 거짓말인지 물어보고 올 테니까."

지르크니프가 얼굴을 슬쩍 쳐다보자 불의 신관장, 바람의 신관장 뒤에 네 명의 낯선 이가 있었다. 깊숙이 후드를 뒤집어써서 얼굴 전체는 보이지 않으니 수상쩍기 그지없다.

초면이므로 정말로 그들이 법국의 사자라는 보장은 없다. 그러나 신관장이 있으니 신뢰하지 않는다면 이야기를 진행할 수 없다. 다툼 때문에 파산이 나 봤자 기뻐하는 것은 마도왕뿐이다.

"그들이 바로 내가 기다리던 분들일세. 미안하지만 보내주게."

은사조 멤버들이 수상쩍다는 표정을 지었지만 이내 모두 길을 비켰다.

뒤에서 문이 닫혀도 그들은 후드를 벗으려 하지 않았다. 이토록 무례한 짓에 지르크니프는 아무 말도 할 수 없었다. 지르크니프가 경계하듯, 그들도 경계하는 것이리라. 물론 마도왕을.

"내 경호를 맡은 자들이 폐를 끼쳤소. 참으로 송구스럽소."

"마음에 두지 마십시오. 실제로 뒤쪽의 두 사람은 그쪽 아다만타이트 클래스 모험자들이 간파한 대로이니."

법국 사자 중 자리에 앉은 것은 둘이었다. 뒤의 두 사람은 여전히 서 있었다.

지르크니프는 들고 있던 펜으로 종이에 '성전(聖典)'이라고 썼다. 그에 대한 반응은 미미한 웃음이었으나 언어 이상으로 그것이 옳음을 말해 주었다. 법국에 존재한다고 일컬어지는 성전의 이름을 가진 특수부대. 육색성전 중 하나가 틀림없다.

"그보다는 관전을 즐기는 게 어떻겠습니까? 메인이벤트는 이제부터였죠?"

그 질문에 지르크니프는 고개를 끄덕였다.

메인 시합에서는 관객의 흥분이 최고조에 달해 매우 시끄럽다. 도청은 상당히 어려워질 것이다. 그렇기에 이 시간, 이 장소를 택한 것이다.

곁에 앉은 법국 사자는 품에서 편지를 꺼내 지르크니프에게 건넸다.

지르크니프는 옆이나 뒤에서 누군가가 엿보지 못하도록 편지를 살짝 펼쳤다. 그곳에 적힌 것은 질문이었다.

요약하자면 우선, 어째서 마도왕에게 그런 마법을 쓰도록 요청했는가.

다음으로는, 향후 제국이 설 위치.

마도국에 관한 정보는 어느 정도 가지고 있는가.

문장은 매우 정중하였으나, 요컨대 힐문이었다.

편지만 먼저 보냈으면 될 것을 이제야 겨우 넘겨주다니. 법국도 마도국의 넓은 활동 범위를 경계했기 때문일까, 아니면 제국을 신뢰하지 않기 때문일까.

미미한 불쾌감이 지르크니프의 흉중에 솟아났다. 법국 측이 제국을 별로 신뢰하지 않는 이유는 이제까지 마도국과의 교류를 생각해 보면 당연할 것이다.

지르크니프가 종이에 대답을 쓰려 하자 한층 커다란 성원이 치솟았다. 시합이 개시된 것 같았다.

『이 최고의 대시합을 엘─닉스 황제 폐하께서도 관전 중이십니다. 여러분, 위쪽에 있는 귀빈실을 봐 주시기 바랍니다!』

매직 아이템으로 증폭된 진행자의 목소리가 울려 퍼졌다.

"잠시 실례."

지르크니프는 자리에서 일어나 아래에 있는 시민들에게 얼굴을 보였다.

시민들에게서 일제히 지르크니프를 칭송하는 환성이 솟았다. 지르크니프는 단아한 얼굴에 조용한 미소를 머금고 시민들에게 손을 들어 대답했다. 여성들에게서 꺅꺅거리는 목소리가 터졌다. 아직도 자신의 인기가 쇠하지 않았다는 데에 지르크니프는 만족을 느꼈다.

『감사합니다! 그러면 여러분, 이제부터 오랜만에 무왕의 일전이 시작되겠습니다. 준비에 다소 시간이 걸린다고 하니, 그대로 잠시 기다려 주시기 바랍니다.』

무왕이라.

지르크니프는 중얼거렸다.

예전에 4기사 전원이 무왕에게 도전하면 어떻게 될지 바지우드에게 물은 적이 있다. 그때 그는 웃으며 승산이 없다고 대답했다. 그 대답이 걱정이 되어 플루더에게 무왕에 대한 정보를 모으게 했다. 그 결과 알아낸 것은 무왕이 치사할 정도로 강한 존재라는 사실이었다.

"하온데 폐하, 무왕과 싸울 수 있는 것이 대체 어떤 자일까요?"

사자에게서 당연한 질문이 나왔다. 사실은 지르크니프도 여기에 대답할 수 없었다.

"나도 모르오. 이번 무왕의 일전은 갑자기 결정됐다고 하니. 화제성을 위해서도 극비리에 처리됐는지, 프로그램에도 적혀 있지 않았소."

"그렇군요."

사자가 중얼거렸다.

"뭐, 무왕과 1대 1로 겨룰 사람이라면 아다만타이트 클래스 모험자 정도겠지요. 하지만 은사조 분들은 여기 계셨고. 그렇다면 잔물결 팔연(八蓮) 중 누군가라는 뜻일까요? 솔직히 얼마 안 되는 아다만타이트 클래스 모험자가 죽을지도 모르는 싸움, 그것도 구경거리 싸움에 나온다는 건 찬성하기 힘들군요."

이때 화신을 섬기는 신관장—— 제국 내 화신 신앙의 최고권력자가 끼어들었다.

"부정은 못하겠소만, 강함은 매력이지. 거친 힘을 보여주며, 자신도 저렇게 되고 싶다는 꿈을 안겨주기 위해서는 이런 장소가 최적일 것이오."

"그건 그렇습니다만, 제국의 현재 상황을 고려하면 전력저하로 이어질 수 있는 행위는 과연 어떨는지요. 무왕은 제국 최강의 존재입니다. 그를 포섭할 수는 없습니까?"

"……법국 여러분이 그런 말씀을 하시다니."

슬레인 법국은 인간을 중시하는 나라다. 아니, 다른 종족을 인정하지 않는 나라라고 하는 편이 옳다. 다양한 종족이 존재하는 이 세계에서 그 사실을 타국에 알리면서도 국가를 유지할 수 있는 것은 역시 대단하다고 말할 수밖에 없다. 아니면 단일종족으로 통일하는 것이 강국을 세우는 조건일까?

"개인적인 아이디어를 제시했을 뿐입니다. 국가는 관계가 없지요. 그러면 잡담은 이쯤 하고, 폐하. 대답을 주실 수 있겠습니까?"

"그렇군. 그리 하——."

『──그러면 여러분, 오래 기다리셨습니다. 이제부터 도전자가 입장하겠습니다!』

펜을 들어 첫 질문에 대답을 쓰고자 했던 지르크니프의 손이 멈추었다. 무왕에게 도전한 용감한 도전자에게 호기심이 들었던 것이다. 도전자로서 인정받았다는 건, 최소한 괜찮은 승부를 할 정도는 된다고 본 것이다. 그런 자가 이 제국에 아직도 있었단 말인가?

만약 우수할 것 같고 제국을 섬길 마음이 있다면 패배하더라도 채용해 보는 것이 어떨까. 경우에 따라서는 '부동'의 죽음으로 비어버린 제국 4기사의 공석을 허락해도 좋겠다는 생각이 들 정도였다.

『……도전자의 이름을 소문으로 들어보신 분도 많을 것입니다. 바로 그분께서 오셨습니다! 마도국 국왕 아인즈 울 고운 폐하입니다!』

"──엥?"

지르크니프는 자신도 모르게 얼빠진 목소리를 냈다.

사회자가 터뜨린 말의 의미가 머릿속을 그대로 흘러가버린 것 같았다.

투기장이 곤혹에 빠진 가운데, 귀빈실에 찾아온 것은 정적이었다. 지르크니프는 주위를 둘러보고 모두가 자신과 똑같은 목소리를 들었음을 확신했다.

"아인즈 울 고운?"

'――말도 안 돼.'

당연하다. 일국의 왕이 타국의 검투시합에 참가하다니, 말이 될 리가 있는가. 상식이 있는 자라면 당연히 똑같은 생각을 하리라. 야만족이 아닌 것이다.

무엇보다 자신들은 항상 마도국의 움직임을 주시했다. 만약 마도왕이 제국에 왔다면 그 정보가 즉시 지르크니프의 귀에 들어왔을 것이다. 이는 최우선사항이다. 지르크니프가 후궁에 있든, 어떤 상황이든 정보를 전하도록 이야기를 해두었다.

그런데도 자신에게 정보가 오지 않았다는 것은――.

'밀입국? 그런 짓을 했을까? 그러고도 투기장? 무슨 생각―― 어? 설마? 그런 거야? 그게…… 말이 돼?'

지르크니프는 부르르 몸을 떨었다.

그리고 눈만 돌려 슬레인 법국에서 온 사자를 보았다.

후드를 쓴 그들의 시선은 날카로웠다. 그 시선이 의미하는 바는 하나뿐이다. 아니, 입장이 반대였다면 지르크니프도 같은 대답을 이끌어냈을 것이다.

그들은 지르크니프가 마도왕을 불러냈으리라 판단한 것이다.

"기다리시오. 이건 함정이오!"

그렇다. 이것은 아인즈 울 고운의 모략이다. 이를 이해, 아니, 수긍시켜야만 한다.

"마도국의 함정? 아니면 누구의? 장소 지정은 폐하께서 하셨잖습니까? 심지어 이쪽에 전달한 것은 몇 시간 전."

바로 그렇다. 아슬아슬한 지경까지 정보가 누출되지 않도록 했다.

지르크니프는 필사적으로 정보를 아는 자들을 떠올려보았다. 숫자는 매우 적다. 신용할 수 있는 자뿐이다. 하지만 정말로 그럴까?

아니──.

"──어쩌면 마법에 지배당해 정보를 끌어냈을 가능성도 있소. 결코 내가 꾸민 짓이 아니오. 그 증거로, 내 함정이라면 내가 이렇게 당황할 리가 없지 않소?!"

"그걸 믿으란 말씀입니까? 우리를 끌어들이기 위해서 이런 것 아닙니까? 아니면 우리를 팔아넘기고자 했던가."

전혀 믿어 주지 않았다.

아니, 당연하다. 입장이 반대였다면 자신도 마찬가지로 규탄했으리라.

'하지만 대체 어디서 정보가 흘러나갔지? 아니, 흘러나간 게 맞나? 혹시 모두 놈의 노림수였던 것은 아닐까? 떡밥을 뿌려놓고 물기만을 기다렸던──.'

오싹 등줄기에 오한이 내달렸다.

마도왕은 이쪽의 움직임을 어디까지 읽고 있었던 것인가.

처음부터 여기에 이르기까지 모든 것이 계산됐을 가능성이 매우 높다.

마도왕은 그런 상대라고, 지르크니프의 명석한 두뇌는 대답을 도출했다.

'대체 얼마나 엄청난 책략을 짰던 거냐! 아니, 지금은 놈의 지모를 두려워할 때가 아니다! 어서 행동해야——.'

"위험하오. 어서 이곳을——."

그러나 이미 늦었다.

새로운 난입자의 목소리가 들렸다. 함정에 사냥감이 걸렸음에 만족스럽게 웃는 사냥꾼 같은 목소리가.

"지르크니프 룬 파로드 엘-닉스 폐하, 오랜만이오."

거친 호흡을 필사적으로 억제하며 돌아보니, 투기장의 중심에서 귀빈실 높이까지 상승한 마도왕의 모습이 보였다. 끔찍한 맨얼굴을 태연하게 드러낸 것은 본인임을 알리기 위해서가 분명하다.

"나, 나햐마로—— 후우. 나야말로 반갑소, 고운 폐하. 설마 이런 곳에서 만날 줄은……."

무슨 말을 해야 좋을지 알 수 없었다. 무슨 말을 건네도 트집을 잡히지 않을까 하는 생각이 접착제를 발라놓은 것처럼 지르크니프의 입술을 붙여버렸다.

"그건 나도 마찬가지요. 정말로 우연이란 무섭구려."

큭큭. 마도왕이 사악한 웃음을 흘렸다. 전혀 우연이라고 생각하지 않는 것은 명백했다.

틀림없다.

지르크니프는 확신을 가졌다. 모두 아인즈 울 고운의 책 모였던 것이다.

법국과의 밀담 현장을 확보하여 지르크니프에게 압력을 가하면서 양국의 동맹을 저지하고, 법국에도 압력을 가한다.

그야말로 귀재.

손바닥에 흥건히 밴 땀을 옷으로 닦았다.

이쪽의 정보는 엄청나게 흘러나갔을 것이다. 그러면 놈은 어디까지 알고 있단 말인가.

지르크니프가 필사적으로 머리를 굴리고 있으려니, 마도왕의 눈구멍에 켜진 끔찍한 불꽃이 법국 사자들에게 향했다.

"그쪽은 폐하께서 아는 분들이신지?"

아인즈의 말에 지르크니프는 말문이 막혔다.

이것은 쉬운 질문이 아니다.

이를테면 시험이다.

법국을 감싸 거짓말을 할 것인가, 아니면 마도왕의 편을 들어 팔아넘길 것인가.

너무나도 악랄해 지르크니프는 구역질마저 느꼈다.

표정 없는 해골 얼굴이 사악함에 일그러진 것 같았다. 입을 열 수 없는 지르크니프를 분명 조소하고 있을 것이다.

"왜 그러시오, 엘-닉스…… 아니, 지르크니프 폐하. 안색이 좋지 못한데, 어딘가 불편하신지?"

진심으로 걱정하는 듯한 말이기에 더욱 끔찍하며, 또한 두려웠다. 손안에서 발버둥을 치는 작은 동물을 귀여워하는 듯한, 그런 희열을 머금은 기척에 겁을 먹는 것은 인간이라면 당연하다.

"아, 아니, 괜찮소. 조금 현기증이 났던 것 같소."

"그렇구려. 몸은 자본이니, 소중히 하셔야지."

지르크니프의 궁색하기 그지없는 변명은 통하지 않았을 텐데도 편승해 주는 것은 사냥감을 해치울 순간을 노리기 때문이리라. 아니면 잔학성이 강한 성격의 소유자일까? 아니면——.

"거기 계신 분들을 소개해 주실 수 있겠소? 나는 아인즈 울 고운 마도왕이오."

——이 말을 하고 싶었구나.

일국의 왕이 이름을 댄 이상 말없이 퇴석할 수는 없다. 가명을 댈 경우, 만일 마도왕이 그들의 진짜 이름을 알고 있다면 어떤 태도로 나올까.

'사람을 가지고 놀다니!!'

표정은 전혀 움직이지 않는다. 그렇다기보다 살점도, 가죽도 없이 뼈뿐인 얼굴이다. 게다가 눈동자도 없고, 안에서 일렁거리듯 붉은 불꽃이 탈 뿐이다. 어느 것으로도 감정을 읽을 수 없다. 하지만 지르크니프는 사악한 웃음이 한층 진해진다는 것을 알 수 있었다.

"고맙습니다. 원래는 소개를 드려야 마땅하오나, 화급한 용무로 인하여 신속히 퇴석하려던 참이었습니다. 저희에 대해서는 나중에 폐하께 여쭈어 보십시오."

법국 사자가 자리에서 일어났다.

"그렇소? 그거 참으로 유감이구려. 또 어디선가 뵙게 될 날도 있겠지. 그러면 그날까지 무탈하시길. 나도 시합이 있어 이만 실례하겠소."

한껏 비꼬는 작별 인사를 남기고, 마도왕은 스윽 아래로 내려갔다.

모습이 보이지 않게 되고, 법국 사자의 날카로운 안광이 지르크니프를 향했다.

"함정에 빠뜨렸겠다."

"아, 아니오!"

"뭐가 아니란 거냐. 아무리 보더라도 놈은 이쪽을 알고 있지 않나. 생각대로 행동한 어리석은 자를 놀리는 것으로만 여겨졌다, 조금 전의 행동. ……놈에게 어디까지 이야기했지? 자신의 나라를 지키기 위해 얼마나 팔아넘겼나? 터무니없는 파괴마법을 애원했다는 것도 사실이었군."

지르크니프는 도움을 청하고자 신관장들을 보았다.

두 사람의 눈에 떠오른 감정은 곤혹이나 회의가 아니라,

적의와 실망.

마도왕의, 가장 효과적인 타이밍에서 보인, 최고의 일격. 철저하게 제국을 무릎 꿇릴 일격이었다. 이미 지르크니프에게 는 인간을 배신하는 길밖에 남지 않았음을 알리기 위한――.

"믿어 주시오. 나는 결코 놈에게 정보를 흘리지 않았소."

"……믿는다 한들 정보가 완전히 새나갔다는 사실에는 변함이 없겠지요. 유감이지만 황제 폐하, 두 번 다시 만날 일은 없을 겁니다."

법국 사자는 그 말만을 하고 방을 나가려 했다. 이어서 신 관장들도.

"잠깐! 그대들의 생각을 듣기 전까지는 이 방에서 내보낼 수 없다!"

님블과 바지우드가 무기에 손을 대며 움직였다.

지르크니프는 꺾였던 마음을 추스르며 두 신관장을 노려 보았다. 슬레인 법국의 사자는 뒤도 돌아보지 않고 나가버 렸다.

"그대들 신전 세력의 생각을 들려줘야겠다. 마도왕에 대 해 어떻게 생각하는지."

"……마도왕은 사악한 언데드이자, 저것을 왕이라 인정 하는 일은 용납할 수 없다."

지르크니프가 말하기도 전에 화신 신관장이 말을 이었다.

"그러나 저것과 싸워 승리를 거둘 수는 없다. 그러기 위해 놈을 멸할 수단을 모색할 것이다."

"팔아넘기고 싶다면 팔아넘겨라, 황제. 강대한 마에 매료 당한 자여."

풍신 신관장의 발언은 완전히 지르크니프와 적대하겠다는 의사표명이었다.

이것은 지극히 위험하다.

신전 세력은 정치에 관여하지 않는다. 그러나 불구대천의 원수인 언데드와 손을 잡은 황제라면 구축하고자 행동에 나설지도 모른다.

숙청은 불가능하다. 신전은 백성의 마음을 구제함과 동시에 의료를 관장한다. 만일 그런 짓을 한다면 제국은 내부에서 붕괴될 것이다.

지르크니프는 아인즈 울 고운이 둔 한 수, 사신의 낫과도 같은 일격에 떨었다. 놈이 아무 짓도 하지 않더라도 이대로 가면 제국은 붕괴한다. 그 후 마도국은 모종의 이유를 갖다 붙여 쳐들어올 것이다.

지르크니프였다면 '벗과도 같은 이웃 나라가 혼란에 빠졌으므로 치안을 유지하기 위해 군을 움직인다.' 같은 구실을 사용하지 않았을까.

조금 전의 반응으로 추측컨대, 만일 마도국이 그러한 태도로 나온다 해도 슬레인 법국은 비난하지 않을 것이다. 왕국에도 그럴 여력은 없다. 도시국가연합이 비난 성명을 내려면 나름 시간이 걸린다.

어떤 이익을 제시해야 그들의 마음에서 의심이 사라질까. 아니, 의심을 삼키고 협조를 약속할까.

지르크니프가 황제로서 상대와 이야기를 나눌 때에는 언제나 그것을 염두에 두었다. 사람의 마음을 움직일 때는 욕망을 자극하는 것이 가장 쉽다. 이제까지 살아오면서 그 생각이 옳았음을 잘 알았다. 아름다운 얼굴 안쪽은 욕망으로 찌든 인간을 얼마든지 보았다.

그러나 이 순간, 지르크니프에게는 해답이 떠오르지 않았다.

인간을 배신하고, 언데드와 손을 잡았다고 오해를 산 이 상황을 타개할 이치 따위 없다.

그렇기에 진지하게, 자신의 마음을 속이지 않고 말할 수밖에 없었다.

"한 가지만 말하겠다. 놈의 지모는 나를 능가한다. 이 전개도 모두 놈의 계획대로일 터. ……나도 그대들의 처지였다면 좀처럼 믿지 못했겠지만…… 정말로 정보를 팔아넘기거나 하지는 않았다. 아울러 믿기지 않을지도 모르나, 인간으로서 충고하지. 마도왕의 통치는 자비롭다. 에 란텔의 백성들은 평화롭게 살고 있다."

"언제까지 그것이 이어질지는 모르는 일 아닙니까?"

"그럴지도 모르지. 그러나 지금은 무사하다. 아무 승산도

없이 싸움에 나섰다간 우리 나라는 즉시 멸망의 길을 나아
가게 될 것이다. 그렇기에 섣부른 행동은 삼갔으면 한다."

두 신관장은 서로의 얼굴을 바라보았다.

그리고 지르크니프에게 향했던 눈에서 적의의 빛이 누그
러졌다.

"……조금 감정적으로 행동한 것 같습니다. 정말 소문으
로 들었던 그 언데드라면 이 모두가 놈의 계략이었을 수도
있을 테지요. 다시 한 번, 다른 곳에서 뵙기로 하겠습니다."

"그리 해다오. 그리고 그 전에 한 가지 당부가 있다. 놈이
투기장에서 싸우는 모습을 지켜보고, 놈을 쓰러뜨릴 방도가
있다면 가르쳐다오."

지르크니프는 고개를 숙였다.

모략 따위를 포함한 지략 싸움으로는 아인즈를 이길 수
없다. 만일 대등하게 싸우려 한다면, 인간의 마음만이 최후
의 카드가 될 것이다.

아래에서 환성이 들려, 지르크니프는 시선을 움직였다.

"……무왕, 힘내라! 신이시여!"

지르크니프는 진심으로 무왕의 승리를 신께 빌었다.


3

오랜만에 찾아온 제도다.

살짝 연 창문 틈새로 보이는 광경은 아인즈에게 패배감을 주기에 충분했다.

활기가 넘쳐난다.

사람들의 얼굴은 밝으며 시끌벅적했다. 불이 꺼진 것 같은 자신의 나라와는 전혀 다르다.

하지만 아인즈의 마음을 엄습한 패배감은 이내 꺼져버렸다. 아인즈가 그 도시를 지배한 것은 극히 최근이다. 새로운 지배자를 받아들이면 당연히 이제까지와의 차이나 불안 때문에 활기는 일시적으로 사라져버릴 것이다.

뽕실모에가 아인즈에게 전략 게임에 대해 가르쳐 준 것이 있다. 전쟁에서 승리해 땅을 얻고 점령하면 그 도시 사람들의 기분 같은 패러미터가 단숨에 떨어지는 법이라고 한다. 그리고——.

'——파르티잔이 나온다고 했지? 왜 그럴까? 웬 무기가 나와?'

앞 문장과 뒷 문장에 연관성이 없었다. 뭔가 다른 것 같다.

위그드라실과는 별로 관계가 없는 게임이었으므로 잡담처럼 흘려들었던 것이 좋지 못했다. 하지만 무언가 관계가 있을 것이다.

'나온다는 건 아마 팔린다든가 하는 의미일 것 같은데,

게이머 특유의 은어였나……. 파르티잔이라면…… 분명 창이었지? 무기가 잔뜩 팔린다는 건 싸울 이유가 있다는 뜻? 시민이 싸운다? 응? 새로운 지배자와 싸운다는 뜻인가? 내란이 일어난다는 소린가? 그럼 반란이 일어난다고 하면 되잖아. 웬 파르티잔? 원래 그런 건가……?'

에 란텔에서 반란이 일어나지 않는 것은 역시 죽음의 기사를 순찰시키는 등의 치안 유지 활동이 공을 세웠기 때문이리라. 아니면 처음에 모몬이라는 캐릭터를 이용하면서 얻은 억지력이 컸거나. 아니면 좋은 정치를 펼쳐서 그런지도 모른다.

'……평화롭게 지배할 수 있다면 그보다 좋은 게 없지. 알을 낳는 닭의 목을 비트는 짓은 어리석음의 극치. 때로는 PK를 한 상대가 떨군 아이템을 돌려 주거나 해서 원한을 남기지 않는 행동은 필수적이었어.'

『누구나 쉽게 따라하는 PK술』에 적혀 있었던 내용을 떠올린 아인즈는 생각이 엇나가려는 것을 깨닫고 방향을 수정했다.

'아차차, 활기 얘기였지. 뭐, 내가 지배하는 건 도시 하나. 반면 이곳은 많은 도시를 가진 제국의 수도니까. 활기에 차이가 있어도 어쩔 수 없어. 인구도 다르고. ……인구가 늘면 우리 마도국도 활기로 넘쳐날 거야. ……출산 장려를 정책의 일환으로 알베도에게 은근슬쩍 전해 보는 것도 좋을지 모르겠다.'

아인즈는 자신을 위로하면서도 거기서 지배자답게 새로운 정책을 생각했다.

"저, 저어, 폐하."

마찬가지로 마차 차창으로 밖을 살피던 남자의 목소리에 아인즈는 정신을 차렸다.

"화, 황송하오나 이 장소는 제국의 수도, 아윈타르가 아닙니까?"

거의 억지로 끌려왔던 사내가 떨리는 어조로 물었다.

"그렇다. 역시 모험자 조합장이로군. 보기만 하고도 어딘지를 알다니."

"고, 고맙습니——가 아니고! 관문 같은 곳을 지나친 기억이 없습니다만, 이건 밀입국 아닙니까?!"

그랬다. 〈전이문〉을 써서 직접 수도까지 날아왔다. 관문 따위 지났을 리가 없다.

"——사소한 일이다."

"사소하지 않습니다! 틀림없이 국가 수준에서 문제가 생길 겁니다! 왕이 다른 나라에 밀입국을 하시다뇨!"

나자릭에 올 때는 지르크니프도 그렇게 했지만, 그런 말은 할 수 없었다. 상식적으로 생각해 조합장의 말이 정론이다. 틀림없이 아인즈가 잘못했다.

열심히 생각해도 아인잭을 납득시킬 만한 말은 떠오르지 않았다. 그 이전에 정말 성실하다는 감탄마저 들었다. 들키지 않으면 그만이라고 말할 성격인 줄 알았기 때문에 평가를 조금 바꾸었다.

"……조합장. 나와 엘─닉스 폐하는 막역한 사이다. 그의 부탁을 흔쾌히 받아준 적도 있지."

아인즈는 전쟁 때를 떠올렸다.

"그래서 이러는 것은 아니다만, 그도 내가 말하면 흔쾌히 용서해 줄 것이다. 사후승낙의 형태가 되겠다만…… 황제 폐하가 허락하리라는 그 이상의 무언가가 필요하겠느냐?"

"그, 그야 분명 그렇습니다만……."

"무엇보다, 나도 너도 반입해서는 안 될 물건을 가져오지는 않았다. 그렇다면 별다를 것도 없지 않느냐."

"끄응."

아인잭은 말문이 막혔다. 잘 구슬렸다고 확신한 아인즈는 속으로 씨익 웃었다.

실제로는 노리고 밀입국한 것이지만, 여기에는 두 가지 이유가 있었다.

'만약 내가 왔다는 사실이 지르크니프에게 알려진다면 분명 접대를 하려 들 거야. 설령 그가 나자릭을 경계한다 해도 동맹국의 왕이 왔다면 겉으로는 환영해 줄 테니까. 하지만 그건 좋지 못해.'

제국 황제가 동맹국의 왕을 환영하는 식전 따위, 귀족사회를 모르는 아인즈에게는 무조건 피하고 싶은 행사였다.

그곳에서 웃음거리가 된다면 마도국에서 열심히 일하는 수호자들에게 고개를 들 수 없다.

게다가 한 가지 이유가 더 있다.

'그리고 어떻게 하면 아인잭을 잘 포섭할 수 있을지를 생각해야 돼. 조합 때처럼 꿈을 들려 주고 협조를 요청하는 게 가장 안전한 수단일까?'

강제로 아인잭 모험자 조합장을 끌어들일 생각이었기 때문이다.

아인즈가 이곳에 온 이유는 모험자를 스카우트 하기 위해서이다.

아인즈는 모험자 조합을 국가기관 중 하나로 두고 싶었다. 하지만 상자가 생겨도 알맹이가 충실해지는 데에는 시간이 걸린다. 우선 마도국은 도시가 하나밖에 없어 모험자 인구가 적기 때문이다. 리저드맨으로 대표되는 다른 종족 모험자는 앞으로의 과제로 남겨두고, 우선 인간 모험자를 늘릴 필요가 있다.

그렇기에 영입하러 온 것이다. 숫자가 적다면 주변 국가에서 끌어오면 된다.

그러나 누구나 잘 알 듯 스카우트란 쉬운 일이 아니다. 특히 아인즈가 이제부터 해야 할 일은 무작정 영업—— 사전 허락 없이 쳐들어가 영업하는, 영업사원의 업무 중에서는 최고로 난이도가 높은 일과 다를 바가 없다.

아인잭도 말했지만, 자유로운 신분이라고는 해도 모험자는 사실상 몬스터와 싸우는 국방전력이다. 억지로 스카우트한다면 각 방면에서 강한 반발을 초래할 것이 분명하다.

물론 각국의 모험자 조합이 연계해 마도국과 전면적인 항쟁을 벌인다 해도 아인즈는 질 거라고 생각하지 않는다. 그러나 그렇게 되면 포섭했던 모험자들의 사기가 떨어지고 말 것이다. 새로운 소속조직과 옛 터전이 다투는 것이 싫어 의욕을 잃는 경우도 충분히 생각할 수 있다.

그러므로 아인즈의 목적이나 컨셉을 아는 아인잭을 끌어들여, 중개자로 써먹고 이야기를 원활히 추진하고 싶었다. 만약 이를 에 란텔에서 말했다면 동행을 거부했으리라 여겨졌으므로 억지로 끌고 왔다.

여기에, 아인잭에게 상대와 공통된 화제를 제공하게 하는 속셈도 있었다.

영업의 요령 중 하나다. 사람이란 접점이 있으면 의외로 이쪽을 돌아봐주는 법이다. 출신지가 같거나 프로 경기에서 같은 팀을 응원한다는 이유로 동료가 거래처를 물어오는 것을 아인즈—— 아니, 스즈키 사토루는 몇 번이나 보았다.

모험자 모몬이었던 아인즈는 모험자를 나름대로 잘 안다. 하지만 그는 단숨에 계급을 끌어올린 만큼 모험자의 고생을 정말로 안다고는 할 수 없다. 그렇기에 바닥에서 올라왔던 모험자이자, 조합장으로서 모험자들을 지켜보았던 그를 사이에 두고, 이쪽에 대해 친근감을 가지게 하려는 것이다.

다시 말해 이번 제국에서의 업무 성패는 아인잭의 활약에 달렸다고도 할 수 있다.

'다만 문제는 어떻게 하면 아인잭의 의욕을 끌어올리느냐인데.'

보수에 따라 다르다면 나름대로 액수를 지불하겠지만, 아인잭이 그것으로 움직이리라고는 여겨지지 않았다.

"출발하라."

아인즈가 마부석에 말을 걸자 마차는 조용히 움직였다. 마차를 모는 것은 아인즈가 없는 돈을 털어 소환한 80레벨 이상 몬스터 '한조' 였다.

휴머노이드 타입 중에서도 닌자 계통의 몬스터인 한조는 은신 발견 능력이 탁월하다. 그 외에 이 레벨대에는 환술에 뛰어난 카신코지, 맨손격투와 특수기술에 뛰어난 후우마, 무기전투에 뛰어난 토비카토 등이 있다.

마차가 나아가며 차내가 덜컹덜컹 흔들렸다. 평소에 사용하는, 마법을 잔뜩 펼쳐놓은 마차를 가져오면 수상쩍게 여겨질 것 같아 일반적인 마차를 선택했기 때문이다.

"……그런데 마도왕 폐하. 이제까지 말씀을 듣지 못했습니다만……. 제도에 도착한 이상 이제는 무엇을 하시려는 것인지 여쭈어도 될는지요?"

"이곳에 온 목적이라면 이야기를 했으니 알고 있을 테지."

"네?"

아인잭이 눈살을 찡그렸다.

"모험자를 우리 나라로 초청하는 건 말이다."

아인즈잭이 떨떠름한 표정을 지었다. 명백히 찬성하지 못하겠다는 표정이었다.

"……설마, 제국의 모험자를 회유하시려는 겁니까?"

"바로 그렇다. 이 나라의 모험자를 빼내겠다."

전쟁이라고는 하지만 왕국의 병사를 그렇게나 죽인 이상 왕국 모험자를 빼내기란 어려울 것이다. 게다가 왕국에는 지금 알베도가 방문 중이다. 그녀에게 폐를 끼칠 만한 짓은 할 수 없다. 그렇다면 동맹국인 제국이 최적이다.

도시국가연합처럼 조금 멀리 떨어진 곳은 플루더를 통해 국가의 정보를 모으는 중이며, 알베도나 데미우르고스 같은 이들의 생각을 듣지 않고 건드리기는 무서웠다.

"어떤 방법을 생각하셨습니까? 저는……."

아인잭이 깊은 호흡을 한 차례 하고 말을 이었다.

"……폐하, 저는 모험자에 대한 폐하의 생각을 접하고 감명을 받았습니다. 그러니 되도록 협력하고 싶습니다. 그러나 그것은 제가 비교적 체제 측에 가까운 사람이었기에 가능했을지도 모릅니다. 현역 모험자가 이제까지 쌓은 모든 것을 버리려 들까요? 솔직히 어려울 것 같습니다. 특히 제국 모험자라면."

아인즈의 가슴속에 신선한 기쁨이 솟아났다.

그렇다. 이런 의견을 원했다.

수호자들이 나쁘다는 것은 아니지만, 그들은 아인즈의 말을 절대적인 원칙으로 삼아 행동하기 때문에 정말로 옳은 일을 명령했는지 불안에 사로잡히는 경우가 많았다. 그렇기에 아인즈가 원하는 것은 자신의 의견에 대한 부정적인 반응이었다. 그러면 어디가 좋지 못한지를 알 수 있으니까.

아인즈의 가슴속에서 아인잭에 대한 호감도가 조금 상승했다. 하지만 그 생각에 솔직하게 감탄해서는 안 된다.

정말로 수수께끼지만, 부하들은 아인즈 울 고운 마도왕을 지혜로운 자라고 인식한다. 이를 무너뜨릴 만한 언동은 할 수 없다. 실망시키고 싶지 않았다.

"……이상한 이야기로군. 이익과 불이익을 비교하여 이익 쪽이 큰 이야기일 텐데, 어려운걸. 역시 아직도 모험자에 대한 지식이 부족한 모양이다."

정말로 표정 하나 없는 이 얼굴은 도움이 많이 된다. 거짓말을 해도 간파할 수 있는 이가 아무도 없으니까. 궁극의 포커페이스다.

아인즈는 여기서 잠시 말을 끊고 아인잭을 정면으로 바라보았다. 반응을 기다린다는 태도를 보여서는 안 된다.

"너라면 어떻게 하겠느냐? 한번 홈그라운드를 결정한 모험자가 터전을 바꿀 마음이 들 만한 매력 넘치는 제안이란 어떤 것이겠느냐?"

"……폐하. 꼭 당장 빼내야만 하는 것입니까?"

"응?"

"이 제도에 터전을 둔 모험자를 서둘러 빼내가야만 하는 것입니까?"

아인즈는 턱에 손을 대고 생각했다.

가능하다면 서두르고 싶었다. 그러나 무리라고 한다면 참을 수는 있다. 마도국이라는 이름을 널리 알리는 것이 주요 목적이다. 이형종에게는 수명이 없으므로 어떤 의미에서 시간은 많다고 생각해도 좋다.

"하긴, 그렇게까지 서둘러야 하는 것도 아니로군."

"그러시다면 우선 발판을 다져놓는 편이 좋지 않겠습니까? 일단은 마도국에서 이야기가 나왔던 조직을 만들고, 그 외의 여러 시설을 만들고. 껍질을 만든 다음 알맹이를 모아나가면 되지 않겠습니까?"

"매우 좋은 제안이다. 그것은 나도 생각했다. 하지만 한 가지 문제가 있지. 처음에 어느 정도의 알맹이가 들어갈지를 계산한 후 용기를 만들지 않는다면 지나치게 크거나 작아지는 문제가 발생할 것이다. ……어림셈이 가능하겠느냐?"

"그, 그건 옳으신 말씀입니다. 저에게는 그런 계산은 무리입니다. 폐하께서 품으신 모험자 육성 기관이 어느 정도의 것인지도 모르고, 마도국에서 어느 정도의 비중을 차지하는 계획인지도 모르지요."

"그렇지. 나도 사실은 손으로 하나하나 더듬듯 시작하는 상태란 말이다. 특히—— 너는 내 이야기에 관심을 보여준 것 같다만, 그것이 얼마나 많은 모험자들의 마음에 전해질지 전혀 감이 잡히질 않는구나. 그렇기에 반응을 살피기 위해서라도, 제도에서 시험 삼아 권유를 해 보면서 그 결과를 알고 싶은 것이다."

"아하…… 역시 폐하이십니다. 거기까지 검토하셨다니. 생각이 짧아 부끄러울 따름입니다."

"그렇지 않다. 나는 너희와는 다른 존재. 그렇기에 인간의 반응에 관해서는 잘못된 행동을 보일 수도 있다. 어쩌면 상대가 불쾌하게 여길 만한 소리를 할지도 모르고. 그러할 때 내게 조언을 해다오. 그런 의미에서도 협력자는 필요한 것이다. ……아인잭."

"예!"

"앞으로도 잘 부탁한다."

1초 정도 아인잭은 생각에 잠기는 기색을 보이고, 이내 깊이 고개를 숙였다. 마치 나자릭의 수호자들이 그러듯.

아인즈는 천천히 고개를 끄덕이고, 이야기를 되새김질해 보았다.

'다시 말해 제국에서 모험자에게 어필을 할 땐 아인잭한 테 전부 맡겨버려도 된다는 거겠지?'

매우 중요한 부분이다. 프레젠테이션은 어느 정도 할 수 있지만 딱히 좋아하는 것은 아니다. 더 잘 하는, 우수한 사람이 있다면 고스란히 맡겨버리는 것이 옳다. 아니——.

'——전부 맡기기만 해선 안 되지. 최소한 거기서 발생한 문제는 상사인 내가 대응해 해결해야지.'

최악의 상사가 될 수는 없다고 아인즈가 각오를 품고 있으려니, 그동안 아인잭은 무언가 생각에 잠긴 기색을 보였다.

"왜 그러느냐?"

"……폐하는 현재의 모험자만이 아니라, 앞으로 새로이 태어날 모험자들까지도 그 조직의 구성원으로 삼아 미지를 탐구하시려는 생각 아니십니까?"

"그럴 생각이다."

"조금 전에 말씀드렸듯 현역 모험자는 어려울 것 같습니다. 그러나 앞으로 모험자를 지망하려는 자들에게 마도국에 가고 싶다는 생각을 심어 주는 것은 가능하지 않겠습니까? 병아리를 모아 기르는 것입니다."

모험자에게는 국경이 없어도 아직 모험자가 되지 않은 자라면 국경이 있지 않을까 생각했지만, 이 세계에 관한 지식을 아인즈보다 잘 아는 자가 그렇게 말한다면 문제는 없을 것이다.

"그렇구나. 그럼 어떻게 하면 좋겠느냐?"

"예. 강자는 동경의 대상이 됩니다. 그러니 마도왕 폐하의 힘을 과시하는 것부터 선언을 시작하면 어떨는지요?"

그건 좀 어떨까? 아인즈는 생각해 보았다.

하지만 선전은 중요하다. 모험자 조합을 만드는 것도 아인즈 울 고운 마도국의 선전을 위해서였으니까.

"……강자임을 과시한다면, 모험자 흉내라도 내면 되겠느냐?"

제국판 모몬을 만들면 되는 걸까 생각하며 아인즈가 묻자, 아인잭이 고개를 가로저었다.

"그 점에 대해서는, 폐하. 이곳은 제도입니다. 투기장에서 힘을 보여주시면 어떨는지요?"

"호오…… 재미있을 것 같구나. 자세히 말해 보거라."

*

마차가 멈춘 것은 큰 저택 앞이었다.

모몬 시절에 나베를 데리고 제도를 걸어다닌 적은 있지만 이렇게 큰 개인 저택을 본 기억은 없다. 적어도 에 란텔에서 이와 견줄 만한 집은 모른다.

"이곳이 투기장 지배인의 저택이구나. 꽤 크지 않으냐?"

아인즈의 물음에 아인잭이 말했다.

"그 말씀에는 조금 어폐가 있습니다. 투기장 자체는 국가 소유물입니다. 이곳에 있는 자는 그곳을 빌려 흥행을 벌이는── 프로모터라고 하는 것이 옳을 줄로 압니다. 그런 프로모터 중에서도 이 사람은 가장 힘을 가진 인물이지요."

"그렇군…… 지인인가?"

그렇다면 이야기가 빠를 것 같았지만, 유감스럽게도 아인잭은 고개를 가로저었다.

"투기장의 흥행은 다채로워서, 때로는 모험자와 몬스터의 전투도 있습니다. 그 몬스터를 포획해 이곳까지 운반할 때 몇 번 만난 적이 있는 정도입니다."

"그렇구나. 그러나 그것이 도움이 될 테니 너의 연줄에 감사할 수밖에. 그런데 에 란텔 근교에서 어떤 몬스터를 포획하려 했지?"

아인잭이 떨떠름한 표정을 지었다.

"카체 평야의 언데드를 잡고 싶었다고 하더군요. 언데드는 식량이 필요 없지요. 그러니 한번 포박하면 그 이상의 추가 비용이 발생하지 않으니까요."

"호오, 좋은 점에 착안했군. 뭘 좀 아는 인물이 아니냐."

"그렇습니까? 저는 아무래도 마음에 들지 않는 사람이라……. 하오나 폐하, 실례지만 동족 분이 잡혀간다는 이야기인데도 괜찮으신 겁니까?"

아인즈는 아인잭을 정면으로 보았다.

이 녀석이 대체 무슨 소리를 하는 걸까.

"언데드인데요……."

"아아, 그거―― 언데드라 해도 다채롭다. 게다가 나는 언데드 전체에 동족의식을 가진 것이 아니다."

"제가 결례를 범했습니다. ……폐하의 종족은 무어라 하는지요? 만일 실례가 되지 않는다면 들려 주시겠습니까?"

"오버로드다. 들어본 적이 있느냐?"

"아니오, 송구스럽게도 견문이 짧아 모르겠습니다."

뭐, 그렇겠지.

아인즈는 생각했다. 위그드라실의 몬스터 중 오버로드는 마법에 탁월한 오버로드 와이즈맨, 시간계 특수 능력 등을 구사하는 오버로드 크로노스마스터, 언데드의 군세를 지휘하는 힘이 탁월한 오버로드 제너럴 등 다수가 존재하는데, 가장 약해도 레벨 80이나 된다.

이 세계의 평균적인 강함이나 강자라 불리는 상대의 역량은 어느 정도 파악했지만, 이를 통해 생각해 보자면 만일 오버로드라는 언데드가 출현할 경우 상당한 소동이 벌어질 것이 분명했다. 특히 언데드는 불로의 존재다. 누군가가 쓰러뜨리지 않는 한 불멸이며, 그 땅에 계속해서 군림할 수 있다.

반대로 그런 이야기가 없다는 것은, 이곳에는 오버로드가 없기 때문이라는 추측이 성립된다.

"그렇다면 미지의 세계에 뛰어들어 모험자들이 그러한 정보를 모아주었으면 좋겠구나. 만일 나와 같은 종족이 존재하고 생명에 대한 증오를 품었을 경우에는 성가신 존재가 될 게다. 이해하겠느냐?"

아인잭이 눈을 크게 뜨고 고개를 끄덕였다.

"그야말로 지당하신 말씀입니다. 지금 진심으로 모험자의 올바른 모습을 깨달았습니다."

"그렇지. 나는 언데드 중에서도 예외라 생각하거라. 나는 인간이나 다른 종의 가치를 안다. 그렇기에 무의미하게 죽이거나 하지는 않는다만, 다른 오버로드는 다를지도 모르니 말이다."

"그렇습니까?"

"확증은 없다. 나만이 예외인지, 나의 종족에 속한 자들이 모두 예외인지. 다만 최악의 경우를 고려해 행동해야 하지 않겠느냐?"

"……폐하의 말씀이 옳습니다. 염두에 두겠습니다."

아인즈는 고개를 끄덕였다.

만일 출현한 흔적이 있고, 또한 누군가에 의해 쓰러졌다면── 어쩌면 샤르티아를 세뇌한 상대와 이어질지도 모른다. 아니, 오버로드가 샤르티아와 마찬가지로 매료당하거나 지배당했을 경우도 없으리라고는 말 못한다.

"그러면 만날 약속을 잡아놓고 오겠습니다."

"부탁하마."

아인잭이 마차에서 내렸다. 이를 지켜본 아인즈는 가면을 꺼내 썼다. 에 란텔에서는 이미 맨얼굴로 태연히 돌아다닐 수 있지만 제도에서는—— 특히 밀입국한 몸으로서는 최소한 정체는 감추는 편이 좋을 것이다.

로브도 평소 입는 것이 아닌 좀 더 차분한 것으로 갈아입었다. 매직 아이템의 등급은 한 단계 떨어지지만 어쩔 수 없는 일이다. 아인즈도 신기급 로브쯤 되면 한 벌밖에 없다. 그 외에는 동료들이 남기고 간 것이 있지만, 방어구에는 무기 이상으로 동료들의 개인용 커스터마이즈가 가미됐다. 동료가 지닌 특수기술을 강화하기 위해 데이터를 대폭으로 깎아내거나 하는 식으로. 따라서 굳이 쓰지 못할 것은 없지만 능력을 충분히 활용하지는 못한다.

그렇다면 조금 약하더라도 아인즈가 자신을 위해 만든 것이 낫다.

이것저것 장비를 교체하고 있으려니 마차 문을 두드리는 소리가 나고, 이내 아인잭의 목소리가 들렸다.

5분도 걸리지 않은 것 같았다.

"송구스럽사옵니다, 폐하."

"무슨 일이 있었나?"

"유감이오나 오늘은 사정이 허락하지 않아 내일로 해 주셨으면 한다는군요. 만일 괜찮으시다면 폐하께서 계시다는 사실을 전하고 시간을 내도록 해 보겠습니다만, 어떻게 하는 것이 좋을까요?"

"그럴 필요는 없다."

바쁠 때 억지로 만나러 오는 사람을 좋게 생각할 리가 없다. 오히려 영업사원의 감각으로 보자면, 다짜고짜 영업을 갔는데 문전박대하지 않고 방문예약을 잡아주었으니 성과는 그것만으로도 만만세다.

"그러면 내일로 하지. 가까운 날이 비었다는 행운에 감사해── 왜 그러나?"

아인즈는 아인잭이 눈을 휘둥그렇게 뜬 것을 보고 물었다.

"아, 아닙니다. 폐하께서는 매우 관대하신 분이구나 싶어서……. 귀족들 중에서도 상인을 깔보는 사람들은 많은데……."

"억지로라도 만나게 하라고 명령할 것 같았나?"

아인잭이 즉시 대답하지 못하는 것이 언어 이상으로 그렇게 생각했다는 사실을 전해 주었다.

아인즈는 그편이 지배자로서 옳을까 생각해 보았다. 이제 와서는 때가 늦었지만, 아인즈 울 고운은 왕이다. 그렇다면 스즈키 사토루의 입장에서는 이상하다고 생각해도 지배자에 어울리는 태도를 실행에 옮기는 것이 옳다.

"나는 인간들의 위에 서는 것이 처음이라 말이다. 인간 사회에서 그것이 옳다면 그렇게 하겠다만."

아인잭이 복잡한 표정으로 얼굴을 찡그렸다.

"모르겠습니다, 폐하. 저는 왕이라는 분들과는 면식이 없으므로 그것이 옳은 행위인지는 알 수 없습니다. 개인적으로는 지금의 폐하처럼 생각하시는 분들이 좋습니다만, 어쩌면 상급 귀족이라면 힘을 행사하는 것이 옳은 모습인지도요."

"정말로 인간사회란 복잡하구나."

결국 모르는 거 아니냐고 아인즈가 투덜거리자 아인잭이 친근함을 담아 미소를 지었다.

"폐하 말씀이 옳을지도 모르겠습니다. 정말로 귀찮은 일들이 너무 많지요."

마차 안에 두 사람의 조그만 웃음소리가 울렸다.

아인즈는 보이지 않는 곳에서 오른손을 불끈 쥐었다. 아인잭과 꽤 터놓고 지내게 됐다는 확신을 품고.

"——그래, 내일 방문할 때는 나도 동석한다는 말을 전했느냐?"

"아닙니다, 그렇지는 않습니다. 폐하의 생각을 들어본 후 정하고자 했습니다. 그런데 폐하의 존함을 대더라도 문제는 없겠는지요?"

"……소란을 떨거나 하는 사람이 아니라면 그래도 좋다. 그런 부분은 면식이 있는 네가 정하는 편이 좋겠지."

"분부 받들겠습니다. 일단은 감춰놓지요."

일시 같은 상세한 내용을 의논하고, 아인잭이 다시 마차에서 나갔다.

　너무 막 부려먹는다는 생각이 들어 아인즈는 조금 죄책감이 들었다. 연공서열의 세계가 아니라는 것은 알지만 나이가 많은 사람을 턱짓으로 부리는 행동은 사회인이었던 스즈키 사토루가 조금 언짢아했다.

　'연상의 부하를 두는 걸 싫어하는 사람이 많은 이유도 이해가 가.'

　이것이 서로 완전히 다른 사회에 속한 상대였다면 문제는 없을 것이다. 예를 들어 제국 사람이라면 아무리 나이가 많아도 턱짓으로 명령을 내릴 수 있다. 그럴 수 없는 이유는 아인즈가 아인잭을 자신의 부하 중 하나라 간주하기 때문이리라.

　'반드시 정당한 보수가 있어야 해. 포상도 원하지 않는 나자릭에 속한 자들은 특별사례라는 강한 자각을 가져야 해. 안 그러면 최악의 지배자가 될 거야. 난 절대로 블랙기업 같은 왕이 되진 않겠어.'

　뇌리를 스치는 헤롱헤롱의 목소리에 아인즈가 강하게 맹세했다.

　'실제로 아인잭에게 내릴 포상을 생각한다면…… 왕으로서 어느 정도를 지불해야 타당할까? 미스릴 클래스 모험자의 시가 정도면 될까? 아니, 임원 수당이 붙을 테니까 10퍼센트……는 너무 많으니 5퍼센트 올리는 정도로? ……누가

나한테 적당한 보수에 관해 가르쳐 주지 않으려나.'

의논 상대라면 데미우르고스나 알베도가 있겠지만 그 두 사람도 적절한 보수를 알지 어떨지는 의문이었다. 어쩐지 '아인즈 님을 위해 일하는 것을 기쁨으로 알아야 하옵니다.'라고 말할 것 같다.

'역시…… 지혜로운 인간족이 필요해. 플루더도, 마법에 대해서는 자신이 있지만 그 외의 지식에 관해서는 한쪽으로 치우쳤다고 본인 입으로 말했으니까…….'

무적으로 보이는 나자릭도 인간사회 쪽 지식에는 일말의 불안이 있다.

'……선종외시(先從隗始)라고 했지. 데미우르고스의 제안을 받아들이길 잘했어. 그렇다기보다 데미우르고스가 제안한 시점에서 내게는 거절할 뜻이 없었지만.'

아인즈가 이것저것 생각을 하고 있을 때, 다시 문 두드리는 소리가 났다.

"오래 기다리셨습니다, 폐하."

딱히 오래 기다리지는 않았지만, 아인즈는 자신이 지배자에게 어울린다고 생각하는 느긋한 태도로 아인잭의 말을 기다렸다.

"폐하께서 바라시는 대로 내일 10시에 약속을 잡아두었습니다."

"음, 그러면 내일까지 기다려야 할 텐데…… 우선 전이마법으로 너를 에 란텔까지 보내주마. 그러면 편안히 마법을 받아들이거라. 〈상위전이Greater Teleportation〉."

아인잭의 모습이 순식간에 사라졌다.

〈상위전이〉라면 문제없이 에 란텔의 삼중문 중 가장 바깥쪽에 있는 문 앞으로 날아갔을 것이다. 만약 전이할 곳에 다른 물건이 있다 해도 인접한 안전한 장소로 옮겨지니 그의 무사를 확인하기 위해 마법을 쓸 필요도 없다.

"그러면 다음은 〈전언〉을 써서 녀석과 연락을 취해 볼까?"

아인즈는 혼잣말을 중얼거렸다. 상당히 언짢은 일이었으므로 자신에게 활력을 불어넣는다는 의미에서 목소리를 낸 것이다.

〈전언〉을 쓸 상대는 아인즈에게 모든 것을 바치기로 약속한 플루더였다. 그가 원하는 것이 무엇인지 알면서도 계속 이제까지 미루었던 이유는, 그 노인에게 대가를 지불할 수 있으리라는 자신이 없었기 때문이었다.

플루더가 바라는 보수란, 아인즈가 가진 마법의 지식을 전수받는 것이다.

하지만 아인즈의 마법은 연구를 거듭해 얻은 것이 아니다. 그렇기에 플루더가 마법을 가르쳐달라고 무릎을 꿇고 빌어도 난감해지기만 한다.

위그드라실이었다면 마법의 토막지식 같은 것도 자랑할

수 있겠지만, 유감스럽게도 이 세계는 위그드라실과는 다른 시스템인 것 같다.

취득방식이 다른데 왜 마법이 똑같냐는 등 의문은 더러 있지만, 그 답은 아직도 해명되지 않았다. 애초에 이해할 수 없는 일들이 산더미처럼 있었다. 최악의 경우 위그드라실 능력을 갑자기 쓸 수 없게 될 가능성도 고려해야만 한다.

그 문제에 대한 해답은 이쪽 세계에 오면서 효과가 변화한 초위마법 〈별에 소원을Wish upon a Star〉의 다단계 레벨다운 발동을——레벨을 단숨에 여럿 낮춰 강력한 소원을 빌 수 있게 되는 방법을——사용하면 얻을 수 있을지도 모른다.

그러나 그것은 매우 위험한 도박이었다.

사용한다 해도 정말로 답을 얻을 수 있을지 불분명하다. 허사로 끝날 가능성도 충분히 있다. 게다가 무엇보다 비장의 카드가 될 수 있는 마법을 쓸 용기가 없었다. 물론 경험치를 대량으로 벌 수단이 있다면 이야기가 다르지만, 유감스럽게도 그것은 아직 발견하지 못했다.

하아.

아인즈는 한숨을——폐는 없지만——토하고, 확보하기로 약속한 상품을 아직 확보하지 못했다는 사실을 고객에게 사과하는 영업사원의 마음으로 〈전언〉을 발동시켰다.

"플루더 파라다인. 나다. 아인즈 울 고운이다."

여기까지 말한 후, 미리 약속해 두었던 말로 이어나갔다.

"페르모우스 마을 출신. 마법을 접한 것은…… 분명 네 마을에 있던 주사(呪師)가, 기억 중에서는 처음이었다지."

『오오, 스승님! 고대하였나이다!』

플루더에게서 감사의 염파가 전해졌다.

조금 전의 말은 암호다. 플루더가 〈전언〉 너머에 있는 것이 아는 사람인 척하는 다른 사람일지도 모른다고 했으므로, 이미 오래전에 이름이 바뀐 마을과 그의 추억을 처음에 말하기로 약속해 두었던 것이다.

다만 이것만으로는 〈전언〉에 대한 의구심을 플루더의 마음속에서 지울 수가 없다.

병적이군.

그렇게 생각은 하지만 그런 거라면 어쩔 수가 없다. 아인즈는 열의가 넘쳐 불꽃을 뿜을 것 같은 플루더의 태도에 약간 진저리를 치며 대답했다.

"조금 시간이 오래 걸려 미안하게 됐다. 너에게 슬슬 약속한 마법을 가르쳐 줄까 해서 말이다. 지금 다소 시간이 있겠느냐?"

『물론이옵니다! 스승님을 위해서라면 무슨 일이 있더라도 시간을 내겠습니다!』

아니, 그렇게까지 애쓸 것 없는데.

하지만 마법에 대한 이 열의야말로 플루더라는 인물을 단적으로 표현하는 것이리라.

그런 마법 미치광이가 가르침을 원하는데, 단순한 일반인이 이를 잘 구워삶아야만 한다니.

진상 클레이머의 클레임 처리에 필적하는 막중한 임무에 아인즈는 속이 쓰렸다.

'······지금 이 순간에 이 제도에서 가장 속이 쓰린 사람은 틀림없이 나일 거야.'

하지만 이제는 물러날 수 없다. 아인즈는 플루더의 방으로 전이하고자, 우선 장소를 확인하기 위해 정보계 마법을 준비했다.

"좋다. 그러면 지금부터 〈상위전이〉를 써서 네 방으로 가겠다."

『오오! 〈전이〉도 아니고 〈상위전이〉 말씀입니까! 그건 대체 몇 위계 마법이옵니까?!』

"······그런 이야기는 나중에 하고. 〈전언〉도 무한히 지속되는 것이 아니다. 나는 지휘관 계통의 직업을 익히지 못했으니. ······그 전에 확인해야 할 것이 있다. 정보계 마법에 대한 대책으로 어떤 마법을 어떻게 펼쳐두었느냐? 전이 저해는 무엇을 쓰느냐?"

『아, 아니오. 그런 것은 전혀 펼쳐두지 않았습니다.』

그런 단언에 아인즈는 있지도 않은 눈썹을 꿈틀했다.

"지나치게 부주의한 것이 아니냐? 아무것도 펼치지 않다니."

플루더의 방에서 나누었던 모든 대화가 제3자에게 흘러

나갔을지도 모르는 노릇이다.

『송구스럽사옵니다. 하오나 저는 그러한 마법에는 서툴러서…….』

"그렇다면 매직 아이템 같은 것으로 대신하는 것이 기본 아닌가? 이 제도에서 온갖 물건을 보았다. 그런 것들을 너희 쪽에서 만들 수 있다고 들었다만?"

아인즈는 처음으로 제도에 왔을 때의 시장을 떠올렸다. 냉장고에 가까운 것까지 있어 놀랐다.

『지당하신 말씀이오나, 아시다시피 매직 아이템을 작성할 때에도 비슷한 마법을 사용해야 하옵니다. 불꽃이 깃든 무기라면 〈화염구Fireball〉 등으로 대표되는 공격마법 같은 것을. 하지만 정보계 마법 방어는 습득을 선호하는 자가 적은 마법인지라…….』

과연 그렇다고, 아인즈는 수긍했다.

위그드라실 같으면 평범한 수단을 써서 1레벨마다 익힐 수 있는 마법은 3가지밖에 없다. 20레벨이라면 60개다. 이 중에 탐지 방해 같은 것을 넣기는 상당히 어려운 노릇이다.

60이라는 숫자는 모르는 사람에게 많아 보일 수도 있겠지만, 아인즈는 만약 자신이 습득한 제3위계까지의 마법 중에서 60개만을 엄선하라는 말을 듣는다면 생각에 잠겨 하루 온종일 고민할 것이다. 앞으로 어떤 용도에 쓸 것인가, 직업 변경은 가능할까 등등, 고려해야 할 요소가 너무나 많기 때문이다.

그렇게 생각하면 플루더를 찔끔찔끔 책망하는 것은 가엾게 여겨졌다.

"그렇구나. 그건 내가 잘못했다. 네 말이 옳다. 하기야 공격마법, 방어마법 같은 것을 취득하면 아무래도 탐지계나 정보계 같은 것은 우선순위가 떨어지지."

게임에서는 '이건 내가 찍을 테니 저건 네가' 하는 식으로 편하게 갈 수 있었지만 그들의 입장에서는 마법의 선택이란 자신의 인생을 결정하는 행위에 가깝다. 인기 없는 마법을 찍으려면 나름대로 용기가 필요할 것이다.

게다가 탐지계는 상당히 심오하다. 상대가 어떤 마법으로 정보수집을 벌일지도 예측해야 한다. 솔직히 말해 탐지계 마법에 특화한 매직 캐스터란, 인생이라는 칩을 사용해 도박과도 같은 직업을 얻은 것이다.

"……좋아. 내가 가진 탐지저해 아이템을 네게 주마. 앞으로는 그것을 써서 경계하라."

『예!』

보이지는 않지만 플루더가 깊이 고개를 숙이는 것을 알 수 있었다. 어쩌면 오체투지를 하고 있는지도 모른다.

『스승님의 자애로운 말씀을 받듭니다!』

그냥저냥 무난한 아이템이면 되겠지 생각하던 아인즈는 양심의 가책을 받았다.

"그, 그래…… 그러면 지금부터 네 방으로 가겠다."

아인즈는 마법을 발동시켜 플루더의 방을 엿보았다. 무릎을 꿇고 있는 플루더를 머리 위에서 내려다볼 수 있었다.

마법의 오라를 탐지해 보니, 역시나 플루더라고 해야 할지, 실내에 여러 가지 색이 보였다. 하지만 전이를 저해당할 만큼 위험한 색은 없다. 아인즈는 이를 확인한 후 〈상위전이〉를 기동했다.

시야가 바뀌고, 플루더의 방으로 전이하는 데 성공했다. 전이 지연이 발생하지 않았다는 사실, 그리고 조금 전에 엿본 감촉 등을 통해 적진으로 뛰어든 것이 아님을 알면서도 주위를 재빨리 둘러보게 된다.

이러한 경계는 사실 필요가 없다. 하지만 전이 직후 무방비할 때야말로 가장 적의 습격을 받을 확률이 높다. 이를 피하기 위해 행동하는── PK 대책의 움직임은 스즈키 사토루의 몸에 단단히 스며들어 있었다.

"왕림해 주셔서 감사드립니다, 스승님."

"……고개를 들어라."

"예!"

아인즈의 모습을 보고 깊이 고개를 조아리는 플루더에게 아인즈가 명령했다. 그렇게까지 안 해도 되는데 싶었다.

그의 충성심은──이 경우에는 지식욕에서 오는 복종이라 해야 하리라──기이할 지경이었다. 나자릭에 속한 자들과 거의 비슷할 정도다. NPC들의 충성심에는 이제 겨우 익숙해졌지만 이렇게 별로 모르는 사람이 절대적인 충성심을 보이면 몸이 흠칫흠칫 떨린다.

"그러면 서서 이야기하기도 뭣하니, 우선 앉지."

"예! 제가 가진 모든 것은 스승님의 것이옵니다. 마음대로 쓰시옵소서!"

이런 태도에 익숙해지고 싶기도 하고 그러기 싫기도 한 복잡한 기분으로 아인즈는 소파에 앉았다. 그러나 플루더가 맞은편 자리에 앉으려 하질 않는다. 바닥에 무릎을 꿇은 채 고개만 들고 있다.

"됐다. 자리에 앉거라."

"그, 그래도 괜찮겠사옵니까? 스승님과 똑같이 앉다니."

"……너에게도 제자가 있을 텐데, 너는 평소에 그렇게 하였느냐?"

운동부 스타일의 영업사원들에게 있을 법한 사고방식에 상당히 진저리가 나 물어보자 플루더가 고개를 가로저었다.

"그렇게는 하지 않았사옵니다. 하오나 스승님과 저 사이에는 비교할 수도 없는 차이가 있는 바, 스승님과 저를 똑같이 생각하다니 너무나도 황송——."

"——상관없다. 착석을 허한다. 자, 앉아라."

"예!"

플루더가 자리에 앉은 것을 확인하고, 아인즈는 속이 쓰리다는 생각을 하며 물었다.

"우선 너에게 부——."

부탁했던, 이라고 말하려다 말을 바꾸었다.

"명령했던 그 건은 어떻게 됐느냐. 제국이 입수한 각국의 내정을 문서로 옮겨놓으라는 건은."

"예! 인근 국가에 관한 정보의 기재는 마쳤사옵니다. 다만——."

"왜 그러지? 무언가 문제라도?"

"예! 역시 황제라고 해야 할는지요."

어쩐지 자랑스러워하는 얼굴이었다. 우수한 제자를 보는 교사의 얼굴이다.

"보아하니 제가 배신했음을 알아차린 눈치였습니다."

회사를 옮길 때는 원래 회사에서 얻은 기밀이 누출되지 않도록 정보서약 같은 것을 받기 마련이다. 그 점을 생각하면 내부정보를 흘리도록 첩자 노릇을 시킨 아인즈의 행위는 악마의 소행이다.

하지만 아인즈는 이미 잘 알고 있었다. 아인즈가 지배한 것은 회사가 아니라 국가다. 국가번영—— 나자릭 지하대분묘에 속한 자들의 행복을 위해서라면 무슨 짓을 해도 그것은 옳은 행위다.

지르크니프에게 원한은 전혀 없다. 하지만 그런 것은 자국의 이익에서 보자면 아무래도 상관없다. 그가 불행해져 마도국이 부유해진다면 얼마든지 불행해지라고 할 것이다.

그렇다고는 하지만 정면에서 드잡이질을 하는 것보다는 공존번영을 바라기는 한다.

옛날에 뽕실모에는 *내쉬가 용의자가 됐을 경우'가 어쩌고저쩌고 의미를 알 수 없는 말을 한 적이 있는데, 기회가 무한하다면 서로 힘을 합치는 편이 큰 이익을 얻을 수 있다나.

아인즈는 두 나라가 서로를 이용하는 관계라는 것을 알지만, 지르크니프 개인과는 친하게 지내고 싶었다.

'플루더를 빼내는 대신 카체 평야에서는 제국 사람에게 피해를 내지 않도록 했으니 플러스마이너스 제로겠지? 게다가 자주 훔쳐봐서 그런지 친근감도 든단 말이지.'

"……왜 그러십니까, 스승님?"

"으, 음. 아무것도 아니다. 잠시 생각을 했다."

"그러셨군요. 스승님의 생각을 방해하다니 죄송합니다!"

"실례될 것 없다. 오늘은 너를 만나기 위해 온 것이니."

"오오! 감사드립니다, 스승님!"

어쩐지 너무 감격하는데, 대체 왜 이럴까. 그렇게 생각하며 아인즈는 말을 되돌렸다.

"아~ 그래, 배신 이야기였지. 들키는 것은 상관없다만, 문제가 하나 있다. 네 신변안전이다."

---

* 게임 이론 중 내쉬 균형(Nash Equilibrium)을 설명하는 대표사례로 '용의자의 딜레마'란 것이 있다. 아인즈는 이 두 가지 용어를 합쳐서 오해한 것.

"오오! 스승님! 저처럼 하찮은 것의 안전을 걱정해 주시다니!"

이 노인은 왜 이렇게 일일이 감격하는 거람. 처음부터 잘라낼 생각이 아니었다면 부하의 안전에 최소한의 주의를 기울이는 것은 윗사람의 일이 아니겠는가. 아니면 제국에서는 다른가?

'후자라면 무서운데……. 그야 나도 방해가 되면 죽일지도 모르지만, 한번 부하로 거둔 사람을 죽이는 것도 좀.'

"플루더, 너무 흥분하지 마라. 주위에 누군가가 있다면 수상하게 여길 것이다."

"그 점은 심려치 마시옵소서. 이 층은 저만의 것이니 다른 자는 없사옵니다."

한번 온 적은 있지만 이 탑은 상당히 컸다. 그런 탑의 한 층을 혼자서 쓸 수 있다니, 역시 제국 최고의 매직 캐스터다.

"그러면 너의 신변안전 이야기로 돌아가겠다만, 배신이 들킨 결과 너를 죽이려 들지는 않더냐?"

"그러한 기미는 없었사옵니다. 다만 요직에서 받았던 일이 줄어들고 있사옵니다. 그리고 저는 곧잘 황제의 상담을 받곤 했사온데, 스승님께서 지배하시는 위대한 땅에서 돌아온 후로 전혀 호출을 받은 바가 없나이다."

"그렇군……. 그렇다면 플루더, 내가 있는 곳으로 오겠느냐?"

"예! 기꺼이!"

'망설이지도 않네…….'

"그러면 너의 역할도 고려해서—— 아니, 그 전에 해야 할 일이 있었지. 포상에 대한 이야기다."

자, 그러면.

아인즈는 한 박자를 두고 공간에 손을 뻗었다. 이 다음에 나올 이야기의 흐름은 몇 번이나 반복해 연습했다. 스스로 몇 번씩 태클을 걸어가며 수정도 마쳤다.

플루더가 정말로 아인즈가 생각한 대로 행동해 줄지 어떨지는 감도 잡히지 않았지만 연습은 충분히 했다.

"약속했던 내 지혜의 한 조각을 그대에게 전하노라. 받거라, 플루더. 그리고 이 서적을 통달하라."

아인즈는 '사자의 서'라 불리는 책을 건네주었다.

낡은 책이며 곰팡이 냄새가 난다. 하지만 책 자체는 신기하게도 묵직했으며, 벌레 먹은 흔적 같은 것도 없었다.

그가 꺼낸 책을 플루더가 떨리는 손으로 받아들었다. 아인즈는 자신이 언데드라는 데 감사했다. 만약 인간의 몸이었다면 긴장감 때문에 책이 떨렸을지도 모른다.

플루더는 마법의 심연을 엿보기를 갈망한다. 하지만 그 마법의 심연이란 것을 아인즈는 알지 못한다. 위그드라실이라는 게임에서 얻은 지식이라면 전수할 수 있지만 마법의 심연은 무리다.

하지만 이를 전하지 않는다면 충성심을 저버리는 행위가
된다. 은혜에는 은혜로, 충성에는 포상으로 답해야 한다. 그
러므로 자신이 가진 것 중에서 가장 마법에 관한 지식이 많이
실렸을 법한 책을 준 것이다. 실제로 아인즈가 보았을 때는
영문 모를 마법적인 무언가에 관한 내용이 적혀 있었다.

"실례하겠사옵니다."

책을 받고 희열에 찼던 얼굴이, 몇 페이지를 넘긴 후 실망
으로 일그러졌다.

"──뭐지? 바라던 것이 아니었느냐?"

불안을 억누르고 아인즈는 냉정하게 물었다. 원하던 것이
아니었다고 말해도 문제는 없다. 그런 전개도 이미 연습해
두었다.

"아닙니다, 그런 것이 아니오라. 저는 읽을 수가 없사옵
니다."

"아아, 그렇구나."

아인즈는 플루더에게 책을 받아들고 펄럭펄럭 넘겨 적당
한 페이지에서 손을 멈추었다.

"이 챕터는 사자변질(死者變質)에 관한 영혼의── 이질
화에 대한 것이 적혀 있구나."

"오오!"

환희의 눈동자로 이쪽을 바라보는 플루더에게 죄책감이
치밀었다.

그야 일본어로 적혀 있으니 플루더는 읽을 수 없었으리라. 하지만——.

'판타지 소설보다는 판타지 세계의 설정자료집에 가까운 것 같은걸. 이질화란 게 뭐야? 영혼이 어쩌고저쩌고 적혀 있긴 한데, 뭔가 어려운 소리만 늘어놔서 머리에 들어오질 않네. 피상적인 내용만 건드리는 것처럼……. 어쩌면 내가 읽어도 의미를 이해할 수 없게 해둔 책은 아닐까?'

이러쿵저러쿵 오컬트 같은 이야기가 적혀 있다. 그렇다기보다는 아마 오컬트일 것이다. 그러한 지식이 없는 스즈키 사토루의 입장에서는 누군가가 적당히 적어놓은 게 아닐까 싶기도 하지만, 이것도 어딘가의 신화에서 가져온 것일지도 모른다. 타블라 스마그라디나가 있었다면 자세히 설명해 주었을 텐데.

"어디보자……. 하나밖에 없는 것이라 줄 수는 없다만, 이것을 써보거라."

아인즈가 모노클을 책 위에 얹어 건네자, 그것을 착용한 플루더가 황급히 페이지를 넘겨보았다.

"이, 이것은! 다시 말해 영혼이란 위대한 세계의 흐름에서 튀어 오른 물거품 같은 존재이자, 크기의 차이는 있어도 모든 영혼은 동질적인 것. 그렇다고 한다며어어어언!!!"

'히익, 미쳤다.'

아인즈가 몸을 벌렁 젖히고 싶어질 정도로 급격한 변화였다. 눈은 크게 벌어지고 핏발이 섰다. 호흡은 짐승처럼 거칠었으며 당장에라도 누군가에게 달려들 것 같았다.

"어, 어떠하냐?"

눈이 뒤룩 움직여 아인즈를 정면으로 노려본다.

"후, 훌륭하옵니다, 스승님! 그야말로 이것은 제가 고대하던 지시이이이이익!! 흐아하하하하하!"

노인이 미친 듯이 소란을 떨어대는 모습에, 동요가 일정 수준을 넘어선 아인즈의 정신이 급격히 가라앉았다.

"──그렇구나. 그렇다면 그 안경은 돌려다오."

"네?! 하오나, 이것은……."

"그것을 번역하는 것부터가 너의 수행이다. 그것을 해독하고 이해하는 날, 비로소 너는 한 단계 고등한 영역에 오를 수 있을 것이다. 그 안경을 써서는 의미가 없다."

"그럴 수가……. 하다못해 모든 페이지를 한 번 읽어본 후에 드리는 것은 안 되겠사옵니까?"

"한 페이지 정도라면 문제가 없으리라 생각한다만, 그 이상을 읽어서는 너의 성장에 도움이 되지 않을 것이다."

플루더가 책을 탁 덮고, 지그시 눈을 감았다.

십여 초 후에야 겨우 눈과 입이 벌어졌다. 그의 목소리는 평정 그 자체였다.

"알겠나이다. 스승님의 가르침에 따르겠사옵니다. 그러면 스승님, 이해할 수 없는 부분이 있다면 지혜를 빌려도 되겠사옵니까?"

"으, 음. 내가 알 수 있는 것이라면 대답해 주마."

"예!"

플루더가 안경을 벗어 아인즈에게 돌려 주었다.

'좋았어! 이제 플루더도 한동안은 아무 말 안 하겠지. 아, 못을 박아놔야 하는 게 있었지. 어…… 뭐였더라?'

아인즈는 필사적으로 기억의 끈을 더듬어나갔다. 그리고 무거운── 지배자에 어울린다고 여겨지는 음성으로 이름을 불렀다.

"플루더."

"예!!"

"너를 신뢰하여 비법이 적힌 서적을 빌려 주었다. 결코 제삼자의 손에 넘어가는 일이 없도록 하거라. 당연히 네가 해독하기 위해 적은 메모도 마찬가지다. 이 서적에 관한 어떤 내용도 발설을 금한다."

"예!!"

"이유는 말할 것도 없이 알겠지만, 인간에게는 과분한 지식이기 때문이다. 그것이 다른 이들에게 전해진다면 성가신 일이 벌어질 것이다. ……너만한 재능을 가진 자에게 들어간다면 그나마 구제의 여지가 있겠지만. 나는 10년쯤 뒤 네 뒷처리에나 시달리는 건 내키지 않는군."

"물론이옵니다. 여기에서 얻은 지식은 결코 그 누구에게도 흘러나가는 일이 없도록 하겠나이다. 맹세하옵니다!"

"——신뢰하겠다, 플루더. 나를 실망시키지 말거라."

"예!!!"

의자에서 내려온 플루더가 바닥에 무릎을 꿇고 고개를 조아렸다.

그렇게까지 할 거 없는데. 하지만 그만큼 원숙하게 겁을 주었던 모양이라고 생각한 아인즈는 장장 열 시간에 이르는 연기와 발성연습이 허사가 아니었다는 데에 만족했다.

"됐다. 이해하였다면 그 이상 네게 할 말은 없다. 그만 자리로 돌아가거라. 그렇다고는 하지만 아무 도움도 없이 미지의 언어를 해독하는 것은 매우 곤란한 노릇이겠지. 그에 관한 아이디어가 있느냐?"

"예! 효율은 매우 좋지 못하오나 해독의 마법이 있사옵니다. 그것을 사용해 조금씩 해 나가고자 생각하옵니다."

"그래! 그렇단 말이지! 그거 훌륭하구나."

그야말로 아인즈에게는 최고의 대답이었다. 적절한 시련을 주면서 시간을 벌 수 있다. 그렇다고 플루더가 포기하고 내팽개칠 만큼 과도하지도 않다.

"그러면 이것은 네게 주…… 아니지. 그래, 이를 넣을 상자를 빌려 주마. 네가 그 책을 소홀히 다루리라고는 생각하지 않는다만, 누군가가 너에게서 훔치려 할지도 모르니."

아인즈는 공간에서 상자를 꺼냈다. 자신의 수첩을 담아놓는 데 쓰는 것과 같은 물건이었다.

"여기에 담으면 도둑맞더라도 열기까지는 시간이 걸릴 것이다. 상자를 여는 키워드까지 누군가가 엿들으면 의미가 없다만…… 그 점은 조심하거라."

"물론이옵니다, 스승님! 그런 일이 없도록 하겠나이다."

"그러면 됐다."

아인즈는 기뻐하며 책을 매만지는 플루더에게서 시선을 천장으로 돌렸다. 더 말해야 하는 사항이 뭐가 있었는지 떠올리기 위해서였다.

"아, 그랬지. 배신이 들통났으니 나에게 오면 어떻겠느냐는 이야기를 마쳐야겠구나. 우선, 언제 올 수 있느냐?"

"스승님께서 원하신다면 언제든 좋사옵니다. 이 나라에는 미련이 없는지라."

아인즈는 마음속으로 눈살을 찡그렸다.

책임자의 지위를 간단히 내팽개치는 성격이라니, 좀 그렇지 않나? 앞으로 아인즈의 곁에서도 같은 짓을 벌이지는 않을지 불안했다. 아인즈는 플루더의 이력서에 빨간 펜으로 마이너스 점수를 적어놓았다.

"……그러면 플루더, 너는 마도국 마법개발사업에 참여해 주었으면 한다. 단, 네가 개발한 모든 마법은 외부에 흘려서는 안 된다. 너와 나, 그리고 나의 심복들 사이에서만 공유될 것이다. 너는 그 점을 견딜 수 있겠느냐? 명성에 대한 욕망을 버릴 수 있겠느냐?"

"문제는 무엇 하나 없사옵니다. 저는 마법의 밑바닥을 들여다볼 수만 있으면 그것으로 족하옵니다. 그 이외에 바라는 것은 없나이다."

아인즈는 단언하는 플루더의 얼굴을 진지하게 관찰했다.

아인즈에게는 사람의 본질을 간파할 힘 따위 없다. 인간성으로 비교한다면, 인간에게는 절대로 불가능한 시간을 살아왔으며 제국이라는 거대한 국가의 운영에 크게 관여하고 천재적인 학자이기도 한 플루더 쪽이 훨씬 위다. 그가 아인즈를 속이려 한다면 절대로 간파하지는 못할 것이다.

그러나 간파하지 못하는 것과 간파하지 않는 것은 다르다. 그런 심정으로 플루더를 바라보던 아인즈는 이윽고 "그렇다면 됐다."고 한마디만 고했다.

"네가 마도국에 온 후에는 전권을 맡기도록 하마. 마법 개발에 관해 가능한 한 협력을 아끼지 않을 생각이다. 그러면······."

이로써 나자릭에 협력하는 인간이 발레아레 가문에 이어 하나 더 들어온 셈이다. 이제 데미우르고스와 알베도가 추천하던 여자를 얻는다면 나자릭 강화는 더욱 진척을 보일 것이다.

보이지 않는 적이 정체를 드러내기 전에 될 수 있는 한 힘을 길러야만 한다.

상대는 세계급 아이템을 가진 존재다. 위그드라실 이외의 힘을 조속히 손에 넣어야만 한다. 자신이 할 수 있는 일은 상대도 할 수 있는 일이라 보고 전략을 세워야 할 것이다.

다만 문제가 하나 있다.

어떻게 제국을 지켜나갈까?

데미우르고스의 의견에 따르면 제국은 잠재적인 적국인데, 아인즈는 그렇게 생각하지 않았다. 장래 어떻게 될지는 모르지만 세계정복이 목적이라 해도 무력만을 앞세워 쳐들어가는 것은 현명한 방식이 아니다. 마도국이 거역하는 적을 모조리 파멸시키는 국가라는 평판이 생긴다면 아군으로 삼을 수 있는 나라까지 적으로 돌아설 것이다.

그렇기에 지금은 절대적 지배자인 지르크니프와 아인즈가 우정을 서로 다지고, 이를 신하들에게도 알리면 어떨까?

'그렇게 하면 데미우르고스나 알베도도 힘에 의한 정복은 최소한도로 억제해 줄 거야. 좋은 아이디어인걸. 국가 사이의 담장을 넘는 우정. 다시 말해 길드를 넘어선 우정이지. ……친구라.'

아인즈의 머릿속에 이형의 동료들이 떠올랐다.

'하지만 친구를 만든다고 해도, 어떻게 하면 좋지? 무언가 원하는 걸 준다? 그건 친구를 만드는 방식으로는 문제가 있을 것 같고……. 지금은 지르크니프의 소중한 것, 제국을

지켜주는 게 제일이겠어. 내 적의 표적이 될 가능성도 높을 테니까.'

샤르티아를 세뇌한 보이지 않는 적의 한 수를 예상했을 때, 아인즈라면 이렇게 할 거라는 작전이 있었다. 그것은——

'최악의 패턴은 〈검은 풍요에 바치는 공물Ia Shub-Niggurath〉을 동맹국인 제국의 수도에 쓰는 것. 누가 보더라도 분명 내 소행으로 비칠 거야……. 그리고 그걸 전 세계에 퍼뜨리고자 행동하겠지. 그렇게 해 마도국의 세력 확대 속도를 늦추고.'

아인즈는 위그드라실 시절을 떠올려보았다.

강대한 길드와 정면에서 부딪치는 것은 어리석은 짓이므로, 세력을 깎아내기 위해 다른 길드를 부추겨 항쟁을 시키는 경우가 있었다. 이번에도 그 수법을 쓸 수 있으리라. 그리고 아인즈가 반대 입장이라면 틀림없이 그렇게 했다. 그렇기에 상대도 그렇게 나올 가능성이 있다.

이를 저지하기 위해, 은근슬쩍, 아인즈는 앞으로 두 번 다시 그 마법을 쓰지 못한다는——거짓말이지만——거짓말을 플루더의 입으로 유포시킬까 생각했다. 하지만 플루더는 이미 이용할 수 없다. 무언가 다른 수단을 강구해야 한다.

'손바닥 사이즈의 위험물을 반입하지 못하게 하는 방법에 가깝구나, 이거……. 역시 데미우르고스에게 그런 이야기를 해 보고, 어떻게든 대처방법을 생각하도록 명령하는

편이 좋겠어. 하지만 이상하게 생각하지는 않으려나? 아~
진짜. 모르겠네.'

하나에서 열까지 모조리 데미우르고스와 알베도에게 떠
넘기면 최고겠지만, 그랬다간 분명 절대자의 이미지를 위협
할 것이다. 자신의 처지를 지키면서 어떻게든 해결할 방법
을 생각해야 한다.

"스승님, 무슨 일 있으십니까?"

"……플루더. 나는 한동안 제국을 지켜주고자 한다만 무
언가 좋은 생각은 없느냐?"

"……어떤 이유에서이신지요?"

"정복은 쉬워도 잿더미 위에 서고 싶지는 않다. 제국은
깨끗한 형태로 병합하고 싶다. 그러기 위해 네가 사라지는
데서 오는 국력 저하를 막고 싶다."

플루더의 주름이 더욱 많아졌다.

"즉시는 대답드리기는 힘든 문제이옵니다. 제가 사라진
다 하여도 당장 무언가 문제가 일어날 가능성은 전혀 없다
고 생각하오나, 빈 구멍을 막기에 충분한 인물이 없는 것도
사실이온지라. ……문제가 없으시다면 저는 일단 이곳에
남겠사옵니다."

"그렇게 해 주겠느냐? 나도 부하들과 의논해 보고 훗날
연락하마."

"예!"

"……맞아. 그리고 마지막으로 두 가지 정도 해 주었으면 하는 일이 있다. 우선 무왕에 관한 상세한 정보가 필요하다. 그리고 또 하나는 죽음의 기사 건이다만."

＊

약속시간 직전, 아인즈는 우선 탐지마법을 사용했다. 원래 같으면 여러 가지 대항마법을 펼친 후 사용해야겠지만 소중한 두루마리를 대량으로 쓰기는 아까웠다. 적이 명확하게 존재했던 묘지 사건 때와는 달리 이번에는 단순하게 발동시켰다.

다만 만약의 사태에 대비해, 장소는 카운터를 맞더라도 타인이 말려들지 않을 만한 곳을 택했다.

시야에 다른 광경이 비쳤다. 마차 내부였다. 이 시야를 조작해 마차 밖의 광경을 본다. 아인즈는 그곳으로 〈상위전이〉를 발동시켰다.

한 치의 오차도 없는 전이에 성공해, 그대로 마차 문을 열었다. 안에 있던 아인잭이 놀란 표정을 지었다. 아랑곳하지 않고 마차에 올라타 문을 닫고, 아인즈는 미리 발동해 두었던 불가시화 마법을 해제했다.

"역시 폐하셨군요. 그렇지 않을까 생각했습니다만, 불가시화를 쓴 채로 들어오시는 것은 좀 참아 주십시오."

"불가시화를 쓰지 않으면 내 모습이 보일 게 아니냐."

"그 가면을 쓰셨으니 괜찮지 않을까요?"

"그럴지도 모른다만, 전이마법을 쓰려면 말이다. 성가신 일에는 될 수 있는 대로 말려들지 않고자 한다."

"그건 그렇군요⋯⋯."

"이해해 준 모양이니, 그러면 출발할까?"

"예. 그렇게 하시죠."

마차는 활짝 열린 문을 빠져나가, 문지기가 지정했던 장소에 도착했다. 마차를 세워놓을 수 있는 여러 곳의 마차 주차장 중 하나였다.

"그러면 가시지요."

아인즈는 아인잭의 뒤를 따라 마차에서 내렸다.

그곳에서는 집사 차림을 한 노인이 메이드 한 사람을 대동한 채 대기하고 있었다.

집사라 해도 세바스처럼 몸이 굵지는 않다. 지극히 평범하고 기품 있는 노인이라는 인상이었다. 그리고 집사는 인간인 것 같았지만 메이드는 달랐다.

메이드의 머리 꼭대기에는 인간의 것이 아닌 동물의 귀가 있었다. 머리카락에 가려져 단언하기는 어렵지만 인간이라면 귀가 있어야 할 곳이 볼록하지 않다. 얼굴도 귀여웠지만 인간과는 다른 귀여움―― 동물적인 느낌이었다.

"방문을 환영하옵니다. 아인잭 님과―― 마도왕 폐하이

시지요? 주인께서 기다리십니다. 안내해드릴 터이니 저를 따라와 주시겠습니까?"

"뭣?!"

아인잭이 집사의 물음에 놀라 살짝 소리를 질렀다.

어제 이야기를 할 때는 아인즈의 정체를 말하지 않았다고 들었는데, 아인즈의 정체를 알아맞혀 놀란 것이리라. 하지만 아인즈의 입장에서는 딱히 놀랄 만한 일이 아니었다. 가면으로 얼굴을 가렸다고는 하지만 복장은 전혀 달라지지 않았으니까. 정보에 밝은 사람이라면 들어본 정도는 있을지 모른다. 그보다도 상대에게 대답을 하지 않는 것이 더 실례다.

"감사하네. 그러면 안내를 부탁하지."

"예."

집사가 고개를 숙이고, 뒤를 따라 메이드도 인사를 했다.

두 사람을 따라 걸어나갔을 때 아인잭이 작은 목소리로 말했다.

"폐하, 고맙습니다."

이 감사는 집사의 말에 아인즈가 대답해 준 것 때문이겠지.

감사는 됐다고 말하려다가, 아인즈는 아무 말 없이 받아들였다.

스즈키 사토루의 시점에서 보자면 부하가 실수를 저지르고 상사가 커버해 주는 상황이었다. 아인잭의 감사는 당연한 반응이며, 상사 아인즈는 부하의 성장을 위해서라도 이를 내쳐서는 안 된다.

상사란 것도 편하지 않구나. 절절히 통감했다.

문득, 지배자 롤플레잉을 해야 하는 상황이 되면서 '고맙다'는 말을 할 상황이 대폭 줄어들었다는 생각이 떠올랐다.

'언젠가 수호자들, 전 NPC들에게 감사하면서 노고를 치하해야겠어.'

화이트기업을 꿈꾸는 나자릭 지하대분묘의 지배자로서 그런 생각을 멍하니 하는 동안에도 발은 멈추지 않고 안내에 따라 움직였다.

"그런데 래빗맨이 있다니, 놀랍지 않습니까, 폐하?"

그런 건 상대가 없을 때 말하는 게 좋지 않겠어?

생각은 하면서도 흥미로운 이야기였으므로 그대로 말을 이었다.

"래빗우먼이 아닌가?"

"아뇨…… 뭐…… 종족명이 래빗맨이니까요."

"아인잭, 시시한 농담을 그렇게 진지하게 받아주면 나도 좀 곤란하구나."

"…………도시국가연합보다도 동방에서 온 모양입니다. 신기하군요."

"흐음……."

도시국가연합의 동쪽이라고 해도 그것이 어느 정도 거리인지는 알 수 없었다. 아인즈도 아직 그곳까지 정보의 손길을 펼치지는 않았다.

하지만 왕국이나 제도에서 다른 래빗맨은 본 적이 없다. 그렇게 동족이 없는 장소란, 다른 종족의 배척이 없는 곳이라 해도 지내기 편한 환경일 것 같지는 않았다.

그녀에게 이야기를 약간 들어보고 싶다는 호기심도 들지만 그럴 수도 없다. 공연히 지뢰를 건드리기라도 하면 성가시다.

곧 어떤 방 앞으로 안내를 받았다.

"주인께서 기다리십니다. 안으로 드시지요."

실내에는 여러 종류의 무기며 방어구가 진열되어 있었다. 하나같이 기름을 잘 먹여 먼지 하나 없는 상태로 보존하고 있다. 자세히 보니 거의 모든 무구에 흠집이며 움푹 들어간 흔적이 있었다. 실전에서 쓰였던 것이 분명하다. 무기상인의 전시품이라기보다는 이 저택 주인의 찬란한 추억이 담긴 무구가 아닐까.

슥 둘러보고, 가장 앞에 놓인 한 자루의 검으로 시선을 돌렸다.

이 방에 있는 무구 중에서도 가장 아름다운 검이었다.

어디에도 흠집이 없으며, 심지어 방에 들어온 순간 자연스레 눈에 들어오는 곳에 놓인 것을 보자면 주인이 아끼는 물건이리라.

"마음에 드셨습니까?"

"그렇다네. 참으로 훌륭한 컬렉션이군."

한가운데에 놓인 한 쌍의 소파 앞에 서 있던 사내── 저택 주인의 물음에 아인즈가 대답했다. 그는 살집이 좋은 사내로, 머리카락은 매우 짧게 깎아 두피가 보였다.

인사도 없이 무구에 대한 잡담이 이어졌다.

"어떤 것이 가장 마음에── 아, 그것이군요. 이 방에 온 모든 분들이 그렇게 말씀하시지요."

아인즈는 방을 가로질러 그 검 앞에 섰다.

"들고 봐도 되겠나?"

"물론입니다."

아인즈는 고개를 숙여 고맙다는 뜻을 보이고 검을 들었다. 장비하려 들면 떨어뜨리겠지만 들기만 할 때는 문제가 없다.

검을 바라보다, 검신에 새겨진 문자를 알아보았다. 이 기묘한 문자를 어디선가 본 적이 있다. 필사적으로 머릿속을 검색해 보고, 이내 해답을 얻었다.

"룬 문자인가?"

"오오! 역시 마도왕 폐하시군요. 그 문자를 알아보시다니!"

'뭐? 진짜 그랬어? ……룬 문자가 이 세계에도 평범하게 있는 거야?'

룬 문자는 스즈키 사토루의 세계에서 옛날에 존재했던 문자라고 한다. 그런 문자가 이 세계에도 있다면, 스즈키 사토루와 같은 세계에서 온 사람이 전했을 확률이 높다. 아인즈는 신중하게 대답했다.

"……뭐, 그야. 지식이 있는 정도다. 나는 룬을 새겨 아이템을 만드는 능력은 없으니까. 누군가 명공이 만든 물건인가?"

"오오, 그 질문을 기다렸습니다. 이것이 바로 아제를리시아 산맥에 사는 드워프 왕국의 룬 장인이 만들어낸 검으로, 아마 150년 이상 된 물건일 겁니다. 검신에 번개를 담을 수 있지요. 칼자루에 기호가 새겨진 것이 보이십니까?"

당주가 아인즈의 옆에 나란히 섰다. 그러자 향수 냄새가 코를 강하게 찔렀다.

"이것은 드워프의 룬 공방 중 하나로, 아주 유명한 스톤네일 공방의 물건입니다."

'드워프의 룬 공방이라고? ……자세한 정보를 모아보는 것이 좋겠군.'

"호오. 매우 유명한 공방이라 들었네만, 그 공방의 무구가 이것 외에도 또 있나?"

아인즈가 실내를 둘러보자 사내는 기분 좋게 웃었다.

"하하하하. 이곳에는 없습니다. 다른 곳에 보관해 두었지요. 다만, 이만큼 강력한 마력이 담긴 물건은 이것밖에 없습니다."

"허어⋯⋯."

감탄사를 내면서도 아인즈는 마음속으로 실망을 감추었다.

그렇다고는 하지만 스톤네일 공방이라는 정보는 얻었다. 이곳에서 플레이어의 존재를 알아볼 필요가 있을 것이다.

그때 곁에서 아인잭이 질문했다.

"드워프의 룬 장인이 만든 무기는 어지간해서는 시장에 나오지 않는다고 들었네만, 그런 물건을 달리 또 가지고 있나?"

그 질문에 아인즈는 마음속으로 엄지를 척 세워주었다.

"그렇다네, 아인잭."

사내가 씨익 웃었다.

"옥션에 출품될 때는 무조건 입수하거든. 요전에는 경쟁했던 모험자가 너무 끈질겨서 예정하던 액수의 세 배까지 올라가버렸다네."

그 말에 아인잭은 어이없다는 듯 살짝 고개를 가로저었지만 아인즈는 감개무량해 고개를 끄덕였다. 컬렉터란 그런 법이다. 누구에게도 이해받지 못한다. 때로는 자신조차 과거의 자신을 이해할 수가 없으니까.

아직 알아보고 싶은 것은 더 많았으나 아인즈는 검을 내려놓았다.

"인사도 없이 훌륭한 물건에 눈길을 **빼앗기**고 말았네. 무례를 용서하게."

사내의 얼굴이 만면의 미소를 띠었다.

"폐하는 정말 말씀을 잘 하시는군요. 그러면 정식으로, 저부터—— 하찮은 상인인 오스크라 하옵니다."

"하찮다고 한다면 제국의 다른 상인들이 화를 내지 않겠나? 나는 아인즈 울 고운 마도왕일세."

"폐하의 대명을 듣지 않는 날이 없습니다. 앉으십시오. 드실 것을 준비하겠습니다."

"……호의에는 감사하나 내 몫은 필요가 없네."

오스크가 얼굴의 크기와는 달리 도토리처럼 작은 눈으로 아인즈를 빤히 바라보았다.

"폐하, 소문으로는 들었습니다만 그 가면을 벗어 주시면 어떻겠는지요?"

"……당주의 부탁이라면 벗지 않을 수도 없지."

아인즈가 가면을 들고, 맨얼굴을 드러냈다. 오스크의 표정에 놀라움은 없었다. 동그란 눈은 너무나도 작아 웃음의 형태를 띤 그 안쪽을 엿보기란 불가능했다.

"오오…… 과연, 과연."

몇 번 고개를 끄덕인 오스크가 입을 열었다.

"사실 소문 자자하신 마도왕 폐하의 입에 맞을 만한 찻잎을 대령할 수 있을지 불안했습니다만, 쓸데없는 걱정이었던 모양입니다."

활달하게 말한 오스크는 출렁거리는 배를 흔들며 웃었다.

"이보게, 오스크. 어떻게 폐하가 함께 오신 줄을 알았나?"

"뭐, 그리 어려운 일은 아니잖나? 마도국이 지배하는 에란텔에서 모험자 조합장인 자네가 왔고, 자네보다 높으신 분이 동행했다는 말을 들으면 떠오르는 사람은 딱 하나뿐이지."

마도왕 폐하의 심복일 수도 있었지만 그 부분은 감이라고나 할까. 오스크는 그렇게 덧붙였다.

"그러면 나도 질문을 해도 되겠나? 이곳의 무구는 자네가 직접 사용했던 것인가?"

아인즈의 질문에 오스크는 명확한 웃음을 지었다.

"설마요! 폐하, 제 몸을 보십시오! 저는 계산도구를 쥔 적은 있어도 검 같은 것은 들어본 적이 없습니다. 이것들은 제 취미지요. ……저는 어렸을 때부터 강자를 동경해 검 같은 무구를 좋아했습니다."

"아하……."

"이해해 주신 모양이군요. 그러면 저도 한 가지 여쭙고자 합니다만, 폐하께서는 엄청난 힘을 지니셨다 들었습니다. 예로부터 오래 살아오셔서── 음, 제 말이 맞습니까?"

"자네들 인간의 수명으로 본다면, 그리되겠지."

아인즈는 말해놓고 생각했다. 아인즈 울 고운 마도왕이란 대체 어떤 존재가 되어가고 있는 걸까 하고.

아니, 여기서 '그렇지 않아. 네가 더 나이 많아.' 라고는 말할 수 없고, 말한다 한들 믿어 주지도 않으리라. 그러므로 마도왕의 캐릭터를 만들어 이야기하는 것이지만, 슬슬 어떤 캐릭터인지 정해놓지 않으면 위험할 것 같았다.

'일단은 언데드로서 오래 살았다는 건 확정이겠네. 오래 살았는데 왜 모르냐고 물으면 틀어박혀서 마법 연구를 하느라 그렇다고 대답해야지. 이걸 기본으로 마도왕이라는 캐릭터를 만들어 나가자.'

"그러시다면 고대의 무구 같은 것도 보유하셨는지요?"

오스크가 호기심을 감추려고도 하지 않고 물었다.

"물론 가지고 있지. 그러나 줄 수는 없네만?"

"적절한 금액── 아니, 시가의 세 배라면 노력해 보겠습니다."

아인즈는 즉시 거절할 수가 없었다. 자신의 지갑이 매우 허전하다는 사실을 떠올렸기 때문이다. 그러나 왕이 '여기 있습니다.' 라고 했다간 처량하기 그지없다.

"……돈에는 매력을 느끼지 못한다."

"하긴, 일국의 왕이신 폐하께는 실례되는 말이었군요. 참으로 송구스럽습니다. ……그러면 어떤 것과 교환한다면 양도해 주실 수 있을는지요?"

'우리 나라의 활동을 칭송하라거나? 음? 그렇다고 한다면……'

아인즈는 단검 한 자루를 꺼냈다. 일렁이는 안개 같은 이펙트가 단검에서 흘러나왔다. 푸른색을 띠며 살짝 반대편이 비치는 검신은 블루 크리스탈 메탈을 사용한 물건으로, 안에 담긴 마력은 좀 애매한 편이다. 그렇다고는 하지만 종합병가를 보자면 상급 매직 아이템이며, 이 세계에서 일반적으로 유통되는 물건과 비교하면 강대하다.

"이, 이것은!"

두 명의 목소리가 들렸다. 아인잭도 눈을 크게 뜬 채 단검을 응시했던 것이다.

"흐음."

아인즈는 중얼거리고, 아인잭 앞에 검을 두었다.

"주마."

"예?!"

다시 두 명의 경악한 목소리가 들렸다.

"아인잭, 너의 활약에 대한 포상이다. 그렇다고는 하지만 수여는 아니며, 네 신분 같은 것을 보장해 주지도 않는다. 내가 바라는 국가에 어울릴 법한 포상이라고 생각했기에 줄 뿐이다. 돈이 더 좋겠다면 팔아도 상관없다."

데이터의 용량 문제로 아인즈를 죽이기는 불가능하고, 옛날 길드 멤버가 만들어준 추억의 무기인 것도 아니다.

"이, 이만한 물건을 받을 수는……."

아인잭이 부들부들 떨었다.

"별로 대단한 것은 아니다. 뭐, 네가 받지 않겠다면 나중에 다른 것으로 주마. 상처를 치유하는 포션 같은 것도 상관없고. 어떠냐?"

아인잭은 충분한 시간을 들여 망설인 끝에 단검을 받았다.

"기쁘게 받겠나이다. 성은이 망극하옵니다, 폐하! 이 훌륭한 검에 뒤지지 않도록 폐하를 섬기겠습니다."

"축하하네, 아인잭. 만일 자네에게 곤란한 일이 생기면 나라는 친구가 있다는 사실을 떠올려 주게."

오스크가 흘끔흘끔 단검에 눈을 돌리며 말하자, 아인잭이 강아지를 감싸는 어미개 같은 표정을 지었다.

"그런 짓은 하지 않을 걸세. 절대로."

아인즈는 약간 어조를 바꾸었다.

"좋아. 그럼 슬슬 이야기를 시작해 보지."

아인잭이 검신을 손수건으로 감싸는 모습에서 마지못해 눈을 뗀 오스크가 고개를 끄덕였다.

"…………그래야겠군요. 오늘 저의 누추한 집을 방문해 주신 것은 어떤 용건이신지요?"

"흐음…… 나는 말을 꾸미는 것이 서툴러서 말일세. 단도직입적으로 이야기하겠네. ……투기장의 무왕과 싸우게 해 주게."

오스크가 눈을 살짝 떴지만 이내 원래 표정으로 돌아갔다.

"무왕은 투기장에 속한 것이 아니라 자네가 키우는 검투사라 들었네. 자네가 무왕과 싸우도록 허가하면 즉시 대전이 편성된다고 아인잭에게 들었기에 부탁하러 왔네."

"흐하하하하. 진심이십니까, 폐하? 무왕은 몬스터의 육체와 뛰어난 전사의 기술을 가진 투기장 최강의 사나이입니다. 아마 역대 최강일 테지요. 폐하의 부하 중에도 강자가 있을지 모르겠습니다만, 그를 이길 만한 사람은⋯⋯."

오스크가 자랑스레 고개를 가로저었다.

"⋯⋯플루더보다도 강한가?"

"아닙니다. 전사의 영역에서 말이지요. 매직 캐스터는 안 됩니다. 하늘을 날면서 마법을 연사하는 건 도저히, 도저히 안 되지요."

무언가 투덜투덜 중얼거리기 시작하는 오스크를 보며 아인즈가 고개를 꼬자 아인잭이 설명해 주었다.

"옛날에 하늘을 날면서 마법과 활 같은 원거리 공격으로 승리를 거둔 모험자 팀이 나오는 바람에 분위기가 아주 나빠진 적이 있었다고 합니다. 그래서 투기장에서는 〈비행〉이나 〈전이〉 같은 마법은 엄금하죠."

그의 말이 끝났을 때쯤 겨우 정신을 차린 오스크가 아인즈를 보았다.

"어흠! 실례했습니다, 폐하. 씁쓸한 기억이 떠올라서⋯⋯. 자자, 그러면 폐하. 무왕과 싸우고 싶다는 것이 어떤 분이신지요? 인간입니까?"

아인즈와 아인잭은 얼굴을 마주보았다. 그리고 아인즈가 대답했다.

"나다."

"…………예?!"

"나 아인즈 울 고운이 상대한다."

공백시간이 생겨났다. 오스크가 당황하며 물었다.

"저, 저기, 폐하는 일국의 왕이 아니십니까?"

"그렇네만?"

"엥? 아니요. 그렇네만, 이 아니고……. 저기……."

"아아, 자네가 무엇을 걱정하는지는 잘 아네. 만약 내가 부상을 입으면 어쩌나 생각했겠지?"

"부상으로 끝난다면 다행이지만요……."

작은 목소리로 오스크가 말했지만 못 들은 척했다.

"안심하게. 나에게 무슨 일이 일어나더라도 문제를 삼지는 않을 테니. 그 점은 서면으로 확실히 명기하겠네."

"하오나 그렇게 되면 제가 사업을 할 수가 없습니다. 소문에 따르면 제국과 마도국은 동맹국이라 하지 않습니까? 동맹국의 왕께서 큰 부상을 입으신다면 저는 제국의 눈 밖에 나게 될 것입니다."

"그 부분에서도 자네에게 폐가 가는 일은 없으리라고 약속하지."

"그렇게 말씀해 주셔도, 그게……."

오스크가 조금 생각에 잠긴 분위기를 보인 다음, 다시 물었다.

"이런 말은 죄송합니다만, 담보가 될 만한 것을 맡겨 주시겠습니까?"

"담보라? 어떤 것을 말하나?"

"……조금 전 아인잭에게 주셨던 그런 물건을 맡겨 주십시오. 무슨 일이 생겼을 때 그것을 받을 수 있게 해 주신다면, 저는 좋습니다."

"그 정도라도 괜찮다면야 그렇게 약속하겠네. 하지만 지금 당장은 무리일세. 내일 자네에게 전하지."

"감사드립니다, 폐하. ……그 외에도 질문을 드려도 괜찮겠습니까?"

아인즈는 손을 내저어 말을 계속하라고 지시했다.

"저도 프로모터 나부랭이인지라 여러 가지 정보를 모으고 있습니다. 특히 투기장에 나갈 만한 강자나 몬스터의 존재에 관한 정보를. 그 소문 중에 폐하의 것도 있었습니다만 —— 정말 한 번의 마법으로 수만 명의 왕국 백성을 죽이셨습니까?"

"어흠!"

아인잭이 짐짓 헛기침을 했다. 오스크를 책망하는 시선으로 바라보지만, 딱히 이 건은 숨겨봤자 도리가 없으며, 이야기하지 못할 만큼 부끄러운 이야기도 아니었다.

"그 말이 맞네. 나의 마법으로 죽였지. 비난하고 싶은가?"

"아니오, 저는 그저 폐하께서 얼마나 강한 마법의 힘을 지니셨는지를 여쭙고 싶었을 뿐입니다. 소문으로 들은 그런 마법을 쓰시면 매우 곤란하니까요. 투기장은 제도 한복판에 있사온지라."

"아니, 그런 마법을 쓰거나 하진 않네."

아무리 아인즈라 해도 우호국 도시 한복판에서 그런 마법을 쓸 마음은 없었다. 무슨 테러리스트도 아니고.

"물론 저도 그렇게 생각합니다. 폐하는 언데드라고는 여겨지지 않을 정도로 이지적인 분이시죠. 생명을 증오해 대살육을 저지르시리라곤 보지 않습니다. 하오나 때로는 아주 당연하다고 생각하는 것도 확인을 게을리하는 바람에 일을 망칠 때가 있지요."

아인즈도 동의했다. 새로운 인원이 들어왔을 때 일어날 수 있는 위험 중 하나다. 실제로 스즈키 사토루 또한 그런 일로 실패한 저지른 적이 있다.

"당연한 생각이지. 다시 말해 두겠네만, 그런 마법을 쓰거나 하지는 않겠네."

"어째서입니까? 별의 위치라든가가 관계가 있습니까?"

"그런 건 전혀 아니네만———."

반짝! 아인즈의 머리에 꼬마전구가 켜졌다.

"음, 그건 내가 사용할 수 있는 마법 중에서도 최강의 카드였네. 엘-닉스 폐하께서 희망하시기도 해서 어쩔 수 없이 10년에 한 번밖에 못 쓰는 대마법을 사용한 거지. 그렇기에 앞으로 10년 동안 너는 힘을 비축해야 하네."

"호오!"

오스크의 눈에 기괴한 빛이 깃들었다.

"저에게 그런 말씀을 하셔도 괜찮으십니까? 그건 어떤 의미에서는 폐하의 약점이라고도 할 수 있지 않을까, 감히 생각해 봅니다만……."

"상관없네. 그만한 파괴마법은 쓰지 못한다 해도 나를 적대할 어리석은 자들을 죽이기는 쉬우니. 딱히 모든 마법을 쓰지 못하게 된 것도 아니잖나."

"역시 마도왕 폐하. 그렇기에 무왕 또한 손쉬운 상대라는 말씀이시군요?"

아인즈가 자랑스럽게 고개를 끄덕이자 오스카가 얼굴에 웃음을 갖다 붙였다. 다만 아인즈의 관찰안으로는 정말로 웃은 것인지 어떤지는 알 수 없었다.

"그렇군요. 그러면 한 가지만 더 확인하겠습니다. 왜 무왕과 싸우고자 하십니까?"

"강한 상대가 있다고 들었기 때문일세. ……가제프 스트로노프와 비교해 어느 쪽이 더 강한지 알고 싶었지. 왕국에는 가제프가 있었는데, 그렇다면 제국은? 하고 관심을 가지게 된 것이 가장 큰 이유일지도 모르겠군."

물론 그런 것을 위해 싸우지는 않는다. 이것도 아인즈와 입을 맞춘 결과다.

솔직히 말해도 상관없지만, 아무래도 그는 신뢰하기에 충분한 인물이 아닌 듯했다. 굳이 비교하자면 자신의 이익을 우선시하는 타입 같았다. 그런 상대에게 솔직하게 본심을 보여주면 별로 좋은 결과를 낳지 못하리라는 판단이 섰다.

"알겠습니다. 고맙습니다. ……폐하와 무왕의 시합을 편성하죠. 다만——."

감사의 뜻을 전하려던 아인즈를 오스카의 손이 저지했다.

"투기장의 규칙을 준수해 주셨으면 합니다. 그리고 폐하와 무왕에게는 진지한 승부라 해도 저희에게는 흥행인 바, 일방적인 싸움이 되어서는 재미가 없으므로 마도왕 폐하께서는 마법을 쓰지 않고 검—— 무기로 무왕과 싸워주셨으면 합니다. 그렇다면 좋은 승부가 되지 않을까, 어리석은 머리로나마 생각해 봤습니다."

"뭐라고!"

아인잭이 자리에서 일어났다. 얼굴은 분노 때문에 시뻘겋게 물들었다.

"그런 일이 어떻게 가능하겠나! 마도왕 폐하는 매직 캐스터이시란 말일세! 어떻게 이기란 말인가!"

"호오, 그렇군. 마도왕 폐하라 해도 마법을 쓰지 못하면 이기지 못하시겠군. 이거 참, 당연한 것도 모르고 제안하다니. 하지만 자네가 그런 말을 할 줄은 몰랐는걸. 마도왕 폐하께서 패배하시더라도 마음에 두지 않을 거라 생각했는데.

관점을 조금 바꿔야겠어."

"——이놈!"

"아인잭, 흥분하지 마라. 나는 상관없으니."

"……폐하, 지금 무어라 하셨습니까?"

오스크와 아인잭이 동시에 자신에게 시선을 돌리는 모습이 재미있어서 아인즈는 슬쩍 웃음소리를 내고 말았다. 다만 그것이 웃음소리보다는 코웃음을 치는 소리처럼 들리지 않았을까 싶어 아인즈는 황급히 코를 킁킁 울려 필사적으로 얼버무리려 했다.

그러나 구멍밖에 없는 코로는 불가능했다.

아인즈는 노력을 포기하고, 말로 얼버무리고자 했다.

"못 들은 모양이군. 나는 이렇게 말했네. 상관없다고."

오스크의 표정에는 변화가 없었지만, 사실은 바쁘게 머리를 굴린다는 것을 손에 잡힐 듯이 알 수 있었다.

"……그 말씀을, 마도왕 폐하의 대명에 걸고 약속하실 수 있습니까?"

"이름에 걸고 맹세하라고? ……알았네. 이 아인즈 울 고운의 이름에 걸고, 무왕과의 일전에서는 마법을 쓰지 않겠네."

"잠시만요, 폐하! 무왕의 힘을 보지도 않으시고 그런 약속을 하시다니!"

물론 아인잭의 말은 지당하다. 그러나 무왕에 대한 정보가 옳다면 별문제는 되지 않을 것이다.

"뭐, 어떻게든 되겠지."

"어떻게든 되겠지 가지곤 안 되죠!"

아인잭이 그렇게 받아쳐 아인즈는 조금 감동했다. 나자릭 지하대분묘의 지배자로서 군림한 후로 이렇게 자신에게 의견을 제시한 자는 없었다. 모몬일 때는 처음에야 조금 있었지만 단숨에 계급이 올라가버린 후로는 그런 일도 뚝 끊어졌다.

"자네도 자네야! 타국의 왕이 제국의 투기장에서 죽거나 한다면 이건 보통 큰일이 아닐세!"

그건 그렇다며 오스크는 아인즈와 얼굴을 마주 보았다.

"뭐, 그건 당연한 말이군요. 어떻게 하시겠습니까, 폐하? 충신의 제안을 받아들여 그만두셔도 좋습니다만."

반면 아인즈는 어깨를 으쓱했다. 아인잭의 걱정은 이해하지만, 원래 이 계획을 세운 것은 그였다. 마법을 써서 싸울 것을 염두에 두고 계획을 세웠는지 어떤지는 몰라도, 마법을 쓰지 못하면 그렇게 약할 거라 생각하나?

"문제는 없다. 그보다도 아인잭, 부끄러우니 고함을 지르지 말거라. ──그리고 오스크. 나는 이해할 수 없다만, 내가 죽었을 때 네가 얻는 이익은 무엇이냐?"

오스크가 눈을 깜빡거렸다. 아저씨가 해 봤자 전혀 귀엽지 않은 반응이었다.

"보아하니 폐하께서는 무언가 오해하신 모양이군요. 그

런 일은 전혀 없습니다. 조합장도 말했듯 불이익이 현저히 크지요."

아인즈에게 불리한 승부를 시키고자 꾀한 것이 아니라, 정말 프로모터로서 생각한 것이리라.

"――그래? 그렇다면 됐다."

"……폐하는 가제프 스트로노프보다 강한 무왕에게 마법 없이 승산이 있으십니까?"

"……스트로노프 말이지. 그자는 부러울 정도로 강한 사나이였다."

곁에서 아인잭이 경악하는 표정을 짓는 것을 알았지만, 아인즈는 아무 말 없이 전사장을 떠올렸다.

"그 사나이보다도 강하다면 경계는 필요하겠지. 그러나 내가 강하다고 말한 것은 가제프의 마음이다. 결코 전투 능력이 아니었다. 무왕이 완력으로 스트로노프보다 강하다고 한다면, 한순간에 죽일 수 있다."

"그렇군요. 헌데 저도 조금 전 폐하의 질문에 추가하고 싶은 대답이 있었습니다."

오스크는 자신의 두 손을 들었다. 살집이 좋은, 그렇다고 늘어지거나 하지 않은 두 팔을.

"저는 검과 검, 주먹과 주먹을 부딪치는 싸움을 매우 좋아합니다. 다만 저에게는 육탄전의 재능이 전혀 없어서 노력해 봤자 전혀 이길 수가 없지요. 그러니 생각했던 겁니다.

저의 대리 전사를 만들어, 그자에게 이기게 하면 된다고."

오스크가 씨이익 조소를 띠었다. 이제까지 보인 상인의 얼굴이 아니었다. 한 명의 인간인 오스크가 있었다.

이렇게 유별난 인간과 만나는 것은 처음이었지만 취미란 사람마다 다르다는 것을 안다. 다시 말해 이상한 성적 기호의 소유자라는 뜻이겠지. 아인즈는 머릿속에 변태라는 분류를 만들어 그곳에 오스크를 처넣어두었다.

"그래서입니다. 폐하께서 만일 제가 길러낸 무왕에게 패하신다면, 그것은 그야말로 매우 기분 좋은 일이 될 뿐입니다."

"그렇군."

오스크와 아인잭이 놀란 표정으로 아인즈를 바라보았다. 아까부터 대체 뭐냐 싶었지만 말했다.

"얼빠진 표정 짓지 마라. 하고 싶은 말이 있다면 말해라."

"아, 아뇨, 그게 전부이십니까?"

"나는 자네가 내게 무슨 말을 바라는지 전혀 모르겠네만……. 인간이란 정말로 이해하기 힘들구나. 뭐지? 그게 전부냐니, 몇 마디 더 해 주었으면 좋겠나? ……흐음. 그러면 이런 건 어떻겠나? 마법을 쓰지 않는 내게 이긴다고 기쁘겠나?"

뭐가 뭔지 모르겠지만 오스크가 갈팡질팡하며 아인즈에게 대답했다.

"어, 아, 그게…… 저는 마법이란 것은 그리 좋아하질 않아서……."

"그렇군. 그럼 그걸로 이야기는 끝이겠지?"

오스크와 아인잭이 서로의 얼굴을 보며 눈치를 살핀다. 하고 싶은 말이 있으면 확실히 말하라고 면박을 주고 싶었지만, 사회란 그런 것이다. 발언권이 별로 없는 사람이 솔직한 감정을 토로했다간 한직으로 몰려나게 마련이다.

"피차 속내를 털어놓고 이야기했으니, 감추는 것 없이 단도직입적으로 이야기를 진행하세. 무왕과의 대전 말인데, 일정은 어떻게 되나? 가능하다면 대대적으로 해 주었으면 좋겠군."

"그러면 시합 당일 무왕에게 도전자가 나타났다고 공표하기로 하고, 속히 시합을 편성하죠. 다만 도전자가 폐하란 사실은 시합 개시 때까지 극비로 해 두고자 합니다."

"이유를 모르겠군. 프로모터의 입장에서 보자면 그건 매우 아까운 일이 아닌가?"

"상식적으로 생각해 동맹국의 왕이 검투시합에 나간다면…… 어라? 그러고 보니 환영식전이 개최된다는 말은 못 들었는데, 혹시 앞으로 예정이 있는 겁니까?"

아인즈는 자신도 모르게 눈을 내리깔았다.

어떡하지.

아인즈는 심장이 없다는 사실에 감사하며 텅 빈 두개골

안에 있을 언데드의 뇌를 빙글빙글 회전시켰다. 그리고 너스레를 떨듯 어깨를 으쓱했다.

"이번에는 비밀리에 제국을 찾아온 걸세. 엘-닉스 폐하는 내가 온 것도 모를걸."

오스크가 모든 감정을 얼굴에서 지워버렸다. 수상쩍은 분위기를 감지한 것이리라. 상인인 이상 이익이 되는 일에는 민감할 것이다. 전혀 이익이 없고 손해밖에 되지 않는다면 나설 리가 없다.

"알겠습니다."

'엉?'

"폐하께서 대전자라고 공표하면 각 방면에서 훼방이 들어올 테니, 역시 도전자는 시크릿으로 해 두지요. 그 후에 발생할 온갖 문제는 모조리 폐하께 떠넘기겠습니다."

"물론. 그 점에 관해서는 자네에게 맡기겠네."

"알겠습니다. 그러면 잠깐만 시간을 내주시겠습니까? 시합 일정을 결정하고 오겠습니다."

\*

"돌아가셨나?"

"예, 나리."

오스크의 질문에 마도왕을 배웅하고 돌아온 집사가 대답

했다. 그러냐고 대답한 오스크의 시선은 집사의 뒤에 선 메이드에게 움직였다.

"──목 따는 토끼."

"왜?"

그는 고개를 갸웃하며 대답했다.

그렇다. '그'였다. 메이드복이 매우 잘 어울리는 남자다.

이 차림을 하는 것은, 그의 말에 따르면, 여자 차림을 하면 상대가 우습게 보고 방심하며, 다리 사이의 급소를 공격받을 일이 없다는 두 가지 이점 때문이라고 한다. 취미는 아니라나. 다만 조금 전과 같은 귀여운 몸짓을 평소에도 하는 것을 보면 취미도 포함된 것이 아닐까, 자꾸만 삿된 추측을 하게 된다.

그렇다고 특별히 오스크에게 불이익이 오는 것도 아니므로 어느 쪽이든 상관은 없지만.

한편 그런 그의 별명은 '목 따는 토끼'.

귀여운 외견을 가진 남자에게는 어울리지 않지만, 그가 바로 도시국가연합 동쪽에 위치한 나라의 전사 겸 암살자이며, 이 별명으로 알려진 용병이다.

그런 그를 초빙한 오스크는 파격적인 금액으로 계약을 맺고 고용했다. 그 외에도 수많은 워커 팀이며 검투사와 개인적으로 호위 계약을 맺었는데, 그중 누구보다도 비싼 금액을 지불한 인물이다.

그만한 힘을── 최소 오리하르콘에 해당하는 능력을 가진 것이다. 실제로 그를 고용한 후 성가신 일에 말려든 적은 없었다.

"마도왕 폐하를 본 감상을 들려다오."

그는 일류 전사 겸 암살자라는 것 이외에도 재능이 있었다.

그것은 상대를 간파하는 눈이다. 전사나 암살자로서 아수라장을 헤쳐나왔던 경험에서 오는 인물평가── 강자인지 아닌지를 간파하는 것이다.

"무지 위험해."

그가 이렇게 평가한 상대는 이제까지 무왕뿐이었다. 다시 말해 그가 이기지 못할 두 번째 존재가 등장한 것이다. 덧붙이자면 그다음 단계가 제국 4기사를 평가하는 '위험해.'였다.

"마도왕 폐하는 전사로서도 강한가?"

"모르겠어. 발소리만 들었을 땐 강할 것 같지 않았어. 전사나 암살자, 그런 훈련을 받은 자의 발걸음이 아니야. 차라리 옆에 있던 아저씨가 그나마 전사였어. 하지만── 위험해. 뒤에 서기만 해도 엄청 섬뜩했어. 온 힘을 다해 도망치고 싶을 정도로."

그가 자신의 팔을 보여주었다.

오스크의 눈은 주먹에 빨려 들어갔다.

동그란 주먹이다.

도대체 몇 만, 몇 십만 번 주먹을 단단한 것에 부딪쳐댔는지, 변질되어 공처럼 둥글어진 것이다. 싸우는 생물의 손이다.

오스크는 부르르 몸을 떨며 흥분을 멈출 수가 없었다.

"──어딜 보는 거야, 변태."

"좋은 손인 것 같아서."

손은 매우 취향이지만 유감스럽게도 목 따는 토끼는 그의 취미에서 벗어난 상대다. 성별은 딱히 문제가 아니다. 그러나 오스크의 이상형은 왕국에 있는 청장미의 전사, 가가란이었다. 목 따는 토끼도 나쁜 상대는 아니지만 그녀와 비교하면 전체적으로 너무 가늘다. 무왕은 반대로 너무 굵다.

"……내년 계약은 갱신하지 않을 거야."

"그건 안 돼! 너한테 필적하는 사람은 거의 없단 말이다. ……이자니야의 여당주 정도가 아니고선. 아차, 이야기가 샜군. 그런데──."

오스크의 시선이 그런 동그란 주먹에서 위쪽으로 이동했다. 목 따는 토끼의 피부에 소름이 돋은 것이 보였다.

"아직도 가라앉질 않아. 엄청 섬뜩해."

"전사로서는 별것 아니지만 곤란한 상대란 말이지……."

"저건 그냥 또 다른 무왕이야."

목 따는 토끼가 무슨 말을 하려는 것인지 오스크는 금방 깨달았다. 분명 그것은 그야말로 무왕이었다.

이 세계에는 강한 종족과 약한 종족이 있다.

약한 종족이란 인간으로 대표되는, 어둠을 꿰뚫어 보는 능력도, 몸을 지키는 단단한 외피도, 특수한 힘도 없는 고깃덩어리를 말한다.

반면 강한 종족은, 이를테면 드래곤이 있다. 단단한 비늘로 몸을 지키고, 준민하며 강대한 육체적 능력. 강철을 손쉽게 가르는 발톱과 이빨, 불꽃이며 냉기의 숨결처럼 특수한 능력을 보유했고, 하늘을 나는 날개를 가졌다.

그들은 오로지 종족으로서, 전사의 훈련을 받지 않았어도 강하다.

목 따는 토끼는 마도왕도 그런 종족일 가능성이 높다고 말한 것이다.

언데드는 육체적으로는 약하다는 것이 오스크의 지식이었는데, 마도왕은 다른 모양이다.

"오스크 님, 왜 시합을 받아들이셨습니까? 마도왕 폐하는 무왕에 대해 알고 계실 테지만 우리 측은 상대의 능력을 모릅니다. 상당히 불리한 시합이 되리라 여겨집니다."

"……응? 모르겠어?"

목 따는 토끼가 지친 어조로 말했다.

"나 같으면 그런 시시한 생각은 안 할 텐데~."

집사의 의아한 눈이 오스크에게 향했다. 그러므로 오스크는 웃으며 대답해 주었다.

"챔피언이 도전자에게서 도망치겠나?"

"그뿐입니까?"

"그뿐이지. 하지만 그거야말로 중요하다네. 서로 죽고 죽일 뿐이라면 그런 짓은 하지 않아. 하지만 시합으로서 도전장을 던졌다면 도망칠 수는 없지. 무왕도 그렇게 생각할걸."

"참 바보지~."

"그럴지도. 그게 남자란 거야. 다만 마도왕 폐하는 시합 형식이 아닌 전투에서 더욱 큰 능력을 발휘하는 타입인 것 같아. 시합 형식으로 싸우는 것과 규칙 없는 암투. 어느 쪽으로 마도왕 폐하와 싸우고 싶나?"

"양쪽 다 싫어. 꽁무니 빼고 냉큼 도망칠래."

오스크는 웃었다. 그것이 가장 현명하다.

"그럼 말야, 이번엔 그쪽 차례. 마도왕의 평가는 어때?"

주인에게 쓸 말투가 아니지만 뒤에 선 집사의 표정도 변하지 않았다. 옛날에는 고용된 입장에서 주인에게 보일 태도가 아니라고 말없는 불만을 내비쳤지만, 언제부터인가 그러지 않게 됐다. 목 따는 토끼가 암살자를 격파한 후부터였는지도 모른다.

"카리스마는 있더군."

호오옹~. 목 따는 토끼가 이상한 소리를 냈다.

아인잭의 분위기를 보았지만, 그의 태도에 강제로 따르는 느낌은 없었다. 다시 말해 도시를 점령하고 겨우 몇 달 만에 점령국 주민이 협조를 약속할 만한 무언가를 마도왕이 가졌다는 뜻이다.

"그 당당한 태도를 보았나? 수행원이라고는 아인잭밖에 데려오지 않은 것도 그렇고, 무왕과 마법 없이 싸우겠다고 약속할 수 있는 것도 그렇고, 강자라는 데에 큰 자부심이 있겠지. 그리고 머리도 매우 좋아. 이런 교섭에 탁월한 분위기였어."

그렇게 말하는 자신도 이상하다고는 생각했다.

마도왕은 상인인 자신을 대등한 상대로 대했다. 보통 왕이 아니라 귀족 정도만 되어도 상하관계를 훨씬 명확히 과시하는 법이다.

그렇기에 이해하기 어려웠다.

예전에 상인이었다면 수긍이 가지만, 그럴 리는 없다. 다시 말해 단순히 교섭력이 탁월한 것이리라.

"종합평가를 내리자면, 우리의 황제 폐하에 필적할 만한 재능을 가졌겠지."

물론 실제로 저력을 본 것은 아니지만, 그런 생각을 주기에 충분한 두려움이 있었다.

"아니, 최소한 선혈제와 호각의 재능을 가졌다고 가정해야겠어."

역대 최고라 불리는 제국의 황제와 동등하다는 것이 최소 라인이라니, 악몽 같은 이야기다.

오스크는 고개를 가로저었다. 이 이상 생각해 봤자 몸만 움직이지 않을 뿐이며, 마도왕의 심연을 엿보고 싶은 것도 아니었다. 지금 해야 할 일은 한 가지다.

"……무왕에게 이야기하고, 지금부터 최고의 컨디션으로 임하도록 해 줘야지."

"싫어하진 않을까?"

"그는 전사야. 도전을 받았다는 말을 들으면 절대로 도망치거나 하지 않아."

"호옹~. 이기면 좋겠지만~."


4


마도왕과의 시합 당일. 오스크는 여느 때와 같은 질문을 건넸다.

"상태는 어떤가?"

"아무 문제도 없다. 최고의 컨디션이다."

그렇게 대답한 것은 거대한 몬스터였다.

트롤이라 불리는 종족이지만, 트롤과는 결정적으로 다른 무언가가 있었다.

그것은 수많은 격전을 거친 자들만이 풍기는 전사의 기운.

그러나 그것도 당연한 일이다. 그는 전투에 적응하고 전투에 특화된 트롤. 트롤 파생종족 중에서도 한층 이채를 발하는 워 트롤이라 불리는 종족인 것이다.

그가 바로 무왕. 투기장 최고의 검투사다.

오스크는 그의 육체에 뜨거운 눈빛을 보냈다.

분명 전사로서 가진 역량만으로 비교하자면 무왕을 능가하는 자는 많다. 실버 클래스 이상의 모험자 팀에서 전열을 맡은 자들만 봐도 그렇다. 하지만 무왕은 그런 자들에게도 이겼다. 이유는 지극히 간단하다.

워 트롤의 기초 스펙이 인간의 것을 아득히 능가하기 때문이다.

완력이나 내구력뿐만 아니라, 거구 탓에 공격범위도 넓다.

그리고 인간에게는 없는, 종족에서 비롯된 다양한 특수능력까지 있다.

우선 피부. 두껍고 단단한 피부 위에 갑옷을 착용하면 거의 모든 공격을 튕겨낸다. 물론 관절 가동부분 같은 곳은 부드럽기 때문에 그런 곳을 노리는 자가 많다. 그러나 그런 도전자 대부분을 가로막았던 벽이 바로 재생력이었다.

인간이라면 절명에 빠질 것이 분명한 공격을 받아도 트롤은 죽지 않는 것이다. 놀라울 정도로 강한 재생력이 상처를 치유한다. 불이나 산 같은 것을 쓰기 전에는 그 재생력을 막을 수 없다.

이처럼 생물로서 막강한 능력을 갖추었기에 현재의 무왕은 역대 최강이다.

오스크의 눈앞에서, 자신이 자랑하는 최강의 전사가 갑옷을 착용하고 있다.

아다만타이트 클래스 모험자를 고용해 긁어모은 재료로 만들어낸, 마법을 담은 명품이었다. 당시 자산의 20퍼센트를 투자했던 것으로 기억한다. 그리고 그가 손에 든 마법금속으로 만든 곤봉 또한 그렇다.

무왕이 마법의 반지, 마법의 아뮬렛까지 완전무장을 착용해 나간다.

"──준비가 됐다."

옛날에 비하면 훨씬 지적인 말투였다.

언제나 그랬지만, 오스크는 그의 웅장한 모습을 볼 때마다 가슴이 뜨거워졌다. 자신이 그를 여기까지 길러냈다고.

"그러면 무왕, 가세나."

투기장 입구까지 그와 함께, 단둘이서 걷는다. 그것은 여느 때와 같은 의식이었다.

무왕은 방을 나온 후로는 계속 말이 없었다.

그가 아무 말도 하지 않는 것은, 옛날에는 싸울 상대에 대한 기대와 흥분 때문이었다. 하지만 언제부터인가 상대에 대한 실망이 강해지기 시작했다. 그러면 이번에는 어떨까.

갑자기 무왕이 우뚝, 발을 멈추었다.

기억하는 한 이런 일은 한 번도 없었다.

처음 겪는 경우에 당황해 무슨 일인가 싶어 오스크가 고개를 들자, 무왕이 천천히 아멧 헬름의 바이저 부분을 올려 얼굴을 드러냈다.

"감사한다⋯⋯."

쥐어짜내는 듯한 목소리였다.

오스크는 눈을 껌뻑거렸다.

무기를 주었을 때, 갑옷을 주었을 때, 그리고 이제까지 편성한 것 중 최고의 상대였던 선대 무왕 '부패늑대' 크렐보 파란타이넨과 싸운 후, 그 외에는 들어본 적이 없었던——네 번째 감사의 말이었다.

"뭐, 뭐가 말인가, 무왕?"

그의 눈은 날카롭게 복도 건너편을 노려보고 있었다.

"훅, 훅."

엷은 웃음소리와 함께 무왕의 몸이 가늘게 떨고 있었다.

흥분에서 온 떨림일까.

오스크는 그렇게 판단했지만, 그렇지 않았다.

"이 얼마나⋯⋯ 이 얼마나 훌륭한 도전자인가. 아니, 나야말로 도전자인가?"

"뭐, 뭐라고?"

"훅, 훅⋯⋯ 두렵다. 오스크. 이것은 공포에 몸을 떠는 것이다."

오스크는 자신의 귀를 의심했다.

"이것이, 이것이 생물의 감이라는 것이겠지. 다리가 잘 움직이지 않는다……. 갔다가는 죽는다고 가르쳐 주고 있다. 훅훅."

웃어서 내는 소리가 아니다. 흐트러진 호흡을 억지로 토해내는 것이다.

"이번 상대는 마도왕이라 들었다만, 이 얼마나 강한 자인가. ……이제까지의 오만에 대가를 치를 날이 왔나."

"무슨 말을 하는 겐가, 무왕. 오만이라니."

"나는 강하다."

무왕이 그렇게 단언하고, 오스크도 그 말이 옳다고 대답하려 했다. 그러나 그보다도 무왕이 먼저 말을 이었다.

"아니, 강하다니, 거짓말이다. 나의 강함은 종족의 특성에서 비롯된 강함. 진정한 강함이 아니다. 그러나, 그래도 적수 따위 손꼽을 정도밖에 없었다. 특히 전사로서 기량을 쌓은 후로는. 그러므로 도전자의 능력이나 장비 같은 것을 들으려 하지도 않았다. 불리한 상황을 만들려면── 자신을 단련하려면 그럴 수밖에 없었다. 그리고 마침내 내 감이 도망치라고 소란을 떨어대는 상대를 데리고 와주었군. 감사한다. 너는 나와 만났을 때의 약속을 모두 지켜주었다."

"무왕…… 고 긴."

무왕과 만난 것은 10년쯤 전이었다.

제국 변경에, 강한 몬스터가 나타난다고 소문이 난 가도가 있었다. 그 몬스터는 매우 이지적이며, 무기를 버리면 결코 죽이려 하지 않는다는 이야기였다. 그 사실에 흥미를 보인 오스크는 그 기묘한 몬스터와 만나기 위해 서둘러 제도를 떠났다. 왜냐하면 제국 최강의 무력 플루더 파라다인이 슬슬 그 몬스터를 퇴치하고자 출격한다는 소문을 들었기 때문이다.

처음에는 두려웠다. 당연하다. 이제까지의 생존자들은 모두 운이 좋아서 살아남았을 뿐인지도 모르니까.

하지만 실제로 만난 무왕은 오스크에게 전혀 관심을 두지 않았다. 흘끔 보았을 뿐 코를 울리고 떠나가려 했다.

그러므로 두려움도 잊고 물었다. 왜 이런 행동을 하느냐고.

돌아온 대답은, 지금만큼 유창한 화술은 아니었으나, '강해지기 위한 무사수행을 중이다.'는 말이었다.

오스크는 그때 자신의 선입견이 바뀌는 경험을 했다.

오스크에게는 한 가지 꿈이 있었다. 그것은 강한 전사를 육성하고 싶다는 것이었다. 재능이 없는 자신을 대신해 최강의 전사가 될 인물을 길러내고 싶다는 꿈. 하지만 굳이 인간에게 집착할 필요는 없었음을 이때 비로소 깨달은 것이다. 아니, 반대로 인간 이외의 종족이 기본적인 스펙도 좋고 강하니—— 최강의 전사로 성장할 가능성이 높지 않겠는가.

이미 오스크에게 몬스터 한 마리를 데리고 돌아간다는 의식은 없었다. 최강의 전사, 투기장의 패왕, 미래의 무왕으로서 스카우트한 것이었다.

그런 만남으로부터 10년 가까운 세월이 흘러 지금, 무왕은 공포에 떤다는, 그동안 보지 못한 모습을 보이고 있다.

"무왕——."

오스크의 머릿속에 수많은 말이 떠올랐다. 처음에 떠오른 것은 '이 시합을 포기하겠나?' 였다. 시합에서 죽는 경우도 있다. 이제까지 길러낸 그를 잃는 것을, 오스크는 견딜 수 없었다.

하지만 그 말을 입 밖에 낼 수는 없었다.

강한 자에게, 남의 걱정을 산다는 것은 모멸과도 같다. 그렇기에 그것은 무왕과의 사이에 맺어진 우정을 부수는 한마디가 될지도 모른다.

여기서 해야 할 말은 하나뿐이다.

"——지지 말게, 무왕."

"흥, 무슨 소리를 하나. 질 마음 따위 요만큼도 없다. 이제까지의 도전자들이 그랬다. 전부 이길 생각으로 내 앞에 섰다. 지금 그게 내 차례가 됐을 뿐이다."

"그렇고말고!"

오스크는 무왕의 몸을 두드렸다.

"마도왕은 매직 캐스터일세. 하지만 그래서는 시합이 재미가 없으니까, 양쪽 모두 마법은 사용을 금지한다는 규칙으로 시합을 편성했어. 그런 상대에게 질 리가 없지."

"……마법을? 마도왕이라는 자는 그러고도 나와의 대전에 동의했다고?"

"그래. 패배 따위 생각하지 않는다는 태도로 말이지."

"호오……."

무왕이 불끈 주먹을 쥐었다. 거대한 해머를 연상케 하는 주먹이다.

"강자는 자만하는 법이로군. 그 생각이 어리석었다는 것을 가르쳐 주겠다."

"바로 그 자세야! 하지만 절대로 방심하지는 말게. 마도왕은 눈알이 튀어나올 정도로 훌륭한 무기를 아무렇지도 않게 주더군. 아마 놀라운 힘을 가진 매직 아이템을 다수 보유했을 걸세."

매직 아이템 사용을 제한하면 무왕의 승산이 높아질 것이다. 그러나 그래서는 지나치게 핸디캡을 많이 주는 셈이다.

"문제없다. 지금 내 마음가짐은 도전자다. 방심 따위 전혀 없다. 능력이 부족해 패배하는 것 말고는 있을 수 없다."

무왕이 든든한 발걸음으로 걸어나가고, 오스크는 황급히 따라갔다.

"이보게, 그보다도 전에 했던 이야기를 진지하게 고민해 줄 수는 없겠나?"

다시 우뚝 걸음을 멈춘 무왕이 매우 언짢은 표정을 지었다.

"전에 했던 이야기라면…… 그건가?"

"그래. 자네 아내 이야기."

"왜 하필 지금…… 흐하아."

무왕이 웃고, 오스크는 얼굴을 붉게 물들이며 찡그렸다. 알고 있었다면 태도로 드러내지는 않았을 것이다.

"나 원. 좀 다른 방법으로 응원해 줄 수는 없나. 몇 번씩 말하게 하지 마라……. 아내가 필요했다면 내가 태어난 고향으로 돌아간다. 네가 말한 상대는 인간이지? 너한테는 늘 고마워하지만 인간 따위 제발 집어치워라. 나는 변태적인 기호는 없다. 아니, 나한테 안기고 싶다는 인간이라니 징그러워도 정도가 있지. 얼마나 변태인 거냐. 애초에 네가 원하는 건 내 자식 아닌가? 인간과 나 사이에 자식이 태어날 리가 있나."

인간종 사이에서라면 자식이 태어나지만, 아인종과 인간종 사이에서 아이가 태어나는 것은 이야기 속의 세계뿐이다.

"뭐, 그건 그렇지만……. 그러면 아내를 데리고 돌아와주게. 개선하기 위해 필요한 것이 있다면 말만 해. 뭐든 마련해 줄 테니."

"……네게 말해 두겠다만, 우리 트롤이 보기에 인간은 식량이다. 아내가 인간을 태연히 잡아먹을지도 모른다."

오스크도 마음 같아서는 쓸모없는 인간을 식량으로 삼는

다 한들 상관없었지만 입 밖으로 내지는 않았다.

"그렇군. 그럼 아이들이 인간 맛을 배우기 전에 데려오게. 영재교육을 시키면 분명 지금의 자네처럼 강해질 테니까."

무왕이 재미있다는 듯 얼굴을 일그러뜨렸다.

"그거 흥미로운 이야기군. 그래, 조금 진지하게 생각해 보도록 하지."

*

"폐하. 정말로 이기시겠지요?"

아인잭의 질문에 아인즈는 몇 번이고 되풀이했던 대답을 해 주었다.

"문제없다."

승산이 없는 승부에 나서는 자는 진정한 용사이거나 단순한 바보이거나 둘 중 하나일 것이다. 갑작스럽게 맞닥뜨린 상대와의 전투가 아니다. 준비 단계에서 모든 것이 결정되는 것과 마찬가지다.

아인즈는 그동안 모은 정보를 머릿속으로 떠올렸다.

무왕이 동쪽 거인과 같은 정도라면 문제없이 이길 수 있다. 하지만 예를 들어 동쪽 거인이 전사로서 가제프와 같은 수준의 역량을 가지고 나타난다면 종족 레벨에 직업 레벨이 더해졌다는 뜻이 되어 매우 성가실 것이다.

그러나——.

'이건 원래 비겁한 싸움이거든. 그 후로 플루더에게 부탁도 했고.'

아인즈는 자신의 능력으로 하위 공격을 완전히 무효화할 수 있다. 무왕이라고 해도 그의 수비를 꿰뚫으리라고는 여겨지지 않았다.

그러므로 아인즈는 자신의 수비를 해제했다.

반드시 이길 수 있는 싸움이어서는 안 되는 것이다.

그 전쟁에서 아인즈가 마법으로 죽였던 인간의 수는 10만이 넘는다. 위그드라실이라는 게임에서는 레벨 차이에 따라 경험치의 양이 증감한다. 이때 최소치는 1점이다. 다시 말해 그것으로도 경험치를 10만 점은 얻었을 것이다. 이 세계로 전이하기 전에 쌓아두었던 경험치에 가산하면 레벨업을 해도 이상하지 않다. 하지만 레벨업 같은 특별한 현상이 일어난 것처럼 여겨지지는 않았다.

다시 말해 아인즈는 역시 이 이상 강해질 수가 없다.

그렇다 해도—— 당연히 여기서 만족해서는 안 된다.

100레벨이 한계라면 그것은 어쩔 수 없다. 그렇다면 그 100레벨의 능력을 충분히, 최대한 활용할 수 있도록 자신의 기술을 갈고닦아야 한다. 언제까지고 자신들이 최강이리라는 생각에 빠져 안주했다가는 언젠가 추월당하고 말지도 모른다.

아인즈는 스스로 마법직 중에서는 실력이 있는 편이라고 판단했다. 위그드라실에서 갈고닦았던 능력이 이 세계에서도 유효했기 때문이다. 하지만 전열로 나섰을 때의 능력이나 기술이란 위그드라실 시절부터 그리 단련한 적이 없다.

'그 여자와의 싸움이 좋은 공부가 됐어.'

자신에게 전열에 설 만한 전투능력이 부족하다는 사실을 가르쳐 준 그 여자에게는 이제 고맙다는 마음밖에 들지 않았다.

그 일이 있었기에 근접전투력을 높이고자 생각했던 것이다. 이제는 능력치 면에서만이 아니라 기술이나 전술에서도 33레벨 직업전사와 어깨를 나란히 할 정도라고 자신을 가지기에 이르렀다.

그 시금석으로서, 이번 무왕과의 싸움에는 기대를 품고 있었다.

아인즈는 자신의 목을 보았다.

아무리 그래도 이 아티팩트를 찰 여유는 없겠지. 게다가 워커 때도 생각한 것이지만 경험치가 많이 쌓이는 느낌도, 기술이 몸에 배는 느낌도 없었다. 솔직히 말하자면 허사라는 기분이었다.

그런 생각을 하던 아인즈는 더 중요한 문제를 떠올렸다.

'아~ 지르크니프가 관전을 한다고 했지? 왜 온 걸까? 내가 엿봤을 때는 한 번도 온 적이 없었으니 괜찮다고 생각했는데. 암만 생각해도 밀입국이 탄로 난 거겠지……? 뭐, 사과하고 용서를 빌면 되지. 만약 뭐라고 그러면, 그쪽에서 나 자릭에 왔을 때 왕국의 허가를 받았느냐고 물어보면 별로 문제는 안 될 거야. ……처음에 인사는 해둘까? 역시 인사가 없으면 쓸데없이 인상이 나빠질 것 같고 말이지.'

"마도왕 폐하. 슬슬 입장하실 시간입니다."

투기장 측 사람이 방으로 들어와 아인즈에게 가르쳐 주었다. 지금까지도 몇 번 얼굴을 마주했지만 아인즈의 맨얼굴을 볼 때마다 바짝 얼어붙는다.

얼굴을 숨긴 채 싸우는 게 나을까 싶기도 했지만, 무왕에게 이긴 후 관중에게 프레젠테이션을 하겠다는 허가를 받았다. 어쩌면 이 투기장에 온 관객 중 몇 명은 마도국의 문을 두드리고 모험자가 되겠다고 해 줄지도 모른다. 그렇게 생각하면 역시 숨겨서는 안 될 것 같았다.

자신의 선택을 믿을 수밖에 없다.

아인즈는 천천히 걸어나갔다.

원래 같으면 지위가 높은 사람이 나중에 나가야겠지만, 투기장이라는 곳에서는 아인즈가 도전자—— 격이 낮은 상대이므로 먼저 입장하게 됐다. 물론 아인즈는 이를 당연하게 받아들여 아무 말도 하지 않았다.

아인즈는 걱정스러워하는 아인잭에게 웃음을 지었다.

이제부터 싸울 자신보다도 그가 더 걱정을 하는 것이 어쩐지 우습기도 했다.

"——똑같은 말을 몇 번씩 시키지 마라, 아인잭. 나는 지지 않는다."

*

지르크니프에게 인사를 마치고 아인즈는 투기장으로 돌아갔다.

마법은 쓰지 않는다고 약속했지만, 아직 전투 전이니 이 정도는 너그럽게 봐주겠지.

'……밀입국한 건데도 별로 화를 내지 않았지? 나중에 뭐라고 그럴 생각인가? 아니면 평범하게 입국한 걸로 생각했을까? 그렇다면 내 환영식전을 열어줄지도…… 아니, 이건 좀 자의식 과잉인 것 같네. ……지르크니프라고 불렀는데 화가 나진 않았으려나?'

아인즈는 자신의 생각을 자조하고 맞은편의 입구로 시선을 보냈다.

아직 무왕의 모습은 보이지 않는다.

'그러면…….'

아인즈는 투기장에 있는 관객들을 둘러보았다.

놀라움에서 생겨난 침묵이 투기장을 지배하고 있었다. 미미한 술렁임이 크게 들려올 뿐이었다.

'뭐, 어쩔 수 없지. ……저기, 그쪽 손님? 이건 가면이 아니라고.'

아인즈는 자신의 맨들맨들한 얼굴을 쓰다듬었다. 지금이라면 잘 안다. 이걸 보고도 태연한 것은 상당히 대담한 사람뿐임을.

'그렇기에 관객들을 들끓게 만들어 인기를 단숨에 얻을 수 있는 거지.'

인기를 끄는 것이 목적은 아니지만, 없는 것보다는 있는 편이 좋다. 게다가 언데드 전체의 평판은 언데드를 사역하는 마도국의 평판으로도 이어지지 않겠는가.

아인즈는 지팡이의 그립을 확인해 보았다.

철저히 마법직인 아인즈가 들 수 있는 무기는 몇 개 안 된다. 지팡이나 단검 등이다. 이번에 선택한 것은 물리공격용 스태프였으며, 위그드라실 시절에 만들어보기는 했지만 별로 쓰지 않았던 무기다. 아주 오래전에 썼던 무기인 만큼 별로 강하지도 않다. 지금의 아인즈라면 더욱 최적화된 무기를 만들 수 있을 것이다.

하지만 그런 준비는 하지 않았다.

무왕과의 역량 차이를 고려해, 지금 가진 무기만으로 싸워보려 한 것이다.

이 결정은 위그드라실 플레이어 스즈키 사토루가 보기에는 어리석음의 극치였으며, 용서받지 못할 방심이었다. 동료가 있었으면 '그럼 안 돼~.' 하고 나무랐을지도 모른다.

하지만 무왕이 가진 매직 아이템의 성능을 플루더에게 들었으므로, 훈련을 위해서는 이 정도로 자신을 몰아붙여야 한다고 생각했다.

관중에게 보여주고 싶은 것은 일방적인 유린극이 아니다. 목표는 딱 알맞은 수준의 압승이다.

『여러분! 북쪽 입구에서 무왕이 입장합니다!』

조금 전에 자신이 입장했을 때와는 전혀 다른, 찢어질 듯한 환성이 일었다. 아인즈는 그 가운데 조금 전 찾아갔던 귀빈석에서 목이 터져라 고함을 지르는 지르크니프의 환성을 들었다.

'……어쩐지 굉장히 흥분하는걸. 지르크니프는 무왕을 저렇게 좋아하나? 투기장의 왕이라는 건 아이돌 같은 존재일 테니, 당연한 반응일까? 위그드라실 때도 PvP 관전시합을 보면 강한 녀석들은 인기가 있었지.'

위그드라실 시절을 그립게 떠올리며, 아인즈는 지르크니프에게 연민의 감정을 품었다.

'내가 이기면 충격을 받겠네. 아끼는 팀이 지면 기분이 언짢아지는 거래처도 있었는데…….'

마음이 무거워졌지만, 일부러 질 수도 없다.

맞은편 입구에 커다란 그림자가 드리웠다.

이 이상 커질 리가 없다고 생각했던 환성이 한층 커졌다.

그야말로 폭발적이었다.

솔직히 이 환성을 조금쯤 나눠줬으면 하는 생각이 없는 것도 아니지만, 힘으로 빼앗으면 그만이다.

위그드라실 시절에는 도전자가 좋은 승부를 벌이면 서서히 목소리의 방향이 바뀌어갔다. 다시 말해 아인즈도 무왕과 좋은 승부를 벌이면 서서히 아인즈를 응원하는 목소리도 늘어날 것이 분명했다.

'게다가 지금처럼 응원이 거의 없는 상황에서 뒤집는 편이 선전으로는 좋지 않을까?'

천천히 무왕이 모습을 나타냈다.

전신갑주와 거대한 곤봉.

난공불락의 요새 같은 모습에 아인즈의 눈은—— 공허한 눈구멍에 떠오른 붉은 불꽃은 가늘고 날카로워졌다.

'흐음……. 외견은 들었던 대로. 그렇다면—— 아니, 그건 속단이겠지. 주의하자.'

플루더 파라다인에게 들었던 정보를 분석했을 때 장비품에 치명적인 것은 없었다.

다만 위그드라실에서는 같은 외견의 장비를 하나 더 마련해 놓고 완전히 다른 데이터를 삽입하는 수단을 강구하는 사람이 있었다. PvP로 대표되는 일대일 승부에서는 이러한 소소한 블러프가 승률로 이어진다. 예비 무장은 주요 무장보다 약간 약한 경향이 있지만 그래도 상대가 예상하지 못한다는 것은 수치적인 강함 이상으로 효과적인 법이다.

무왕이 그러지 않았으리라는 법도 없다.

아인즈는 그 사실을 머릿속에 심어두면서 무왕을 계속 관찰했다.

말로는 들었지만, 이렇게 직접 보니 '과연' 하는 생각이 들었다. 백문이 불여일견이란 말은 바로 이럴 때 쓰는 것이다. 플루더에게 갑옷 안의 모습을 들은 바에 따르면 그때 죽여 좀비로 만들었던 워 트롤과도 비슷할 것 같았지만, 몸에 두른 분위기는 완전히 딴판이었다.

멧돼지와 돼지라고나 할까, 그런 차이가 있었다.

"이거…… 재미있군. ……재미있다고?"

아인즈는 두근거리는 자신에게 낯을 찡그렸다. 그때도 생각했지만 호전적으로 변했달까, 전투광이 됐달까, 싸우는 데에 즐거움을 느끼는 것 같았다. 이것은 별로 좋은 경향이 아니다.

양측의 거리가 줄어들고, 상대가 먼저 말했다.

"나는 무왕이라 불리는 워 트롤, 고 긴이다."

"나는——."

아인즈는 가슴을 폈다.

"아인즈 울 고운 마도왕이다. 언데드의 최고위 종족, 오버로드다."

"그렇군. 그러면 전력으로 도전하겠다."

"······어라?"

아인즈는 의아하게 생각했다.

의문점은 두 가지였지만, 큰 쪽부터 질문했다.

"너는 내 이름이 우습지 않나?"

"어째서냐?"

"어째서······?"

질문이 되돌아와 아인즈는 고개를 갸웃했다. 동쪽 거인 때는 그랬던 것 같은데.

"분명, 긴 이름은 어쩌고저쩌고 하던데."

"그렇군. 보아하니 마도왕 폐하는 우리 종족에 박식하신 모양이지? 분명 우리 종족은 이름이 짧은 편이 강한 자라고 본다. 그러나 나는 이 나라에서 산 지 몇 년이 지났다. 그러면서 인간이 긴 이름을 붙이거나 한다는 사실을 배웠다. 그러므로 우습게 여기거나 하지는 않는다. 게다가 마도왕 폐하가 그 이름을 자랑스럽게 생각한다는 것이 느껴졌다. 강자의 이름을 비웃다니, 전사의 수치다."

"그렇군······. 워 트롤이라는 종족에 대한 생각을 고칠 필요가 있겠는걸."

"흐하하하하. 그럴 필요는 없다. 내가 이단일 뿐이니. 게다가── 어떤 종족에게도 다양한 사고방식을 가진 자가 있지. 그뿐이다."

"······하하하하! 그 말이 옳다. 마음에 들었다, 무왕.

······내가 이기면 내 것이 되어라."

아인즈는 천천히 오른손을 내밀었다.

그때는 거절당했지만, 상황이 전혀 다르다. 무왕이 조금 시간을 두고 망설이더니 대답했다.

"······좋다. 내가 패한다면 네 부하가 되겠다. 그렇다면 내가 이겼을 때는 어떻게 하겠는가?"

"어려운 질문이로군. 너는 무엇을 원하나? 요망을 말해 보라."

"······폐하를 먹겠다."

"············응?"

"나는 이제까지, 죽여서 먹을 만한 가치가 있는 자를 만난 적이 없었다. 그러나 나보다도 강한 폐하를 먹으면, 나는 폐하의 힘을 얻을 수 있다."

아인즈는 조금 안도했다. 옛날 길드 멤버에게서 식인문화에 대한 지식을 들은 적이 있는데, 한마디로 식인이라고는 해도 동기는 무왕처럼 상대의 영적인 힘을 취하는 것에서부터 성적인 기호에 이르기까지 다양하다는 것이었다.

'성적인 기호가 아니라 다행이네. 지는 일은 없겠지만 그런 눈으로 날 보는 사람이랑 싸우는 것도 기분이 나쁘니까.'

"좋다. 어쨌거나 생살여탈권은 승자의 손에 있는 것이군. 그러니 내가 너를 죽이더라도 소생을 거부하지는 마라."

아인즈가 한 걸음 내딛자, 무왕이 한순간 긴장하더니 이

내 자세를 허물었다.

아인즈가 앞으로 나가 오른손을 내밀자 무왕도 이에 호응해 거대한 오른손을 내밀었다.

악수라기보다는 무왕의 손에 감싸였다는 표현이 옳을 것이다. 관객들에게서 커다란 환성이 솟았다.

"그러면 한 가지만 더 질문하지. 왜 너는 나를 경칭으로 부르나?"

무왕의 태도는 챔피언으로서 도전자를 기다리는 것이 아니었다.

"강자에 대한 경의를 보이는 것은 당연한 이치다."

"그렇군…… 이해했다. 나의 질문은 끝났다. 그러면 시작할까? 거리는 어떻게 하지? 조금 전의 거리—— 10미터 정도면 어떻겠나? 이 투기장에서 사용하는 규칙이 있다면 그에 따르겠다만."

"거리의 규칙은 없다. 그보다 자세는 잡지 않을 텐가? 조금만 더 들어오면 내 공격범위인데."

"핸디캡이지, 핸디캡."

무왕은 아무 대답 없이 이해했다는 듯 고개를 끄덕였다.

얼굴은 안 보이지만, 움직임이나 호흡은 냉정함 그 자체.

도발임을 간파했는지, 아니면 불쾌함을 느끼지 않을 정도였는지.

아인즈는 마음속으로 혀를 찼다.

까다로운 상대다. 감정적으로 나서면 그 허점을 찌를 수 있을 텐데, 방심이라곤 없는 상대는 격이 낮은 상대라도 우습게 볼 수 없다. 무왕이 등을 보이고 아인즈와의 거리를 벌렸다.

그리고 10미터 정도 거리를 벌리고 돌아섰다.

"그러면 종이 울렸을 때 시작할까, 마도왕 폐하?"

"그럴까……. 이봐, 무왕. 나는 너와 같은 종족 사람과 싸운 적이 있는데, 너는 나와 같은 종족과 싸운 적이 있나?"

"오버로드라 했나? 아니, 없다. 들어본 적이 없는 언데드…… 종족이다."

"그렇군…… 그렇겠지. 만약 나와 같은 종족 사람과 만난다면 너는 여기 서 있지 못했을 테니. 오버로드는 언데드의 최고위다……. 그러면 다른 언데드와는 싸워봤나?"

"언데드와는 싸운 적이 없다. 이 투기장에 끌려오는 언데드로는 상대가 되지 않는다는 사실을 뻔히 알기 때문이다."

"그래……? 그러면 네가 이제까지 싸운 적이 있는 언데드와 똑같이 보지 마라, 라는 말은 할 수가 없잖아. 엘더 리치를 몇 배로 강화한 존재인데…… 유감이다."

무왕이 슬쩍 웃은 것 같았다.

어깨를 으쓱한 아인즈는 손에 쥔 지팡이를 대검처럼 들고 자세를 잡았다. 아인잭이 뒤에서 보고 있겠지만 모몬일 때 싸우던 모습을 보인 적은 없으므로 문제가 되진 않는다.

무왕도 거대한 곤봉을 들었다.

종이 울렸다.

그 순간 아인즈를 거대한 그림자가 뒤덮었다.

'쯧! 빠르잖아!'

그 정체는 수직으로 꽂히는 곤봉이 만든 그림자였다.

지팡이로 받아내겠다──는 생각을 아인즈는 즉시 버렸다. 조금 더 상대의 정보를 알아내지 않고서는 큰 스윙──대미지가 클 법한 공격은 무조건 회피해야 한다.

그리고 균형이 무너져도 상관없겠다고 판단해, 몸을 날리듯이 크게 회피했다.

간신히 회피에 성공해 곤봉은 그대로 대지를 후려쳤다. 지진 같은 소리가 일대에 메아리쳤다. 흙먼지가 치솟으며 폭풍처럼 몰아쳤다.

아인즈는 추가공격을 우려해 몇 걸음 더 거리를 벌렸다.

흙먼지가 걷히고, 다시 곤봉을 든 무왕의 모습이 드러났다.

거대한 함성이 투기장에 메아리쳤다.

'모종의 무투기를 사용했군? 하지만…… 엄청나게 흥분되는걸.'

귀가 아플 정도의 환성 속에서도 지르크니프의 성원은 또렷이 들렸다. "해치워! 거기!" 등등 어린아이처럼 응원한다.

아인즈는 지르크니프답지 않은 태도에 살짝 웃음소리를 냈다. 그가 이런 태도를 보이다니, 평소 관찰하던 제성에서의 모습으로는 상상할 수 없었다.

'……의외로 재미있는 녀석이잖아.'

아인즈의 가슴속에서 지르크니프의 호감도가 쑥쑥 올라 갔다. 좀 더 황제답고 완벽한 사람이라고 생각했다. 하지만 시합에 열중하는 그를 보자 한층 친하게 지낼 수 있겠다는, 그런 친근감마저 들었다.

아인즈는 새삼 의식을 무왕에게 집중시켰다.

거대한 곤봉을 이쪽으로 들이댄 채, 다가가면 맞서고 멀 어지면 추격하겠다는 의지를 뿜어낸다. 가장 효율적으로 상 대의 움직임을 견제할 수 있는 자세였다.

무기의 길이를 이용한 방어적인 태세. 그야말로 방패다.

솔직히 말해 아인즈에게는 이 자세를 깨뜨릴 이미지가 떠 오르지 않았다.

'이건…… 난감한걸. ……수준이 비슷한 상대라면 역시 마법을 쓰지 않고서는 힘들어. 뭐, 매직 캐스터니까…….'

그렇다면 역시 이렇게 나설 수밖에 없다.

"왜 그러지? 공격하지 않나? 마치 거북이처럼 움츠러들 어선."

"마도왕 폐하. 나는 방심하지 않는다. 마법을 쓰지 않는 다는 규칙이 있더라도, 조금 전의 공격을 회피할 수 있었던 당신을 우습게 볼 수는 없다."

"나더러 쳐들어가라고? 그러면 그 곤봉을 조금만 치워주진 않겠나? 그게 방해가 되어 영 공세를 펼치기가 힘든걸."

무왕에게서는 대답이 없었지만, 바이저의 슬릿에서 엿보이는 날카로운 시선이 아인즈의 온몸을 포착하려는 것을 알 수 있었다.

"그래……? 그러면 내가 가야겠군."

아인즈는 손에 든 지팡이로 곤봉 끝을 겨눠 힘껏 후려쳤다. 곤봉이 지면에 격돌하고, 그와 동시에 무왕에게서 "윽!" 하는 신음 소리가 솟았다.

전해진 충격이 무왕의 손에 마비감이라는 상흔을 남겼을 것이다. 반대로 아인즈에게는 그런 육체적인 기능은 없다.

순식간에 아인즈는 정면에서 무왕의 공격거리로 파고들었다.

지팡이에 머릿속으로 명령을 보내 불꽃을 치솟게 했다. 치솟는다고는 해도 지팡이에 맺히는 정도지 불꽃 자체로 공격을 가하는 것은 아니다. 그러나 아인즈는 무왕의 시선이 자신에게서 지팡이로 옮겨가는 것을 느꼈다.

'그렇겠지. 너에게는 트롤의 재생력이 있지. 그렇다면 그 재생이 작동하지 않는 상처── 불이나 산에 의한 대미지를 입히는 무기에 정신이 팔려버리는 것도 당연한 노릇. 하지만 그게 치명상이 될 거야.'

아인즈는 빈 왼손으로 무왕의 갑옷을 슬쩍 건드렸다. 그 순간 벼락에 얻어맞은 것처럼 무왕의 몸이 떨리고, 곤봉이 바람을 갈랐다.

"큭!"

회피에 실패해 우지끈 소리와 함께 아인즈의 몸이 크게 날아갔다. 상위 물리무효화를 끊었기 때문에 타격계 무기에 대한 취약함이 생겨난 몸에 이 대미지는 매우 컸다. 아인즈의 몸은 공처럼 몇 미터, 아니, 10미터 이상이나 허공을 날아갔다.

그리고 땅에 부딪쳐, 굴러갔다.

찢어질 듯한 고함이 치솟았다. 쓰러진 아인즈에게 지르크니프가 환성을 지르며 기뻐하는 목소리가 또 들려, 조금 전까지 올라갔던 호감도가 급격히 떨어져가는 것을 느꼈다.

'그래도 동맹국이잖아. 동맹국의 왕이 쓰러졌는데 걱정이라도 좀 해야지. 아앙?'

대미지는 입었지만 아픔은 없는 아인즈는 지면에 엎드린 채 무왕의 눈치를 살폈다.

추가공격이 없다.

환성이 서서히 작아진다. 그 이상으로 의아하다는 감정이 대회장을 에워싸기 시작했다. 왜 무왕이 추가공격을 가하지 않을까. 아니, 그 이상으로 무왕은 왜 몸을 꺾고 있을까. 무왕의 움직임이 둔중한 것은 어째서일까.

아인즈는 가볍게 몸을 일으켜 몸에 묻은 먼지를 털었다. 당당하게, 공격을 받고 날아갔던 데에 아무런 느낌도 받지 못했다는 듯한 태도로.

반면 무왕의 움직임은 둔중했다.

아인즈는 슬쩍 웃었다.

연출로는 최고였다.

술렁임에 휩싸인 가운데, 아인즈는 조금 전의 위치까지 돌아갔다. 그때 무왕에게서 의아해하는 목소리가 들렸다.

"뭐, 뭐지? 독……은 아니겠지만, 이건 대체?"

"그런 규칙위반을 저지르지는 않는다. 이건 정정당당한 승부니까. 다만 '독'이라는 표현은 꼭 옳다고는 할 수 없어도 틀린 말은 아니겠군. 나의 접촉은 상대에게 네거티브 에너지를 보낼 수 있으니까. 다만 이것은 트롤의 재생력으로 치유할 수 있을 것이다."

아인즈는 그의 몸을 건드렸던 손을 까닥까닥 움직였다.

"그러나 나는 접촉으로 또 한 가지 힘을 발휘할 수 있지. 그것은 상대의 육체능력을 떨어뜨리는 능력이다. 너의 근력이나 민첩성에 손상을 입히는 거지. 이것은 치유할 수 없겠지?"

아인즈가 아는 한 트롤의 재생력은 어디까지나 대미지를 치유할 뿐이다. 약화까지 치유할 수는 없다.

"다시 말해, 무왕. 너는 나에게 닿으면 닿을수록 육체능력을 잃고, 마지막에는 애벌레처럼 되는 것이다."

물론 이것은 거짓말이다.

분명 상대의 능력치에 페널티를 입힐 수는 있지만, 여기에도 한계가 있다. 0이 되거나 하지는 않는다. 하지만 상대가 그런 사실을 알 리 없다.

다만 이와 가까운 능력을 다른 언데드가 지녔을 수도 있으므로, 정말로 모르는지 어떤지는 알지 못한다. 그는 언데드와 싸운 적이 없다고 했지만 블러프일 수도 있고, 지식으로는 알았을 가능성도 존재한다.

그렇기에 아인즈는 자신의 종족을 솔직히 말해 주었던 것이다.

오버로드라는 종족은 아득히 강대한 종족이며, 네 지식에는 없는 종족이라고 기억에 새김으로써 아인즈의 능력이 무왕은 모르는, 완전히 별개의 능력인 양 선입견을 심어 주는 것이다. 최고위 종족이라고 말했던 것도 불안감을 증폭시키기 위해서였다.

그리고 무엇보다도 지금, 가르쳐 줄 필요도 없는데 무왕에게 능력을 설명한 것은 허위정보에 따른 혼란을 주려는 의도였다.

'──싸움이란 넓은 의미에서 보자면 속고 속이기거든.'

능력치 페널티를 치유하려 들지 않는 무왕을 아인즈는 냉정히 관찰했다. 무왕의 행동이 블러프일 가능성을 살피는 것이다.

어쩌면 능력치 페널티를 치유하는 수단을 가졌으면서도 쓰지 않아 아인즈에게 치명적인 빈틈을 만들고자 했을 가능성이 있다. 그리고 탤런트라는, 아인즈는 모르는 능력도 있다.

정면에서 겨뤄 짓밟는 것은 압도적인 차이가 있을 때뿐.

"……내가 입힌 능력 페널티는 시간으로는 치유할 수 없다. 조금씩 육체능력을 깎아놓고 지팡이로 숨통을 끊어 주지. 이해했나? 그러면 다시 시작해 볼까?"

아인즈가 한 걸음 내딛자 무왕이 천천히 자세를 잡았다.

무왕은 투구를 쓰고 있으므로 표정을 살필 수는 없다. 의미심장한 웃음을 짓는지, 아니면 조바심을 내는지.

'후자라면 좋겠지만…….'

스윽, 지팡이를 들지 않은 왼손을 움직이자 무왕의 몸이 움직였다. 충분히 경계하고 있다.

무왕은 과연 왼손만 경계해도 될지 머리를 굴리고 있을 것이다.

그 생각이 옳다. 아인즈의 실험에 따르면 이 접촉공격은 어느 손으로든 가능하다. 마음만 먹으면 박치기로도 쓸 수 있다.

아인즈가 다시 파고들자 무왕이 슬금 거리를 벌리듯 움직였다.

아인즈는 희미하게 웃었다.

지금의 움직임만으로도 관객들은 누가 우세이고 누가 열세인지를 알았으리라.

'나와 네 차이가 무엇인지 알겠나, 무왕? 분명 전사로서는 네가 더 위일지도 모르지. 하지만 절대적인 차이가 하나 있어.'

아인즈와 무왕의 가장 큰 차이, 그것은 HP다.

아인즈는 100레벨이며, 이에 걸맞은 체력을 가졌다. 피차 방어를 깡그리 포기하고 육박전을 벌이며 싸워도, 그것은 아인즈의 승리로 이어질 것이다.

다만 문제는 무투기처럼 아인즈의 지식 밖에서 오는 공격이었다.

"……나는 너와의 싸움에서 마법사용 금지 이외에도 한 가지 규칙을 세워두었다. 그것은 매직 아이템이다. 이번 시합에서는 매직 아이템── 장비에 대한 제한은 없었다. 하지만 그것은 나에게는 지나치게 유리한 조건이었지."

아인즈는 위그드라실에서 수많은 매직 아이템을 얻었다. 하나같이 이 세계에서는 유례를 찾기 힘든 무구들이다. 따라서 그런 것들을 구사하면 무왕에게 손쉽게 승리를 거둘 수 있을 것이다. 하지만 그것이 올바른 싸움이라고는 여겨지지 않았다.

그렇기에 지금은 하위 매직 아이템으로 무장한 것이다.

"그렇기에 제한을 둔 것이다. 너도 소지했을 만한 수준밖에 사용하지 않겠다고. 그러나 그것은 반대로 말하자면, 새로 얻은 무기를 써볼 기회라고도 생각했기 때문이지."

아인즈는 지면에 지팡이를 꽂고는, 허리춤에 찬 네 자루의 스틸레토 중 두 자루를 꺼내 두 손으로 쥐었다.

"모몬에게 빌려온 무기를 써보겠다는 거다."

너스레를 떠는 듯한 아인즈의 말에 담긴 의미를 무왕은 이해하지 못했으리라. 아인즈도 이해해 달라고 할 생각은 없었다. 단순한 혼잣말이나 마찬가지였다.

"그러면── 간다."

클레만티느가 보였던 기묘한── 크라우칭 스타트와도 비슷한 그 자세는 아인즈도 따라하지 못한다. 하지만 훈련으로 이에 가까운 보법을 습득할 수는 있었다. 시위를 떠난 화살처럼 전속력으로 무왕을 향해 질주한다.

거리는 짧다. 하지만 눈 깜짝할 사이에 간격을 침범당했음에도 무왕의 곤봉은 수평으로 훑듯 육박했다. 근력에 페널티를 입혔기 때문에 약간 둔해지기는 했지만 확실히 필중의 코스였다.

그 여자처럼 아인즈가 멋지게 회피하기란 불가능하다. 하지만 그 여자에게는 불가능하고 아인즈에게는 가능한 일이 있다.

능력을 해방한 것과 함께, 무왕의 움직임이 한순간 멎었다.

그 틈에 아인즈는 거리를 좁히고, 어깻죽지를 노려 스틸레토를 꽂았다. 속도를 싣고 온몸의 힘을 실어 휘두른, 마치 한 자루의 화살과도 같은 일격이었다.

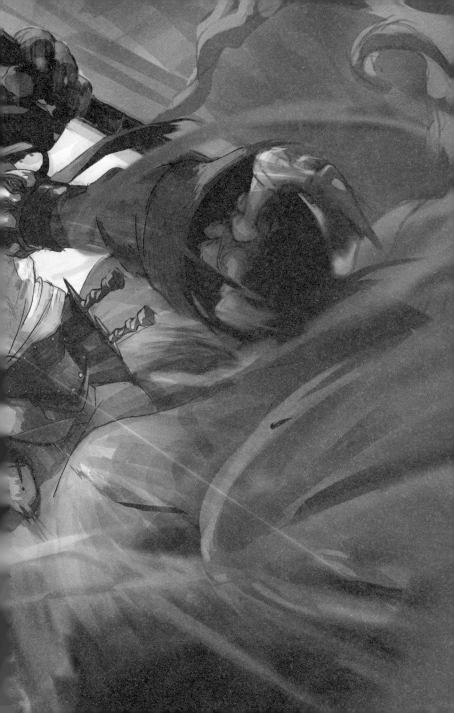

그때의 일격은 아인즈가 마법으로 만들어낸 아다만타이트보다도 단단한 갑옷에 흠집을 냈다. 그와 동격의 일격이 무왕의 갑옷을, 피부를 관통하고, 마침내 스틸레토가 무왕의 몸에 꽂혔다.

——그러나 그 순간.

"〈외피강화〉, 〈외피초강화〉."

무왕의 무투기가 발동된 것 같았다.

마치 내부에서 무언가가 방출된 것처럼 스틸레토의 끄트머리가 밀려났다.

아인즈가 현재 낼 수 있는 전력의 일격은 놀랍게도 아주 조금—— 찰과상밖에 입히지 못했다. 트롤의 재생력으로는 몇 초 만에 아물 만한, 표피를 벤 상처.

무왕이 안도한 것은 분명했다. 아인즈를 떨쳐버리고자 밀려드는 곤봉의 속도에서 그 감정이 묻어났다. 아인즈가 펼친 최고의 일격으로도 찰과상밖에 입히지 못했다는 것은 무왕의 승리를 약속하는 것이다.

그러나 그것은 어리석은 생각이다.

"——기동."

"크! 크와아아아아아아악!!"

마법이 해방되고, 플루더가 심어준 〈화염구〉가 칼날이 꽂힌 곳으로부터 무왕의 몸을 태웠다. 그대로 나머지 한 자루의 스틸레토를 반대쪽 어깻죽지에 꽂았지만 그것은 힘이 실리지 않아 갑옷에 튕겨났다.

갑옷 틈새로 조준을 바꾸고자 했던 아인즈는 무왕의 몸이 움직이는 것을 감지하고 아무것도 보지 않은 채 옆으로 몸을 날렸다.

등 뒤를 내달린 강풍은 곤봉이 일으킨 바람이리라.

도망치고자 10미터 이상 달려나간 아인즈는 뒤를 돌아보았다.

곤봉을 든 손으로 어깻죽지를 붙든 무왕의 나머지 한쪽 팔은 축 늘어졌으며 움직이려는 기미가 보이지 않았다. 플루더의 마법이 조금 강했을까? 좀 더 약한 매직 캐스터에게 마법을 담아달라고 할 것을.

무왕이 압도적으로 불리한 상황임을 안 관객들이 비명에 가까운 성원을 보냈다.

아인즈는 투기장을 둘러보았다. 관객석 어디를 보더라도 아인즈를 응원하는 기색은 없다.

'이상하네…… 위그드라실 같으면 슬슬 나를 응원하는 사람이 나와도 이상하지 않은데…… 역시 어웨이에서는 힘든 걸까?'

"하는 수 없지. 마음을 장악하는 건 포기하자. 그러면…… 무왕. 다음에는 죽이겠다."

아인즈는 힘을 해방했던 스틸레토를 거두고 다른 스틸레토를 꺼냈다. 여기에 담긴 것은 제3위계 산성계 공격마법이다. 무왕이 불에 대해 완전무효화를 포함한 대책을 세웠을 경우를 대비한 것이었다.

방금 일격으로 화염계 공격에 대미지를 입은 것 같았지만 그것이 연기일 가능성도 없지 않다. 재생력을 가진 몬스터가 이를 저해하는 공격 전체에 완전내성을 갖추기란 불가능하다. 다만 이는 위그드라실에서 그렇다는 것뿐이다. 어쩌면 이 세계에서는 가능할지도 모른다.

그런 일이 있다면 관객의 눈에—— 누가 보더라도 승패가 명백해졌을 때, 스킬을 발동시켜 죽일 생각이기는 했지만.

"패배를 인정하겠다면…… 이쯤에서 그만두겠다만?"

"아니다…… 마도왕 폐하. 아직, 멀었다. 나는 이래 봬도 무왕. 이 투기장의 왕. 죽을 때까지 저항하겠다."

"그렇다면 투구를 벗고 얼굴을 보여라."

참으로 이상한 요구였지만, 무왕은 투구를 벗고 그 얼굴을 드러냈다.

이마에는 땀이 흥건했으며, 격통을 견디는지 얼굴은 크게 일그러졌다. 하지만 눈에는 힘이 있었다.

"좋은 눈이로군. 가제프 스트로노프를 생각나게 해."

"고맙다. 강자인 당신에게 칭송을 받다니, 기쁘다."

"……묻겠다. 너는 나에게 이길 기술이 있나? 여기서 역전할 만한 기술이."

"——없다. 그래도 나는 싸우고 싶다."

정면에서 들려온 말이었다.

아인즈는 블러프를 잔뜩 사용해 싸운 자신이 조금 한심하게 여겨졌다. 아울러 좋은 승부를 연출하기 위해 이런저런 능력을 봉인했던 것을.

상대가 성실하게 싸웠다면, 아인즈 또한 가능한 범위 내에서 온 힘을 다해 싸우는 것이 올바른 자세가 아니었을까.

정면에서 전력으로 덤볐던 무왕의 모습은 눈부시게 여겨졌다.

"수호자들은 이 눈의 광채를 어떻게 생각할까……."

이것을 알고서도 나자릭 이외의 모든 존재를 깔볼까? 그렇다고 한다면―― 조금 불안하고, 또한 서운했다.

아인즈는 이를 떨쳐내고 천천히 스틸레토를 겨누었다.

무왕 또한 팔로 땀을 훔쳐내고, 투구를 다시 장비했다.

"―――――덤벼라, 무왕."

"쿠오오오오오!!"

노성과 함께 거구가 아인즈에게 육박한다.

조금 전보다도 빨랐던 것은 무투기를 기동했기 때문이리라. 무시무시한 속도와 거구. 두 가지 요소의 상승효과에 따라 발생한 압도적인 위압감에 몸을 움직이지 못하게 되는 사람도 있을 것이다. 아니, 어지간한 사람이라면 확실히 그렇게 된다. 다만 언데드에게는 그러한 정신계 작용이 없다.

아인즈는 냉정하게 무왕을 노려보았다.

빠르지만—— 그뿐이다.

스틸레토를 꽂은 쪽의 어깨가 움직이지 않기 때문인지 균형이 흐트러졌다.

'——그녀의 기술에는 못 미치겠군.'

그리고 무엇보다——.

'너는 내 저지 능력의 정체를 알았나? 그렇지 않다면 이것으로 끝나는 거다.'

아인즈는 조금 전과 마찬가지로 능력을 기동시켰다.

절망의 오라 I(공포).

이 능력에는 다섯 가지 효과가 있다.

I은 공포.

II는 공황.

III은 혼란.

IV는 광기.

V는 즉사다.

공포는 겁을 먹게 해 온갖 동작에 페널티를 입히는 상태이상이다.

공황은 공포의 업그레이드 상태이며, 배드 스테이터스가 뜬 대상이 온 힘을 다해 도망치도록 요구하는—— 그 대상에게는 모든 전투행위가 불가능해지는 것을 의미한다.

혼란은 말 그대로다. 회복을 받지 않는 한 일정시간 혼란에 빠진다.

그리고 광기는 매우 성가신 영구효과 배드 스테이터스로, 마법 등 제3자의 회복수단으로 치료받지 않는 한 원래대로 돌아가지 않는다.

즉사는 말할 것도 없이 사망을 말한다.

이와 같이 레벨이 올라감에 따라 효과가 바뀐다.

이 중에서 아인즈가 사용한 것은 공포였다. 이를 한순간 발동시켰다가 얼른 해제했다. 이렇게 하면 한순간 뇌가 이미지하는 움직임과 실제 육체의 움직임에 갭을 만들 수 있다. 이에 따라 몸이 경직된 듯한 위화감에 휩싸이는 것이다.

하지만 무왕도 접근해 공격하면 이렇게 되리라 예측했을 것이다. 몸과 뇌의 밸런스를 무너뜨리면서도 곤봉을 휘두른다.

아인즈의 접촉으로 입은 능력치 페널티와 공포 상태의 페널티. 이 두 가지 능력치 페널티를 생각하면 무왕의 공격을 회피하기란 쉬울 것이다. 그러나──.

"〈강격〉, 〈신기일섬〉."

아인즈의 눈에는 섬광이 내달린 것처럼 보였다.

그 순간 격통──순식간에 아픔은 참을 수 있는 정도로 억제된다──과 함께 온몸을 부유감이 지배했다.

"〈유수가속〉."

그리고 위에서 둔통이 내달리고, 다음 순간에는 다시 아픔에 휩싸였다.

한순간 상황파악이 어려워 혼란에 빠질 것 같았지만, 아인즈는 이내 제정신을 차렸다.

　아마도 연속공격. 첫 번째 공격으로 허공에 띄우고, 두 번째 공격으로 땅바닥── 아래쪽에 내팽개쳤을 것이다.

　스즈키 사토루였다면 상황을 파악하지 못해 혼란에 빠졌겠지만, 아인즈 울 고운에게는 그런 배드 스테이터스가 작용하지 않는다. 자신이 땅바닥에 쓰러졌으며, 그곳을 향해 곤봉이 날아들려 한다는 것을 알 수 있었다.

　"쯧!"

　아인즈가 구르며 회피한 것과 동시에 곤봉이 내리꽂혔다. 무투기 때문인지 충격이 대지를 타고 아인즈의 몸을 후려쳤다. 하지만 이에 따른 추가 대미지는 없었다. 벌떡 일어난 것과 동시에, 지면에 파고들었던 곤봉이 치켜올라왔다. 아래에서 위로 떠내는 듯한 일격에는 모든 것을 끝내버리겠다는 기백이 담겨 있었다.

　아인즈는 순식간에 결단을 내리고 손에 든 단검으로 이를 받아냈다. 다시 아인즈의 몸이 허공으로 떠올랐다. 한층 큰 환성이 쩌렁쩌렁 울렸지만 무왕에게서는 "젠장!" 하고 실의가 담긴 욕설이 새나왔다. 여기서 추가공격을 펼쳐 모든 것을 끝내버릴 생각이었으리라.

　몇 미터 날아간 아인즈는 데굴데굴 구른 후 재빨리 자세를 추스르며, 밉살맞게 중얼거렸다.

"역전의 수는 없다더니. 속았군. 뽕실모에님에게 야단맞 겠어."

아인즈와 마찬가지로, 무왕도 아슬아슬한 순간까지 비밀 병기인 지금의 무투기를 은닉의 베일 속에 숨겨두었던 것이 다. 그도 역시 일류 전사였다는 뜻이다.

아인즈는 스틸레토 하나를 거두고 한쪽 손을 비웠다.

결판을 앞당기겠다는 오만함에서 일격—— 아니, 이격을 받고 말았다. 이제는 그런 방심은 버렸다. 적확하게 상대의 힘을 깎아내고, 승패를 결정할 것이다.

'시끄럽군⋯⋯.'

관객의 함성이 거추장스러웠다. 비명이었던 것이 이제는 대함성이었다. 특히——.

'——지르크니프, 너 말이야! "해치워!"가 뭐냐고! 나 원⋯⋯.'

아인즈는 천천히 움직였다. 대미지는 별것 아니었지만 방 심이 얼마나 치명적인지는 잘 알았다. 이제 두 번 다시는 그 런 실수를 하지 않으리라.

'그렇다고는 해도 무투기라는 건 잘 모르겠어. 위그드라 실에는 없었던 기술이기도 하고⋯⋯. 누가 위그드라실 플 레이어 대책으로 창안했다고 하면 지나친 억측일까⋯⋯. 어이쿠, 조금 전의 무투기는 일격의 속도를 높이는 거라고 생각해야 하려나? 상대는 또 같은 수를 쓸 테니, 나는 살을

내주고…… 근데 뼈밖에 없잖아?'

아인즈가 무왕의 공격범위에 들어가자 무왕은 즉시 곤봉을 내리쳤다. 아인즈는 피하지 않았다.

전진하며, 이를 자신의 몸으로 받는다.

무게와 함께 아픔이 내달렸지만 HP에 차이가 있다면 이런 일도 할 수 있다. 아무 문제가 없다. 게다가 언데드의 육체는 아픔을 순식간에 누그러뜨린다. 산 자라면 견딜 수 없을 아픔도 문제가 되지 않는다.

아인즈는 그대로 무왕의 몸을 건드렸다. 역시 공격한 직후의── 그것도 아인즈의 오라에 공포를 입은 상태에서는 회피가 어려웠다.

그리고 밀착하면서 무왕의 뒤로, 뒤로 돌아가며 계속 손을 댔다. 물론 능력치에 페널티를 입히는 것과 동시에 네거티브 에너지를 갑옷 너머로 흘려보냈다.

"우오오오오!"

이번에 구르듯이 거리를 벌린 것은 무왕이었다.

아인즈는 추가공격을 가할까 망설였지만 상대의 히든카드를 경계해 움직이지 않았다.

무왕이 둔중한 움직임으로 무기를 들었다. 호흡이 거칠어지고, 이제는 처음 만났을 때의 패기는 없었다.

아인즈는 스틸레토를 쥐었다.

준비는 끝났다. 이제는 숨통을 끊는 일만 남았다.

이쪽의 분위기가 변했음을 느꼈는지 무왕이 투구를 벗어 내팽개쳤다.

아인즈가 의아하게 생각하는 사이에, 무왕은 모든 갑옷을 벗어 던졌다. 약화가 작용하고는 있다지만 갑옷이 무거워서 움직이지 못할 정도는 아닐 텐데.

그러나 각오를 다진 듯한 무왕의 표정을 보고, 그의 생각을 깨달았다.

'그렇군. 갑옷이 있으면 스틸레토는 막을 수 있을지도 모르지만 약화에는 의미가 없지. 한껏 위협했으니 말이야. 그렇기에 이쪽의 HP가 얼마 남지 않았다는 데 도박을 걸고, 조금이라도 몸을 가볍게 해 공세를 펼치려는 속셈이로군.'

그것은 최후의—— 그것도 불리한 도박이었다.

"한 가지 묻겠다. ……나는 약한가?"

"뭐?"

"폐하는 이제까지 한 번도 진심을 드러내지 않았다. 마법이라는 날개를 빼앗겼는데도 여유의 빛이 엿보였다. 나는…… 그렇게까지 약한가?"

아인즈는 눈을 감고, 몇 초 생각한 다음, 다시 떴다.

"약하다."

"…………그런가."

투기장은 정적에 잠겼다.

아인즈 일행의 목소리가 객석에 전해진 것은 아니리라. 하지만── 그들의 눈에도 승패는 또렷이 보였는지 모른다.

"나는 이 전투에서 다수의 매직 아이템을 봉인하고, 또한 다종다양한 능력을 금하는 규칙을 스스로에게 부과했다."

"그렇지 않고선 순식간에 승패가 나기 때문에?"

아인즈는 긍정의 뜻으로 고개를 끄덕였다.

"그렇다. 다만 나는 너의 정보를 알고 있었다. 그렇기에 ──."

아인즈는 고개를 가로저었다. 이것은 위로가 되지 않는다.

"뭐, 상대가 나빴던 게다. 네가 제국 최강이라면…… 나는 아마 세계에서도 손꼽힐 것이다."

"그렇군……. 하지만…… 즐겁다. 위에는 위가 있다는 것을 아는 편이 훈련에도 몰두할 수 있지."

"그 마음은 나도 이해한다."

옛날 친구들의 일부── 터치 미 같은 사람에게는 PvP에서 이긴 적이 없었다. 그래도 그를 꺾기 위해 전술이며 무장을 연구했던 것은 그리운 추억이다.

아인즈는 무왕에게 웃음을 짓고, 무왕 또한 아인즈에게 웃었다.

"……자, 그러면 가겠다."

"──마도왕 아인즈 울 고운 폐하. 마지막으로 보여다오. 진심이 담긴 힘의 일부만이라도. 정상의 높이를 느끼게 해다오!!"

무왕이 불끈 무기를 겨누었다.

"그래……? 좋다. 그렇다면…… 그 경지를 보거라."

아인즈는 스킬을 해방하고 걸어나갔다.

무왕의 사거리에 들어간다. 무왕이 곤봉을 내리치려 한다.

머리 위로 쳐들 때의 속도와는 전혀 다른 빠르기. 아마 무투기의 지원을 받았으리라. 하지만 능력치에 페널티를 받기 전의 일격과 비교하자면 너무나도 느렸다.

우지끈. 아인즈의 몸에 곤봉이 꽂혔다. 그러나 아인즈는 신경 쓰지 않았다.

이미 아인즈에게 대미지를 입힐 수는 없었다.

산들바람을 맞은 것처럼 그대로 나아간다.

연격이 몸에 꽂혔으나, 그저 무왕의 몸을 보며 똑바로 나아간다.

무왕이 체념한 듯 웃은 타이밍에, 아인즈는 뒤로 물러나려 하지 않는 무왕의 팔에 스틸레토를 꽂았다. 그리고 봉입해 두었던 공격마법을 해방시켰다.

\*

쓰러진 무왕의 시체를 아인즈는 조용히 내려다보았다.

그리고 빌려왔던 매직 아이템을 기동시켰다. 단순한 확성기였다.

『들어라, 제국 백성들이여! 나는 아인즈 울 고운 마도왕
이다!』

정적 속에서 자신의 목소리가 왕왕 울려 퍼지니 영 어색
했다. 아인즈는 얼른 끝내기로 결심했다.

『나는 우리 나라에 국가가 운영하는 모험자 육성기관을
세우고자 한다. 모험자를 육성하고, 보호하고, 세계로 여행
을 보내는 것이 우리 나라에 유익하다고 판단했기 때문이
다. 수많은 모험자는 자신의 자질만으로 살아갈 것이 요구
된다. 그러나 재능을 꽃피우기 전에 비극을 만나는 자가 얼
마나 많은가!』

아인즈는 짧은 시간이지만 여행을 함께했던 모험자 팀을
떠올렸다.

『……그렇기에 나는 모험자 조합을 국가기관 중 하나로
삼아 지원하겠다! 국가기관이기에 자유를 빼앗기고 사슬에
묶이는 것이 아닌가 우려하는 사람도 있으리라. 그러한 면
이 전혀 없다고는 말하지 않겠다. 그러나 내가 지금 증명했
듯, 우리 나라에 무력은 충분하다. 전쟁의 도구로 삼을 마
음은 없다. 마도국이 원하는 것은 진정으로 모험을 하는 자!
미지를 탐구하고 세계를 알려 하는 이들 중 모험자를 꿈꾸
는 사람이 있다면 마도국으로 오라! 너희가 상상도 할 수 없
는 힘이, 어엿한 몫을 할 때까지 너희를 후원할 것이다! 지
금 그 일말의 힘을 보여주겠다!』

아인즈는 무왕의 곁으로 다가갔다.

『무왕은 죽었다! 누군가 확인하고 싶은 자가 있나?』

대답은 없었다.

『죽음은 끝이다. 그러나—— 지식을 가진 자가 있다면 알 것이다. 죽음에도 저항할 수 있다는 사실을!』

아인즈는 로드를 꺼내 무왕의 가슴에 댔다.

이랬는데도 소생하지 않는다면 큰 창피를 뒤집어쓴다. 있지도 않은 심장이 두근두근 소리를 냈다.

『보라!』

로드 기동과 함께 무왕의 입에서 숨소리가 흘러나왔다. 그리고 뒤늦게 가슴이 움직였다.

『본디 부활 마법이란 고위 신관밖에 쓸 수 없다. 그러나 나에게는 어려운 것이 아니다! 물론 나름대로의 금액을 대가로 요구하겠지만! 죽음을 초극한 내가 지원하여 제군의 성장을 보좌하겠다! 우리 나라로 오라, 진정한 모험자를 꿈꾸는 자여!』

술렁임이 솟는 가운데, 아인즈는 〈비행〉을 발동시켰다. 그리고 향한 곳은 지르크니프의 귀빈실이었다.

슬쩍 보니 지르크니프와 경비병 두 사람밖에 없었다. 나머지는 돌아간 모양이다. 아인즈는 귀찮은 일이 줄어들었다고 기뻐하면서도 입 밖으로 내지는 않았다.

"조금 전에는 실례했소, 지르크니프 폐하. 오, 안색이 돌아온 것 같아 안심이구려."

잠깐 현기증이 났다는 말이 사실이었던 모양이다. 하긴, 그렇게까지 씩씩하게 응원했으니 정말로 잠깐이었겠지.

"걱정을 끼쳐 미안하오, 고운 폐하."

"무슨 말씀을. 마음에 두지 마시오. 몸이 안 좋은 지인을 보면 걱정이 드는 것은 당연한 일."

"배려에 감사하오. 하지만 멋진 시합이었소. 역시 고운 폐하. 제국 최강의 전사에게 압승하다니, 훌륭하다고밖에 말씀드릴 도리가 없소."

"그렇지 않소. 좋은 승부였소. 누가 이겨도 이상하지 않았겠지만, 운이 편을 들어준 모양이오."

무왕을 그렇게나 응원했으니 지르크니프는 아마 상당한 팬이었을 것이다. 그렇다면 그를 칭송해 주는 것이 결코 마이너스가 되지는 않을 터.

그렇다기보다는——.

'——너, 내 응원은 한 번도 안 했잖아. 다 알아.'

그런 생각은 했지만 역시 입 밖으로 내지는 않았다. 냉정하게 생각해 자국의 전사와 타국 사람 중 누구를 응원하겠느냐고 묻는다면 당연히 자국 사람 아니겠는가.

뭐, 만약 응원해 줬다면 아인즈의 호감도 게이지——페로론치노가 곧잘 그런 표현을 썼다——가 상승했겠지만.

"문외한의 눈에는 그렇게 안 보였소만, 폐하께서 그렇게

말씀하신다면 틀림없겠구려. 자, 그래서── 실례. 이럴 때
는 무슨 말을 해야 좋을지."

"그건 그렇구려."

아인즈도 동의했다. 그렇다기보다 이런 곳에서 지르크니
프와 길게 이야기를 나누고 싶지는 않았다. 아인즈 울 고운
이 범부임을 간파당하는 일은 피해야 한다.

투기장에서 마도국을 선전했던 것이나 밀입국에 대해 무
언가 한 소리 듣지 않을까 생각했지만, 딱히 책망을 받는 일
은 없을 모양이다. 그렇다면 이제는 냉큼 내빼야 한다.

"뭐, 이번에는──."

비공식이라고 말하려던 아인즈는 말을 삼켰다. 분명 자기
목을 조르는 말이 될 것이다.

"이번에는 이만 실례하겠소. 나중에 또 정식으로 만나겠
소, 지르크니프 폐하."

개인적으로는 전이마법을 써 눈앞에서 도망치고 싶었지
만, 아인잭을 데려가야만 한다. 이대로 일단 지상에 내려가
그를 데리고 전이해서── 그런 생각을 하고 있으려니 지르
크니프가 이쪽을 심각한 표정으로 바라보는 것이 느껴졌다.

분명 무언가 이상한 소릴 하겠구나.

회사원이라면 누구나 겪었을 그 기척에, 아인즈는 지르크
니프를 다시 쳐다보았다.

"마도왕 폐하. 한 가지 제안이 있소만, 괜찮으시겠소?"

안 돼요.

라고 말할 수 있다면 이 세상이 얼마나 아름다워질까.

아인즈는 현실도피를 그만두고 미소——얼굴은 움직이지 않지만——와 함께 대답했다.

"그러시구려."

"그러면 나는—— 아니, 바하루스 제국은 아인즈 울 고운마도국의 속국이 되기를 바라오."

"⋯⋯⋯⋯⋯뭐."

아인즈는 너무나도 생각의 범주를 벗어나버린 말에 자기도 모르게 살짝 중얼거렸다.

그가 한 말이 당장 머릿속에 스며들지 않았다.

"소, 속국?"

경비병들——양쪽 모두 본 기억이 있다——도 눈을 부릅뜨고 놀라는 중이었다.

아인즈는 자신도 모르게 지르크니프의 이마에 손을 대보고 싶은 마음이었다.

왜 느닷없이 속국이 되기를 바란단 말인가. 애초에 속국이란 무슨 관계란 말인가. 단어 자체는 알지만 어떤 정의에 따른 것인지를 알 수 없었다. 자치권이나 기타 등등은 어떻게 되는 것인가.

아무튼 이런 중요한 일을 아인즈 혼자 결정해서는 좋지 못하다. 일단은 데미우르고스나 알베도와 의논하며 대답해야 한다.

"……지르크니프 폐하. 귀국을 속국으로……."

'우정을 맺고 왕끼리 친구가 되려는 계획은…… 어라?'

'속국으로' 다음에는 무어라 말하면 좋을까. '생각한 적도 없다'고 대답하면 되나?

게다가 어쩌면 데미우르고스 같은 이들은 장래에 제국을 속국으로 삼고자 생각했는지도 모른다. 그때 자신의 목을 조이고 싶지는 않았으므로 말꼬리를 잡힐 만한 소리를 해선 안 된다.

지금은 말을 흐리는 수단으로 도망쳐야 한다.

방침을 결정한 아인즈는 이어질 말을 생각했다.

"이처럼 중요한 이야기를 구두만으로 추진하는 것은 위험하오. 당장 대답할 수는 없으니 하다못해 문서로 받고 싶소."

"그러면 문서로 드리면 인정하겠다는 말씀이오?"

어? 문서 있어?

그렇게 묻고 싶어졌지만 어떻게든 받아들이는 데에 성공했다. 아마도 정신안정화 덕이리라. 실제로 조금 전까지 있었던 동요는 이미 없다. 이 몸에는 아무리 감사해도 부족할 지경이다.

다만 문제는 아무것도 해결되지 않았다.

그런 의미가 아니라고. 시간을 끌려고 했을 뿐——이라고는 말할 수 없는 이상 무언가 생각해 상대를 이해시킬 만한 말을 쥐어짜내야 한다.

"……좋소. 그렇다면 지르크니프 폐하가 생각하는, 속국으로서 제국의 입장을 기재한 초안을 마도국의 내 앞으로 보내주시오. 그때 다시 생각해 보겠소."

"그러면 그렇게 하겠소. 조만간 초안을 정리해 폐하께 발송하겠소. ──지금은 아직 같은 왕으로서 대등한 말로 대하겠지만, 잘 부탁드리오."

정신적인 동요는 이미 가라앉았지만 왜 갑자기 이런 일이 벌어졌는지 알 수 없었던 아인즈는 고개를 끄덕여 대답했다.

그리고 당황하는 것처럼 보이지 않도록 주의를 기울이며, 〈비행〉 마법으로 투기장에 내려섰다.

"대체 뭐가 어떻게 된 거야? 그렇다기보다 데미우르고스랑 알베도한테는 뭐라고 해야……."

집으로 돌아가면 틀림없이 엄마한테 꾸지람을 들을 거라 확신한 어린아이처럼, 아인즈는 힘없이 어깨를 늘어뜨렸다.

\*

마도왕이 떠나간 후 귀빈실에는 공허한 공기가 연기를 뿜고 있었다. 그 공기를 깨뜨리듯 님블이 고함을 질렀다.

"폐하!"

지르크니프는 짐짓 떨떠름한 표정을 지으며 님블을 쳐다보았다.

"소란스럽군. 귀는 아직 먹지 않았네."

"시, 실례했습니다. 하, 하오나, 대체, 조금 전에는 무슨 말씀을 하신 것입니까?!"

"내가 그런 결정을 내린 이유를 알고 싶다는 뜻인가?"

고개를 끄덕끄덕 움직이는 님블. 시선을 돌려보니 바지우드 또한 비슷한 분위기를 풍겼다.

"그렇군…… 그러면 어떻게 하면 좋겠나?"

지르크니프는 메마른 웃음과 함께 자학을 섞어 물었다.

"놈이 이 자리에 오는 바람에 예의 나라── 에잇! 법국과의 교섭은 끝장이 났네. 신전 세력도 나에 대해 좋은 감정을 품지 않겠지. 다시 교섭을 하려 든다면 얼마나 많은 시간이 들까? 애초에 시간으로 해결될 일이겠나?"

지르크니프가 만일 법국 상부라면 어떻게 움직일까.

『지난번 사건은 아인즈 울 고운에게 움직임을 읽혔을 뿐, 다른 뜻은 없었다.』

이런 시시한 변명을 듣는다면 법국은 손을 잡을 가치도 없다고 내칠 것이다. 아니, 상대를 모략의 불씨로 이용할지도 모른다.

이미 법국과의 동맹은 불가능에 가까운 상황일 것이다.

"법국과의 동맹이 불가능한 상황에서 고군분투하라는 말

인가? 거참, 과연 아인즈 울 고운 마도왕 폐하셔. 멋지다는 말밖에 할 수 없겠어. 그의 손바닥은 내가 상상한 것보다도 훨씬 넓었던 걸세. 한껏 내 마음대로 움직이게 놓아두고, 방심했을 때 단칼에 찔러 죽인 거지."

적이지만 완벽한 책략이었다고 감탄하지 않을 수 없었다.

이렇게까지 완벽한 수를 두었다면 패배를 인정해야만 한다. 제국에 당분간 원군은 나타나지 않을 테고, 이쪽이 준동했다는 증거 또한 모두 확보했을 것이다. 이제는 그저 요리하는 것만 남았다.

제국이 처한 상황을 두 사람도 이해했는지, 바지우드가 고개를 가로저었다.

"아니, 이건…… 뭐라 말해야 좋을지 모르겠수. 최고의 일격에 급소를 찔렸다고 해야 하나?"

"그렇지. 난 더 이상 어떤 수도 떠오르질 않네. 내 마음은 엄청나게 꺾여버렸네. 이젠 될 대로 되라는 심정일세."

"폐하……."

어두운 목소리를 내는 님블에게 지르크니프가 고개를 돌렸다.

"놈은 언데드라기보다는 악마였네. 인간의 마음을 어떻게 하면 박살 낼 수 있을지 잘 아는 것 같았네."

"하지만 그렇다고, 속국이라니……."

아직도 수긍하지 못한 님블을 지르크니프는 부드럽게 바

라보았다.

마음은 이해한다. 하지만 어린아이 같은 감정을 토로할 게 아니라 이성으로 대책을 세워주었으면 했다.

그렇다고 지르크니프가 생각하지 못하는 대책을 님블이 제시할 수 있을 리도 없다.

"……솔직히 말하지. 이제는 승산이 없네. 이제 취할 수 있는 방법이라고는, 전에도 말했듯, 놈의 부하가 모반을 일으키는 것뿐일세. 놈에 대한 대처방법은 떠오르지 않네. 전쟁 때 톡톡히 깨달았듯, 매직 캐스터로서는 최강이야."

두 기사가 동의를 보였다.

"그러면 전사로서는 어떻지? 검으로 저 놈을 죽일 수 있겠나?"

지르크니프는 어깨를 으쓱했다.

"봤지? 전사로서 싸워도 무왕을 꺾지 않았나? 게다가 그건 뭐였지? 무왕의 일격을 받고도 멀쩡하다니? 마법을 쓴 건가?"

"……모르겠습니다만, 가능성은 있을지도 모릅니다."

"그래? 다시 말해 놈은 마법을 사용하면 어떤 공격이라도 무효화할 수 있다는 뜻이군. 암살도 불가능에 가깝겠지. 놈은 불사신이 아닐까?"

"형태가 있다면 불사신일 리가 없습니다."

"그럼 어떻게 멀쩡하단 말인가?"

말문이 막힌 님블은 옆의 바지우드에게 도움을 청했다. 하지만 바지우드는 입을 굳게 다문 채였다.

"……일단 이렇게 하세. 무왕이 가진 무기에 관한 정보를 모으고, 그것으로도 상처를 입지 않는 이유가 무엇이었는지, 매직 캐스터나 모험자들을 모아 이야기를 들을 수밖에 없네. 고맙게도 놈은 모험자 조합을 적으로 돌리는 발언을 했네. 협조해 줄 걸세."

"그걸 하고 나서 속국 이야기를 꺼내는 편이 낫지 않았겠습니까? 다행히 상대가 거절해 주었지만."

지르크니프는 언짢아졌지만 그것은 꾹 참고 얼굴에는 드러내지 않았다. 그 대신 님블에게 연민의 표정을 지었다.

"다행이라고? 자네는 정말 그렇게 생각하나? 내가 생각한 건 반대였어. 당장 속국화 이야기를 추진해야 한다고 생각했단 말일세."

영문을 알 수 없다는 표정을 짓는 님블에게 지르크니프는 반대로 물었다.

"왜 놈이 우리 나라의 속국화에 반대했겠나?"

"그, 그건…… 모르겠습니다만……."

"무능한 자라면 변화하는 상황에 대응할 자신이 없어서 ——라고 볼 수도 있겠지만, 상대는 마도왕이 아닌가? 놈의 지모라면 속국화 이야기를 제안했을 때의 짧은 침묵 동안 그 후의 계산을 세워두었을걸. 그 결과 속국화를 거절했다면, 여기에는 놈의 목적에 어긋나는 무언가가 있었기 때문일세."

"그게 무엇일까요?"

바지우드의 질문에 지르크니프는 씁쓸한 표정을 지었다.

"모르지. 하지만, 뭐, 우리 나라에 좋은 이야기가 아닌 것은 확실하네. 그렇지 않고서는 속국으로 삼아 곤란한 일이 어디 있겠나. 자신의 나라에서는 불가능한 모종의 목적을 고려했더라도 이상하지 않을걸. 그렇다면——."

지르크니프는 연기를 뿜을 기세로 머리를 굴렸다.

상대는 아인즈 울 고운이다. 분명히 모종의 목적이 있어서 행동했을 것이다.

자신이 마도국의 왕이라면 무엇을 원할까. 그리고 무엇을 싫어할까.

지르크니프는 비지땀이 흘러나올 만큼 필사적으로 생각했다.

"——모험자 조합인가? 모험자 조합을 어떻게 하고자 속국화를 저지했나?"

"그 선언 말요? ……그건 허락해도 되는 거유, 폐하? 잘못하면 몇 년 안에 제국의 우수한 인재는 다 그쪽으로 흘러가버릴 텐데?"

"……나는 이해할 수 없는 이야기였네만, 자네는 듣고 어떻게 생각했나?"

"자유도가 떨어진다고는 하지만, 그 이상으로 저렇게 강한 마도왕이 지원해 준다는 이야기는 매력적입죠. 모험자로서 대성하기 전에 죽는 사람이 더 많은데, 저만한 강자가 지원을 해 준다면 혹시나—— 하고 생각할 수 있겠죠. 자기한테 자신감이 없는 놈이라면 더더욱. 게다가 우리 제국엔 기사들이 있으니까 저레벨 모험자 업무는 많지 않잖수."

"인재 유출이라. ……자기에게 자신감이 없는 사람 이야기를 했네만, 재능이 없다는 의미는 아니라는 거지?"

우수해도 자신감이 없는 사람은 있고, 새로운 세계에 뛰어들고자 생각한 사람이 처음부터 자신감을 품는 것도 아니다.

"그렇다면 그런 부분에 속국화를 바라지 않았던 이유가 있을까? 하지만…… 속국으로 삼는 편이 여러모로 편하지 않은가. 모험자 조합 자체를 완전히 포섭할 수도 있을 테고……. 아아—! 아인즈 울 고운! 놈의 지혜는 나를 아득히 능가하는 건가! 너무 귀재여서 수를 읽을 수가 없구나!"

"그냥 아무 생각 없었던 건?"

너스레를 떨듯 말하는 바지우드에게 지르프니프가 증오마저 담은 눈을 돌렸다.

"그럴 리가 있나. 이렇게까지 내 움직임을 읽었는데……. 틀렸어, 모르겠어. 아직 산 자에 대한 증오를 발산할 곳을 찾아 괴롭히고 싶었다거나, 인간으로서는 상상할 수 없는 그런 감정의 작용일 수도 있고……."

언데드의 생각을 읽으려 하는 것이 잘못일지도 모른다.

어쩌면 이 고뇌와 의심까지도 모두 포함해, 조바심을 낸 지르프니프가 속국화를 서둘러 추진시키려는 것을 두 팔 벌려 기다리고 있는지도 모른다.

"이제부터 어떻게 하실 겁니까?"

님블이 물은 것은 앞으로 제국의 움직임에 대한 것이리라.

"……주변 국가에 전달하기 위해 비서관들을 모을 생각이다. 제국은 마도국에 고개를 숙이고 속국이 되겠다는 문면을 생각해야만 해. 먼저 주변 국가에 알려 기정사실을 만드세. 마도국이 승인할 수밖에 없도록 하는 걸세."

"폐하……."

두 사람은 고개를 숙였다. 바지우드조차 저런 표정을 지을 수 있는가 싶어 지르프니프는 농담을 건네고 싶어졌다. 쓴웃음을 지우고, 지르크니프는 부드럽게 말했다.

"왜 그리 어두운 표정들을 하나. 속국이라고 해도 여러 가지가 있네. 자치권을 크게 인정받는다면 지금의 생활과 별로 다를 바 없는 생활을 할 수 있지. 아니—— 마도국의 압도적인 무력으로 보호를 받을 수 있다면 지금보다도 안전해질지 모르는걸?"

조금은 밝은——밝을지도 모르는——미래를 들은 두 사람의 얼굴에 약간 빛이 돌아왔다.

"그러기 위해서는 내부의 불만을 해결해 나가야만 하네.

마도국이 자치권을 용납하지 않을 경우, 제국 내부의 분단 공작을 펼칠지도 몰라. 게다가 속국화라는 말을 들으면 불만을 가지는 세력도 준동할 수 있고."

지르크니프는 제국 내부의 세력에 대해 생각해 보았다.

가장 큰 것이 기사단인데, 그들은 속국 반대파로 돌아서지는 않을 것이다. 어쩌면 겉으로는 반대할 수 있겠지만 결코 행동으로는 나서지 않으리라.

다음으로는 귀족들이 있다. 그들은 예측할 수 없다. 지르크니프의 결정에 불평하는 자는 이미 소수다. 하지만 그 소수가 선혈제를 몰아낼 기회라 보고, 속국으로 변한 제국의 지배자가 되고자 획책하는 자가 나올지도 모른다.

평민들은 얼마든지 구워삶을 수 있다. 그들은 지금 제국의 상태가 이어진다면 속국이 되든 말든 상관하지 않을 것이다.

"──문제는 신관들이군."

신전 세력은 절대로 인정하지 않을 것이다. 특히 큰 문제가 되는 것은 신전 세력이 적대할 뿐만 아니라 치료 등 모든 것을 거부할 때다. 그렇게 되지 않도록 그들과는 몇 번이나 협의하고, 이쪽의 생각에 찬성하도록 만들어야만 한다.

"……폐하의 신변은 괜찮을까요?"

"글쎄. 내가 있으면 더 효율적인 속국이 될 거라 말해 보고, 결과를 보여줄 생각이기는 하네만…… 이것만은 영."

왜 내가, 하는 생각이 솟아났다.

죽은 아버지에게 물려받아, 순조로이 제국을 강화해 나갔다. 그런 과정에서 무엇 하나 잘못된 수를 둔 기억은 없었다.

그랬는데 그 괴물이 나타나면서 모든 것이 뒤틀려버렸다.

그 괴물과의 교섭과 거래에서도 잘못은 저지르지 않았다고 생각한다. 그저 아인즈 울 고운은 인간이 생각할 수 있는 능력을 아득히 일탈했을 뿐이다.

겨우 몇 달 만에 상황이 돌변하고 말았다.

지르크니프는 한숨을 쉬었다.

"지금 세계에서 가장 불행한 건 나일 거야⋯⋯⋯⋯."


여담이지만, 며칠 후. 실의에 빠진 지르크니프에게 '은사조가 홈 타운을 제도에서 도시국가연합으로 옮겼다.'는 정보가 들어와, 불행에 밑바닥은 없음을 실감하고 경악케 했다.

데미우르고스는 흥겹게 나자릭 지하대분묘를 걷고 있었다.

매우 오랜만인 것 같지만 기분 탓이리라. 지금까지도 이따금 돌아오곤 했으므로, 기껏해야 2주 정도 비웠을 뿐이다. 그럼에도 이런 기분이 드는 이유는 당연히 이곳을 걷는 것에 기쁨을 느끼기 때문이다.

목적지가 다가옴에 따라 기분은 더더욱 좋아졌다.

문 좌우에 선, 코퀴토스가 배치한 위병을 무시한 채 데미우르고스는 넥타이를 꽉 조이고 몸가짐을 단정히 했다. 물론 평소에도 주의를 기울이지만 자신의 주인에게 흐트러진 모습을 조금이라도 보일 수는 없다.

10분이 넘도록 몸가짐을 체크하고 나서야 겨우 방문을 두드렸다.

메이드 한 사람이 문을 열고 얼굴을 내비쳤다.

문틈으로 주인의 모습을 찾고 싶었지만 그런 부끄러운 짓은 할 수 없다.

"아인즈 님은 방에 계십니까?"

"죄송합니다, 데미우르고스 님. 아인즈 님은 현재 이쪽에는 계시지 않습니다."

데미우르고스의 기분이 급강하했지만 표정으로는 드러내지 않았다.

"그렇군요. 그러면 어디에 계시는지요?"

"죄송합니다. 저는 거기까지는……. 그러나 알베도 님이시라면 무언가 아실지도 모릅니다."

정론이다.

"그렇군요. 알베도는 어디 있습니까?"

"이곳에 계십니다."

알베도가 자기 주인의 방을 작업실로 사용한다는 것은 알고 있다. 왜 자기 방을 쓰지 않느냐는 생각은 들지만 그녀의 성격을 고려해 아무 말도 하지 않았다. 무엇보다 주인이 이를 인정했으니 자신이 무어라 해서는 안 된다.

"집무 중인가요? ……방에 들어가도 될지 허락을 받아주십시오."

"분부 받들겠나이다."

눈앞에서 문이 닫힌다. 그리고 잠시 지나 다시 열렸다.

"들어오십시오, 데미우르고스 님."

메이드에게 인사를 하고 데미우르고스가 방으로 들어가자, 주인의 책상에 앉은 수호자 총괄책임자의 모습이 보였다.

떨어뜨렸던 시선이 움직여 데미우르고스를 본다.

"오랜만이군요, 알베도."

"응, 데미우르고스. 밖에서 일하느라 수고했어. 오늘은 무슨 일이야?"

"예. 현재 진행 중인 성왕국 건에 대해, 최종단계에 들어가도록 허가를 받았으면 해서 왔습니다. 도플갱어가 한 마리 필요해서요. ……아인즈 님은 어디 가셨습니까?"

"조금 먼 곳에 계셔. 금방은 돌아오시지 못할 텐데……."

에 란텔에는 계시지 않다는 말이군.

데미우르고스는 즉시 판단했다. 그렇지 않다면 저런 이상한 표현을 쓸 리가 없다.

"그거 참 난처하군요. 그렇다면 아인즈 님께서 돌아오실 때까지는 저도 제7계층에서 다른 업무를 준비해 두겠습니다."

"서두르는 거라면 〈전언〉으로 연락해도 돼."

데미우르고스는 잠시 눈살을 찡그리며 알베도의 얼굴을 관찰했다. 여느 때와 같은 웃음을 짓고는 있지만, 관찰력이 뛰어난 데미우르고스는 약간 다른 감정을 읽을 수 있었다. 다시 말해 알면서 하는 소리일 것이다.

다만 문제는 거기 담긴 감정이다. 그저 놀리는 것뿐이라면 아무 문제도 없다.

데미우르고스는 재빨리 관찰했지만, 그 이상은 읽을 수 없었다.

조금 분했지만 딱히 승패를 겨루는 것도 아니다.

게다가 나자릭 내에서 그의 관찰안으로 간파하지 못할 존재란 이제까지 만난 것 중에서는 자신의 주인과 알베도 정도뿐이다. 극히 일부의 예외라 여기는 편이 마음의 안정을 위해서도 좋다.

데미우르고스는 어깨를 으쓱했다.

"그렇게까지 서두르는 건 아니어서요. 나중에 돌아오신다면 제가 직접 말씀드리겠습니다."

"아인즈 님은 언제 돌아오실 거라고는 말씀하시지 않았어. 어쩌면 엄청나게 시간이 걸릴지도 몰라."

"그 경우에는 제가 직접 찾아뵙겠습니다, 알베도. 〈전언〉을 쓸 만한 일도 아니고요."

"어머, 왜? 중요한 일이라면 서둘러 전해드리는 거야말로 충성 아닐까?"

알베도자 짓는 웃음의 질이 변했다. 조금 전까지 보인 것이 평소의 꾸민 웃음이었다면 이번에는 심술꾸러기의 웃음이었다. 질이 나빠졌다고 판단해야 할까.

참으로 난감하다고 생각하던 데미우르고스는 그 이유를

깨달았다.

"제가 하고 온 일을 아인즈 님께 칭찬받고 싶으니, 그런 수단으로 연락을 하기는 저어되는군요. 〈전언〉으로도 칭찬이야 해 주시겠지만 역시 직접 말씀을 받들고 싶은 겁니다. ……나자릭에 존재하는 누구나가 똑같은 생각을 하지 않을까요?"

"응. 그야 그렇지, 데미우르고스. 네 말이 맞아. 누구나 그렇게 생각할 거야."

"그런데 아인즈 님은 어디로 가셨습니까?"

"이제까지 국교가 없었던, 정보마저 불확실했던 드워프 나라에 가셨어. 그래서 얼마나 시간이 걸릴지는 몰라."

"수행원은?"

"샤르티아랑 아우라."

전력 면에서는 문제가 없다. 그러나 그 외의 면에서는 약간 불안했다.

아우라가 같이 있다면 문제는 없겠지. 아인즈 님에게 폐를 끼치지 않는다면 좋겠지만. 데미우르고스는 또 한 사람의 얼굴을 떠올렸다.

"그건 그렇다 쳐도 샤르티아를 데려가시다니, 드워프 나라를 멸망시킬 생각이신지."

말은 이렇게 했어도, 정말 그런 의도였다면 마레를 데려갔을 테니 다른 노림수에서 온 인선이었을 것이다.

"——다른 수호자들은 지금 어디 있습니까?"

"코퀴토스는 호수 쪽을 관리하고, 마레는 에 란텔 근교에 던전을 만드는 중이야. 세바스는 에 란텔에. 아인즈 님이 무슨 생각이신지는 모르겠지만, 군을 이끌고 가신 것이 아니니까 우호적으로 대하시려는 의도가 아닐까?"

"……정보가 너무 부족하군요. 무엇 때문에 아인즈 님이 드워프 나라에 가신 겁니까?"

"데미우르고스. 아인즈 님의 생각은 우리가 미치지 못하는 데 있어."

알베도의 말이 옳다.

아인즈 울 고운. 나자릭의 최고 지배자인 주인이야말로 게임판 위의 한 수에 무한한 책략을 숨겨놓는 신산귀모의 소유자. 뛰어난 지혜를 품도록 창조된 데미우르고스라 해도 발치에조차 미치지 못하는 존재다. 주인의 의도를 읽으려는 것부터가 잘못이다.

하지만 주인의 마음을 헤아려 앞장서서 준비를 갖추는 것이야말로 올바른 충의가 아니겠는가.

더 노력해야겠군.

데미우르고스가 결의를 새로이 다지고 있으려니, 알베도가 책상 위에서 양피지를 들었다.

"어제 제국에서 도착한 거야. 아인즈 님께 〈전언〉으로 허가를 받아 열어 봤어. 내용을 요약하자면, 제국이 보낸 종속의 뜻이야. 어떤 형태로 속국이 될지는 나중에 의논하고 싶다는 얘기뿐이지만."

데미우르고스는 놀랐다. 생각했던 것보다도 훨씬 빨랐다.

"어떻게 된 겁니까? 제국의 종속은 왕국이 멸망한 후가 되리라 생각했습니다만……."

"이건 아인즈 님이 제국에 가셨던 결과야."

"그럴 수가……. 역시 아인즈 님……."

"저기, 데미우르고스. 제국이 속국이 되는 건 정말로 왕국 다음이라고 생각했어?"

"물론입니다. 제 계획으로는 그랬습니다."

"어떤 수단을 동원해도 불가능했어?"

"……그건 무슨 뜻입니까?"

"아인즈 님은 이따금 네 이름을 거론하셨어. 그 의미는 『데미우르고스에게서는 아무런 연락도 없었느냐? 이대로 가도 문제는 없겠느냐?』 정도. 다시 말해 너의 무언가에—— 아마 틀림없이 계획에 수긍이 가지 않으셨기 때문이겠지."

"그럴 수가……. 알베도, 왜 신속히 가르쳐 주지 않았습니까. 그랬다면——."

"그랬다면, 어떻게 했을까?"

데미우르고스는 말문이 막혔다.

"……다시 한 번 물어볼까? 제국을 왕국보다도 먼저 속국으로 삼을 수단이 정말로 없었던 거야?"

"······있었습니다. 다만 그것은 아인즈 님께서 움직이셔야 한다는, 부하로서 실로 부끄러운 수를 더해야 했습니다. 그것도 몇 가지 수단을 동원한 후—— 최소 한 달 정도의 시간과 대도시의 폭동이 있은 후가 되리라 여겼습니다. 그러느니 차라리 왕국을 지배한 후 압박하는 편이 낫겠다고 판단했던 것인데······ 아인즈 님은 며칠을 들이셨습니까?"

"나도 왕국에 있었으니 자세한 건 모르지만, 아마 에누리 없이 사흘 정도였을걸."

데미우르고스는 눈을 크게 떴다.

너무나도 빠르다.

무슨 수로 상대를 굴복시킬 만한 힘을 보이셨단 말인가. 타국과 동맹을 맺으려 하던 황제의 마음을 어떻게 꺾었단 말인가.

데미우르고스는 황제가 대처하지 못할 만큼 완벽한 책략을 준비하고 있었는데, 자신의 주인은 그 이상의 책략을 준비했단 말인가.

"사흘이라고요? 대체 무슨 일을, 어떻게 하셨는지······."

"덧붙이자면 아무도 죽지 않았대."

이제는 벌어진 입을 다물 수 없었다. 그저 절대지배자에 대한 존경만이 솟아날 뿐이었다. 그야말로 죽음 그 자체처럼, 조용히 등 뒤에 나타나 황제의 심장을 짓이긴 것이다.

떨림이 발끝부터 머리끝까지 꿰뚫었다. 광희, 선망, 외경, 경의와 같은 감정이 뒤섞여 형언할 수 없는 격정을 이루어 데미우르고스의 몸을 떨게 만든 것이다.

"과연 아인즈 님이십니다. 역시 저 따위는 미칠 바가 못 되는군요. 정말로 훌륭하신 분. 지고의 존재를 통솔하실 만하군요. 조금이지만 판도라즈 액터가 부럽습니다."

알베도가 키득 웃었다. 이상한 우월감에 찬 미소였다. 그것은 그만한 사내를 사랑하도록 명령을 받은 여자의 우월감이었을까?

"그래서 아인즈 님은 너와 나에게 제국의 종속을 어떻게 할지를 결정하도록 지시하셨어."

"저희에게 말입니까? 어째서?"

"뻔한 거 아냐. 이번 일련의 흐름은 데미우르고스, 네가 많은 부분을 입안했는걸. 그럼에도 아인즈 님은 너에게 아무 말도 없이 제국의 속국화를 앞당겨 추진하셨어. 그러니 마음이 아프셨을 거야."

그 점을 이해하지 못하겠다는 것이다. 자신이 무능해 불쾌했다면 그나마 이해가 가지만, 그렇지는 않은 듯했다.

"……왜일까요? 저는 모르겠습니다."

하아.

알베도가 지친 듯 한숨을 쉬었다.

"너를 신뢰하시니까 그렇지. 다시 말해…… 뭐라 해야 좋으려나. 네 머리라면 이해할 거라 생각하지만, 아마 이런 거겠지. 네 작전대로 움직이지 않는다는 건 네 능력을 의심한다는 뜻이나 마찬가지잖아. 아인즈 님은 그러고 싶지 않으셨기 때문에 연락을 기다리셨어. 하지만 네가 아인즈 님을 생각해 행동을 삼가는 거라 생각하셨겠지. 그러니 우선 당신께서 스스로 움직여, 너에게 그럴 필요 없다는 뜻을 밝히신 게 아닐까. 난 그렇게 생각해."

수긍이 가는 대답이었다. 아니, 그야말로 그것 말고 무엇이 더 있을까.

"세상에……."

데미우르고스는 부끄러운 나머지 고개를 숙이고 말았다. 그와 동시에 환희에 휩싸였다. 자신의 주인이 그렇게까지 자신을 생각해 주었다는 사실을 알고.

"데미우르고스. 우리는 아인즈 님의 자비에 보답해야 해."

"물론입니다, 알베도."

데미우르고스는 분기했다.

"기대에 호응하고자, 아인즈 님께서 돌아오시기 전까지 속국 계획을 작성해놓겠습니다!"

"응. 아인즈 님께서 가신 이상 여러 가지 의도가 있으셨을 거야. 분명 드워프 나라에서 돌아오시면 바빠질걸."

데미우르고스는 씨익 웃었다.

"그야 이를 말입니까, 알베도."

OVERLORD
Characters

캐릭터 소개

# 바지우드 페슈멜 | 인간종

baziwood peshmel

# 뇌광(雷光)

직함 —— 제국 4기사의 일원.

주거 —— 제도의 중심지.

클래스 레벨 – 파이터(Fighter) ————————— ? lv

임페리얼 나이트(Imperial Knight) —— ? lv

가디언(Guardian) ——————— ? lv

생일 —— 상수월(上水月) 19일

취미 —— 딱히 없지만, 굳이 말하자면
아내들에게 약하게 구는 것.

personal character

뒷골목 출신 평민. 나름대로 역량을 가지기는 했지만 이대로는 뒷골목에서
횡사할 것이라 깨닫고 전업전사인 기사를 목표로 삼았다. 이윽고 두각을
나타내 지르크니프의 눈에 들었다. 당초에는 그리 충성심이 없었지만
측근으로서 황제를 지켜보는 사이에 이제는 진심으로 지르크니프를 존경하고,
제국에서도 가장 강한 충성심을 품기에 이르렀다. 창관 출신 아내와 여러
정부를 가졌으며 그녀들 다섯과 같은 집에서 산다. 여성들의 사이는 매우
화목하다.

# 님블
# 아크 데일 아녹

nimble arc dale anoch

## 격풍(激風)

인간종

직함—— 제국 4기사의 일원.

주거—— 제도의 중심지.

클래스 레벨— 노블 파이터(Noble Fighter) —————— ? |v

라이더(Rider) —————— ? |v

비숍(Bishop) —————— ? |v

기타

생일—— 중화월(中火月) 8일

취미—— 다회를 여는 것.
맛있는 차를 찾는 것.

| personal character |

남작가 차남이며 형, 누나, 여동생이 하나씩 있다. 가족의 사이는 양호하며
님블이 지르크니프의 눈에 든 것도 님블의 형이 그의 지위를 구축하고자
활동했던 덕이었다(물론 그런 것이 없었어도 지르크니프라면 우수한
인재를 놓치지 않았겠지만). 현재는 님블 개인의 우수함 때문에 백작의
지위를 받고 있다. 현재의 고민은 여동생의 혼처를 정해야 한다는 것.
누나와 여동생에게서 결혼하라는 압박을 받고 있다.

# 레이너스 록블루즈

인간종

leinas rockbruise

## 중폭(重爆)

직함 —— 제국 4기사의 일원.

주거 —— 제도의 중심지.

클래스 레벨 — 노블 파이터(Noble Fighter) —— ? lv

프리스트(Priest) —— ? lv

커스드 나이트(Cursed Knight) —— ? lv

기타

생일 —— 불명(말하고 싶지 않다고 한다)

취미 —— 저주가 풀리면 무엇을 할까 하는 공상.
복수일기를 쓰는 것.

원래는 귀족 영애였으며, 스스로 검을 들고 영내의 몬스터를 제압하는
데에 자긍심을 가졌다. 하지만 어떤 토벌활동 중 죽어가던 몬스터에게
저주를 받아, 얼굴 오른쪽 절반이 고름을 분비하는 일그러진 것으로
변질된다. 그 저주를 풀지 못해, 추문을 두려워한 가문에서 쫓겨나고
약혼자에게서도 파혼을 당한다. 그 결과 저주를 푸는 것을 인생의 목표로
삼고, 이를 위해서라면 무슨 짓이라도 하는 성격이 되었다. 이미 친가와
약혼자에 대한 복수는 지르크니프 덕에 이루었다.

# 고 긴

아인종

go gin

## 제8대 무왕(武王)

직함——— 무왕.

주거——— 제도의 중심지.

종족 레벨 – 트롤(Troll) ——————— ? lv

　　　　　워 트롤(War Troll) ——————— ? lv

클래스 레벨 – 챔피언(Champion) ——————— ? lv

　　　　　기타

생일——— 검의 별, 별 둘(트롤의 달력은 인간과는 다르다)

취미——— 전투훈련.

| personal character |

여기서는 역대 무왕의 별명을 열거하겠다. 이 중 초대, 제2대는 사망했으며
이후 투기장에서는 죽지 않았다. 초대 무왕: 없음. 굳이 말하자면 무왕. 제2
대: 없음. 굳이 말하자면 제2대 무왕. 제3대: 검마(劍魔). 제4대: 약왕(弱王),
진흙검, 최강(最强). 제5대: 사뢰편(四雷鞭). 제6대: 백아아미(白亞蛾尾).
제7대: 부패늑대. 제8대: 별명은 현재까지 무왕. 장래 별명을 얻는다면
거왕(巨王) 아닐까?

OVERLORD
Characters

# 지고의 41인

캐릭터 소개

편

# 무인 타케미카즈치

이형종

bujintakemikazuchi

## 더 사무라이!

터치 미의 강함에 반해 '아인즈 울 고운'에 참가한 첫 아홉 명 중 하나. 동료들은 그의 취미가 무기 제작인 줄 알지만 진짜 목적은 터치 미를 쓰러뜨리는 무기를 완성하는 것이었다. 하지만 그것이 완성되기 전에 자신의 앞에서 거대한 벽이 사라져버렸던 것은 비극이었으리라. 휘두를 상대를 잃은 궁극의 한 자루(미완성)는 보물전 내 그의 장소에 안치되었다.

# 니시키엔라이

이형종
nishikienrai

## 더 닌자!

*personal character*

닌자 의복으로 온몸을 감쌌으며 그 안의 육체는 미지의 베일에 감추어져
있다. 모습을 본 인간은 '아인즈 울 고운'에서도 얼마 안 된다. 덧붙이자면
하프골렘이라는 이형종이며, 그가 별로 열심히 만든 것도 아니었으므로
육체는 맨들맨들한 느낌이다. 별명에서 알 수 있듯 무인 타케미카즈치와는
사이가 좋다. 그렇기 때문에 사실은 코퀴토스와 나베랄도 친한 관계이며,
둘만 두면 은근히 죽이 잘 맞아 두 사람의 이미지와는 괴리된 행동을
보이기도 한다나.

# 후기

변명은 남자답지 못하다는 말을 들은 적이 있으니 아무 말 하지 않겠습니다. 하지만 이 말만은 하게 해 주세요. 제 기억이 맞다면 지금은 분명 2015년 17월 겨울일 거예요! 또한 예정은 미정이지 결정이 아니라는 말도 들은 기억이 있네요. 정말 매력적인 말이에요! 로망이 있네요!

……죄송합니다.

11권은 이번처럼 기다리게 해드리지 않을 예정이니 용서해 주셨으면 합니다. 게다가 다음 권은―― 뭐, 마지막까지 읽어 주신 분께는 쓸 필요도 없겠죠.

그리고 11권은 오랜만에 특장판이 나온다고 합니다. 애니메이션을 보신 분 중에는 아시는 분도 많으리라 생각하니다만, '플레플레 플레이아데스'의 30분 최신작이라고 하니 저도 깜짝!

각설하고. 10권을 읽어 주신 분들, 여러분이라면 어떻게 하시겠나요?

조직——이라기보다는 국가경영 이야기가 된다면 여러분은 어디부터 손을 대시겠나요? 아인즈는 닥치는 대로 행동했지만 여러분이라면 어떤 곳부터 손을 대실지 마루야마는 매우 관심이 많습니다. 나 같으면 이렇게 하겠다, 혹은 다르게 하겠다는 의견을 어디선가 들을 수 있다면 좋겠습니다.

이런 일이 계기가 되어 2차 창작, 나아가서는 오리지널 소설을 쓰고자 하는 마음이 드셨다면 더욱 기쁘겠네요.

실제로 마루야마는 그렇게 했으니까요.

그리고 이번 권의 마지막에서 고지하고 있습니다만, 인기투표를 합니다. 여러분이 좋아하시는 캐릭터를 가르쳐 주세요. 보통 인기투표와는 달리 이미 1위는 정해졌다는 고금동서 유례를 찾아볼 수 없는 형식이 됐습니다.

순위가 예상 외로 높았던 캐릭터가 나와도 그것 때문에 등장 기회가 늘어난다거나 하지는 않겠지만, 여러분이 좋아하는 캐릭터에는 관심이 있습니다.

그러면 여기서부터 감사와 사죄를.

스케줄을 꼬아버려서 죄송합니다. so-bin 님, 이번에도 고맙습니다.

교정 오오사코 님, 디자인 코드 디자인 스튜디오 님, 편집 F다 님, 고맙습니다. 그리고 학생 시절부터 친구인 하니, 매번 고마워.

그리고 무엇보다 독자 여러분, 이번에도 감사드립니다. WEB판과는 완전히 괴리된 이야기지만 재미있게 봐주셨다면 기쁘겠습니다.


2015년 7월 마루야마 쿠가네

MEAT

Postscript by So-bin

おかげさまで、10巻です。
アニメのサントラ聴きながら読んだら
すげー良かたです。So-bin

덕분에 10권입니다.
애니 사운드트랙을 들으면서
읽었더니 엄~청 좋네요.
So-bin

아인즈·으로 들어선 드워프의 왕국 산맥에 있는 아제를리시아 우라를 거느리코 샤르티아와아

특보

나자릭 광소곡
플레플레
플레이아아데스
신작이 특장판으로 동시 발매 결정!!
무려 수호자도 총출연!!

제
11
권.

*Volume Eleven*

확대되는

마도국의 세력이

새로운 불씨란──.

그곳에서 기다릴

어디선가 본 예고네요. 11권은 정말로 드워프 이야기예요!
──마루야마 쿠가네

# 오버로드 11

**드워프 장인**

OVERLORD *Kugane Maruyama* illustration by so-bin

**마루야마 쿠가네** ──── 지음

일러스트 ◉ so-bin

2017년 발매 예정

# 오버로드
## OVERLORD

원작: **마루야마 쿠가네**    만화: **후카야마 후긴**

캐릭터 원안: **so-bin** 만화판 각본: **오오시오 사토시**

# 코믹스 ①②권
# 절찬 발매 중

금발, 벽안의 어린 소녀는 전장에서 최고로 위험한

인간의 탈을

# 오버로드 **10** 모략의 통치자

2016년 10월 14일 제1판 인쇄
2022년 06월 10일 제10쇄 발행

**지음** 마루야마 쿠가네 | **일러스트** so-bin

**옮김** 김완

**발행** 영상출판미디어(주)
**등록번호** 제 2002-000003호
**주소** 21315 인천광역시 부평구 부평대로 283 A동 702호
**전화** 032-505-2973(代) | FAX 032-505-2982

**ISBN** 979-11-319-4924-5
**ISBN** 978-89-6730-140-8 (세트)

ⓒKugane Maruyama 2016
First published in Japan in 2016 by KADOKAWA CORPORATION, Tokyo.
Korean translation rights arranged with KADOKAWA CORPORATION, Tokyo.

이 책의 한국어판 저작권은 영상출판미디어(주)에 있습니다.
저작권법으로 한국 내에서 보호를 받는 저작물이므로 무단 전재와 무단 복제를 금합니다.

구매 시 파손된 도서는 구매처에서 교환하실 수 있습니다.
기타 불편사항, 문의사항이 있으신 독자님께서는 노블엔진 홈페이지
[ http://novelengine.com ] 에서 Q&A 게시판을 이용해 주시기 바랍니다.